F*antasmas*

Joe
HILL
Fantasmas

SUMA

Título original: *20th Century Ghosts*

Universidad 767, colonia del Valle
cp 03100, México, D.F.
Teléfono: 54-20-75-30
www.sumadeletras.com.mx

Diseño de cubierta: OpalWorks
Adaptación de interiores y cubierta: Mariana Alfaro Aguilar
Cuidado de la edición: Jorge Solís Arenazas

Primera edición: Febrero de 2009

ISBN: 978-607-11-0122-8

Impreso en México

A Leonora:
Mi historia favorita es la nuestra

Índice

Prólogo

La literatura de terror moderna no suele ser sutil. La mayoría de quienes practican el arte de lo inquietante suelen ir directo a la yugular, olvidando que los mejores depredadores son siempre sigilosos. No tiene nada de malo lanzarse a la yugular, evidentemente, pero los escritores de verdadero oficio y talento siempre se guardan más de una carta en la manga.

No todos los relatos de este libro son de terror, por cierto. Algunos son melancólicamente sobrenaturales; otros, ejemplos inquietantes y lóbregos de literatura que no es de género, y uno de ellos en concreto no tiene nada de oscuro y es en realidad bastante tierno. Pero lo que sí tienen todos es sutileza. Joe Hill es un jodido maestro del arte del sigilo. Incluso el cuento sobre el niño que se transforma en insecto gigante es sutil y, seamos sinceros: ¿cuántas veces se puede decir eso de un relato de terror?

La primera vez que leí a Joe Hill fue en una antología llamada *The Many Faces of Van Helsing* (*Las muchas caras de Van Helsing*), editada por Jeanne Cavelos. Aunque también había un relato mío en aquel volumen, he de confesar que no había leído a ninguno de los otros autores cuando nos reunimos para una firma conjunta de ejemplares en Pandemonium, una librería especializada de Cambridge, Massachusetts. Joe Hill estaba allí, junto con Tom Monteleone, Jeanne y yo.

Hasta entonces yo no había leído absolutamente nada suyo, pero conforme transcurría el día mi curiosidad por Joe Hill iba en aumento. Lo más interesante que deduje de nuestras conversaciones fue que, aunque era un gran aficionado a la literatura de terror, éste no era el único género que cultivaba. Había publicado cuentos sin género específico en revistas «literarias» (y créanme cuando les digo que estoy empleando ese adjetivo en el sentido más amplio posible) y había ganado premios con ellos. Sin embargo no podía evitar volver una y otra vez al género fantástico y de terror.

Alégrense de ello. Y si no se han alegrado todavía, pronto lo harán.

Con el tiempo, habría terminado por leer completa la antología *The Many Faces of Van Helsing*, pero en gran parte debido a mi encuentro con Joe Hill lo hice inmediatamente. El cuento suyo allí incluido, «Hijos de Abraham», era una visión escalofriante y llena de matices de unos niños que están empezando a descubrir —como les ocurre a todos los niños en algún momento de su vida— que su padre no es perfecto. Me recordó en muchos aspectos a aquella película independiente y profundamente inquietante titulada *Escalofrío.* «Hijos de Abraham» es un excelente relato que está más o menos hacia la mitad del libro que tiene usted en sus manos, y me pareció lo suficientemente bueno como para querer leer más cosas de Joe Hill. Pero sólo había publicado cuentos, y siempre en ediciones que estaban fuera de los circuitos habituales. Así que tomé nota mentalmente para estar pendiente de su nombre en el futuro.

Cuando Peter Crowther me pidió que leyera *Fantasmas* y escribiera un prólogo, pensé que debía negarme. No tengo apenas tiempo para hacer otra cosa que no sea escribir y estar con mi familia, pero la verdad es que estaba deseando leer el libro. Quería satisfacer mi curiosidad, comprobar si Joe Hill era tan bueno como «Hijos de Abraham» prometía.

Y no lo era.

Era mucho, pero mucho mejor. El título de este libro[1] es adecuado por numerosas razones. Muchos de los relatos incluyen fantasmas de distintas clases y en otros resuenan con fuerza los ecos, los espectros del siglo XX. En «Oirás cantar a la langosta», el autor aúna su afición y sus conocimientos de las películas de monstruos y ciencia ficción tan populares en la década de 1950 con el miedo a la amenaza nuclear que inspiraba aquellas películas. El resultado es intenso y oscuramente cómico a la vez.

Sin embargo, tal vez sea en el autor mismo donde el título resuena de manera más significativa. Hay una elegancia y una ternura en este libro que recuerda a una literatura anterior, a autores como Joan Aiken y Ambrose Bierce, a Beaumont, a Matheson y a Rod Sterling.

En los mejores relatos, Hill deja que sea el lector quien complete la escena final, quien proporcione la respuesta emocional necesaria para que la historia funcione. Y es un verdadero maestro a la hora de conseguirlo. Las suyas son historias que parecen ir cobrando vida conforme el lector pasa sus páginas, requiriendo su complicidad para llegar a un final. En el relato que abre el volumen, «El mejor cuento de terror», es imposible no presentir el final, tener una cierta impresión de *déjà vu* pero, lejos de estropear el efecto, lo que hace es realzarlo. Sin esa sensación por parte del lector la historia no funcionaría.

La intimidad llega con «Un fantasma del siglo XX», mientras que con «El teléfono negro» el lector es presa de una an-

---

[1] El título original del libro es *20th Century Ghosts* (Fantasmas del siglo XX).

gustia que lo convierte en parte del relato y lo hace partícipe de la acción, como un personaje más.

Son demasiados los autores que parecen pensar que en el género de terror no hay lugar para el sentimiento verdadero, y que sustituyen éste por una respuesta emocional automática que tiene la misma resonancia que los apuntes escénicos en un guión de película. Esto no ocurre en la escritura de Joe Hill. Por extraño que parezca, uno de los mejores ejemplos de ello es el cuento titulado «Bobby Conroy regresa de entre los muertos», que no pertenece al género de terror, aunque su acción discurre en el plató del filme clásico de George Romero, *El amanecer de los muertos.*

Me gustaría poder hablar de todos los cuentos que conforman este volumen, pero el peligro de escribir un prólogo es precisamente desvelar demasiado de lo que viene a continuación. Sólo diré que si me dieran la ocasión de borrar de la memoria estos relatos accedería gustoso a ello, porque eso significaría tener el placer de leerlos de nuevo por vez primera.

«Mejor que en casa» y «Madera muerta» son dos piezas literarias de gran belleza. «El desayuno de la viuda» es una conmovedora instantánea de otra época y de un hombre que ha perdido su camino.

«Un fantasma del siglo XX» tiene ese sabor nostálgico que tanto me recuerda a la mítica serie de televisión *Dimensión desconocida.* «Oirás cantar a la langosta» es el brillante resultado de un *ménage à trois* entre William Burroughs, Kafka y la película *La humanidad en peligro,* mientras que «Último aliento» tiene el aroma inconfundible de Ray Bradbury. Todas las historias son buenas, pero algunas revelan un talento asombroso. «La máscara de mi padre», por ejemplo, es tan peculiar y sobrecogedora que leerla me produjo vértigo.

«Reclusión voluntaria», que cierra este volumen, es una de las mejores novelas cortas que jamás he leído y dice mucho de la madurez literaria de Joe Hill. No es habitual encontrarse con un autor nuevo tan sólido, tan solvente como él. Y cuando esto sucede... bien, he de confesar que soy víctima de un torbellino emocional mientras me debato entre la admiración profunda y unas ganas horribles de darle un puñetazo. Hasta ese punto me gusta «Reclusión voluntaria».

Y sin embargo, «La ley de la gravedad»... es un cuento extraordinario, el mejor que he leído en años, que aúna en unas pocas páginas los muchos talentos de Joe Hill: su originalidad, su ternura y su complicidad con el lector.

Cuando aparece un nuevo autor en el panorama literario críticos y admiradores suelen hablar por igual de lo prometedor de su escritura, de su potencial.

Las historias de *Fantasmas*, sin embargo, son verdaderas promesas cumplidas.

Christopher Golden
Bradford, Massachusetts
15 de enero de 2005 (revisado el 21 de marzo de 2007)

El mejor cuento de terror

Un mes antes de la fecha de cierre de su encargo, Eddie Carroll rasgó un sobre de estraza y de su interior salió una revista titulada *The True North Literary Review*. Carroll estaba acostumbrado a recibir revistas por correo, aunque la mayoría llevaban títulos como *Cemetery Dance* y estaban especializadas en literatura de terror. También recibía libros, que se amontonaban en su casa de Brookline, una pila en el sofá de su despacho, otro montón junto a la cafetera. Todos eran recopilaciones de relatos de terror.

Era imposible que nadie los leyera todos, aunque en otro tiempo, cuando tenía poco más de treinta años y acababa de estrenarse como editor de la antología *America's Best New Horror*, Carroll se había esforzado denodadamente por hacerlo. Había entregado a imprenta dieciséis volúmenes de la colección y llevaba un tercio de su existencia trabajando en ella. Miles de horas leyendo, corrigiendo pruebas y escribiendo cartas, miles de horas que nunca recuperaría.

Había llegado a odiar sobre todo las revistas, que en su mayoría empleaban tinta barata, y había aprendido también a odiar la manera en que ésta impregnaba sus dedos y el desagradable olor que dejaba en ellos.

De cualquier forma, casi nunca llegaba a terminar los relatos que empezaba a leer; era incapaz. Sólo pensar en leer otra historia de vampiros cogiendo con otros vampiros lo ponía mal. Se esforzaba por lidiar con burdos remedos de Lovecraft, pero en cuanto se encontraba con la primera y dolorosa referencia a los Dioses Arquetípicos sentía entumecerse una parte de sí mismo, como cuando se nos duerme un pie o una mano por falta de circulación, y temía que, en este caso, lo que se le había dormido era el alma.

En algún momento después de su divorcio, sus tareas como editor de *Best New Horror* se habían convertido en una obligación tediosa, de la que no se derivaba placer alguno. En ocasiones consideró, casi con esperanza, la posibilidad de dejar su cargo, aunque nunca por demasiado tiempo. Eran doce mil dólares en su cuenta corriente, la base de unos ingresos que completaba como podía editando otras antologías, dando charlas y clases. Sin esos doce mil se haría realidad su peor pesadilla: tendría que buscarse un trabajo de verdad.

No conocía la *True North Literary Review*, una revista literaria con portada de papel barato y un logotipo de pinos inclinados. Un sello en la contracubierta informaba de que era una publicación de la Universidad de Katadhin, en el estado de Nueva York. Cuando la abrió cayeron de entre sus páginas dos hojas engrapadas: en realidad, una carta del editor, un profesor universitario inglés llamado Harold Noonan.

El invierno anterior un tal Peter Kilrue, empleado a medio tiempo de los jardines del campus, se había acercado a Noonan. Enterado de que le habían nombrado editor de *True North* y de que aceptaba manuscritos originales, le pidió que leyera un relato. Noonan prometió que lo haría, más por cortesía que por otra cosa, pero cuando por fin leyó el manuscrito, titulado «Buttonboy: una historia de amor», le impresionaron la fuerza y agilidad de su prosa y la naturaleza terrible de la historia que contaba. Noonan acababa de ser nombrado editor después de que su antecesor, Frank McDane, se jubilara tras veinte años en el cargo y estaba deseando dar un nuevo rumbo a la revista, publicar relatos que «metieran el dedo en el ojo de unos cuantos».

«Me temo que lo logré con creces», escribía Noonan. Poco después de que se publicara «Buttonboy», el director del departamento de literatura inglesa llamó a Noonan a su despacho y lo acusó de usar *True North* como plataforma para «bromas adolescentes de pésimo gusto». Casi cincuenta personas cancelaron su suscripción a la revista —no poca cosa, teniendo en cuenta que la tirada era de sólo mil ejemplares— y muchos de los antiguos alumnos que la patrocinaban retiraron su financiamiento, indignados. Noonan fue destituido y Frank McDane accedió a supervisar la revista desde su casa, en respuesta a las protestas que exigían su regreso como editor.

La carta de Noonan terminaba así:

«Sigo convencido de que (cualesquiera que sean sus defectos) "Buttonboy" es un relato notable, aunque verdaderamente angustioso, y confío en que pueda dedicarle algo de tiempo. Admito que para mí sería en cierto modo una reivindicación que usted decidiera incluirlo en su próxima antología de los mejores relatos de terror del año.

»Terminaría esta carta invitándole a "disfrutar" de la historia, pero no estoy seguro de que ésa sea la palabra adecuada.

»Cordialmente,

Harold Noonan.»

Eddie Carroll acababa de llegar de la calle y leyó la carta de Noonan todavía de pie, en el recibidor. Buscó en la revista la página donde empezaba el relato y permaneció de pie, leyendo, antes de darse cuenta de que tenía calor. Colgó distraídamente la chaqueta en el perchero y caminó hasta la cocina.

Estuvo un rato sentado en la escalera que llevaba al piso de arriba, pasando páginas. Después, sin saber cómo, se encontró tumbado en el sofá de su despacho, la cabeza apoyada en una pila de libros, leyendo a la luz sesgada de finales de octubre.

Leyó hasta la última línea y a continuación se incorporó hasta sentarse, presa de una euforia extraña y palpitante. Éste era posiblemente el relato de peor gusto y más terrible que había leído jamás, y en su caso esto era decir mucho. En sus largos años de editor, vadeando terribles y a menudo soeces y enfermizos páramos literarios, en ocasiones se había topado con flores de indescriptible belleza, y estaba convencido de que ésta era una de ellas. Regresó al principio del relato y empezó a leer de nuevo.

Trataba de una joven llamada Cate —quien al principio de la historia era descrita como una tímida muchacha de diecisiete años— que un día es secuestrada y metida a la fuerza en un coche por un gigante con ojos ictéricos y un aparato dental. Él le ata las manos detrás de la espalda y la empuja al asiento trasero de su camioneta... donde se encuentra con un chico de su misma edad, que al principio parece estar muerto y que ha sido desfigurado de una forma indescriptible. Sus ojos están ocultos bajo dos botones redondos y amarillos que representan unas caras sonrientes. Los botones le han sido cosidos a los globos oculares atravesando los párpados, que a su vez están hilvanados con hilo de acero.

Entonces, conforme el coche empieza a moverse, el muchacho parece cobrar vida. Toca la cadera de Cate y ésta grita, sobresaltada. A continuación el chico recorre su cuerpo con la mano hasta llegar a la cara y susurra que su nombre es Jim y lleva viajando una semana con el gigante, desde que éste asesinó a sus padres.

—Me hizo agujeros en los ojos y me dijo que después de hacerlo vio cómo mi alma se escapaba. Dijo que hizo el mismo sonido que cuando soplas en una botella de Coca-Cola vacía, la misma música. Después me cosió estos botones, para que no se me escapara la vida. —Mientras habla, Jim se palpa los botones con las caras sonrientes—. Quiere comprobar cuánto tiempo soy capaz de vivir sin alma.

El gigante conduce a los muchachos hasta un descampado solitario, en un parque estatal cercano, y una vez allí les obliga a intercambiar caricias sexuales. Cuando se da cuenta de que Cate no es capaz de besar a Jim con pasión convincente, le raja la cara y le arranca la lengua. En el caos que sigue, con Jim aullando de pánico, tambaleándose ciego de un lado a otro, y la sangre manando a chorros, Cate consigue escapar y esconderse entre los árboles. Tres horas más tarde sale arrastrándose hasta una autopista, cubierta de sangre.

La policía no logra capturar a su secuestrador, quien, acompañado de Jim, abandona el parque y conduce hasta el fin del mundo. Los investigadores no son capaces de encontrar pista alguna de ninguno de los dos. No saben quién es Jim ni de dónde viene, y del gigante saben menos aún.

Dos semanas después de que Cate saliera del hospital aparece, por carta, una única pista. Recibe un sobre que contiene un par de botones con caras sonrientes, dos chinchetas de acero cubiertas de sangre reseca y una fotografía Polaroid de un puente en el estado de Kentucky. A la mañana siguiente un buzo encuentra el cuerpo de Jim en el fondo del río, en avanzado estado de descomposición, con peces que entran y salen de las cuencas vacías de sus ojos.

Cate, que en otro tiempo fue atractiva y popular, es ahora objeto de conmiseración y rechazo por parte de quienes la rodean. Comprende bien cómo se siente la gente que la ve: cuando contempla su rostro en el espejo ella también siente repugnancia. Durante un tiempo, acude a una escuela especial y aprende el lenguaje de signos, pero pronto abandona las clases. Los otros minusválidos —los sordos, los cojos, los desfigurados— la asquean con su desvalimiento, sus deficiencias.

Intenta, sin mucha suerte, volver a su vida normal. No tiene amigos íntimos, ni tampoco destrezas que le permitan ejercer un oficio, y se siente cohibida por su aspecto físico y por su incapacidad para hablar. Un día, ayudada por el alcohol, reúne el valor suficiente para acercarse a un hombre en un bar y termina siendo ridiculizada por éste y sus amigos.

No puede dormir a causa de las frecuentes pesadillas en las que revive improbables y atroces variaciones de su secuestro. En algunas de ellas Jim no es otra víctima, como ella, sino un secuestrador que la viola con pujanza. Los botones que lleva pegados a los ojos son como dos espejos que le devuelven a Cate una imagen distorsionada de su cara gritando, que, de acuerdo con la lógica perfecta del sueño, ha sido mutilada hasta convertirse en una máscara grotesca. En algunas ocasiones estos sueños la excitan sexualmente, algo que, a juicio de su psicoterapeuta, es bastante común. Cate abandona la terapia cuando descubre que el psicólogo ha dibujado una cruel caricatura de ella en su cuaderno de notas.

Recurre a distintas sustancias para poder dormir: ginebra, analgésicos, heroína. Necesita dinero para pagarse las drogas y lo busca en el cajón de su padre. Éste la descubre y la echa de casa. Esa misma noche su madre la llama por teléfono y le dice que su padre está en el hospital —ha sufrido un infarto menor— y que no debe ir a visitarlo. Poco después, en un centro para jóvenes minusválidos, donde Cate trabaja medio tiempo, un niño clava un lápiz en el ojo a otro, dejándolo tuerto. El incidente no ha sido culpa de Cate, pero en los días posteriores sus adicciones salen a la luz. Pierde su empleo e incluso después de haberse rehabilitado le resulta imposible encontrar trabajo.

Entonces, en un frío día de otoño, cuando Cate sale de un supermercado en su barrio, pasa junto a un coche de policía estacionado en la parte de atrás, con el capó levantado. Un agente con gafas de espejo está examinando el radiador, del que sale humo. Cate echa un vistazo al asiento trasero, y allí, con las manos esposadas detrás de la espalda, está su gigante, diez años más viejo y con veinte kilos de más.

Luchando por mantener la calma, Cate se acerca al agente inclinado bajo el capó y le escribe una nota preguntándole si conoce al hombre que lleva en el asiento trasero de su coche. Éste le dice que es un tipo al que ha arrestado en una ferretería de Pleasant Street, cuando intentaba robar un cuchillo de caza y un rollo de cinta de embalar.

Cate conoce la ferretería, ya que vive a una manzana de ella. El agente la sujeta antes de que las piernas le fallen y caiga al suelo. Llena de desesperación, empieza a escribir notas tratando de explicar lo que el gigante le hizo cuando tenía diecisiete años. El bolígrafo no puede seguir la velocidad de sus pensamientos y las notas que escribe apenas tienen sentido, ni siquiera para ella, pero el policía capta el mensaje. La conduce hasta el asiento del copiloto y abre la puerta del coche. La idea de estar en el mismo vehículo que su raptor la pone enferma de miedo, y empieza a temblar de forma incontrolada, pero el agente le recuerda que el gigante está esposado en el asiento trasero, por lo que es incapaz de hacerle daño, y es importante que ella los acompañe a la comisaría.

Por fin se acomoda en el asiento del copiloto. A sus pies hay un anorak. El agente le dice que es su abrigo y debería ponérselo, la mantendrá caliente y la ayudará a dejar de temblar. Cate levanta la vista hacia él y se dispone a garabatear unas palabras de agradecimiento en su libreta, pero entonces se detiene, incapaz de escribir. Algo en la visión de su cara reflejada en las gafas de espejo del policía la deja paralizada.

El policía le cierra la puerta y camina hasta la parte delantera del coche para cerrar el capó. Con los dedos agarrotados por el miedo, Cate se inclina para coger el abrigo. Cosidos a cada una de las solapas hay dos botones de caras sonrientes. Intenta abrir la puerta, pero el seguro no cede. Tampoco puede abrir la ventana. El capó se cierra de golpe. Buttonboy, el hombre de las gafas de espejo, que no es policía, esboza una pavorosa sonrisa y continúa rodeando el coche hasta que llega a la puerta trasera y una vez allí deja salir al gigante. Después de todo, hacen falta ojos para conducir.

En el espeso bosque es fácil perderse y terminar caminando en círculos. Por primera vez Cate comprende que eso es lo que le ocurrió a ella. Escapó de Buttonboy y del gigante corriendo hacia el bosque, pero nunca consiguió salir de él; en realidad lleva desde entonces dando tumbos entre la oscuridad y la maleza, trazando un gigantesco círculo sin fin de vuelta hacia sus captores. Por fin ha llegado al que siempre fue su destino, y este pensamiento, en lugar de aterrorizarla, le resulta extrañamente reconfortante. Tiene la impresión de que su sitio está con ellos y este sentimiento de pertenencia le produce alivio. Así que Cate se arrellana en su asiento y se cubre con el abrigo de Buttonboy para protegerse del frío.

A Eddie Carroll no le sorprendió que hubieran castigado a Noonan por publicar «Buttonboy». El relato se recreaba en la degradación de la mujer y su protagonista era, en cierta medida, cómplice voluntaria de los malos tratos sexuales y emocionales de que es objeto. Y eso estaba mal... aunque, bien visto, Joyce Carol Oates escribió historias como ésta y para revistas como *The True North Review* y recibió premios por ello. Lo que resultaba verdaderamente imperdonable de la historia era su sorprendente final.

Carroll lo había visto venir —después de haber leído casi diez mil relatos de terror y de horror sobrenatural era difícil que algo lo cogiera desprevenido—, pero aun así lo había disfrutado. Para los expertos, sin embargo, un final sorpresa (por muy conseguido que esté) es siempre sinónimo de literatura infantil y comercial o de televisión barata. Los lectores de *The True North Review* eran, suponía, académicos de mediana edad, personas que enseñaban *Beowulf* y Ezra Pound y soñaban desesperadamente con ver algún día un poema suyo publicado en *The New Yorker*. Para ellos, un final inesperado en un relato corto era el equivalente a una bailarina tirándose un pedo mientras interpreta *El lago de los cisnes,* un error tan garrafal que rozaba lo ridículo. El profesor Harold Noonan, o bien no llevaba tiempo suficiente en su torre de marfil, o bien estaba buscando de forma inconsciente que alguien le firmara su carta de despido.

Aunque el final tenía más de John Carpenter que de John Updike, Carroll no había leído nada parecido en ninguna recopilación de cuentos de terror, desde luego no últimamente. Sus veinticinco páginas eran un relato totalmente naturalista de la peripecia de una mujer que se ve destruida poco a poco por el sentimiento de culpa propio del superviviente. Hablaba de relaciones familiares tormentosas, de trabajos basura, de la lucha por salir a flote económicamente. Hacía mucho tiempo que Carroll no se encontraba con el pan nuestro de cada día en un relato de este tipo, ya que la mayor parte de la literatura de terror no trataba más que de carne cruda y sanguinolenta.

Se encontró caminando de un lado a otro de su despacho, demasiado nervioso para sentarse, con el cuento de «Buttonboy» abierto en una mano. Vio su reflejo en el cristal de la ventana detrás del sofá y su sonrisa se le antojó casi indecente, como si acabara de escuchar un chiste particularmente grosero.

Carroll tenía once años cuando vio *La guarida* en The Oregon Theatre. Había ido con sus primos, pero cuando se apagaron las luces y la oscuridad engulló a sus acompañantes Carroll se encontró solo, encerrado en su propia y sofocante cámara oscura. En algunos momentos tuvo que hacer verdaderos esfuerzos para no taparse los ojos y sin embargo sus entrañas se estremecían en un escalofrío nervioso, pero placentero. Cuando por fin se encendieron las luces todas sus terminaciones nerviosas estaban activadas, como si hubiera tocado un cable de cobre electrificado. Una sensación a la que pronto se volvió adicto.

Más tarde, cuando empezó a trabajar y el terror se convirtió en su oficio la sensación se aplacó. No desapareció, pero la experimentaba con cierta distancia, más como el recuerdo de una emoción que como la emoción en sí. Recientemente, el recuerdo se había disipado y dado paso a una amnesia aturdida, a una somnolienta falta de interés cada vez que miraba el montón de revistas sobre su mesa del salón. O no. Había ocasiones en que sí sentía miedo, pero era miedo a otra cosa.

En cambio, esto que experimentaba en su despacho, con la violencia de «Buttonboy» todavía fresca en su cabeza, era un auténtico golpe. El cuento había activado un resorte en su interior que le había dejado vibrando de emoción. Era incapaz de estarse quieto, había olvidado lo que significaba estar eufórico. Tratando de recordar la última vez que había publicado —si es que lo había hecho alguna vez— una historia que le hubiera gustado tanto como «Buttonboy», fue hasta la estantería y sacó el último volumen de *America's Best New Horror* (supuestamente los mejores cuentos de terror norteamericanos publicados hasta la fecha), curioso por comprobar lo que le había emocionado de ellos. Pero cuando buscaba el índice de contenidos abrió por casualidad la página de la dedicatoria que había escrito a su entonces todavía esposa en un confundido arrebato de afecto: «A Elizabeth, que me ayuda a encontrar el camino en la oscuridad.» Leerla ahora le ponía la carne de gallina.

Elizabeth le había dejado después de que él descubriera que llevaba un año acostándose con su agente de inversiones. Ella se marchó a vivir con su madre llevándose a Tracy, la hija de ambos.

—En cierto modo me alegro de que nos descubrieras —le había dicho por teléfono unas semanas después de su marcha—. De haber puesto fin a esto.

—¿A tu aventura? —le había preguntado él, con la esperanza de que ella fuera a contarle que había roto con su amante.

—No —contestó Lizzie—. Me refiero a toda esa mierda tuya de relatos de terror y toda esa gente que viene a verte, la gente del mundo del terror. Esos gusanos sudorosos a los que se les pone dura delante de un cadáver. Eso es lo mejor de esto, tal vez ahora Tracy pueda tener una infancia normal y yo por fin me relacionaré con adultos sanos y normales.

Ya era bastante malo que le hubiera puesto los cuernos, pero que le echara en cara lo de Tracy de esa manera le ponía absolutamente furioso, incluso ahora, al recordarlo. Devolvió el libro al estante y, encogiéndose de hombros, se dirigió a la cocina a prepararse algo de comer, olvidada ya su excitación. Había estado buscando el modo de quemar esa energía que le impedía concentrarse y resultaba que la buena de Lizzie seguía haciéndole favores a más de sesenta kilómetros de distancia y desde la cama de otro hombre.

Esa misma tarde envió un correo electrónico a Harold Noonan pidiéndole los datos de contacto de Kilrue. Noonan le contestó en menos de una hora, contento de que Carroll quisiera incluir «Buttonboy» en su nueva antología. No tenía una dirección electrónica de Peter Kilrue, pero sí una postal y también un número de teléfono.

Pero la carta que envió Carroll le fue devuelta con el sello de «DEVOLVER AL REMITENTE», y cuando probó con el número de teléfono le salió una grabación: «El número marcado está fuera de servicio.» Carroll llamó a Noonan a la Universidad de Kathadin.

—Confieso que no me sorprende —le dijo Noonan con una voz acelerada y suave que delataba timidez—. Tengo la impresión de que es una especie de nómada, que va empalmando trabajos a tiempo parcial para pagarse las facturas. Probablemente lo mejor sea llamar a Morton Boyd, de mantenimiento. Supongo que allí tendrán una ficha con sus datos.

—¿Cuándo fue la última vez que lo vio?

—Fui a visitarlo el pasado marzo. Me acerqué a su apartamento justo después de que se publicara «Buttonboy», cuando el escándalo estaba en pleno apogeo. La gente decía que se trataba de un discurso misógino, que la revista debería publicar una retractación y tonterías de ese estilo. Quería que Kilrue supiera lo que estaba pasando. Supongo que pensé que desearía responder de alguna manera, escribir una defensa de su relato en el periódico de la universidad o algo parecido... pero no fue así. Dijo que sería síntoma de debilidad. De hecho, fue una visita bastante extraña. Él es un tipo extraño. No es sólo su escritura, también él.

—¿Qué quiere decir?

Noonan rió.

—No estoy muy seguro. Veamos. ¿Sabe cuando, por ejemplo, uno tiene fiebre y mira un objeto completamente normal, como una lámpara encima de la mesa, y lo encuentra distinto, raro? Como si se estuviera deshaciendo o preparándose para echar a andar. Los encuentros con Peter Kilrue eran algo así, no sé por qué. Tal vez se deba a la intensidad que manifiesta en relación con cosas tan inquietantes...

Carroll no había conseguido contactar todavía con Kilrue, pero ya le resultaba simpático.

—¿A qué cosas se refiere?

—Cuando fui a verlo me abrió la puerta su hermano mayor. Estaba medio desnudo. Supongo que estaba pasando allí unos días y era —no quiero parecer insensible—, bueno, la verdad es que era inquietantemente gordo. Y estaba cubierto de tatuajes, también inquietantes. En el estómago tenía un molino de viento de cuyas aspas colgaban cadáveres y en la espalda un feto con los ojos... garabateados por encima, y llevaba un escalpelo en un puño. Y colmillos.

Carroll rió, aunque no estaba seguro de que aquello fuera divertido, y Noonan siguió hablando:

—Pero parecía un buen tipo, de lo más simpático. Me hizo entrar, me sirvió un refresco y nos sentamos todos en el sofá, frente al televisor. Y —ahora viene la parte divertida— mientras hablábamos y yo les explicaba todo lo que sabía sobre el escándalo surgido alrededor del relato, el hermano mayor se sentó en el suelo y Peter empezó a hacerle un piercing.

—¿Que hizo qué?

—¡Como lo oye! En plena charla comenzó a perforar la parte superior de la oreja a su hermano con una aguja puesta al fuego. Cuando aquel tipo tan gordo se levantó, parecía que le habían disparado en el lado derecho de la cabeza. Fue como el final de *Carrie,* como si se hubiera bañado en sangre. Y entonces va y me pregunta si quiero otra Coca-Cola.

Esta vez los dos reímos y, por un instante, compartimos un silencio amistoso.

—Y estaban viendo lo de Jonestown[2] —añadió Noonan bruscamente, como si se acabara de acordar.

—¿Sí?

---

[2] Masacre que conmocionó a la opinión pública estadounidense el 18 de noviembre de 1979, cuando más de novecientas personas pertenecientes a la secta Templo del Pueblo, en la comunidad de Jonestown (llamada así por su líder, Jim Jones), en Guayana, perdieron la vida tras ingerir veneno en lo que pareció ser un suicidio en masa inducido. *[N. de la T.]*

—En la televisión, con el sonido apagado. Mientras hablábamos y Peter agujereaba a su hermano. En realidad ése fue el toque final, lo que hacía que esa situación pareciera tan irreal. Estaban emitiendo las imágenes de los cuerpos de la gente aquella de la Guayana francesa, después de beberse el veneno. Las calles cubiertas de cadáveres y los pájaros carroñeros... ya sabe... picoteándolos. —Noonan tragó saliva con fuerza—. Creo que era un video, porque daba la impresión de que las imágenes se repetían, y ellos las miraban... como en trance.

Se hizo un nuevo silencio que a Noonan pareció resultarle incómodo. «Estaría investigando», pensaba Carroll de Kilrue no sin cierto grado de aprobación.

—¿No le pareció el cuento un ejemplo notable de buena literatura norteamericana? —preguntó Noonan.

—Desde luego.

—No sé qué opinará él de estar en su antología, pero por mi parte estoy encantado. Espero no haberlo asustado con esto que le he contado.

—Yo no me asusto fácilmente.

Boyd, del departamento de jardinería, tampoco estaba seguro de dónde encontrar a Kilrue.

—Me dijo que tenía un hermano que trabajaba en obras públicas en Poughkeepsie. En Poughkeepsie o en Newburgh. Quería conseguir algo así. En esos trabajos se gana bastante dinero y lo mejor es que, una vez que entras, no te pueden despedir, aunque seas un maniaco homicida.

La mención de Poughkeepsie despertó el interés de Carroll, pues a finales de mes se celebraba allí una pequeña convención de literatura fantástica titulada «Dark Wonder», «Dark Dreaming», «Dark Masturbati» o algo por el estilo. Le habían invitado a asistir y había ignorado las cartas, ya nunca acudía a esas convenciones pequeñas y además las fechas le venían mal, pues caían justo antes del cierre de la antología.

Sin embargo, asistía todos los años a los World Fantasy Awards, al Camp NeCon y a algunas de las reuniones más interesantes. Estas convenciones eran probablemente la faceta de su trabajo que menos le disgustaba. Allí tenía a sus amigos, y además una parte de él seguía disfrutando con ese tipo de cosas y con los recuerdos asociados a ellas.

Como en aquella ocasión en que encontró en una librería una primera edición de *I Love Galesburg in the Springtime.*[3] No había pensado en ese libro durante años, pero mientras hojeaba de pie las páginas amarillentas y quebradizas, con su delicioso olor a polvo y a desván, le invadió una marea vertiginosa de recuerdos. Lo había leído a los trece años y lo mantuvo fascinado durante dos semanas. Para poder leerlo a gusto, trepaba desde la ventana de su dormitorio hasta el tejado de su casa, el único sitio en el que podía huir de los gritos de sus padres cuando discutían. Recordaba la textura de papel de lija de las tejas, el olor a caucho que desprendían por efecto del calor del sol, el zumbido distante de una cortadora de césped, su maravillosa sensación de asombro mientras leía sobre la imposible moneda de diez centavos de Woodrow Wilson.

Telefoneó a la oficina de obras públicas de Poughkeepsie y le pasaron con el jefe de personal.

—¿Kilrue? ¿Arnold Kilrue? Le despedí hace seis meses —le dijo un hombre con voz apagada y jadeante—. ¿Sabe usted lo difícil que es despedir a alguien aquí? Ha sido mi primera vez en años. Mintió sobre su historial criminal.

---

[3] Recopilación de cuentos de Jack Finney (1911-1995), escritor estadounidense especializado en literatura de terror y ciencia ficción, autor también de la ya clásica novela *La invasión de los ladrones de cuerpos,* llevada al cine por Don Siegel en 1956. *[N. de la T.]*

—No, no busco a Arnold Kilrue, sino a Peter. Arnold es probablemente su hermano. ¿Era gordo y con muchos tatuajes?

—Para nada. Flaco, musculoso y con una sola mano. Decía haber perdido la otra con una segadora.

—Ya —replicó Carroll, pensando que ese hombre bien podría ser familia de Peter Kilrue—. ¿Y qué es lo que hizo?

—Violación de una orden de alejamiento.

—Bueno —siguió Carroll—. ¿Alguna pelea conyugal? —Sentía simpatía por los maridos que eran víctimas de los abogados de sus mujeres.

—De eso nada —replicó el jefe de personal—. Más bien maltratos a su madre. ¿Qué le parece?

—¿Sabe si es familia de Peter Kilrue y cómo podría contactar con él?

—No soy su secretaria personal, amigo. ¿Hemos terminado esta conversación?

—Desde luego que sí.

Probó con la guía telefónica, llamando a gente con el apellido Kilrue en la zona de Poughkeepsie, pero nadie parecía conocer a ningún Peter y tuvo que darse por vencido. Furioso, se puso a limpiar su despacho, tirando papeles sin ni siquiera mirar qué eran y trasladando montones de libros de un sitio a otro. Se le habían acabado las ideas y también la paciencia.

Hacia el final de la tarde se tiró en el sofá a pensar, y se quedó traspuesto, todavía furioso. Incluso en sueños estaba enfadado, y se veía persiguiendo por un cine desierto a un niño pequeño que le había robado las llaves del coche. El niño era blanco y negro, su silueta parpadeaba como un fantasma o el personaje de una película vieja, y se lo estaba pasando en grande, agitando las llaves en el aire y riendo histérico. Carroll se despertó de forma brusca con una sensación febril en las sienes y pensando: «Poughkeepsie».

Peter Kilrue tenía que vivir en alguna parte del estado de Nueva York y el sábado estaría en la convención Dark Future en Poughkeepsie; no podría resistir la tentación de acudir a algo así. Y alguien allí tendría que conocerlo. Alguien lo identificaría, y todo lo que necesitaba Carroll era estar presente. Se encontrarían.

No tenía intención de quedarse a pasar la noche. Eran cuatro horas de coche, así que iría y volvería en el día, y a las seis de la mañana ya se encontraba circulando a más de ciento veinte kilómetros por hora por el carril izquierdo de la I-90. El sol salía a su espalda y llenaba su espejo retrovisor de una luz cegadora. Era una sensación agradable la de pisar a fondo el acelerador y sentir el coche deslizarse veloz hacia el oeste, persiguiendo la línea alargada de su propia sombra. Después pensó en que su hija podría ir sentada a su lado y aflojó el pedal, mientras la emoción de la carretera se evaporaba.

A Tracy le encantaban las convenciones, como a cualquier niño. Eran todo un espectáculo: adultos haciendo el ridículo disfrazados de Pinhead o de Elvira. ¿Y qué niño no disfrutaría con el mercadillo que siempre acompañaba estos eventos, ese enorme laberinto de mesas y exhibiciones macabras en el que perderse y comprar una mano descuartizada de goma por un dólar? Tracy pasó en una ocasión una hora jugando al pinball con Neil Gaiman en la World Fantasy Convention, en Washington. Todavía se escribían.

Era mediodía cuando encontró el Mid-Hudson Civic Centre. El mercadillo ocupaba una sala de conciertos y la superficie estaba densamente ocupada, las paredes de cemento resonaban con risas y el murmullo continuo de conversaciones superpuestas. No le había dicho a nadie que iba, pero eso no importaba; uno de los organizadores no tardó en encontrarlo, una mujer rechoncha con pelo rojo rizado, vestida con una chaqueta de frac de raya diplomática.

—No sabía que fueras a venir —dijo—. ¡No teníamos noticias tuyas! ¿Quieres beber algo?

Pronto tuvo un ron con Coca-Cola en la mano y un puñado de curiosos a su alrededor, charlando sobre películas y autores y sobre la antología *Best New Horror*, y se preguntó cómo pudo pensar alguna vez en no asistir. Faltaba un ponente en la mesa redonda de la una y media sobre el estado del género del cuento corto de terror, y ¿no sería perfecto que pudiera hacerlo él? Desde luego, respondió.

Lo condujeron a la sala de conferencias, hileras de sillas plegables y una mesa grande en uno de los extremos, con una jarra de agua helada sobre ella. Se sentó detrás, con el resto de los ponentes: un profesor, autor de un libro sobre Poe, el editor de una revista online de terror y un escritor local de libros infantiles de tema fantástico. La pelirroja presentó a cada uno de ellos a las cerca de dos docenas de personas que formaban la audiencia y después invitó a los ponentes a que hicieran un comentario introductorio. Carroll fue el último en hablar.

Primero dijo que todo mundo de ficción es en potencia una obra del género fantástico y que cada vez que un autor introduce una amenaza o un conflicto en su relato está creando la posibilidad del terror. Lo que le atrajo por primera vez del género de terror, continuó, fue que tomaba los elementos más básicos de la literatura y los llevaba al límite. Toda la ficción es una invención, lo que convierte este género en algo más válido (y más honesto) que el realismo.

Dijo que la mayor parte de lo que se escribe en este género es pésimo, imitaciones fallidas de verdaderas porquerías. Contó cómo en ocasiones había pasado meses sin encontrarse una sola idea novedosa, un solo personaje memorable, una sola frase con talento.

Añadió que eso siempre había sido así. Y que en cualquier empresa, ya sea artística o de otro tipo, es necesario que haya muchas personas creando basura para que se den unos pocos productos de talento. Todos tenían derecho a probar suerte, a equivocarse, a aprender de sus errores y a intentarlo otra vez. Siempre hay algún diamante oculto. Habló de Clive Barker, y de Kelly Link, de Stephen Gallagher y Peter Kilrue. Habló de «Buttonboy». Añadió que para él no había nada mejor que descubrir algo fresco y emocionante, pues siempre disfrutaría de ese impacto terrible y feliz al mismo tiempo. Y mientras hablaba se dio cuenta de que lo que decía era cierto. Cuando terminó su intervención algunas personas de las filas traseras comenzaron a aplaudir y los aplausos reverberaron en la sala, como el agua de una piscina rizada por el viento, y conforme se extendía el sonido, la gente empezó a levantarse.

Cuando, finalizada la mesa redonda, salió de detrás de la mesa para estrechar unas cuantas manos, estaba sudando. Se quitó las gafas para enjugarse la cara con el faldón de la camisa, y antes de que le diera tiempo a ponérselas se encontró dando la mano a una figura delgada y diminuta. Mientras se ajustaba las gafas a la nariz reconoció en quien le saludaba a alguien que no era de su agrado, un hombre flaco con unos pocos dientes torcidos y manchados de nicotina y un bigote tan pequeño y pulcro que parecía pintado a lápiz.

Se llamaba Matthew Graham y editaba un repugnante fanzine de terror llamado *Rancid Fantasies*. Carroll había oído que lo habían arrestado por abusar sexualmente de su hijastra menor de edad, aunque al parecer el caso nunca llegó a juicio. Intentaba que sus sentimientos no le impidieran apreciar a los autores que publicaba Graham, pero lo cierto era que aún no había encontrado nada en *Rancid Fantasies* que fuera ni remotamente digno de incluirse en *Best New Horror*. Los relatos sobre trabajadores de pompas fúnebres drogados que violan los cadáveres a su cuidado, sobre oligofrénicas de la América profunda dando a luz demonios de excremento en retretes construidos sobre antiguos cementerios indios; todos ellos plagados de erratas y de atentados contra los principios básicos de la gramática...

—¿Verdad que Peter Kilrue es otra cosa? —le preguntó Graham—. Yo le publiqué su primer relato. ¿No lo has leído? Te lo envié, querido.

—Debí de traspapelarlo —respondió Carroll. Llevaba un año sin abrir *Rancid Fantasies,* aunque hacía poco había usado un ejemplar para forrar la caja de arena de su gato.

—Te gustaría —dijo Graham dejando ver sus dientes una vez más—. Es uno de los nuestros.

Carroll trató de disimular un escalofrío.

—¿Has hablado alguna vez con él?

—¿Que si he hablado con él? Tomamos una copa durante el almuerzo. Ha estado aquí esta mañana. Acababa de irse cuando llegaste tú.

Graham abrió la boca en una ancha sonrisa. Le apestaba el aliento.

—Si quieres puedo darte su dirección. No vive lejos de aquí.

Después de un almuerzo breve y tardío, leyó el primer relato de Peter Kilrue en un ejemplar de *Rancid Fantasies* que le consiguió Matthew Graham. Se titulaba «Cerditos» y trataba de una mujer emocionalmente perturbada que da a luz una camada de lechones salvajes. Éstos aprendían a hablar, a caminar sobre sus patas traseras y a vestir como humanos, a la manera de los cerdos de *Rebelión en la granja.* Conforme avanzaba la historia, sin embargo, volvían a su estado salvaje y usaban sus colmillos para despedazar a su madre. Hacia el final del relato se enzarzaban en un combate mortal para decidir cuál de ellos se comería los trozos de carne más sabrosos.

Se trataba de un texto corrosivo y exacerbado y, aunque era sin duda el mejor relato jamás publicado en *Rancid Fan-*

tasies, pues estaba escrito con cuidado y con realismo psicológico, a Carroll no le gustó. El pasaje en que los lechones se peleaban por mamar de los pechos de su madre era verdadera pornografía, particularmente grotesca y desagradable.

En una hoja doblada y metida entre las últimas páginas, Matthew Graham había dibujado un mapa aproximado de la casa de Kilrue, a unos treinta kilómetros al norte de Poughkeepsie, en una pequeña localidad llamada Piecliff. Le quedaba a Carroll de camino a su casa, atravesando el parque natural llamado Taconic, que lo llevaría a la I-90. No venía ningún número de teléfono. Graham había mencionado que Kilrue tenía problemas de dinero y que la compañía telefónica le había cortado la línea.

Para cuando Carroll llegó a Taconic ya estaba oscureciendo, y la penumbra crecía detrás de los grandes álamos y abetos que cerraban los lados de la carretera. Parecía ser la única persona que circulaba por la carretera del parque, que ascendía en curvas hacia las colinas y un bosque. En ocasiones los faros del coche alumbraban a una familia de ciervos, con ojos sonrosados que lo miraban con una mezcla de miedo e interrogación hostil desde la oscuridad.

Piecliff no era gran cosa: un minicentro comercial, una iglesia, un cementerio, un Texaco, un solo semáforo en ámbar. Lo atravesó y enfiló una carretera estrecha que discurría entre pinares. Para entonces ya era de noche y hacía frío, de manera que tuvo que poner la calefacción. Giró por Tarheel Road y su Civic avanzó con dificultad por una carretera zigzagueante y tan empinada que el motor gimió por el esfuerzo. Cerró los ojos un instante y casi se salió de la carretera; tuvo que dar un volantazo para no empotrarse en la maleza y despeñarse por la pendiente.

Unos metros más adelante el asfalto dio paso a un camino de grava, y el coche avanzó traqueteando en la oscuridad, mientras las ruedas levantaban una nube luminosa de polvo blanco. Los faros iluminaron a un hombre gordo con una gorra naranja brillante que estaba metiendo una carta en un buzón. En uno de los costados de éste estaba escrito con letras adhesivas luminosas KIL U. Carroll aminoró la marcha.

El hombre gordo se llevó la mano a los ojos para protegerse de la luz, escudriñando en dirección al coche de Carroll. A continuación sonrió e hizo un gesto con la cabeza en dirección a la casa, un gesto de «sígueme», como si estuviera esperando la visita de Carroll. Echó a andar en dirección a la entrada y Carroll lo siguió con el coche. Los abetos se inclinaban sobre el estrecho camino de tierra y sus ramas se aplastaban contra el parabrisas y arañaban los costados del Civic.

Por fin el camino de entrada se abrió a una verja polvorienta que conducía a una casa grande y amarilla, con una torreta y un porche desvencijado que se extendía hasta la parte trasera. Una ventana rota estaba tapada con un tablón de contrachapado, y entre la maleza había un retrete. Al ver el lugar, a Carroll se le pusieron los pelos de punta. «Los viajes terminan cuando los amantes se encuentran»,[4] pensó, y lo inquietante de su imaginación le hizo sonreír. Se estacionó cerca de un viejo tractor medio enterrado en plantas de maíz indio que sobresalían de su techo descapotado.

Se guardó las llaves del coche en el bolsillo, salió y echó a caminar en dirección a la entrada, donde lo esperaba el hombre gordo, pasando por delante de un garaje intensamente iluminado. Las puertas dobles estaban cerradas, pero del interior salía el chirriar de una sierra de mano. Levantó la vista hacia la casa y vio a contraluz una silueta que lo miraba desde una de las ventanas de la segunda planta.

---

[4] William Shakespeare, *Noche de reyes.* Acto II, escena 3. *[N. de la T.]*

Eddie Carroll anunció que estaba buscando a Peter Kilrue, a lo que el hombre gordo respondió inclinando la cabeza en dirección a la puerta, el mismo gesto de «sígueme» que había empleado para dirigirlo a la entrada de la casa. Después se volvió y le dejó paso.

El recibidor estaba en penumbra y las paredes cubiertas de marcos de fotografía inclinados. Una estrecha escalera conducía a la segunda planta. En el aire había un olor húmedo y extrañamente masculino... a sudor, pero también a masa de tortitas. Carroll lo identificó de inmediato, pero también de inmediato decidió hacer como que no había notado nada.

—Es un montón de mierda este recibidor —dijo el hombre gordo—. Déjeme que le cuelgue el abrigo. No solemos tener visitas.

Su voz era alegre y chillona. En cuanto Carroll le tendió su abrigo, se dio la vuelta y gritó en dirección a las escaleras:

—¡Pete! ¡Visita!

El brusco cambio del tono sobresaltó a Carroll. Entonces el suelo de madera crujió sobre sus cabezas y un hombre delgado con chaqueta de pana y gafas de montura de plástico cuadrada apareció en lo alto de las escaleras.

—¿En qué puedo ayudarlo? —preguntó.

—Me llamo Edward Carroll y edito una colección de antologías. *America's New Best Horror*. —Miró a Kilrue esperando que su cara demostrara alguna reacción, pero éste permaneció impasible—. Leí uno de sus cuentos, «Buttonboy», en *True North* y me gustó bastante. Me gustaría incluirlo en la antología de este año. —Hizo una pausa y a continuación añadió—: No ha sido fácil dar con usted.

—Suba —dijo Kilrue desde lo alto de la escalera, dando un paso atrás.

Carroll empezó a subir mientras abajo el hermano gordo caminaba por el pasillo con el abrigo de Carroll en una mano y el correo en la otra. Entonces se detuvo de golpe y miró hacia lo alto de la escalera agitando un sobre de estraza.

—¡Eh, Pete! ¡Ha llegado la pensión de mamá! —dijo con voz temblorosa de emoción.

Para cuando Carroll llegó al final de la escalera Peter Kilrue ya caminaba en dirección a una puerta abierta al final del pasillo. Todo en la casa parecía deforme, hasta el pasillo, y el suelo daba la impresión de estar inclinado hasta el punto que Carroll tuvo que sujetarse a la pared para conservar el equilibrio. Faltaban tablones y sobre el hueco de la escalera colgaba una inmensa araña de cristal cubierta de pelusas y telarañas. En algún lugar lejano de la memoria de Carroll resonaban los primeros compases de la banda sonora de *La familia Addams* en un carillón que tocaba un jorobado.

Kilrue ocupaba un pequeño dormitorio abuhardillado. Contra una de las paredes se hallaba una mesa pequeña de madera con la superficie desconchada, sobre la cual había una máquina de escribir eléctrica encendida, con una hoja de papel metida en el rodillo.

—¿Estaba trabajando? —preguntó Carroll.

—No puedo parar —contestó Kilrue.

—Eso está bien.

Kilrue se sentó en el jergón y Carroll dio un paso dentro de la habitación. No podía avanzar más sin darse en la cabeza con el techo. Peter Kilrue tenía unos ojos extraños, desvaídos, y con los párpados enrojecidos, como si los tuviera irritados. Miraba a Carroll sin pestañear.

Éste le habló de la antología y le dijo que le pagaría doscientos dólares además del porcentaje de derechos de autor. Kilrue asintió sin demostrar sorpresa ni curiosidad alguna por los detalles. Su voz era entrecortada y femenina. Le dio las gracias a Carroll.

—¿Qué le pareció el final? —preguntó de repente, sin previo aviso.

—¿De «Buttonboy»? Me gustó. Si no me hubiera gustado, no querría publicarlo.

—En la Universidad de Kathadin lo odiaron. Todas esas niñas de papá con sus faldas escocesas. Odiaron muchas partes del relato, pero sobre todo el final.

Carroll asintió.

—Porque no se lo esperaban. Probablemente se llevaron un buen susto. Ese tipo de finales chocantes ya no están de moda.

Kilrue dijo:

—En la primera versión que escribí el gigante estrangula a la chica, y cuando ésta está a punto de perder el conocimiento se da cuenta de que el otro hombre se dispone a coserle el coño con unos botones. Pero me entró el pánico y lo cambié. Creo que Noonan no lo hubiera publicado así.

—En la literatura de terror, a menudo lo más potente es lo que se deja fuera —repuso Carroll, en realidad por decir algo. Tenía la frente cubierta de un sudor frío—. Voy al coche por unos formularios. —Tampoco estaba seguro de por qué había dicho eso. No tenía ningún formulario en el coche, pero de repente sentía una necesidad imperiosa de respirar aire fresco.

Agachó la cabeza y retrocedió hasta el pasillo, haciendo esfuerzos para no echarse a correr. Cuando llegó al final de la escalera dudó un momento, preguntándose dónde habría puesto su abrigo el hermano obeso de Kilrue. Echó a andar por el corredor, que se volvía más y más oscuro conforme avanzaba por él.

Bajo las escaleras había una puerta pequeña, pero cuando giró la chapa de bronce no se abrió. Siguió avanzando por el pasillo buscando un armario. De algún lugar cercano llegaban el chisporroteo de grasa friéndose, olor a cebollas y el sonido seco de un cuchillo. Empujó una puerta que había a su derecha y se encontró con un comedor para invitados con las paredes decoradas con cabezas de animales disecadas. Un haz de sol oblicuo iluminaba la mesa cubierta con un mantel, rojo y con una esvástica en el centro.

Carroll cerró la puerta con cuidado. A su izquierda había otra abierta que permitía ver la cocina. El hombre gordo estaba detrás de una encimera, con el pecho desnudo y cubierto de tatuajes, cortando lo que parecían ser cebollas con un cuchillo de carnicero. Tenía los pezones agujereados con aros de acero. Cuando Carroll se disponía a dirigirse a él, el hombre gordo salió detrás de la encimera y se dirigió hacia el fuego, para remover algo que freía en un sartén. Sólo llevaba puesta una tanga y sus pálidos glúteos, sorprendentemente delgados, temblaban con cada movimiento. Carroll retrocedió hacia la oscuridad del pasillo y, pasado un momento, siguió andando con cuidado de no hacer ruido.

Este pasillo era aún más irregular que el del piso superior, visiblemente desigual, como si un terremoto hubiera sacudido la casa, desencajándola, de modo que la parte delantera ya no casaba con la trasera. No sabía por qué no daba la vuelta, no tenía ningún sentido seguir adentrándose más y más en aquella extraña casa, pero sus pies lo arrastraban.

Abrió una puerta situada a su izquierda, cerca del final del pasillo. El mal olor y un zumbido de moscas furiosas le hicieron retroceder mientras le envolvía un desagradable calor, que delataba la presencia de un cuerpo humano. Era la habitación más oscura de todas las que había visto y parecía ser un cuarto de invitados. Se disponía a cerrar la puerta cuando escuchó algo que se movía bajo las sábanas de la cama. Se tapó la nariz y la boca con la mano y reunió fuerzas para dar un paso adelante, mientras sus ojos se habituaban a la penumbra.

En la cama había una anciana de aspecto frágil con la sábana enrollada en la cintura. Estaba desnuda y parecía intentar rascarse, con los brazos esqueléticos levantados sobre la cabeza.

—Discúlpeme —musitó Carroll desviando la mirada—. Lo siento mucho.

Una vez más se dispuso a cerrar la puerta, pero entonces se detuvo y miró otra vez hacia el interior de la habitación. La anciana se movió de nuevo bajo las sábanas. Tenía los brazos extendidos sobre la cabeza. Fue el hedor a carne humana que desprendía lo que le hizo pararse y mirarla fijamente. Conforme sus ojos se acostumbraron a la oscuridad vio que una cuerda rodeaba las muñecas de la anciana, sujetándolas al cabecero de la cama. Tenía los ojos entrecerrados y respiraba con estertores. Bajo los sacos de piel que eran sus senos se le transparentaban las costillas. Las moscas zumbaban. La mujer sacó la lengua de la boca y se la pasó por los labios resecos, pero no emitió palabra alguna.

Enseguida Carroll se encontró caminando rápidamente por el pasillo con las piernas entumecidas. Al pasar por delante de la cocina tuvo la impresión de que el hermano gordo levantaba la vista y lo miraba, pero no redujo el paso. Por el rabillo del ojo vio a Peter Kilrue de pie en lo alto de la escalera, observándolo con la cabeza levantada, como si se dispusiera a preguntarle algo.

—Cojo eso y enseguida vuelvo —le dijo Carroll sin dejar de caminar y con voz estudiadamente despreocupada.

Abrió la puerta de entrada y salió deprisa, aunque no saltó los peldaños, sino que los bajó uno a uno. Cuando se está huyendo de alguien nunca hay que saltar escalones, es la mejor manera de torcerse un tobillo. Lo había visto en centenares de películas de miedo. El aire era tan gélido que le quemaba los pulmones.

Una de las puertas del garaje estaba abierta y al pasar por delante miró hacia el interior. Vio un suelo de tierra, cadenas y ganchos que pendían de las vigas y una sierra eléctrica colgada en la pared. De pie, detrás de una mesa, había un hombre alto y anguloso con una sola mano. La otra era un muñón, cuya piel mutilada brillaba en las cicatrices. Miró a Carroll sin decir palabra, con unos ojos pálidos atentos y huraños. Carroll sonrió y le saludó con la cabeza.

Abrió le puerta de su Civic y se sentó apresuradamente frente al volante... Entonces una oleada de pánico le recorrió el pecho. Había olvidado las llaves en el abrigo. Al darse cuenta sintió deseos de llorar, pero de su boca abierta sólo salió una mezcla de risa y sollozos. También esto lo había visto en cientos de películas de miedo. La víctima había olvidado las llaves, o el coche no arrancaba, o...

El hermano manco estaba en la entrada del garaje y lo miraba. Carroll lo saludó con una mano mientras que con la otra desenchufaba su teléfono móvil del cargador. Al mirarlo se dio cuenta de que allí no había cobertura, lo que, en cierto modo, no lo sorprendió. Dejó escapar otra carcajada ahogada e histérica.

Cuando levantó la vista vio que la puerta de la casa estaba abierta y dos figuras lo miraban, de pie. Los hermanos tenían la vista fija en él. Salió del coche y echó a andar deprisa por el sendero de entrada. No empezó a correr hasta que oyó gritar a uno de ellos.

Cuando llegó al final del sendero no giró para tomar la carretera, sino que se internó campo a través por los matorrales y en dirección a los árboles. Las ramas delgadas le golpeaban la cara como si fueran látigos. Tropezó y se rasgó una de las perneras del pantalón a la altura de la rodilla. Se levantó y continuó la marcha.

La noche era clara y despejada, con el cielo plagado de estrellas. Se detuvo junto a una pendiente inclinada, agazapándose entre las rocas para recuperar el aliento mientras sentía una punzada de dolor en el costado izquierdo. Oía voces procedentes de colina arriba y el sonido de ramas quebrándose. Alguien tiró de la cuerda de arranque de un motor pequeño, una, dos veces, y entonces distinguió el rugido inconfundible de la sierra eléctrica.

Se levantó y echó a correr, abalanzándose ladera abajo, sorteando ramas de abeto, raíces y piedras sin ni siquiera verlas. Conforme avanzaba, la pendiente se volvía más y más inclinada, hasta que tuvo la impresión de estar cayendo. Iba a demasiada velocidad y sabía que cuando se detuviera sería golpeándose contra algo y haciéndose mucho daño.

Pero conforme seguía corriendo cada vez más deprisa, tenía la impresión de que con cada salto que daba surcaba metros de oscuridad, y entonces le sobrevino una oleada vertiginosa de excitación, una sensación cercana al pánico, pero que también tenía mucho de euforia. Sentía que estaba a punto de salir volando y que nunca volvería a poner los pies en el suelo. Conocía este bosque, esta oscuridad, esta noche. Sabía que no lo tenía fácil y conocía bien aquello que lo perseguía, pues llevaba persiguiéndolo toda su vida. Sabía dónde se encontraba, en una historia que está próxima a su fin, y conocía mejor que nadie cómo funcionaban estas historias. Y si había alguien capaz de salir con vida de estos bosques, ése era él.

Un fantasma del siglo XX

El mejor momento para verla es cuando el lugar está casi lleno.

Está esa historia tan conocida del hombre que va a la sesión de madrugada de un cine y se encuentra la sala casi desierta. A mitad de la película mira a su alrededor y la ve sentada a su lado en una butaca que sólo unos instantes antes estaba vacía. El hombre se la queda mirando. Ella gira la cabeza y lo mira también, le sangra la nariz y tiene los ojos dilatados y tristes. Me duele la cabeza, *susurra.* Tengo que salir un momento. ¿Si me pierdo algo me lo cuentas luego? *Es entonces cuando el hombre se da cuenta de que es tan incorpórea como el rayo de luz de color azul cambiante que sale del proyector, de que puede ver a través de su cuerpo. Entonces ella se levanta y se desvanece.*

También está la historia del grupo de amigos que van juntos al cine Rosebud el jueves por la noche. Uno de ellos se sienta junto a una mujer sola, vestida de azul. Como la película tarda en empezar, decide entablar conversación con ella. ¿Qué ponen mañana?, *le pregunta.* El cine estará oscuro mañana, *le responde ella.* Ésta es la última sesión. *Poco después de empezar la película, desaparece. De vuelta a su casa después de la película, el hombre muere en un accidente de coche.*

Estas y muchas otras famosas historias relacionadas con el cine Rosebud son falsas... meras leyendas inventadas por gente que ha visto demasiadas películas de terror y que cree saber muy bien cómo funciona un cuento de fantasmas.

Alec Sheldon, uno de los primeros en ver a Imogene Gilchrist, es propietario del Rosebud y a sus setenta y tres años sigue manejando él mismo el proyector casi todas las noches. Con sólo hablar unos instantes con una persona que afirma haberla visto sabe si dice o no la verdad. Pero esa información se la guarda para sí y nunca desmiente públicamente la historia de nadie... Sería perjudicial para el negocio.

Sin embargo sabe muy bien que quien afirma haber visto a través de ella miente. Algunos de estos charlatanes hablan de sangre que mana de su nariz, sus oídos, sus ojos; afirman que les dirigió una mirada suplicante y les pidió que llamaran a alguien, que buscaran ayuda. Pero ella no sangra nunca así y cuando tiene ganas de hablar no es para pedir un médico. Muchos de los supuestos testigos empiezan su relato de la misma manera: No se va a creer lo que acabo de ver. Y están en lo correcto, porque él no se lo cree, aunque siempre los escucha con una sonrisa paciente, casi alentadora.

Aquellos que la han visto no van en busca de Alec para contárselo. Lo más normal es que sea él quien los encuentre a ellos deambulando por el vestíbulo con paso vacilante; están conmocionados y no se sienten bien. Necesitan sentarse un momento. Nunca dicen: No va a creer lo que acabo de ver. La experiencia está todavía demasiado reciente y la idea de que quizá no les crean no les viene hasta más tarde. A menudo se encuentran en un estado que podría calificarse de adormecimiento, de aceptación incluso. Cuando piensa en el efecto que tiene en quienes se encuentran con ella se acuerda de Steven Greenberg saliendo de una proyección de Los pájaros una fresca tarde de domingo en 1963. Steven tenía entonces doce años y pa-

sarían doce más antes de que se hiciera famoso: entonces no era aún «el chico de oro», sino un chico nada más.

Alec estaba en el callejón trasero del Rosebud fumando un cigarrillo cuando a su espalda escuchó abrirse de golpe la puerta de la salida de incendios. Se volvió y vio a un muchacho larguirucho apoyado en el quicio, simplemente apoyado, ni salía ni entraba. El muchacho parpadeó, deslumbrado por la fuerte luz blanca del sol, con la mirada confusa y desconcertada propia de un niño pequeño al que han despertado bruscamente de un profundo sueño. Detrás de él Alec veía una oscuridad llena de un estridente piar de gorriones y, más abajo, a unos cuantos espectadores revolviéndose incómodos en sus asientos y empezando a quejarse.

—Eh, chico: ¿entras o sales? *—preguntó Alec—*. Si dejas abierto entra la luz.

El chico —por entonces Alec aún no sabía su nombre— volvió la cabeza y se quedó mirando hacia el interior del cine durante un momento largo e intenso. Después salió y la puertita con amortiguador se cerró detrás de él suavemente, pero siguió sin moverse y sin ir a ninguna parte. El Rosebud llevaba dos semanas proyectando Los pájaros, *y Alec había visto a otros espectadores salir antes de que terminara, pero nunca a un chico de doce años. Era la clase de película que la mayoría de los niños de esa edad esperaba un año entero para ver, pero ¿quién sabe? Tal vez éste era especialmente miedoso.*

—Olvidé mi Coca-Cola dentro *—dijo el muchacho con voz distante, casi neutra—*. Todavía quedaba mucha.

—¿Quieres entrar por ella?

El chico levantó la vista y miró a Alec con expresión alarmada, y entonces éste lo supo.

—No.

Alec terminó su cigarrillo y lo tiró al suelo.

—Me he sentado con la mujer muerta *—soltó el niño de pronto.*

Alec asintió con la cabeza.

—Me ha hablado.

—¿Qué te ha dicho?

Miró de nuevo al niño y lo vio observándolo fijamente con los ojos abiertos de par en par, incrédulos.

—Que tenía ganas de hablar con alguien, dijo. Que cuando le gusta una película necesita hablar.

Alec sabe que cuando quiere hablar con alguien siempre es sobre cine. Suele dirigirse a hombres, aunque en ocasiones elige sentarse junto a una mujer, Lois Weisel, por ejemplo. Alec tiene una teoría acerca de lo que la impulsa a aparecerse a alguien. Lleva un tiempo tomando notas en su bloc amarillo y tiene una lista de las personas a las que se ha aparecido, en qué película y cuándo (Leland King, Harold y Maude, *minuto 72; Joel Harlowe,* Cabeza borradora, *minuto 77; Hal Lash,* Sangre fácil, *minuto 85, y todos los demás). A lo largo de los años ha ido desarrollando una teoría sobre las condiciones que favorecen su aparición, aunque los detalles concretos siempre cambian.*

Cuando era joven siempre pensaba en ella, o al menos siempre la tenía presente de alguna manera; fue su primera y más sentida obsesión. Después, por un tiempo, estuvo mejor, cuando el cine marchaba bien y él era un hombre de negocios respetado en la comunidad, en la cámara de comercio y en el concejo municipal. En esos días podían pasar semanas sin que pensara en ella, pero entonces alguien la veía o afirmaba haberla visto y todo empezaba de nuevo.

Sin embargo, después de su divorcio —ella se quedó con la casa y él se mudó al apartamento de una sola habitación en los bajos del local— y poco antes de que abrieran los multicines de ocho salas a las afueras de la ciudad, empezó a obsesionarse otra vez, no tanto con ella como con el cine en sí. (Aunque, ¿acaso había diferencia alguna? En realidad no, supone, los pensamientos sobre uno y otra siempre están relacionados.) Nunca imaginó que llegaría a ser tan viejo y a tener tantas deudas. Le cuesta conciliar el sueño, porque en su cabeza bullen las ideas —descabelladas, desesperadas— sobre cómo evitar tener que cerrar el cine. Permanece despierto pensando en ingresos, empleados, bienes amortizables. Y cuando ya no puede seguir pensando en dinero trata de imaginar adónde irá si el cine cierra. Se ve en un hogar para jubilados, con colchones apestando a linimento y viejos encorvados sin dentadura viendo comedias televisivas en un salón mohoso; se ve en un lugar donde se apagará lenta y pasivamente, como un papel de pared demasiado expuesto al sol que pierde poco a poco su color.

Y eso es malo. Pero es aún peor cuando trata de imaginar qué le ocurrirá a ella si cierra el Rosebud. Ve la sala despojada de sus butacas, un espacio vacío y lleno de eco, con pelusas de polvo en las esquinas y bolas de chicle seco adheridas al cemento. Las pandillas de adolescentes lo usan para beber y follar; ve botellas de licor tiradas por todas partes, pintadas analfabetas en las paredes, un condón solitario y grotesco en el suelo, delante de la pantalla. Este lugar desolado y vulnerado será su última morada, donde desaparecerá para siempre.

O tal vez no lo haga... Y eso es lo que más miedo le da.

Alec la vio —habló con ella— por primera vez cuando tenía quince años, seis días después de enterarse de que su hermano mayor había muerto en el Pacífico Sur. El presidente Truman había enviado una carta de pésame. Era una carta oficial, pero la firma estampada al final era auténtica. Alec no había llorado todavía. Años más tarde supo que había pasado una semana en estado de shock, que había perdido a la persona que más quería en el mundo y que ello lo había traumatizado. Pero en 1945 nadie empleaba la palabra «trauma» para hablar de sus emociones, y la única clase de neurosis de que hablaba la gente era de la «neurosis de guerra».

A su madre le decía que iba al colegio por las mañanas, pero era mentira. Lo que hacía era vagabundear por el centro de la ciudad metiéndose en líos. Robaba barras de caramelo del American Luncheonette y se las comía en la fábrica de zapatos abandonada, que había tenido que cerrar porque todos los hombres estaban en Francia o en el Pacífico. Después quemaba la energía que le proporcionaba el azúcar tirando piedras a los cristales, practicando lanzamientos rápidos.

Un día, mientras deambulaba por el callejón situado detrás del Rosebud, reparó en que la puerta de la sala del cine no estaba bien cerrada. El panel que daba al callejón era una superficie lisa de metal, sin picaporte, pero pudo abrirla con las uñas. Llegó justo a tiempo para la función de las tres y media de la tarde, con la sala repleta de un público compuesto en su mayor parte de niños menores de diez años acompañados de sus madres. La salida de incendios estaba situada a medio camino del pasillo, en un saliente de la pared, y en penumbra, así que nadie lo vio entrar. Avanzó agachado por el pasillo y encontró un asiento vacío en las últimas filas.

—He oído que Jimmy Stewart se ha ido al Pacífico —le había dicho su hermano cuando estuvo en casa de permiso, antes de embarcar hacia allí. Jugaban a pasarse la pelota—. Apuesto a que el caballero sin espada[5] está ahora mismo bombardeando a los putos demonios de Tokio. ¿Qué te parece?

El hermano de Alec, Ray, se definía a sí mismo como un loco del cine. Durante el mes que estuvo de permiso habían ido juntos a todos los estrenos. *Bataan, Batallón de construcción, Siguiendo mi camino...*

Alec esperó a que terminara el capítulo de una serie de cortometrajes dedicada a las últimas aventuras de un vaquero

[5] Alusión a la película del mismo nombre dirigida por Frank Capra en 1939 y protagonizada por James Stewart, que interpreta a un idealista senador que aspira a luchar contra la corrupción política. *[N. de la T.]*

cantarín de largas pestañas y boca tan negra que sus labios parecían negros también. No le interesó, así que se dedicó a sacarse mocos y a cavilar cómo agenciarse una Coca-Cola sin pagar. Entonces empezó el largometraje.

Al principio no conseguía entender qué demonios era aquella película, aunque desde la primera escena temió que se tratara de un musical. Comenzaba con los músicos de una orquesta colocándose en un escenario con un telón de fondo de un azul insípido. A continuación salía un tipo con camisa almidonada que procedía a anunciar al público que estaban a punto de ver una nueva clase de espectáculo. Cuando empezó a decir idioteces acerca de Walt Disney y sus artistas, Alec se deslizó en su asiento y hundió la cabeza entre los hombros. La orquesta prorrumpió entonces en un gran y teatral estruendo de violines y trompetas, y en cuestión de segundos sus temores se habían hecho realidad. No sólo era un musical, sino un musical de dibujos animados. Tenía que habérselo imaginado, llena como estaba la sala de niños con sus madres, una sesión a las tres y media de la tarde, y entre semana, que empezaba con un episodio de *The Lipstick Cowboy* cantando mariconadas en las llanuras.

Transcurrido un rato, levantó la cabeza y, tras taparse la cara con las manos, estuvo un tiempo mirando la pantalla por entre los dedos. Era una animación abstracta: gotas de lluvia plateadas contra un fondo de humo, rayos de sol líquido que rielaban en un cielo ceniciento. Finalmente se enderezó en el asiento para estar más cómodo. No estaba seguro de lo que sentía. Aquello le aburría, pero al mismo tiempo le interesaba, le fascinaba incluso. Le habría resultado difícil no mirar, pues la sucesión de imágenes le hipnotizaba: tirabuzones de luz roja, remolinos de estrellas, una masa de nubes brillando en el cielo escarlata del anochecer.

Los niños se revolvían inquietos en sus butacas y oyó a una niña pequeña preguntar en un susurro audible:

—Mamá, ¿cuándo sale Mickey?

Para los niños aquello era como estar en clase. Pero para cuando empezó el siguiente número musical de la película y la orquesta pasó de Bach a Tchaikovski, Alec estaba erguido en su asiento, incluso inclinado ligeramente hacia delante, con los codos apoyados en las rodillas. Vio a las hadas danzando juguetonas por el oscuro bosque, tocando flores y telarañas con sus varitas mágicas y esparciendo nubecillas de rocío incandescente. Sentía una especie de confundida admiración al verlas revolotear, un extraño anhelo, y de pronto pensó que le gustaría quedarse allí sentado, en ese cine, para siempre.

—Podría quedarme en este cine para siempre —susurró alguien a su lado. Era una voz de niña—. Quedarme aquí sentada viendo películas y no salir nunca.

No sabía que había alguien sentado a su lado y le sobresaltó oír una voz tan cerca. Pensaba, no, sabía que cuando se sentó las butacas a ambos lados estaban vacías. Volvió la cabeza.

Era sólo unos pocos años mayor que él, no tendría más de veinte, y su primer pensamiento fue que estaba buena; el corazón se le aceleró ligeramente al darse cuenta de que una chica mayor le estaba hablando y pensó: «No lo estropees». Ella no lo miraba, tenía los ojos fijos en la pantalla y sonreía con una mezcla de admiración y asombro infantil. Alec quería desesperadamente decirle algo que la impresionara, pero tenía la lengua atrapada en la garganta.

La chica se inclinó hacia él sin despegar la vista de la pantalla y su mano rozó la suya, apoyada en el brazo de la butaca.

—Siento molestarte —susurró—. Pero es que cuando una película me gusta me entran ganas de hablar. No puedo evitarlo.

Al minuto siguiente Alec fue consciente de dos cosas, más o menos a la vez. La primera era que la mano de ella en contacto con su brazo estaba fría. Podía sentir su frialdad letal a través del suéter y era tan palpable que le sobresaltó un poco. La segunda cosa que percibió fue una gota de sangre en su labio superior, bajo la fosa nasal derecha.

—Te sangra la nariz —dijo en voz demasiado alta, e inmediatamente deseó no haberlo hecho. Uno sólo tenía una única oportunidad de impresionar a una chica así. Debería haber buscado algo con que secarle la nariz, habérselo ofrecido y murmurado algo al estilo de Sinatra: «Estás sangrando, toma, usa esto». Hundió las manos en los bolsillos buscando algo que pudiera servirle para limpiarle la nariz a la chica, mas no tenía nada.

Pero ella parecía no haberle oído, no parecía en absoluto consciente de que le hubiera hablado. Con gesto distraído se pasó el dorso de la mano por encima del labio superior dejando una mancha oscura de sangre... y Alec se quedó paralizado, con las manos en los bolsillos, mirándola fijamente. Fue entonces cuando se dio cuenta de que algo le ocurría a la chica sentada a su lado, de que había algo raro en la situación, e instintivamente se apartó de ella, sin ni siquiera darse cuenta de lo que hacía.

La chica se rio de algo que pasaba en la pantalla; su voz era suave y apagada. Entonces se inclinó hacia Alec y susurró:

—Esta película no es para niños. A Harry Parcells le encanta este cine, pero no sabe elegir las películas. ¿Conoces a Harry Parcells, el dueño?

La sangre manaba de nuevo de su fosa nasal izquierda y le cubría el labio superior, pero ahora Alec estaba pendiente de otra cosa. Estaban sentados justo debajo del haz del proyector y las polillas y otros insectos revoloteaban en la columna de luz azul. Una polilla blanca se había posado en la cara de la chica y le subía por la mejilla. Ella no se había dado cuenta y Alec no dijo nada. Le faltaba el aire y no podía articular palabra.

La chica susurró:

—Cree que porque son dibujos animados gustarán a los niños. Es curioso que le guste tanto el cine y que sepa tan poco. No seguirá aquí mucho tiempo.

Lo miró y sonrió. Tenía sangre en los dientes. Una segunda polilla, de color blanco marfil, avanzaba entre su pelo. Alec tuvo la impresión de haber dejado escapar un leve gemido. Empezó a alejarse de la chica, que lo miraba fijamente. Retrocedió unos cuantos metros por el pasillo y tropezó con las piernas de un niño, que gritó. Apartó los ojos de ella por un instante y reparó en un chaval regordete con camiseta de rayas que lo encaraba furioso. «Fíjate por dónde pisas, imbécil».

Cuando Alec volvió a mirarla estaba hundida en la butaca, con la cabeza apoyada en el hombro izquierdo y las piernas separadas en una postura lasciva. Gruesos regueros de sangre espesa y reseca salían de sus fosas nasales y enmarcaban sus finos labios. Tenía los ojos en blanco y volcado sobre el regazo un cartón de palomitas.

Alec pensó que iba a gritar, pero no lo hizo. La chica estaba completamente inmóvil. Volvió la vista hacia el niño con el que había tropezado y éste giró la cabeza en dirección a la chica muerta sin mostrar reacción alguna. Volvió a mirar a Alec con ojos inquisitivos y una mueca de evidente desdén.

—Perdone, señor —dijo una mujer, la madre del chico gordo—. ¿Podría apartarse? Estamos intentando ver la película.

Alec lanzó otra mirada en dirección a la chica muerta, pero ahora la butaca estaba vacía y el asiento abatible cerrado. Empezó a recular, chocando con rodillas, tropezando una vez y agarrándose donde podía para evitar caer al suelo. Entonces la sala rompió en aplausos y vítores. El corazón le palpitaba. Gritó y miró a su alrededor con desesperación. Era Mickey, allí, en la pantalla, enfundado en ropas rojas y demasiado grandes. Por fin había llegado Mickey.

Retrocedió por el pasillo y empujó la puerta acolchada de cuero para salir al vestíbulo. La claridad de la luz de la tarde lo deslumbró y tuvo que entornar los ojos. Se sentía peligrosamente descompuesto. Entonces alguien lo sujetó por el hombro, le hizo girarse y atravesar la sala hasta la escalera que conducía al anfiteatro. Alec se sentó, o más bien se desplomó, en el primer peldaño.

—Quédate así un momento —le dijo alguien—. No te levantes. Respira. ¿Tienes ganas de vomitar?

Alec negó con la cabeza.

—Porque si vas a vomitar espera a que te traiga una bolsa. Las manchas de esta alfombra se ven muy mal. Y el olor a vómito le quita a la gente las ganas de comer palomitas.

Quienquiera que fuese, permaneció junto a él un momento y después, sin decir palabra, se dio la vuelta y se alejó arrastrando los pies. Cuando regresó habría transcurrido alrededor de un minuto.

—Toma. Regalo de la casa. Bébela despacio, el gas te asentará el estómago.

Alec tomó un vaso de papel perlado de gotas de agua fría, buscó el popote con la boca y dio un sorbo de Coca-Cola helada y burbujeante. Levantó la vista. El hombre de pie frente a él era alto, de hombros encorvados y cintura fofa. Tenía el pelo oscuro, corto y erizado, y unos ojos pequeños y pálidos que le miraban incómodos detrás de los cristales de las gafas.

Cuando Alec habló no reconoció su propia voz:

—Hay una chica muerta ahí dentro.

El hombre se puso lívido y miró con tristeza en dirección a las puertas de la sala.

—Nunca había venido a esta función. Creía que sólo aparecía en las de la noche. Por el amor de dios, es una película para niños. ¿Qué es lo que pretende?

Alec abrió la boca sin saber lo que iba a decir, seguramente algo sobre la chica muerta, pero en su lugar musitó:

—En realidad no es para niños.

El hombre alto lo miró con expresión algo molesta.

—Pues claro que sí. Es de Walt Disney.

Alec lo observó durante varios segundos y después añadió:

—Usted debe de ser Harry Parcells.

—Pues sí. ¿Cómo lo sabes?

—Lo he adivinado —respondió Alec—. Gracias por la Coca-Cola.

Alec siguió a Harry Parcells detrás del mostrador de palomitas y por una puerta hasta un rellano donde terminaba una escalera. Harry abrió una puerta situada a la derecha y entraron en un pequeño y atestado despacho. El suelo estaba lleno de latas metálicas con rollos de películas, y las paredes cubiertas de carteles descoloridos, algunos de los cuales se superponían: *Forja de hombres, David Copperfield, Lo que el viento se llevó.*

—Siento que te haya asustado —dijo Harry dejándose caer pesadamente en una silla de despacho detrás de su mesa—. ¿Seguro que estás bien? Sigues algo pálido.

—¿Quién es?

—Algo explotó dentro de su cabeza —contestó Harry mientras se apuntaba la sien con un dedo, como si fuera una pistola—. Fue hace seis años, durante *El mago de Oz,* el estreno. Fue horrible. Solía venir mucho por aquí, era mi cliente más fiel. Hablábamos, bromeábamos...

Su voz pareció perderse, sonaba confundido y alterado. Se retorció las regordetas manos sobre la mesa en frente de él, y entonces dijo:

—Y ahora busca mi ruina.

—Usted la ha visto.

No era una pregunta, sino una afirmación. Harry asintió.

—Pocos meses después de que muriera. Me dijo que no marcha nada bien aquí. No entiendo por qué quiere asustarme, con lo bien que nos llevábamos. ¿Te dijo a ti que te fueras?

—¿Por qué viene? —preguntó Alec. Su voz sonaba aún algo ronca y se le antojó una pregunta extraña. Por unos momentos Harry se limitó a mirarlo detrás de los gruesos cristales de sus gafas con cara de total incomprensión.

Después sacudió la cabeza y dijo:

—No es feliz. Murió antes de que acabara *El mago de Oz* y todavía está triste. Lo comprendo, era una buena película. Yo también me sentiría estafado.

—¿Hola? —gritó alguien desde el vestíbulo—. ¿Hay alguien ahí?

—¡Un momento! —respondió Harry, y miró a Alec con expresión dolorida—. La chica que atiende el bar me dijo ayer que se marcha. Sin previo aviso.

—¿Por el fantasma?

—¡No, hombre, no! Se le cayó una uña postiza dentro de las palomitas de un cliente y le dije que no volviera a ponérselas para trabajar. Nadie quiere comerse una uña postiza. Me contestó que aquí vienen muchos chicos y que si no puede llevar las uñas postizas prefiere irse, así que ahora tengo que hacerlo yo todo.

Tenía algo en la mano, un recorte de periódico.

—Aquí está su historia —le dijo, y a continuación le dirigió una mirada, no exactamente furiosa, aunque sí tenía mucho de advertencia, y añadió—: Pero no te vayas. Aún tenemos que hablar.

Salió y Alec se le quedó mirando preguntándose a qué se habría debido esa mirada. Después echó un vistazo al recorte de periódico: era una necrológica, la de la chica. El papel tenía marcas de dobleces, los bordes desgastados y la tinta descolorida; se notaba que había sido muy manoseado. Se llamaba Imogene Gilchrist y había muerto con diecinueve años. Trabajaba en la papelería de Water Street. La sobrevivían sus padres, Colm y Mary. Amigos y familiares hablaban de su bonita risa y su contagioso sentido del humor. De lo mucho que le gustaba el cine. Veía todas las películas en cuanto se estrenaban, en la primera función, y era capaz de recitar de memoria el reparto completo de prácticamente cualquier película, era su particular habilidad. Incluso recordaba los nombres de los actores que tenían un papel de sólo una línea. En el instituto había sido presidenta del club de teatro, había actuado en todas las obras y también se ocupaba de las escenografías y la iluminación. «Siempre pensé que acabaría siendo una estrella de cine», decía su profesora de teatro. «Con su físico y esa risa… Para hacerse famosa le habría bastado que alguien la hubiera enfocado con su cámara.»

Cuando terminó de leer, Alec miró a su alrededor. La oficina seguía vacía. Volvió a mirar la necrológica mientras acariciaba el recorte entre los dedos pulgar e índice. La injusticia de aquello lo puso enfermo y durante un momento sintió una presión en la parte posterior de los globos oculares, un hormigueo, y tuvo la ridícula sensación de que iba a llorar. Sentía que era absurdo vivir en un mundo en el que una muchacha de diecinueve años llena de risas y vida pudiera morir así, sin motivo alguno. La intensidad de lo que sentía era algo absurda, en realidad, teniendo en cuenta que no la conoció mientras estaba viva; pero entonces se acordó de Ray y de la carta de Harry Truman a su madre, de las palabras «murió con valentía, defendiendo la libertad, América está orgullosa de él». Recordó cuando Ray le había llevado a ver *Batallón de construcción* en ese mismo cine y se habían sentado uno al lado del otro con los pies apoyados en las butacas delanteras y los hombros juntos. «Fíjate en John Wayne», le había dicho Ray. «Haría falta un bombardero para él y otro para sus pelotas.» El escozor de los ojos era tan intenso que le resultaba insoportable y le dolía al respirar. Se frotó la nariz húmeda y se concentró en llorar lo más silenciosamente posible.

Se limpió la cara con el faldón de la camisa, dejó la necrológica en la mesa de Harry Parcells y echó un vistazo por la habitación. Miró los carteles y los montones de latas de celuloide. En una esquina había un trozo de película, unos ocho fotogramas, y se preguntó qué sería. Lo cogió para mirarlo de cerca y vio la secuencia de una niña cerrando los ojos y levantando la cara para besar a un hombre que la abrazaba con fuerza. Alec quería ser besado algún día de aquella manera. Tener en la mano un trozo de una película le producía una extraña emoción y, siguiendo un impulso, se la guardó en el bolsillo.

Salió de la oficina al rellano situado al final de las escaleras y miró hacia el vestíbulo. Esperaba ver a Harry detrás del mostrador, atendiendo a algún cliente, pero no había nadie. Dudó, preguntándose dónde habría ido, y mientras lo hacía reparó en un suave zumbido procedente de lo alto de las escaleras. Miró hacia arriba y escuchó un chasquido. Harry estaba cambiando el rollo.

Alec subió las escaleras y entró en la sala de proyección, un compartimento oscuro con techo bajo y dos ventanas cuadradas que daban a la sala. El proyector, una máquina de gran tamaño hecha de acero inoxidable pulido con la palabra VITAPHONE estampada en la funda, apuntaba hacia una de ellas. Harry estaba de pie en un extremo, inclinado hacia delante y mirando a través de la ventana por la que salía la luz del proyector. Oyó a Alec en la puerta y le dirigió una breve mirada. Alec esperaba que le ordenara salir de allí, pero Harry no dijo nada y se limitó a saludarlo con la cabeza y a regresar a su silenciosa ocupación.

Alec avanzó con cuidado entre la oscuridad hasta el VITAPHONE. A la izquierda del proyector había una ventana que daba a la sala de cine y Alec la miró largo rato, dudando de si se atrevería, hasta que por fin pegó la cara al cristal y miró hacia abajo.

Una luz azul de medianoche procedente de la pantalla alumbraba la sala: de nuevo el director, con la silueta de la orquesta detrás. El narrador estaba presentando la siguiente pieza musical. Alec bajó la vista y escudriñó las filas de butacas. No le fue difícil localizar dónde había estado sentado, en una esquina casi vacía al final de la sala, a la derecha. Una parte de él esperaba verla todavía allí, con la cara vuelta hacia el techo y cubierta de sangre, los ojos tal vez fijos en él. La idea de verla le llenaba de una mezcla de temor y euforia nerviosa, y cuando se dio cuenta de que no estaba allí, la decepción que sintió lo sorprendió un tanto.

Empezó la música: primero el son vacilante de los violines, subiendo y bajando en intensidad, y después una serie de estallidos amenazadores procedentes de los metales, sonidos casi militares. La vista de Alec se alzó una vez más en dirección a la pantalla y permaneció allí. Sintió cómo un escalofrío le recorría el cuerpo y notó que se le erizaba la piel de los antebrazos. En la pantalla, los muertos se levantaban de sus tumbas, un ejército de espectros en blanco y negro que surgían del suelo y se elevaban hacia el cielo nocturno. Un demonio de anchas espaldas los conminaba desde la cima de una colina. Los espectros acudían a su encuentro con los jirones de sus sudarios blancos revoloteando alrededor de sus cuerpos demacrados y las caras angustiadas y dolientes. Alec contuvo el aliento y siguió mirando la pantalla mientras en su interior crecía un sentimiento que era mezcla de asombro y conmoción.

Entonces el demonio abrió una grieta en la montaña: el Infierno. Las llamas crecían y los condenados saltaban y bailaban, y Alec supo que aquellas imágenes hablaban de la guerra, de la muerte injustificada de su hermano en el Pacífico, de América que se siente orgullosa de él, de los cuerpos con heridas mortales, hinchados, descomponiéndose, diseminados aquí y allá, mecidos por las olas que rompían en la orilla de alguna lejana playa oriental. Hablaban de Imogene Gilchrist, que amaba el cine y murió con las piernas abiertas y el cerebro anegado en sangre, tenía diecinueve años y sus padres se llamaban Colm y Mary. Hablaban de los jóvenes, de cuerpos jóvenes y sanos agujereados por las balas, la vida manando a chorros de sus arterias, de sueños incumplidos y de ambiciones frustradas. Hablaba de los jóvenes que aman y son amados y se van para no volver, y de los tristes recuerdos que rodean su marcha: *Lo tengo presente en mis oraciones, Harry Truman,* y *siempre pensé que acabaría siendo una estrella de cine.*

En algún lugar lejano sonó la campana de una iglesia y Alec levantó la vista. El sonido procedía de la película. Los muertos se desvanecían y el demonio mal encarado y de anchas espaldas se cubría con sus grandes alas negras para protegerse de la llegada del amanecer. Hombres vestidos con túnicas desfilaban a los pies de la colina portando antorchas que brillaban con un resplandor tenue. La música sonaba en suaves compases. El cielo se teñía de un azul frío y trémulo y entonces la luz ascendía y el brillo del amanecer iluminaba las ramas de los abetos y los pinos. Alec se quedó mirando la pantalla en una especie de veneración religiosa hasta que la película terminó.

—Me gustó más *Dumbo* —dijo Harry.

Encendió un interruptor que había en la pared y una bombilla desnuda iluminó la habitación con una potente luz blanca. El VITAPHONE engulló el último tirabuzón de película y lo escupió por el otro extremo, donde se enroscó en una bobina. El rodillo de salida siguió girando, vacío, y haciendo un sonido semejante a un aleteo. Harry apagó el proyector y miró a Alec por encima de él.

—Tienes mejor aspecto. Has recuperado el color.

—¿De qué quería hablar conmigo? —Alec recordó la vaga mirada de advertencia que le había dirigido Harry cuando le dijo que no se moviera de allí, y se le ocurrió que tal vez supiera que se había colado en el cine sin entrada y que ahora podría tener problemas.

Pero Harry dijo:

—Estoy dispuesto a devolverte el dinero de la entrada o a darte un par de boletos gratis para la función que quieras. Es lo máximo que puedo ofrecerte.

Alec se le quedó mirando, incapaz de articular palabra.

—¿Por qué?

—¿Que por qué? Para que mantengas la boca cerrada. ¿Te imaginas lo que sería de este cine si corriera la voz de que ella está aquí? Mucho me temo que la gente no quiera pagar por sentarse en la oscuridad junto a una chica muerta con ganas de conversación.

Alec movió la cabeza. Le sorprendía que Harry pensara que saber que había fantasmas en el Rosebud espantaría al público. Alec pensaba más bien que tendría el efecto contrario. La gente siempre estaba dispuesta a pagar por pasar un poco de miedo en la oscuridad. Si no fuera así, el cine de terror no sería un negocio. Y entonces recordó lo que le había dicho Imogene Gilchrist sobre Harry Parcells: «No durará aquí mucho tiempo.»

—¿Qué dices, entonces? —preguntó Harry—. ¿Quieres pases?

Alec negó con la cabeza.

—Pues el dinero de la entrada.

—No.

Harry se detuvo cuando se disponía a sacar la cartera y dirigió a Alec una mirada sorprendida y hostil.

—¿Qué es lo que quieres, entonces?

—¿Qué tal un trabajo? Necesitará a alguien para vender palomitas. Prometo no ponerme las uñas postizas.

Harry se quedó mirándolo un momento sin responder y a continuación se sacó la mano del bolsillo trasero del pantalón.

—¿Puedes venir los fines de semana? —preguntó.

En octubre Alec se entera de que Steven Greenberg está de vuelta en New Hampshire, rodando exteriores para su nueva película en los terrenos de la Academia Phillips Exeter, algo con Tom Hanks y Haley Joel Osment sobre un profesor incomprendido que ayuda a niños superdotados con problemas. Alec no necesita saber más para suponer que Steven está a punto de ganar su segundo Oscar. Sin embargo a él le gustan más sus primeras películas, las de género fantástico y los thrillers.

Considera la posibilidad de acercarse hasta allí y echar un vistazo, se pregunta si le dejarán colarse en el rodaje. Pues claro que sí, conoce a Steven desde que era un muchacho, pero pronto cambia de parecer. Deben de ser centenares las personas de esta parte de New Hampshire que afirman conocer a Steven, y tampoco es que fueran amigos íntimos. En realidad sólo hablaron una vez, el día en que Steven la vio. Antes de aquello, nada, y después tampoco mucho.

Así que se lleva una sorpresa cuando un viernes por la tarde, hacia finales del mes, recibe una llamada de la asistente personal de Steven, una mujer alegre y con voz de persona eficiente llamada Marcia. Le dice a Alec que a Steven le gustaría verle y si podría acercarse al rodaje. ¿Qué tal el domingo por la mañana? Tendrá un pase esperándolo en el edificio principal, en los terrenos de la Academia. Sobre las diez de la mañana, le dice con voz cantarina antes de colgar. Hasta pasados unos mi-

nutos después de la conversación, Alec no se da cuenta de que no ha recibido una invitación, sino una orden.

Un asistente con barba recibe a Alec en el edificio principal y lo acompaña hasta el lugar de rodaje. De pie, y en compañía de unas treinta personas más, observa de lejos a Tom Hanks y a Osment pasear juntos por un cuadrado de césped alfombrado de hojas caídas. Hanks asiente pensativo, mientras Osment habla y hace gestos con las manos. Frente a ellos dos hombres tiran de un travelling *sobre el que están otros dos hombres y su equipo. Steven se echa a un lado, al igual que el resto del reducido grupo de espectadores, y contempla la escena en un monitor de video. Nunca antes ha estado en un rodaje y disfruta enormemente viendo trabajar a los profesionales de la gran ilusión.*

Una vez satisfecho con la escena, y después de conversar con Hanks durante unos minutos, Steven se dirige hacia el grupo de espectadores entre los que está Alec. Su cara tiene una expresión tímida e interrogante. Entonces ve a Alec y esboza una sonrisa desdentada, saluda con la mano y durante un momento vuelve a ser aquel joven larguirucho de años atrás. Lo invita a acompañarlo a la zona de catering *por un hot dog y un refresco.*

Por el camino, Steven parece nervioso, haciendo sonar las monedas que lleva en los bolsillos y mirando a Alec por el rabillo del ojo. Éste sabe que quiere hablar de Imogene, pero no se le ocurre cómo sacar el tema. Cuando por fin habla es de sus recuerdos del Rosebud, de cómo le gustaba aquel lugar y de las magníficas películas que vio allí por primera vez. Alec sonríe y asiente, pero en el fondo está algo asombrado por la capacidad de Steven para el autoengaño. Steven nunca regresó al Rosebud después de Los pájaros, *así que no vio allí ninguna de esas películas de las que habla.*

Por fin Steven balbucea:

—¿Qué va a pasar con el cine cuando te jubiles? No digo que tengas que jubilarte. Lo que quiero decir es... ¿Crees que seguirás llevándolo mucho tiempo?

—No mucho —*contesta Alec (y es la verdad), pero no dice nada más. No quiere rebajarse a pedir ayuda, aunque en el fondo sabe que ha venido por eso, que desde que recibió la invitación de Steven a visitarlo en el rodaje ha estado imaginando que terminarían hablando del Rosebud y Steven, que tiene tanto dinero, podría ser la solución a sus problemas económicos.*

—Las viejas salas de cine son tesoros nacionales —*continúa Steven*—. Aunque no lo creas, yo soy propietario de un par de ellas. Las uso para reestrenar viejas películas. Me encantaría poder hacer lo mismo algún día con el Rosebud; es una ilusión que tengo.

Aquí está la oportunidad que Alec estaba esperando, aunque no quería admitirlo. Pero en lugar de confesar a Steven que el Rosebud está al borde de la ruina, a punto de cerrar, cambia de tema... Últimamente le faltan agallas para hacer lo que debe.

—¿Cuál es tu próximo proyecto? —*le pregunta a Steven.*

—¿Después de éste? Estaba pensando en un remake —*contesta Steven mientras le dirige otra mirada furtiva*—. A que no adivinas cuál.

Y entonces, de repente, le pone a Alec la mano en el brazo.

—Volver a New Hampshire me ha hecho recordar muchas cosas. He soñado con nuestra vieja amiga. ¿Te lo puedes creer?

—Nuestra vieja... —*empieza a decir Alec, hasta que se da cuenta de a quién se refiere.*

—Soñé que el cine estaba cerrado, con una cadena en la puerta de entrada y tablones en las ventanas. Dentro lloraba una niña —*dice Steven, y sonríe nervioso*—. ¿No te parece raro?

Alec conduce de regreso a casa con la cara empapada en un sudor frío y un intenso malestar. No sabe por qué no ha dicho nada, Greenberg estaba prácticamente suplicándole que le dejara ayudarlo económicamente. Piensa, con amargura, que se ha convertido en un viejo tonto e inútil.

Cuando llega al cine tiene nueve mensajes en la contestadora automática. El primero es de Lois Weisel, de quien Alec no ha sabido nada en años. Habla con voz aguda. Hola, Alec, *dice,* soy Lois Weisel, de la Universidad de Boston. *Como si hubiera podido olvidarla. Lois vio a Imogene durante una proyección de* Cowboy de medianoche. *Ahora imparte cursos de posgrado de dirección de cine documental. Alec sabe que estas dos cosas no son coincidencia, como tampoco lo es que Steven Greenberg se haya convertido en lo que es.* ¿Podrías llamarme? Quería hablar contigo de... Bueno, llámame, ¿de acuerdo? *Después ríe, con una risa extraña, como asustada, y añade:* Esto es una locura. *Suspira profundamente.* Sólo quería saber si pasa algo con el Rosebud, algo malo. Así que llámame.

El siguiente mensaje es de Dana Llewellyn, que la vio en Grupo salvaje. *El siguiente de Shane Leonard, que vio a Imogene durante la proyección de* American Graffiti. *Darren Campbell, que la vio en* Reservoir Dogs. *Algunos le hablan de un sueño que han tenido idéntico al descrito por Steven Greenberg: ventanas cegadas con tablones, una cadena en la puerta, el llanto de una niña... Algunos dicen que sólo quieren hablar y para cuando ha terminado de escuchar todos los mensajes Alec se encuentra sentado en el suelo de su despacho, con los puños apretados y sin poder parar de llorar.*

Unas veinte personas han visto a Imogene en los últimos veinticinco años y casi la mitad de ellas han dejado mensajes a Alec para que les llame. La otra mitad lo hará en los días si-

guientes, querrán saber cómo va el Rosebud, contarle los sueños que han tenido. Alec hablará con prácticamente todas las personas vivas que la han visto alguna vez, con las que Imogene sintió deseos de charlar: un profesor de teatro, el dueño de un videoclub, un financiero retirado que en su juventud escribió airadas y satíricas críticas de cine para el Lansdowne Record, *y otros. Toda una congregación de personas que cada domingo acudían en peregrinación al Rosebud en lugar de a la iglesia, cuyas plegarias habían sido escritas por Paddy Chayefsky*[6] *y sus himnos compuestos por John Williams*[7] *y la intensidad de cuya fe es una llamada a la que Imogene no se puede resistir. Y Alec es uno de ellos.*

Después de la venta el Rosebud permanece tres semanas cerrado por reformas. Una docena de trabajadores especializados montan andamios y trabajan con pequeños pinceles restaurando la deteriorada moldura de escayola del techo. Steven contrata más personal para que se ocupe de las gestiones diarias. Aunque ahora él es el dueño, Alec ha accedido a seguir al frente del negocio durante un tiempo.

Lois Weisel acude tres días por semana para rodar un documental sobre la renovación del local y sus alumnos desempeñan diversas tareas, como electricistas, técnicos de sonido, chicos para todo. Steven quiere organizar una gala de inauguración que sea un homenaje a la historia del Rosebud. Cuando Alec se entera de lo que quiere proyectar, una doble sesión de El mago de Oz *y* Los pájaros, *se le pone la carne de gallina, pero no dice nada.*

---

[6] Paddy Chayefsky (1923-1981), famoso guionista de Hollywood, ganador de varios Oscar y autor de, entre otros éxitos, *Marty* o *La leyenda de la ciudad sin nombre. [N. de la T.]*

[7] John Williams es el compositor de la banda sonora de películas como *Star Wars, Encuentros cercanos del tercer tipo, Salvando al soldado Ryan* o *Harry Potter*, entre otras muchas. *[N. de la T.]*

En la noche de la inauguración el cine está abarrotado; no ha habido tantos espectadores desde que se proyectó Titanic. *Las televisiones locales filman a la gente entrando vestida con sus mejores galas. Steven está allí, por supuesto, de ahí la expectación... aunque Alec piensa que incluso sin él el aforo habría estado completo, porque la gente está deseando ver el cine restaurado. Los dos posan juntos para los fotógrafos estrechándose la mano bajo la carpa de entrada, vestidos de esmoquin. El de Steven es de Armani, especialmente comprado para la ocasión. Alec se compró el suyo para su boda.*

Steven se inclina hacia él rozándole el pecho con el hombro.

—Y ahora ¿qué vas a hacer?

Antes de que llegara el dinero de Steven, Alec habría estado dentro contando las entradas y después habría encendido el proyector. Pero Steven ha contratado a gente para que se ocupe de la taquilla y de la proyección, así que Alec contesta:

—Supongo que me sentaré y veré la película.

—Guárdame un sitio *—le dice Steven—*. Me temo que no voy a salir de aquí hasta *Los pájaros*, todavía tengo que atender a la prensa.

Lois Weisel ha instalado una cámara en la parte delantera de la sala, enfocando a los espectadores y preparada para rodar en la oscuridad. Filma al público en distintos momentos, registrando sus reacciones ante El mago de Oz. *Éste iba a ser el final de su documental —una sala abarrotada de gente disfrutando de un clásico del siglo* XX *en un viejo cine bellamente restaurado—, pero las cosas no saldrán según lo planeado.*

En las primeras escenas rodadas por Lois se puede ver a Alec sentado en la última fila de la izquierda, con los ojos fijos en la pantalla y sus gafas desprendiendo reflejos azulados en la oscuridad. A su izquierda hay un asiento vacío, el único de toda la sala. En algunos momentos come palomitas, en otros só-

lo mira con la boca ligeramente entreabierta y expresión casi fervorosa.

Entonces viene una escena en la que aparece vuelto hacia el asiento situado a su izquierda, en el que se ha sentado una mujer de azul. Alec está inclinado sobre ella y no hay duda de que se están besando. Los espectadores que los rodean no les prestan atención, El mago de Oz *está a punto de terminar. Lo sabemos porque se oye a Judy Garland recitando una y otra vez las mismas palabras con voz queda y anhelante. Dice… Bueno, ya saben lo que dice. Son las seis palabras más bellas jamás pronunciadas en una película.*

En la escena que viene a continuación se han encendido las luces y un grupo de personas se arremolina alrededor del cuerpo inerte de Alec, desplomado en la butaca. Steven Greenberg está en el pasillo, histérico, y pidiendo a gritos un doctor. Se escucha el llanto de un niño y también un zumbido de fondo procedente de los espectadores, que cuchichean nerviosos. Pero ésta no es la escena que importa, sino la inmediatamente anterior.

Sólo dura unos segundos, unos pocos cientos de fotogramas que muestran a Alec con su acompañante sin identificar y que le reportarán a Lois fama y, por supuesto, dinero. Se emitirá en programas de televisión dedicados a fenómenos inexplicables, todos aquellos fascinados por lo sobrenatural la verán una y otra vez. Será estudiada, comentada, refutada, confirmada y celebrada. Veámosla de nuevo.

Él se inclina sobre ella. Ella alza la cara hacia la suya y cierra los ojos. Es muy joven y se entrega por completo. Alec se ha quitado las gafas y la sujeta con suavidad por la cintura. Es el beso con el que todos soñamos, un beso de cine. Y, de fondo, la voz infantil y animosa de Dorothy llena la oscuridad de la sala. Dice algo sobre volver a casa. Algo que todos conocemos.

La ley de la gravedad

Cuando yo tenía doce años mi mejor amigo era inflable. Se llamaba Arthur Roth, lo que lo convertía además en un hebreo inflable, aunque en nuestras charlas ocasionales sobre la vida en el más allá no recuerdo que adoptara una postura especialmente judía. Charlar era lo que más hacíamos —pues, dada su condición, las actividades al aire libre estaban descartadas— y el tema de la muerte y lo que puede haber después de ella surgió más de una vez. Creo que Arthur sabía que tendría suerte si sobrevivía al colegio. Cuando le conocí ya había estado a punto de morir una docena de veces, una por cada año de vida, así que el más allá siempre estaba en sus pensamientos; y también la posible inexistencia del mismo.

Cuando digo que charlábamos quiero decir que nos comunicábamos, discutíamos, intercambiábamos insultos y elogios. Para ser exactos, era yo el que hablaba. Art no podía, porque no tenía boca. Cuando tenía algo que decir lo escribía. Llevaba siempre una libreta colgada del cuello con un hilo de bramante y ceras en el bolsillo. Los trabajos de clase y los exámenes los hacía siempre con cera, pues el lector entenderá lo peligroso que puede resultar un lápiz afilado para un niño de poco más de cien gramos de peso hecho de plástico y relleno de aire.

Creo que una de las razones por las que nos hicimos tan amigos fue porque sabía escuchar, y yo necesitaba a alguien que me escuchara. Mi madre no estaba y con mi padre no podía hablar. Mi madre se marchó cuando yo tenía tres años y envió a mi padre una carta desde Florida, confusa e incoherente, sobre pecas, rayos gamma, sobre la radiación que emiten los cables de alta tensión y sobre cómo un lunar que tenía en el dorso de la mano izquierda se le había extendido por el brazo hasta el hombro. Después de eso, sólo un par de postales, y luego, nada.

En cuanto a mi padre, padecía migrañas y por las tardes se sentaba a ver telenovelas en la penumbra del cuarto de estar, con ojos vidriosos y tristes. No soportaba que nadie lo molestara, así que no se le podía decir nada; hasta intentarlo era un error.

—Bla, bla, bla —decía, interrumpiéndome a mitad de frase—. La cabeza me está matando y aquí estás tú con tu bla, bla, bla.

Pero a Art sí le gustaba escuchar y, a cambio, yo le brindaba mi protección. Los otros chicos me tenían miedo porque me había forjado una mala reputación. Tenía una navaja automática y a veces me la llevaba a la escuela y se la enseñaba a los otros chicos para mantenerlos asustados. Lo cierto es que el único lugar donde la clavaba era en la pared de mi habitación. Me gustaba tirarme sobre la cama, lanzarla contra el aglomerado y escuchar cómo la punta se hundía con un sonido seco.

Un día que Art estaba de visita y vio las muescas en la pared se lo expliqué, una cosa llevó a la otra y antes de que me diera cuenta me estaba pidiendo que le dejara tirar a él.

—Pero ¿qué te pasa? —le dije—. ¿No tienes nada dentro de la cabeza o qué? Olvídalo, ni hablar.

Sacó una pintura de cera naranja y escribió:

«Pues por lo menos déjame mirar.»

Abrí la navaja y se quedó mirándola con los ojos muy abiertos. En realidad todo lo miraba así, pues sus ojos eran de cristal duro y estaban pegados a la superficie de su cara. No podía pestañear ni nada. Pero esta mirada era distinta, me di cuenta de que estaba realmente fascinado.

Escribió:

«Tendré cuidado. Te lo prometo. ¡Por favor!»

Se la pasé y la apoyó en el suelo para meter la hoja y apretó el botón para que volviera a salir. Se estremeció y se quedó mirando la navaja en su mano. Y entonces, sin previo aviso, la lanzó hacia la pared. Obviamente no se clavó por la punta, hace falta práctica para eso y él no la tenía, y, para ser sinceros, nunca la tendría. Así que la navaja rebotó y salió disparada en su dirección. Art saltó a tal velocidad que fue como ver a un espíritu abandonando un cuerpo. La navaja aterrizó en el suelo, en el preciso lugar donde había estado, y después rodó debajo de mi cama.

Bajé a Art del techo de un tirón y escribió:

«Tenías razón, ha sido una estupidez. Soy un tonto, un idiota.»

—Desde luego —dije yo.

Pero no era ninguna de las dos cosas. Mi padre sí es un tonto, y los chicos de la escuela unos retrasados; pero Art era diferente, todo corazón. Lo único que quería era gustar a los demás.

En honor a la verdad, debo añadir que era la persona más inofensiva que he conocido. No sólo no habría hecho daño a una mosca, ni aunque hubiera querido. Si levantaba la mano para dar un manotazo a alguna, ésta seguía volando tan tranquila. Era como una especie de santo en una historia bíblica, alguien capaz de sanar a la gente con las manos. Y ya saben cómo terminan esa clase de historias en la Biblia. Sus protagonistas no viven mucho tiempo, porque siempre aparece el tonto o el idiota de turno que los pincha con un clavo y se queda mirándolos mientras se desinflan poco a poco.

Art tenía algo especial, algo que hacía que los otros chicos se sintieran naturalmente impulsados a pegarle. Era nuevo en el instituto, pues sus padres acababan de mudarse a la ciudad. Eran normales, tenían sangre en las venas, no aire. Art padecía uno de esos desórdenes genéticos que juegan a la rayuela con las generaciones, como la enfermedad de Tay-Sachs (una vez me contó que tuvo un tío abuelo, también inflable, que al ir a saltar sobre un montón de hojas secas explotó tras pincharse con el diente de un rastrillo enterrado). En el primer día de curso, la señora Gannon le hizo ponerse de pie delante de toda la clase y nos lo explicó todo mientras él, avergonzado, balanceaba la cabeza.

Era blanco, pero no de raza caucásica, sino blanco como el malvavisco, o como Gasparín. Una costura le recorría la cabeza y los costados del cuerpo, y debajo de un brazo tenía un pezón de plástico por donde se le podía inflar.

La señora Gannon nos dijo que debíamos evitar a toda costa correr con tijeras o bolígrafos en la mano, ya que un pinchazo podría matarlo. Además no podía hablar; todos debíamos tenerlo en cuenta. Sus aficiones eran los astronautas, la fotografía y las novelas de Bernard Malamud.

Antes de invitarlo a ocupar su sitio le pellizcó suavemente en el hombro para darle ánimos y cuando hundió los dedos en él Art emitió un ligero silbido. Era el único sonido que salía de él. Si se doblaba era capaz de producir pequeños chirridos y gemidos, y cuando otras personas le apretaban dejaba escapar un suave pitido musical.

Caminó balanceándose hasta el fondo del aula y se sentó en una silla vacía que había a mi lado. Billy Spears, que estaba justo detrás de él, estuvo dándole golpes toda la mañana. Las dos primeras veces Art hizo como que no se daba cuenta, pero luego, cuando la señora Gannon no miraba, le escribió una nota a Billy:

«¡Para, por favor! No quiero acusarte con la señora Gannon, pero darme golpes es peligroso. Piénsalo.»

Billy le escribió:

«Si te pasas, no quedará de ti ni para un parche de rueda de bicicleta. Piénsalo.»

A partir de ahí las cosas no fueron fáciles para Art. En las clases de biología en el laboratorio su pareja era Cassius Delamitri, que repetía sexto curso por segunda vez. Era un chico gordo con cara fofa y expresión ceñuda y una desagradable capa de pelusa negra sobre los labios siempre fruncidos.

Ese día tocaba destilar madera, para lo que había que usar mecheros de gas, así que Cassius hacía el experimento mientras Art le escribía notas de ánimo:

«No me puedo creer que suspendieras este experimento el año pasado. ¡Lo sabes hacer perfectamente!»

Y:

«Mis padres me compraron un juego de química por mi cumpleaños. Un día podías venir a casa y jugar conmigo a los científicos locos, ¿eh?»

Después de dos o tres notas como éstas Cassius llegó a la conclusión de que Art era homosexual… sobre todo cuando le habló de jugar a los médicos o algo por el estilo. Así que cuando el profesor estaba distraído ayudando a otros alumnos Cassius empujó a Art debajo de la mesa y le ató alrededor de una de las patas de madera con un nudo corredizo y sibilante. Cabeza, brazos, el cuerpo, todo. Cuando el señor Milton preguntó dónde había ido Art, Cassius contestó que creía que estaba en el cuarto de baño.

—¿Ah sí? —preguntó el señor Milton—. Pues qué alivio. Ni siquiera estaba seguro de que ese chico pudiera ir al cuarto de baño.

En otra ocasión, John Erikson sostuvo a Art cabeza abajo durante el recreo y le escribió BOLSA DE COLESTOMÍA, en vez de COLOSTOMÍA, en el estómago, con rotulador indeleble. Para cuando se le borró ya era primavera.

«Lo peor ha sido que mi madre lo ha visto. Ya es malo que tenga que saber que me pegan todos los días, pero es que encima le disgustó que estuviera mal escrito.»

Y añadió:

«No sé qué pretende ella. Estamos en sexto curso. ¿Es que se le ha olvidado lo que es el sexto curso? Lo siento, pero, seamos realistas: ¿qué probabilidades tengo de que me acabe dando una paliza el campeón nacional de ortografía?»

—Con la carrera que llevas —le contesté yo—, me temo que muchas.

Así es como Art y yo nos hicimos amigos:

Durante los recreos yo siempre me quedaba en los toboganes solo, leyendo revistas deportivas. Estaba cultivando mi reputación como delincuente y posible traficante de drogas. Para fomentar esta imagen, siempre vestía una chaqueta vaquera negra y no hablaba con nadie ni hacía amigos.

Subido en lo alto del laberinto trepador —una estructura con forma de cúpula situada en un extremo del patio de asfalto del colegio— me encontraba a casi tres metros del suelo y podía ver todo el recinto. Un día vi a Billy Spears haciéndose el tonto con Cassius Delamitri y John Erikson. Billy tenía una pelota y un bate y los tres intentaban meterla por una ventana del segundo piso. Al cabo de apenas quince minutos John Erikson tuvo suerte y acertó. Cassius dijo:

—¡Mierda! Nos hemos quedado sin pelota. Necesitamos otra cosa para lanzar.

—¡Eh! —gritó Billy—. ¡Miren! ¡Ahí está Art!

Corrieron hacia Art, que intentó esquivarlos, y Billy comenzó a lanzarlo por los aires y a golpearlo con el bate para comprobar hasta dónde llegaba. Cada vez que le daba a Art con el bate éste dejaba escapar un ruido elástico: ¡zis! Se elevaba, planeaba unos instantes y después se posaba suavemente en el suelo. En cuanto sus talones tocaban tierra echaba a correr, pero el pobre no tenía precisamente alas en los pies. John y Cassius pronto se unieron a la diversión dándole patadas y compitiendo por ver quién lo lanzaba más alto.

Poco a poco, fueron empujándolo hasta donde yo me encontraba y Art logró liberarse el tiempo suficiente como para refugiarse debajo de las barras. Pero Billy lo alcanzó, y golpeándolo en el culo con el bate, lo lanzó de nuevo por los aires.

Art flotó hasta lo alto de la cúpula y cuando su cuerpo tocó las barras metálicas se quedó atascado boca arriba, por la electricidad estática.

—¡Eh! —aulló Billy—. ¡Pásanoslo!

Hasta ese momento, Art y yo nunca habíamos estado frente a frente. Aunque teníamos asignaturas comunes e incluso nos sentábamos juntos en la clase de la señora Gannon, no habíamos cruzado palabra. Él me miraba con sus enormes ojos de plástico y su cara triste y blanca, y yo le devolví la mirada. Cogió la libreta que llevaba colgada al cuello, garabateó algo con tinta verde primavera, arrancó la hoja y me la enseñó.

«No me importa lo que me hagan, pero ¿te importaría marcharte? No me gusta tener público cuando me están pegando.»

—¿Qué está escribiendo? —gritó Billy.

Mi vista pasó de la nota a Art y de ahí hacia los chicos que estaban abajo. Entonces me di cuenta de que podía olerlos, a los tres, un olor húmedo y humano, un hedor agridulce a sudor que me revolvió el estómago.

—¿Por qué no lo dejan en paz?

—Nos estamos divirtiendo un rato —contestó Billy.

—Queremos ver hasta dónde puede subir —añadió Cassius—. Deberías bajar. ¡Vamos a lanzarlo hasta el puto tejado del colegio!

—Se me ocurre algo más chingón —dije, pensando que la palabra «chingón» es perfecta si quieres que otros chicos te consideren un psicópata retrasado mental—. ¿Qué tal si jugamos a ver si puedo mandar sus culos sebosos al tejado del colegio de una patada?

—¿A ti qué te pasa? —preguntó Billy—. ¿Estás con la regla o qué?

Agarré a Art y bajé al suelo de un salto. Cassius palideció y John Erikson retrocedió unos pasos. Yo seguía sujetando a Art debajo del brazo, con los pies apuntando hacia ellos y la cabeza en sentido contrario.

—Son unos mierdas —dije, porque no siempre es el momento de decir algo gracioso. Y les di la espalda, temiendo sentir de un momento a otro la pelota de Billy en la nuca, pero éste no hizo nada, y seguí caminando.

Fuimos hasta el campo de béisbol y nos sentamos en el montículo. Art me escribió una nota dándome las gracias y otra diciendo que no tenía por qué haber hecho lo que hice, pero que se alegraba de ello y que me debía una. Me metí las dos notas en el bolsillo después de leerlas, sin pensar por qué lo hacía. Esa noche, solo en mi habitación, saqué una bola de papel de notas arrugado del bolsillo, un bulto del tamaño de un limón, las separé, las alisé sobre la cama y volví a leerlas. No tenía ninguna razón para no tirarlas, pero en lugar de eso empecé a coleccionarlas. Era como si una parte de mí supiera ya entonces que cuando Art no estuviera allí necesitaría algo que me lo recordara. Durante el año siguiente guardé cientos de notas, algunas de las cuales eran sólo un par de palabras, y otras, auténticos manifiestos de seis páginas. Todavía conservo la mayoría, desde la primera que me escribió, la que empieza:

«No me importa lo que me hagan.»

Hasta la última, la que termina:

«Quiero saber si es verdad. Si al final del todo el cielo se abre.»

***

Al principio a mi padre no le gustaba Art, pero cuando lo conoció mejor lo odió directamente.

—¿Por qué anda de puntillas? —me preguntó—. ¿Es que es un hada o algo así?

—No, papá. Es que es inflable.

—Pues se comporta como un hada. Así que espero que no anden haciendo mariconadas en tu cuarto.

Art se esforzaba por gustarle, intentó convertirse en amigo de mi padre, pero cada cosa que hacía era malinterpretada, cada cosa que decía, malentendida. Una vez mi padre comentó algo sobre una película que le gustaba y Art le escribió una nota diciendo que el libro era todavía mejor.

—Se cree que soy analfabeto —fue el comentario de mi padre en cuanto Art se marchó.

En otra ocasión, Art reparó en una pila de neumáticos gastados amontonados detrás de nuestro garaje y le habló a mi padre de un programa de reciclaje que tenían en Sears. Si llevabas los neumáticos viejos te hacían un descuento de veinte por ciento en unos nuevos.

—Se cree que somos unos muertos de hambre —se quejó mi padre antes de que Art tuviera tiempo de salir por la puerta—. El mocoso ese.

Un día llegamos del colegio y nos encontramos a mi padre sentado frente a la televisión con un pitbull a sus pies. El perro salió disparado ladrando histérico y saltó sobre Art. Sus pezuñas arañaban y patinaban por su pecho de plástico. Art se apoyó en mi hombro para darse impulso y saltó hacia el techo. Era capaz de saltar cuando era necesario. Una vez arriba, se agarró al ventilador —que por suerte estaba apagado— y permaneció allí, sujeto a una de las aspas, mientras el pitbull ladraba y saltaba debajo de él.

—Pero ¿qué es esto? —pregunté.

—Nuestro nuevo perro —contestó mi padre—. Como tú querías.

—Esto no es un perro —repuse yo—, sino una licuadora con pelo.

—¡Escucha! ¿Quieres ponerle un nombre o lo hago yo? —preguntó mi padre.

Art y yo nos escondimos en mi habitación y barajamos posibles nombres.

—Copo de nieve —propuse—. Terrón, Rayo de sol.

«¿Qué tal *Feliz*? Suena bien, ¿no?»

Estábamos bromeando, pero lo de Feliz no tenía ninguna gracia. En sólo una semana Art y yo tuvimos al menos tres encontronazos potencialmente mortales con el desagradable perro de mi padre.

«Si me clava los dientes se acabó. Me dejará como un colador.»

Era imposible enseñar a Feliz a hacer fuera sus necesidades, dejaba su mierda por todo el cuarto de estar y era difícil distinguirla por el color marrón de la alfombra. En una ocasión mi padre pisó una con los pies descalzos y se puso como loco. Persiguió a Feliz escaleras abajo con un mazo de croquet, y al intentar golpearlo hizo un agujero en la pared y, al coger impulso hacia atrás, rompió varios platos que había en la encimera de la cocina.

Al día siguiente construyó una perrera con cadena en el lateral del jardín. Feliz entró y se quedó allí.

Para entonces, sin embargo, a Art le daba miedo venir a casa y prefería que nos viéramos en la suya. Yo no veía por qué. Estaba mucho más lejos andando desde el colegio, mientras que mi casa se hallaba justo a la vuelta de la esquina.

—¿Qué te preocupa? —le pregunté—. Está encerrado. Como supondrás, no va a aprender a abrir la puerta.

Art lo sabía... pero seguía sin querer venir a casa, y cuando lo hacía solía traer un par de parches de rueda de bicicleta, por si acaso.

Una vez que empezamos a ir todos los días a casa de Art y eso se convirtió en una costumbre, me preguntaba por qué no había querido hacerlo antes. Me habitué a la caminata, la hice tantas veces que llegué a olvidarme de lo larga —lo interminable— que era. Incluso esperaba con ilusión ese paseo vespertino por las serpenteantes calles de las afueras, dejando atrás viviendas al estilo Disney en variedad de tonos pastel: limón, nácar, mandarina. Mientras recorría el camino que separaba mi casa de la de Art, tenía la impresión de que me internaba en una zona donde la paz y el orden eran cada vez mayores, y que en el corazón de todo ello estaba Art.

Art no podía correr, hablar o acercarse a nada puntiagudo, pero en su casa no nos aburríamos. Veíamos la televisión. Yo no era como el resto de los niños, no sabía nada de televisión. Ya he mencionado que mi padre padecía fuertes migrañas y estaba de baja por invalidez. Vivía literalmente en la sala de estar y acaparaba el televisor todo el día, pues seguía cinco telenovelas diferentes. Yo trataba de no molestarlo y rara vez me sentaba con él, ya que notaba que mi presencia lo distraía en un momento en que necesitaba concentración.

Art habría accedido a ver cualquier cosa que yo quisiera, pero a mí se me había olvidado para qué servía un control remoto y era incapaz de elegir un canal, no sabía cómo hacerlo debido a la falta de costumbre. Art era fan de la NASA, así que veíamos todo lo relacionado con el espacio, sin perdernos un solo lanzamiento de cohete. Art me escribió:

«Quiero ser astronauta. Me adaptaría sin problemas a la falta de gravedad. De hecho, soy prácticamente ingrávido.»

Eso fue durante un programa sobre la Estación Espacial Internacional en que hablaban de lo duro que es para los seres humanos pasar demasiado tiempo en el espacio exterior. Los músculos se atrofian y el corazón se reduce a una tercera parte de su tamaño.

«Cada vez son más las ventajas de enviarme a mí al espacio. No tengo músculos que se me puedan atrofiar. No tengo un corazón que se pueda encoger. No lo dudes, soy el astronauta ideal. Lo mío es estar en órbita.»

—Sé de alguien que te podría ayudar. Voy a llamar a Billy Spears. Tiene un cohete que está deseando meterte por el culo. Le he oído comentarlo.

Art me dirigió una mirada dolida y garabateó una respuesta de cinco palabras.

Pero no siempre podíamos quedarnos tirados viendo la tele. El padre de Art era profesor de piano y daba clases a niños pequeños en un piano de media cola que había en el cuarto de estar, con el televisor. Así que si tenía alumnos debíamos buscar otra ocupación, por lo general ir a la habitación de Art a jugar con el ordenador, aunque después de veinte minutos de escuchar el ding ding de *Campanita del lugar* en tono agudo y desafinado a través del tabique nos intercambiábamos miradas furiosas y salíamos por la ventana sin necesidad de cruzar palabra.

Los padres de Art se dedicaban a la música, la madre era violonchelista. Habían tenido la esperanza, pronto transformada en decepción, de que también Art aprendiera a tocar un instrumento:

«Ni siquiera puedo tocar el silbato, me escribió en una ocasión.»

El piano estaba descartado, ya que Art no tenía dedos, sólo un pulgar, el resto era un especie de hinchado muñón de goma y había necesitado años de clases particulares sólo para poder escribir de forma legible con una cera. Obviamente los instrumentos de viento también estaban descartados; Art no tenía pulmones y no respiraba. Lo intentó con la batería, pero no tenía fuerza suficiente, así que su madre le compró una cámara digital.

—Haz música de colores —le dijo—. Melodías de luz.

La señora Roth siempre decía cosas así. Hablaba de la unión de todas las almas, de la bondad natural de los árboles y decía que no apreciábamos como debíamos el olor de la hierba recién cortada. Art me dijo que cuando yo no estaba solía hacerle preguntas sobre mí. Le preocupaba que no pudiera dar salida a mi creatividad y decía que necesitaba alimentar mi espíritu. Me regaló un libro sobre origami, que es como los japoneses llaman a la papiroflexia, cuando ni siquiera era mi cumpleaños.

—No sabía que mi espíritu estuviera hambriento —le dije a Art.

«Eso es porque ya lo has matado de hambre, me escribió.»

Se alarmó cuando supo que yo no practicaba ninguna religión. Mi padre no me llevaba a la iglesia ni a la escuela dominical. La señora Roth era demasiado educada como para hablarme mal de mi padre, pero le decía cosas a Art que luego él me trasladaba. Le aseguró que si mi padre descuidara mi cuerpo como descuidaba mi espíritu estaría en la cárcel y yo en un hogar de acogida. También le dijo que si le quitaran a mi padre mi custodia ella me adoptaría, podría dormir en la habitación de invitados. Yo la quería, el corazón se me henchía de amor cada vez que me preguntaba si quería una limonada. Habría hecho cualquier cosa que me pidiera.

—Tu madre es una idiota —le dije a Art—. Una cretina, es mejor que lo sepas. Eso de la unión de las almas no existe. Todos estamos solos y quien piense que todos somos hermanos acabará aplastado por el culo gordo de Cassius Delamitri y tendrá que olerle los calzoncillos.

La señora Roth quería llevarme a la sinagoga, no para convertirme, sino como una experiencia educativa, para que entrara en contacto con otras culturas y todo eso, pero el padre de Art se lo quitó de la cabeza. Ni hablar del tema, dijo, no es asunto nuestro. ¿Es que te has vuelto loca? Llevaba un adhesivo en el coche con la estrella de David y la palabra ORGULLO entre signos de exclamación al lado.

—Oye, Art —le dije en una ocasión—. Tengo una pregunta sobre judíos que quiero hacerte. Tú y tu familia son judíos fundamentalistas, ¿no?

«No creo que seamos fundamentalistas. En realidad no somos nada estrictos. Lo que sí hacemos es ir a la sinagoga, respetamos las festividades, esas cosas.»

—Yo creía que a los judíos se pelaban el pito —dije llevándome la mano a la entrepierna—. Por eso de la fe. Dime…

Pero Art ya estaba escribiendo.

«Yo no. Yo me libré. Mis padres eran amigos de un rabino progresista y le hablaron de mí nada más nacer yo. Para saber cuál era la postura oficial.»

¿Y qué dijo?

Dijo que la postura oficial era hacer una excepción en cualquiera que corriera el riesgo de explotar durante la circuncisión. Al principio pensaron que bromeaba, pero luego mi madre estuvo investigando y llegó a la conclusión de que yo estoy exento talmúdicamente hablando. Mamá dice que el prepucio tiene que ser de piel, y que si no lo es no hace falta cortarlo.

—Es curioso —dije—. Pensaba que tu madre no sabía lo que era una verga. Y ahora resulta que no sólo lo sabe, sino que es una experta. Oye, si alguna vez necesita hacer más investigaciones aquí tiene un espécimen fuera de lo común para examinarlo.

Entonces Art me escribió que para eso necesitaría un microscopio y yo le contesté que más bien tendría que apartarse unos metros cuando me desabrochara la bragueta y así continuó la cosa. Pueden imaginar el resto de la conversación. Cada vez que tenía ocasión le tomaba el pelo a Art con su madre, no podía evitarlo. Empezaba en cuanto ella abandonaba la habitación, cuchicheando cosas como lo buena que estaba para ser tan mayor y qué le parecería si se moría su padre y yo me casaba con su madre. Art, por el contrario, nunca hizo un solo chiste sobre mi padre. Si quería meterse conmigo, se burlaba de cómo me chupaba los dedos después de comer o de que no siempre llevaba calcetines del mismo color. No es difícil entender por qué Art no se metía nunca con mi padre de la manera que yo lo hacía con su madre. Cuando tu mejor amigo es feo —pero feo en el peor sentido, quiero decir, deforme— no le haces bromas del tipo «vas a romper el espejo de lo feo que eres». En una amistad, en especial entre dos chicos jóvenes, está permitido, incluso se da por hecho, un cierto grado de crueldad. Pero de ahí a hacer daño de verdad hay un trecho y bajo ninguna circunstancia se deben infligir heridas que puedan dejar cicatrices permanentes.

También nos acostumbramos a hacer la tarea en la casa de Arthur. A última hora de la tarde nos metíamos en su cuarto a estudiar. Para entonces su padre ya había terminado de dar sus clases, de manera que ya no teníamos aquel son taladrándonos el tímpano. Yo disfrutaba estudiando en la habitación de Art, de la tranquilidad y de trabajar rodeado de libros; Art tenía las paredes cubiertas de estantes con libros. Me gustaban aquellas sesiones de estudio compartido, pero también las temía, pues era entonces cuando —en aquel entorno tranquilo y silencioso— Art solía hablar de la muerte.

Cuando charlábamos, yo intentaba siempre controlar la conversación, pero Art era escurridizo y una y otra vez encontraba la manera de sacar la muerte a relucir.

—El que inventó el número cero fue un árabe —decía yo, por ejemplo—. Es curioso, ¿no? Que alguien tuviera que inventarse el cero.

«Porque no resulta obvio que nada pueda ser algo. Ese algo que no puede medirse ni verse puede sin embargo existir y significar algo. Si te paras a pensarlo, es lo mismo que pasa con el alma.»

—¿Verdadero o falso? —pregunté yo en otra ocasión en que estábamos preparando un test de ciencias—. La energía no se destruye, sólo se transforma.

«Espero que sea verdad. Estaría muy bien saber que vas a seguir existiendo después de morir, aunque sea transformado en algo completamente distinto a lo que has sido.»

Me hablaba mucho de la muerte y de lo que podría haber después, pero lo que más recuerdo es lo que dijo sobre Marte. Estábamos preparando una exposición oral y Art había elegido Marte como tema, en concreto si el hombre lograría llegar hasta allí y colonizarlo. Él era muy partidario de la colonización de Marte, de crear ciudades con bóvedas de plástico y de extraer agua de sus helados polos. De hecho quería ir él mismo.

—Me pasa imaginarlo —comenté yo—. Pero estar allí de verdad sería una mierda. Polvo, un frío que pela y todo de color rojo. Al final te quedarías ciego de ver tanto rojo por todas partes. Si te dieran la oportunidad, seguro que no querrías irte y abandonar la Tierra para siempre.

Art se me quedó mirando largo rato y después agachó la cabeza para escribir una breve nota en azul turquesa.

«Pero voy a hacerlo de todas maneras. Todos lo hacemos.»

Y después escribió:

«Al final, aunque no lo quieras, todos nos convertimos en astronautas. De camino hacia un mundo del que no conocemos nada. Así es como funcionan las cosas.»

En la primavera Art se inventó un juego llamado Satélite Espía. Había una tienda en el centro, llamada Party Station, donde te vendían un montón de globos de helio por veinticinco centavos. Yo compraba bastantes y me dirigía a donde había quedado con Art, que me esperaba con su cámara digital.

En cuanto se agarraba a los globos, despegaba del suelo y se elevaba en el aire. Conforme subía, el viento lo zarandeaba de un lado a otro. Cuando estaba lo suficientemente alto, soltaba un par de globos, descendía un poco y empezaba a sacar fotografías. Para bajar al suelo sólo tenía que soltar unos cuantos más. Yo lo recogía donde hubiera aterrizado, y después íbamos a su casa a ver las fotos en su lap top. Eran imágenes de gente nadando en sus piscinas, hombres reparando el tejado de su casa, fotos de mí de pie en alguna calle desierta con la cara vuelta hacia el cielo y los rasgos indistinguibles por la distancia. Y en la parte inferior siempre aparecían las zapatillas deportivas de Art.

Algunas de sus mejores fotografías estaban hechas desde poca altura, instantáneas tomadas a sólo unos metros de distancia del suelo. Una vez cogió tres globos y voló por encima de la caseta donde Feliz estaba atado, en el lateral del jardín de mi casa. Feliz se pasaba los días encerrado en su perrera, ladrando, frenético, a las mujeres que paseaban con sus carreolas de bebé, al camión de los helados, a las ardillas. Había escarbado la tierra de su recinto hasta convertirla en un barrizal en el que se apilaban montones de mierda seca, y allí, en el centro de ese asqueroso paisaje marrón, estaba Feliz, y en todas las fotos aparecía erguido sobre sus patas traseras, con la boca abierta, dejando ver una cavidad rosa y los ojos fijos en las deportivas de Art.

«Me da pena. Vaya sitio para vivir.»

—Deja de pensar con el culo —le respondí—. Si se dejara sueltas a criaturas como Feliz, el mundo entero sería igual que ese barrizal. No quiere vivir en ninguna otra parte. La idea que tiene Feliz del paraíso es un jardín sembrado de mierdas y barro.

«No estoy de acuerdo en absoluto, me escribió Arthur, pero el paso del tiempo no ha suavizado mi opinión a este respecto.»

Estoy convencido de que, por regla general, a las criaturas como Feliz —me refiero tanto a perros como a personas—, aunque viven en su mayor parte en libertad en lugar de encerrados, lo que realmente les gusta es un mundo lleno de barro y heces, un mundo donde ni Art ni nadie como él tienen cabida, un mundo en el que no se habla de dios ni de otros mundos más allá de éste y donde la única comunicación son los ladridos histéricos de perros hambrientos y llenos de odio.

Una mañana de sábado de mediados de abril mi padre abrió la puerta de mi habitación y me despertó tirándome encima los tenis.

—Tienes que estar en el dentista dentro de media hora, así que mueve el culo.

Fui caminando —el dentista estaba sólo a unas cuantas calles—, y llevaba veinte minutos sentado en la sala de espera, frito del aburrimiento, cuando recordé que le había prometido a Art que iría a su casa en cuanto me levantara. La recepcionista me dejó usar el teléfono para llamarle.

Contestó su madre.

—Acaba de ir a tu casa a buscarte —me dijo.

Llamé a mi padre.

—Por aquí no ha venido —me dijo—. No lo he visto.

—Estate pendiente.

—Oye, mira, me duele la cabeza y Art sabe tocar el timbre.

Me senté en la silla del dentista con la boca abierta de par en par y sabor a sangre y a menta, preocupado e impaciente por salir de allí. Tal vez no confiara en que mi padre se portara bien con Art si yo no estaba delante. La ayudante del dentista no hacía más que tocarme el hombro y decirme que me relajara.

Cuando por fin hube terminado y salí a la calle, el azul vívido y profundo del cielo me desorientó un poco. El sol cegador me hacía daño en los ojos. Llevaba dos horas levantado y aún estaba adormilado y entumecido, no me había despertado del todo. Eché a correr.

Lo primero que vi al llegar a casa fue a Feliz, suelto y fuera de su perrera. Ni siquiera me ladró, estaba tumbado boca abajo en la hierba, con la cabeza entre las patas. Me volví y vi a Art en el asiento trasero de la camioneta de mi padre, golpeando los cristales con las manos. Me acerqué y abrí la puerta y en ese instante Feliz echó a correr ladrando enloquecido. Agarré a Art por los dos brazos, me di la vuelta y salí huyendo mientras los colmillos de Feliz se clavaban en la pernera de mi pantalón. Escuché el feo sonido de un desgarrón, me tambaleé unos segundos y seguí corriendo.

Corrí hasta que me dolió el costado y hube perdido de vista al perro, al menos seis calles más allá, hasta dejarme caer en el jardín de algún vecino. La pernera de mi pantalón estaba rasgada desde la rodilla hasta el tobillo. Entonces miré a Art y me estremecí. Estaba tan sin resuello que sólo acerté a emitir un leve chillido, como solía hacer siempre Art.

Su cuerpo había perdido por completo su blancura de malvavisco y ahora era de un tono marrón oscuro, como si lo hubieran tostado ligeramente. Se había desinflado hasta perder cerca de la mitad de su volumen normal y tenía la barbilla hundida en el tronco, incapaz de mantener la cabeza erguida.

Art se encontraba cruzando el jardín delantero de mi casa cuando Feliz salió de su escondite, bajo uno de los setos. En ese primer momento crucial Art fue consciente de que no podría escapar del perro corriendo y de que si lo intentaba acabaría lleno de pinchazos mortales, así que en lugar de eso saltó a la camioneta y una vez dentro cerró la puerta.

Las ventanas eran automáticas, no había manera de bajarlas y cada vez que intentaba abrir una puerta, Feliz trataba de meter el hocico y morderlo. Fuera había veinte grados y dentro del coche más de treinta y Art vio desesperado cómo Feliz se tumbaba en la hierba junto a la camionta a esperar a que saliera.

Así que Art siguió allí sentado mientras desde la distancia llegaba el ronroneo de las cortadoras de césped. Pasaban las horas y Art empezaba a marchitarse, a sentirse enfermo y aturdido. Su piel de plástico se pegaba a los asientos.

«Entonces llegaste tú y me salvaste la vida.»

Pero la vista se me nublaba y mojé su nota con mis lágrimas. No había llegado a tiempo. En absoluto.

Art nunca volvió a ser el mismo. Su piel se quedó de un color amarillo vaporoso y le resultaba difícil mantenerse inflado. Sus padres lo inflaban y durante un rato estaba bien, el cuerpo henchido de oxígeno, pero pronto volvía a quedarse flácido y sin fuerzas. Tras echarle un vistazo, su médico recomendó a sus padres que no pospusieran el viaje a Disneylandia.

Yo tampoco era el mismo. Me sentía desgraciado, perdí el apetito, me dolía el estómago y pasaba las horas triste y meditabundo.

—Cambia esa cara de una vez —me dijo mi padre una noche mientras cenábamos—. La vida sigue. Ponte las pilas.

Era lo que estaba haciendo. Sabía perfectamente que la puerta de la perrera no se abría sola, así que ponché todas las ruedas de la camioneta y dejé mi navaja clavada en una de ellas para que mi padre no tuviera dudas acerca de quién había sido. Llamó a la policía e hizo que me arrestaran. Los agentes me hicieron subir a su patrulla, me dieron una charla y luego me dijeron que me llevarían de vuelta a casa si «me comprometía a obedecer las normas». Al día siguiente encerré a Feliz en la camioneta y se cagó en el asiento del conductor. Por su parte, mi padre cogió todos los libros que Art me había recomendado, el de Bernard Malamud, el de Ray Bradbury, el de Isaac Bashevis Singer, y los quemó en el jardín.

—¿Qué te parece? —me preguntó mientras los rociaba con gasolina.

—Me parece estupendo —le contesté—. Los pedí con tu credencial de la biblioteca.

Ese verano dormí muchas noches en casa de Art.

«No estés enfadado. No es culpa de nadie, me escribió.»

—Vete a la mierda —fue toda mi respuesta, pero es que no podía decir nada más, porque sólo con mirarle me entraban ganas de llorar.

***

A finales de agosto Art me llamó. Quería que nos encontráramos en Scarswell Cove, a más de seis kilómetros cuesta arriba, pero al cabo de varios meses de patearme el camino hasta su casa después del colegio, yo estaba bien entrenado. Tal y como me pidió, llevé un montón de globos.

Scarswell Cove es una playa resguardada y pedregosa adonde la gente acude a remojarse en la orilla y a pescar. Cuando llegué estaban sólo un par de pescadores y Art, sentado en la pendiente de la playa. Tenía el cuerpo blando y flácido y la cabeza doblada hacia delante, colgando débilmente de su inexistente cuello. Me senté junto a él. A unos metros de nosotros las olas se rizaban en heladas crestas.

—¿Qué pasa? —pregunté.

Art se quedó pensando un momento y después empezó a escribir.

«¿Sabes cómo consigue llegar la gente al espacio sin cohetes? Chuck Yeager logró subir tan alto con un avión que empezó a dar bandazos hacia arriba, no hacia abajo. Subió tan alto que logró engañar a la gravedad y su avión salió despedido de la estratosfera. Entonces el cielo perdió su color, era como si se hubiera convertido en papel y en el centro había un agujero y detrás del agujero todo estaba negro. Lleno de estrellas. Imagínate lo que sería caer hacia arriba.»

Miré su nota y después a él, que escribía de nuevo. Su segundo mensaje era más escueto.

«No puedo más. Lo digo en serio, se acabó. Me desinflo quince o dieciséis veces al día. Tienen que inflarme prácticamente cada hora. Estoy siempre enfermo y lo odio. Esto no es vida.»

—No, no —dije, mientras se me nublaba la vista y las lágrimas brotaban de mis ojos—. Verás como todo se arregla.

«No. No lo creo. Y no se trata de que vaya a morir, sino de dónde. Y lo he decidido: quiero ver hasta dónde puedo subir. Comprobar si es cierto que el cielo se abre al final.»

No recuerdo qué más le dije. Muchas cosas, supongo. Le pedí que no lo hiciera, que no me abandonara. Le dije que no era justo, que él era mi único amigo, que siempre me había sentido solo. Seguí hablando hasta que rompí en sollozos y Art me pasó su arrugada mano de plástico por los hombros y yo hundí mi cabeza en su pecho.

Cogió los globos y se los ató alrededor de la muñeca. Yo le agarré la otra mano y juntos caminamos hacia la orilla del mar. Rompió una ola que me empapó los tenis. El agua estaba tan fría que me dolieron los huesos de los pies. Entonces lo levanté, lo sujeté con ambos brazos y lo apreté hasta que dejó escapar un lúgubre quejido. Estuvimos abrazados largo rato; después abrí los brazos y lo dejé ir. Espero que, si hay otra vida después de ésta, no nos juzguen demasiado severamente por lo que hicimos mal aquí. Que nos perdonen los errores que cometimos por amor. Estoy seguro de que aquello, dejar ir a alguien así, tiene que ser un pecado.

Art se elevó y la corriente de aire lo zarandeó, de manera que mientras sobrevolaba el agua con el brazo izquierdo levantado sosteniendo los globos me estaba mirando. Tenía la cabeza ladeada con expresión pensativa, como si me estuviera estudiando.

Me quedé sentado en la playa y lo vi alejarse, hasta que no pude distinguirlo de las gaviotas que sobrevolaban y se zambullían en el agua, a kilómetros de distancia. No era más que un punto negro deambulando por el cielo. Permanecí inmóvil, no sabía si sería capaz de levantarme. Al cabo de un rato el horizonte se tiñó de rosa oscuro y el cielo azul, de negro. Me tumbé de espaldas en la arena y vi salir poco a poco las estrellas. Seguí mirando hasta que me sentí mareado y me imaginaba despegando del suelo y precipitándome en la noche.

Empecé a tener problemas emocionales. Cuando llegó el momento de volver al colegio la sola visión de una silla vacía me hacía llorar. Era incapaz de contestar a preguntas o de hacer la tarea. Suspendí todo y tuve que repetir el último curso.

Pero, lo que era peor, ya nadie me tenía miedo. Era imposible estar asustado de mí después de haberme visto llorar como una Magdalena en más de una ocasión. Y ya no tenía la navaja, porque mi padre me la había confiscado.

Un día después del colegio, Billy Spears me dio un puñetazo en la boca y me dejó un diente colgando. John Erikson me tiró al suelo y me escribió BOLSA DE COLESTOMÍA en la frente con rotulador indeleble. Cassius Delamitri me preparó una emboscada, me hizo caer y se sentó encima de mí aplastándome con todo su peso y dejándome sin respiración. Noqueado por la falta de aire; Art lo habría comprendido perfectamente.

Evitaba a los Roth. Estaba deseando ver a la madre de Art, pero me mantenía lejos de ella. Temía que, si hablaba con ella, acabaría contándoselo todo, que yo había estado allí, que me quedé de pie en la orilla del mar mientras Art se alejaba. Temía lo que pudieran decirme sus ojos, su dolor y su ira.

Menos de seis meses después de que el cuerpo desinflado de Art apareciera flotando en la orilla de la playa de North Scarswell, en la casa de los Roth apareció un cartel de «Se vende». Nunca volví a verlos. La señora Roth me escribía cartas de vez en cuando preguntándome cómo estaba, pero nunca le contesté. Al final de sus cartas ponía siempre «con cariño».

En el instituto me aficioné al deporte y pronto destaqué en el salto con garrocha. Mi entrenador dijo que la ley de la gravedad no se aplicaba en mi caso. El hombre no tenía ni puta idea de lo que es la gravedad. Por muy alto que lograra subir, siempre terminaba bajando, como todo el mundo.

Gracias al salto con garrocha conseguí una beca para la universidad. Allí no me relacionaba en absoluto. Nadie me conocía, así que pude recuperar mi vieja imagen de sociópata. No iba a las fiestas ni salía con chicas. No tenía ningún interés por hacer amigos.

Una mañana en que atravesaba el campus vi acercarse hacia mí a una chica con el pelo tan negro y brillante que parecía petróleo. Vestía un suéter abultado y una falda tableada hasta los tobillos, un conjunto de lo menos sensual, pero bajo el que se adivinaba un cuerpo impresionante, de caderas finas y pechos generosos. Tenía los ojos de color azul cristal y la piel tan blanca como la de Art. Era la primera vez que veía a una persona inflable desde que Art se alejó volando con sus globos. Un chico que caminaba detrás de mí le silbó. Yo me eché a un lado, y cuando pasó junto a mí le puse la zancadilla y vi cómo sus libros salían disparados en todas direcciones.

—¿Qué eres, un psicópata? —aulló.

—Sí —le contesté—. Exactamente.

Se llamaba Ruth Goldman. Llevaba un parche de goma en uno de los talones, donde se había cortado al pisar unos cristales rotos cuando era una niña, y otro más grande en el hombro izquierdo, donde una rama se le había clavado en un día de viento. La escolarización en casa y unos padres especialmente protectores la habían salvaguardado de daños mayores. Ambos estudiábamos Literatura Inglesa. Su escritor preferido era Kafka, por su comprensión del absurdo; el mío Malamud, porque sabe lo que es la soledad.

Nos casamos el mismo día que me licencié. Aunque sigo dudando de la existencia de la vida eterna, no necesité que me convenciera para convertirme y para, finalmente, aceptar que necesito que la vida tenga una dimensión espiritual. ¿Puede llamarse conversión a eso? La realidad es que yo no tenía ninguna creencia previa de la que convertirme. Pero, sea como sea, nuestra boda fue judía y cumplí con el rito de pisar una copa bajo un paño blanco con el tacón de la bota.

Una tarde le hablé de Art.

«Es muy triste. Lo siento mucho», me escribió con una cera. Después puso su mano sobre la mía.

«¿Qué pasó? ¿Se quedó sin aire?»

—Se quedó sin cielo —contesté.

Oirás cantar a la langosta

1

Francis Kay se despertó de un sueño que no le resultó angustioso, sino placentero, y comprobó que se había convertido en un insecto. No le sorprendió, pues se trataba de algo que había pensado que podría suceder. Bueno, pensado no, más bien deseado, imaginado y, si no eso precisamente, al menos algo parecido. Durante un tiempo había llegado a creerse capaz de controlar a las cucarachas por telepatía, de capitanear un ejército de ellas con sus lomos de color marrón brillante marchando con un estrepitoso repiqueteo a combatir por él. O, como en aquella película con Vincent Price, se había imaginado transformado sólo parcialmente, con una cabeza de mosca de la que brotaban obscenos cabellos negros y ojos poliédricos en los que se reflejaban miles de caras gritando, en el lugar de la suya.

Conservaba su antigua piel como un abrigo, la piel que había tenido cuando era humano. Cuatro de sus seis patas asomaban por hendiduras de una capa de carne húmeda, blancuzca, salpicada de granos y lunares, siniestra y maloliente. La visión de su antigua y ya desprendida piel le provocó un breve momento de éxtasis y pensó: «Al cuerno con ella.» Estaba tumbado de espaldas, y las patas —segmentadas y articuladas de modo que podía doblarlas hacia atrás— se agitaban impotentes sobre su cuerpo. Estaban recubiertas de cerdas curvas de color verde brillante, tan relucientes como el cromo pulido, y en la luz oblicua que se colaba por las ventanas de su dormitorio despedían ráfagas de enfermiza iridiscencia. Sus extremidades terminaban en curvos ganchos de grueso esmalte negro, guarnecidos con un millar de pelillos afilados como cuchillas.

Francis no estaba despierto del todo. Temía el momento en que su cabeza se despejara por completo y la ilusión se desvaneciera. Su piel de nuevo en su sitio, la apariencia de insecto desaparecida y tan sólo el recuerdo de un intenso sueño que había persistido varios minutos después de despertar. Pensó que si sólo lo estaba imaginando la decepción acabaría con él, no podría soportarla. Como mínimo, tendría que faltar a clase.

Entonces recordó que tenía planeado hacerlo de todas formas. Huey Chester creyó que lo estaba mirando en plan maricón en el vestuario, después de deportes, cuando los dos se estaban cambiando. Por eso sacó una mierda del retrete con ayuda de un bastón de *lacrosse* y se la tiró a Francis para que aprendiera lo que podía pasarle si se dedicaba a mirar a los tipos, y le resultó tan divertido que decidió que deberían instituirlo como nuevo deporte. Huey y otros chicos estuvieron discutiendo sobre cómo llamarlo. Esquiva-la-mierda tuvo bastante éxito; tiro-con-mierda también. Fue en ese momento cuando Francis decidió que más le valía mantenerse alejado de Huey Chester y del gimnasio —o incluso del colegio en general— durante un par de días.

Hubo un tiempo en que le había simpatizado a Huey; o no exactamente simpatizado, pero sí que disfrutaba presumiendo de él delante de los demás. Eso fue en cuarto curso. El verano anterior Francis lo había pasado con su tía abuela Reagan en un remolque en Tuba City. Reagan escaldaba grillos en melaza y los servía de merienda. Era algo fascinante verlos cocerse. Francis se inclinaba sobre el suave borboteo de la cacerola de melaza, que desprendía un olor alquitranado y dulzón, y entraba en una suerte de delicioso trance observando la lenta agonía de los grillos mientras se ahogaban. Disfrutaba comiendo aquellos grillos de caramelo, dulces y crujientes por fuera y aceitosos y con sabor a hierba por dentro. También disfrutaba viviendo con Reagan, y le habría gustado quedarse con ella para siempre pero, claro, al final tuvo que marcharse con su padre cuando éste fue a buscarlo.

Así que un día en el colegio le habló a Huey de los grillos y Huey quiso ver cómo era aquello, pero como no tenían ni melaza ni grillos, Francis atrapó una cucaracha y se la comió viva. Sabía salada y amarga, con un regusto áspero y metálico, asqueroso a decir verdad. Pero Huey se rió y Francis sintió un orgullo tan intenso que durante un instante no fue capaz de respirar; igual que un grillo ahogándose en melaza, se asfixiaba en una dulzura intensa.

Después de aquello, Huey convocó a sus amigos a un espectáculo de terror en el patio del colegio. Le llevaron cucarachas a Francis y éste se las comió. Se metió una polilla de hermosas alas verde pálido en la boca y la masticó despacio; los niños le preguntaron qué sentía y a qué sabía la polilla. «Hambre», contestó a la primera pregunta, y a la segunda: «A césped». Después vertió miel en el suelo para atraer a las hormigas y cuando estuvieron dentro de aquel montón de ámbar brillante las inhaló con ayuda de un popote. Las hormigas subieron una a una por el tubo de plástico haciendo un ruido seco. Los espectadores rompieron en murmullos de admiración y Francis sonrió feliz, embriagado por su recién estrenada popularidad.

Lo malo fue que no sabía lo que significa ser famoso, y se equivocó al calcular la capacidad de aguante de sus admiradores. Una tarde capturó moscas que revoloteaban alrededor de una caca de perro solidificada y se las tragó todas juntas. De nuevo, los gemidos de quienes se habían acercado a mirar lo entusiasmaron. Pero tragarse moscas que venían de comer mierda era distinto que comer hormigas rebozadas en miel. Lo segundo resultaba asquerosamente divertido, lo primero era patológicamente inquietante. Después de aquello empezaron a llamarle comemierda y escarabajo pelotero, un día alguien le metió una rata muerta en la lonchera y en clase de biología Huey y sus amigos lo atacaron con salamandras a medio diseccionar mientras el señor Krause estaba fuera del laboratorio.

Francis paseó la vista por el techo. Tiras de papel matamoscas curvadas por el calor se mecían en la brisa que generaba un ventilador viejo y ruidoso en una esquina. Vivía solo con su padre y la novia de éste en la trastienda de una gasolinera. Las ventanas de su cuarto daban a un sumidero rebosante de basura y rodeado de arbustos y maleza, la parte trasera del vertedero municipal. Al otro lado del sumidero había una ligera pendiente y, más allá, las casas rojas donde algunas noches todavía encendían La Bomba. La había visto una vez, a los ocho años: cuando se despertó el viento golpeaba el muro trasero de la gasolinera y plantas rodadoras volaban por el aire. De pie sobre su cama para poder mirar por la ventana situada a mayor altura, vio el sol saliendo por el oeste a las dos de la madrugada, una bola gaseosa de luz de neón de color sangre que se elevaba dejando una fina estela de humo en el cielo. La miró hasta que el dolor que sentía detrás de los ojos se hizo demasiado intenso.

Se preguntó si sería tarde. No tenía reloj, pues llegar a tiempo a los sitios había dejado de preocuparlo. Sus profesores rara vez se daban cuenta de si estaba o no en clase o de si entraba por la puerta. Se concentró en escuchar algún ruido procedente del mundo exterior y oyó la televisión, lo que quería decir que Ella se había despertado. Ella era la corpulenta novia de su padre, una mujer de gruesas piernas y venas varicosas que pasaba los días tumbada en el sofá.

Estaba hambriento, así que pronto tendría que levantarse. Fue entonces cuando reparó en que seguía siendo un insecto, una constatación que lo sorprendió y lo excitó. Su vieja piel se había deslizado de sus brazos y colgaba como una masa de goma de sus... —¿qué eran aquellas cosas?, ¿hombros?—; bien, en cualquier caso a sus pies yacía algo parecido a una sábana arrugada hecha de un material sintético y elástico. Quiso levantarse, ponerse de pie y echar un vistazo a su vieja piel. Se preguntó si encontraría su cara en ella, una máscara apergaminada con aberturas para los ojos.

Intentó apoyarse en la pared para poder girarse, pero sus movimientos eran descoordinados y las piernas se agitaban y movían en todas las direcciones excepto en la que quería. Mientras luchaba con sus articulaciones sintió una creciente presión gaseosa en la mitad inferior del abdomen. Trató de sentarse y en ese preciso instante la presión desapareció y de su extremidad posterior salió un fuerte silbido, como el de un neumático al desinflarse. Notó un extraño calor en las patas traseras y cuando miró hacia abajo alcanzó a distinguir una alteración en el aire, como la que parece despedir el asfalto desde lejos en un día de calor.

Qué curioso: un pedo de insecto gigante; o tal vez una evacuación de insecto gigante. No estaba seguro, pero creía haber notado humedad ahí abajo. Se estremeció de risa y por primera vez reparó en unas láminas delgadas y duras atrapadas entre la curva de su espalda y las gruesas protuberancias de su antigua carne. Trató de imaginar qué serían. Formaban parte de él y daba la impresión de que podría moverlas como si fueran brazos... sólo que no lo eran.

Se preguntó si lo descubrirían y se imaginó a Ella llamando a la puerta y asomando la cabeza... y en cómo gritaría, con la boca tan abierta que le saldrían cuatro papadas, y los ojos juntos y porcinos brillarían de terror. Pero no, Ella no entraría; levantarse del sofá le suponía demasiado esfuerzo. Durante un rato imaginó que salía de su habitación caminando sobre sus seis patas e iba a su encuentro, en cómo gritaría y se encogería en el sofá. ¿Cabía la posibilidad de que muriera de un ataque al corazón? Se la imaginó ahogándose en sus gritos, la piel debajo del espeso maquillaje volviéndose de un feo color gris, parpadeando y con los ojos en blanco.

Comprobó que era capaz de desplazarse si se colocaba de costado y se movía poco a poco hacia el borde de la cama. Conforme se acercaba a él trató de imaginar qué haría después de provocarle el infarto a Ella y se vio gateando en la calurosa mañana de Arizona hasta plantarse en plena autopista, con los coches tratando de esquivarlo, el aullido de los cláxones, el chirrido de los neumáticos derrapando y los conductores estrellando sus camionetas en los postes de teléfono, todos esos palurdos chillando. «Qué carajo es esa cosa», después sacando los rifles del maletero... Pensándolo bien, tal vez sería mejor mantenerse lejos de la autopista.

Su idea era llegar hasta la casa de Eric Hickman, colarse en su sótano y esperarlo allí. Eric era un chico esquelético de diecisiete años, con una enfermedad de la piel que le hacía tener la cara llena de lunares, de la mayoría de los cuales brotaban pequeñas matas de rizado vello púbico; también tenía un bozo que se espesaba en las comisuras de la boca como los bigotes del pez gato, y que le había hecho merecedor del sobrenombre de *pez coño* en el colegio. Eric y Francis quedaban en ocasiones para ir al cine. Juntos habían visto dos veces *La mosca,* con Vincent Price; lo mismo que *La humanidad en peligro,* que a Eric le encantaba. Cuando supiera lo que había pasado le daría algo. Eric era inteligente —había leído todas las novelas de Mickey Spillane— y juntos podrían pensar en qué hacer.

Además, tal vez le consiguiera algo de comer, a Francis le apetecía algo dulce. Bollos, chocolates. El estómago le rugió peligrosamente.

Al instante siguiente sintió —no escuchó, sintió— a su padre entrando en el salón. Cada paso que daba Buddy Kay emitía una sutil vibración que Francis notaba en la armazón metálica de su cama y que reverberaba en el aire caliente y seco alrededor de su cabeza. Las paredes de estuco de la gasolinera eran relativamente gruesas y absorbían bien los sonidos. Hasta entonces nunca había podido oír una conversación en la habitación contigua y en cambio ahora, pensó, sentía, más que oía, lo que Ella decía y lo que le contestaba su padre; percibía sus voces en una serie de suaves reverberaciones que estimulaban las antenas hipersensibles que tenía en la cabeza. Sus voces sonaban distorsionadas y más profundas de lo normal —como si la conversación tuviera lugar debajo del agua—, pero las entendía perfectamente.

Ella decía:

—Tienes que saber que no ha ido al colegio.

—¿De qué estás hablando? —preguntó Buddy.

—De que no ha ido al colegio. Lleva ahí toda la mañana.

—¿Está despierto?

—No lo sé.

—¿No has ido a ver?

—Ya sabes que se me cargan las piernas.

—Puta gorda —dijo el padre y echó a andar en dirección a la habitación de su hijo. A cada pisada que daba las antenas de Francis se estremecían de miedo y placer.

Para entonces ya había conseguido llegar al borde de la cama, no así la piel de su antiguo cuerpo, que yacía en arrugado desorden en el centro del colchón, una funda de cuero sin armazón y llena de sangre. Se apoyó en la barandilla de hierro de la cama y trató de arrastrarse un par de centímetros más, sin estar muy seguro de cómo bajar al suelo, y después se dio la vuelta. La vieja piel se le enrolló en las patas tirando de él hacia atrás. Entonces escuchó los tacones de las botas de su padre al otro lado de la puerta e intentó en vano impulsarse hacia delante, aterrado por la idea de que lo encontrara así, indefenso, patas arriba. Su padre podría no reconocerle e ir a buscar el rifle —que estaba colgado en la pared del cuarto de estar— y convertir su vientre segmentado en un borbotón de viscosas entrañas verdes blancuzcas.

Cuando consiguió caer de la cama su vieja piel se hizo jirones con un ruido similar a una sábana rasgándose. Se cayó y acto seguido rebotó hasta aterrizar elegantemente sobre sus seis patas con una agilidad que nunca tuvo cuando era humano, con la espalda vuelta hacia la puerta. No tenía tiempo para pensar, y quizá por eso sus patas hicieron lo que debían. Se giró, con las patas traseras hacia la derecha, mientras que las delanteras se desplazaban en sentido contrario hasta arrastrar su estrecho cuerpo de metro y medio de longitud. Notaba las delgadísimas láminas o escudos a su espalda aletear de forma extraña y dedicó un instante a preguntarse una vez más qué serían. Al momento siguiente su padre rebuznaba detrás de la puerta:

—¿Se puede saber qué demonios haces ahí dentro, pedazo de cretino? Vete ahora mismo al colegio.

La puerta se abrió de golpe y Francis reculó, levantando las dos patas delanteras. Sus mandíbulas castañetearon produciendo un sonido similar al de un veloz mecanógrafo aporreando su máquina de escribir. Buddy estaba en el umbral con una mano apoyada en el pomo de la puerta. Sus ojos se posaron en la encorvada figura de su transformado hijo y su rostro delgado y bigotudo se volvió lívido, hasta que pareció un retrato en cera de sí mismo.

Entonces chilló, con un grito agudo y penetrante que inmediatamente estimuló las antenas de Francis. Éste también chilló, aunque lo que salió de él no se parecía en nada a un grito humano, sino más bien a alguien agitando una lámina de aluminio, un gorjeo ondulante e inhumano.

Buscó la manera de salir de allí. En la pared, sobre la cama, había ventanas, pero no lo bastante grandes, en realidad eran meras hendiduras de treinta centímetros de alto. Su mirada viajó hasta su cama y permaneció allí, sorprendida y fija durante unos segundos. Durante la noche se había destapado, empujado las sábanas con los pies hasta el extremo del colchón y ahora estaban cubiertas de una baba blanca y espumosa, se estaban disolviendo en ella... se habían derretido y oscurecido al mismo tiempo hasta convertirse en una masa orgánica viscosa y burbujeante.

La cama estaba profundamente hundida en el centro, donde yacía su antiguo vestido de carne, un disfraz de una sola pieza desgarrado por la mitad. No vio su cara, pero sí una mano, un arrugado guante color carne vacío, con los dedos vueltos del revés. La espuma que había corroído las sábanas goteaba en dirección a su vieja piel y allí donde entraba en contacto con ella el tejido se hinchaba y humeaba. Francis recordó haberse tirado un pedo y la sensación de un líquido caliente que descendía por sus patas traseras. De alguna manera él era el autor de aquello.

El aire tembló con un repentino estruendo. Miró hacia atrás y vio a su padre en el suelo, con los dedos de los pies apuntando hacia arriba. Dirigió la vista al cuarto de estar, donde Ella trataba de incorporarse en el sofá. Al ver a Francis, en lugar de ponerse pálida y llevarse las manos al pecho, permaneció inmóvil y con rostro inexpresivo. Tenía en la mano una botella de Coca-Cola —todavía no eran ni las diez de la mañana— y se disponía a dar un sorbo cuando se quedó a medio camino, petrificada.

—Oh, dios mío —dijo en un tono de voz sorprendido, pero relativamente normal—. Mírate.

La Coca-Cola empezó a salirse de la botella mojando sus pechos. No se dio cuenta.

Tenía que salir de allí, y sólo había un camino. Saltó hacia delante, con torpeza primero —al cruzar la puerta se echó demasiado a la derecha y se arañó el costado, aunque casi no lo notó—, y pasó por encima de su padre, inconsciente en el suelo. Desde ahí siguió, apretujándose entre el sofá y la mesa baja, en dirección a la puerta. Ella subió con cuidado los pies al sofá para dejarlo pasar mientras susurraba en voz tan baja que no habría sido audible ni para alguien sentado a su lado. Francis sin embargo escuchó cada palabra mientras sus antenas temblaban con cada sílaba.

«Y del humo salieron langostas sobre la tierra; y se les dio poder, como tienen poder los escorpiones de la tierra. Y se les mandó que no dañasen la hierba de la tierra, ni cosa verde alguna, ni a ningún árbol...» Para entonces Francis ya estaba en la puerta y se detuvo mientras seguía escuchando: «... sino solamente a los hombres que no tuviesen el sello de dios en sus frentes. Y les fue dado, no que los matasen, sino que los atormentasen cinco meses; y su tormento era como tormento de escorpión cuando hiere al hombre. Y en aquellos días los hombres buscarán la muerte, pero no la hallarán; y ansiarán morir, pero la muerte huirá de ellos».

Se estremeció, aunque no sabía muy bien por qué; aquellas palabras lo conmovían y le llenaban de gozo. Levantó las patas delanteras para empujar la puerta y gateó hacia el calor blanco y cegador del día.

2

Casi un kilómetro de vertedero estaba lleno de basura, la suma de los desechos de cinco localidades. La recolección de basura era la principal industria de Calliphora. Dos de cada cinco hombres adultos trabajaba en ella; otro estaba en la base nuclear del ejército de Camp Calliphora y, un kilómetro y medio al norte, los otros dos restantes se quedaban en sus casas viendo la televisión, jugando a la lotería y alimentándose de platos precocinados que compraban con cupones de comida. El padre de Francis era una excepción: tenía su propio negocio. Buddy se refería a sí mismo como un emprendedor, había tenido una idea que, estaba convencido, revolucionaría el negocio de las gasolineras. Se llamaba autoservicio y consistía en que el cliente llenaba el depósito de su coche él mismo y pagaba igual que en las gasolineras normales.

Abajo, en el vertedero, era difícil ver nada de Calliphora, arriba, en la saliente de la montaña. Cuando Francis levantó la vista sólo pudo identificar la punta de asta de la gigantesca bandera de la gasolinera de su padre. Dicha bandera tenía fama de ser la más grande de todo el estado, suficiente para envolver la cabina de un camión de gran tonelaje y demasiado pesada para que ni siquiera un fuerte viento la agitara. Francis sólo la había visto ondear en una ocasión: durante el vendaval que azotó Calliphora después de que probaran La Bomba.

Su padre había sacado gran provecho de la guerra. Cada vez que tenía que dejar la oficina por algún motivo, por ejemplo, para echar un vistazo al motor recalentado del jeep de algún cliente, solía ponerse parte del uniforme de faena del ejército sobre la camiseta. Las medallas se balanceaban y brillaban sobre el pecho izquierdo. Ninguna era suya —las había comprado una tarde en una casa de empeño—, pero al menos el uniforme sí lo había obtenido por medios honestos, durante la segunda guerra mundial. Su padre había disfrutado en la guerra.

—No hay mejor cogida que la que vives en un país que acabas de arrasar —dijo una noche brindando con una lata de cerveza Buckhorn, mientras los ojos legañosos le brillaban evocando recuerdos agradables.

Francis se escondió en la basura, apretujándose en un hueco entre bolsas rebosantes de desperdicios, y esperó temeroso la llegada de los coches de policía, el temible y atronador ruido de los helicópteros, con las antenas tensas y alerta. Pero no escuchó sirenas de policía ni helicópteros; tan sólo alguna que otra camioneta solitaria traqueteando por el camino de tierra entre los montones de basura. Cuando eso ocurría se ocultaba aún más entre la porquería, hundiéndose de manera que sólo sus antenas asomaban. Pero eso fue todo. El tráfico era escaso en este extremo del vertedero, a más de un kilómetro del centro de procesamiento de desperdicios, donde se desarrollaba la verdadera actividad.

Transcurrido algún tiempo, se encaramó sobre uno de los grandes montones de basura para asegurarse de que no estaba siendo rodeado en silencio. No era así, y no permaneció al aire libre mucho tiempo, pues la luz directa del sol lo molestaba y pronto comenzó a sentirse invadido por una profunda lasitud, como si le hubieran llenado las venas de novocaína. Al final del vertedero, donde terminaba la alcantarilla, vio un remolque sujeto con ruedas de cemento. Bajó del montón de basura y se dirigió hacia él. Cuando lo vio pensó que tenía aspecto de estar abandonado, y así era. Debajo hacía una sombra deliciosamente fresca, y meterse allí resultaba tan refrescante como darse un chapuzón en un día caluroso.

Descansó hasta que le despertó Eric Hickman. Aunque no dormía en el sentido literal del término; en lugar de ello había adoptado una postura de inmovilidad total en la que no pensaba en nada y, sin embargo, estaba completamente alerta. Escuchó el sonido de los pies de Eric arrastrándose y arañando el suelo desde doce metros de distancia, y levantó la cabeza. Eric bizqueaba detrás de sus gafas en el sol de la tarde. Siempre lo hacía —cuando leía o cuando estaba concentrado pensando—, un hábito que le daba siempre a su cara un aspecto simiesco. Una mueca tan desagradable que de forma natural provocaba en quienes lo miraban el deseo de darle un motivo verdadero por el que hacer muecas.

—Francis —dijo Eric en un susurro audible.

Llevaba un paquete grasiento de papel marrón que bien podía ser su almuerzo, y al verlo Francis sintió una fuerte punzada de hambre, pero no salió de su escondite.

—Francis, ¿estás ahí abajo? —susurró, o más bien gritó Eric una vez más antes de desaparecer.

Francis había querido dejarse ver, pero fue incapaz, lo que lo detuvo fue la idea de que Eric estaba allí con el único propósito de hacerle salir. Se imaginó a un equipo de francotiradores agazapados sobre las montañas de basura, vigilando la carretera por las mirillas de sus rifles, atentos a cualquier indicio del grillo gigante y asesino. Así que se quedó donde estaba, acurrucado y tenso, vigilando los montículos de desperdicios y pendiente del más mínimo movimiento. Una lata cayó haciendo un ruido metálico y contuvo la respiración. Había sido sólo un cuervo.

Pasado un rato, tuvo que admitir que se había dejado vencer por el miedo. Eric había venido, y entonces comprendió que nadie lo estaba buscando, porque nadie creería a su padre cuando contara lo que había visto. Si intentaba contar que había descubierto a un insecto gigante en el dormitorio de su hijo agazapado junto al cuerpo eviscerado de éste, tendría suerte si no terminaba en el asiento trasero de un coche de policía, de camino al ala de psiquiatría de la prisión de Tucson. Ni siquiera lo creerían si les decía que su hijo había muerto. Después de todo, no había cuerpo, ni tampoco restos de la antigua piel. La secreción lechosa que había brotado de la extremidad trasera de Francis la habría derretido ya por completo.

El último halloween, su padre había pasado una noche en la comisaría después de un episodio de delirium trémens producido por el alcohol, con lo que su credibilidad como testigo era más bien escasa. Ella podría confirmar su historia, pero su palabra no valía mucho más, ya que llamaba a la redacción del *Sucedió en Calliphora*, en ocasiones hasta una vez al mes, para informar de que había visto nubes con la apariencia de Jesucristo. Tenía un álbum de fotos de nubes que, según ella, llevaban el rostro de Su Salvador. Francis lo había ojeado, pero fue incapaz de reconocer ninguna personalidad religiosa, aunque sí admitió que había una nube que parecía un hombre gordo con un gorro turco.

La policía local lo buscaría, claro, pero no estaba seguro de cuánto interés pondrían en la investigación. Tenía dieciocho años —y por tanto libertad para hacer lo que quisiera—, y a menudo faltaba al colegio sin justificante. Tan sólo había unos pocos policías en Calliphora: el sheriff George Walker y tres agentes de medio tiempo. Eso limitaba mucho las posibilidades de una búsqueda, y, además, había otras cosas que hacer en un bonito día como éste, sin viento: perseguir a espaldas mojadas, por ejemplo, o apostarse en un recodo de la carretera y esperar a que pasaran adolescentes de camino a Phoenix y multarlos por exceso de velocidad.

Sin embargo, empezaba a resultarle difícil preocuparse de si lo estaban buscando, ya que soñaba otra vez con los chocolates. No recordaba la última vez que había tenido tanta hambre.

Aunque el cielo seguía claro y brillante como una superficie esmaltada de azul, las sombras vespertinas habían alcanzado el vertedero conforme el sol desaparecía detrás del saliente de la montaña, al oeste. Francis salió debajo del remolque y avanzó por entre la basura, deteniéndose ante una bolsa abierta cuyo interior se había derramado. Escarbó con las antenas entre los desperdicios, y entre papeles arrugados, vasos de papel rotos y pañales usados descubrió una paleta roja y sucia. Se inclinó hacia delante y con torpeza consiguió llevársela a la boca con palillo y todo, sujetándola entre las mandíbulas mientras babeaba sobre el polvo.

Una intensa explosión de un dulzor empalagoso le llenó la boca y sintió que el corazón se le aceleraba, pero un instante después notó un horrible cosquilleo en el tórax y la garganta pareció cerrársele. Sintió ganas de vomitar y escupió la paleta, asqueado. No tuvo mejor suerte con unos restos de alitas de pollo. La escasa carne y la grasa que quedaban adheridas a los huesos sabían rancias y le provocaron arcadas.

Unos moscardones revoloteaban hambrientos sobre el montón de basura. Francis los miró con resentimiento y consideró la posibilidad de comérselos. Después de todo, algunos bichos se alimentaban de otros bichos, pero no sabía cómo atraparlos sin manos (aunque tenía la sensación de que reflejos no le faltaban) y además media docena de moscardones a duras penas le saciarían. Irritado y con dolor de cabeza por el hambre, pensó en los grillos con caramelo y en todos los otros bichos que se había comido. Por eso le había pasado esto, dedujo, y entonces se acordó de aquel amanecer a las dos de la madrugada y de cómo las oleadas de viento caliente habían azotado la gasolinera con tal fuerza que del tejado se desprendió polvo.

El padre de Huey Chester, Vern, había atropellado una vez un conejo a la entrada de su casa y cuando salió del coche se encontró un extraño animal con cuatro ojos de color rosa. Lo llevó al pueblo para enseñarlo a la gente, pero entonces un biólogo acompañado de un oficial y dos soldados armados con ametralladoras lo reclamaron y le pagaron a Vern quinientos dólares a cambio de que firmara una declaración comprometiéndose a no hablar más del asunto. Y en otra ocasión, una semana después de uno de los ensayos en el desierto, una niebla densa y húmeda que despedía un repugnante hedor a tocino frito se había propagado por todo el pueblo. Era tan espesa que hubo que cerrar la escuela, el supermercado y la oficina de correos. Las lechuzas volaban durante el día y a todas horas resonaban pequeñas explosiones y truenos en la húmeda oscuridad. Los científicos del desierto estaban agujereando el cielo y la tierra, y tal vez hasta el tejido del universo. Habían prendido fuego a las nubes y por primera vez Francis comprendió que era un ser contaminado, una aberración que un oficial armado con un talonario y un maletín lleno de documentos legales se ocuparía de aniquilar y ocultar. Le había resultado difícil llegar a esta conclusión, porque Francis siempre se había sentido contaminado, un bicho raro que los demás no querían ver.

Lleno de frustración, se alejó de la bolsa abierta de basura y siguió avanzando sin pensar. Sus extremidades posteriores adaptadas al salto lo impulsaron hacia arriba y las láminas córneas a su espalda empezaron a batir con furia. El estómago le dio un vuelco mientras se alejaba cada vez más de la tierra ennegrecida y alfombrada de mugre. Pensaba que se caería, pero no lo hizo y se encontró desplazándose por el aire y aterrizando un momento después en una de las gigantescas montañas de desperdicios, donde todavía daba el sol. Entonces exhaló el aire con fuerza y se dio cuenta de que había estado conteniendo el aliento.

Permaneció así unos segundos en equilibrio, abrumado por una desconcertante sensación de pequeños pinchazos en los extremos de sus antenas. Había trepado, corrido, nadado —no, por dios, ¡había volado!— a través de diez metros del cielo de Arizona. Durante un rato se negó a considerar lo que había ocurrido, le daba miedo pensar en ello con detenimiento y, de nuevo, se lanzó al aire. Sus alas producían un zumbido casi mecánico, y se vio a sí mismo planeando ebrio por el cielo, sobre un mar de alimentos y objetos en descomposición. Por un momento olvidó que necesitaba comer algo. También que, sólo unos segundos antes, había experimentado algo cercano a la desesperanza. Dobló las patas hasta pegarlas a los costados de su caparazón y, sintiendo el aire en la cara, miró hacia abajo, a la tierra baldía situada a más de treinta metros de distancia, fascinado por la extraña sombra que su cuerpo proyectaba sobre ella.

3

Cuando se puso el sol, pero aún había luz en el cielo, Francis volvió a casa. No tenía otro sitio adonde ir y estaba terriblemente hambriento. Eric era otra posibilidad, claro, pero para llegar hasta su domicilio tendría que cruzar varias calles y sus alas no le permitían volar tan alto como para no ser visto. Estuvo agazapado largo rato en la maleza que bordeaba el estacionamiento de la gasolinera. Los surtidores estaban desconectados y las persianas de la oficina delantera bajadas. Su padre nunca había cerrado tan temprano. En este extremo de Estrella Avenue, el silencio era total y excepto algún camión que pasaba de vez en cuando no había señales de movimiento ni de vida. Se preguntó si su padre estaría en casa, aunque era incapaz de imaginar otra posibilidad. Buddy Kay no tenía otro sitio al que ir.

Cruzó mareado y tambaleándose la gravilla hasta la mosquitera de la puerta de entrada. Después se irguió sobre las patas traseras y miró hacia el cuarto de estar. Lo que vio allí era tan poco habitual que lo desorientó y debilitó, haciéndole perder el equilibrio. Su padre estaba tumbado en el sofá, de costado, y con la cara hundida en el pecho de Ella. Parecía dormir. Ella le tenía sujeto por los hombros y entrelazaba sus dedos gordezuelos y llenos de anillos sobre su espalda. Buddy estaba prácticamente fuera del sofá, ya que no había sitio suficiente para él y daba la impresión de que iba a asfixiarse con la cara apretada de esa manera contra las tetas de Ella. Francis no consiguió recordar la última vez que los había visto abrazados así y había olvidado lo pequeño que parecía su padre en comparación con la gigantesca Ella. Con la cabeza hundida en su pecho, parecía un niño que tras llorar en brazos de su madre se ha quedado por fin dormido. Eran tan viejos y estaban tan solos, parecían tan vencidos, que verlos así —dos figuras abrazadas frente a la adversidad— le produjo una punzante sensación de pesar. Su pensamiento siguiente fue que su vida con ellos había llegado a su fin. Si se despertaban y lo veían volverían los gritos y los desmayos, aparecerían la policía y las escopetas.

Desesperado, se disponía a darse la vuelta y volver al vertedero, cuando vio una ensaladera sobre la mesa, a la derecha de la puerta. Ella había hecho ensalada de tacos. No alcanzaba a ver el interior del recipiente, pero identificó su contenido por el olfato. Nada escapaba ahora a su olfato: ni el olor acre a óxido de la mosquitera de la puerta de entrada ni el de moho en las raídas alfombras; también podía oler los fritos de maíz, la carne picada macerada con salsa y el regusto a pimienta del aliño. Imaginó grandes hojas de lechuga empapadas en los jugos del taco y empezó a salivar.

Se inclinó hacia delante alargando el cuello para intentar ver el interior de la ensaladera. Los ganchos dentados en que terminaban sus patas delanteras empujaron la puerta, y antes de que fuera consciente de lo que hacía, ésta se había abierto cediendo al peso de su cuerpo. Entró y miró de reojo a su padre y a Ella, ninguno de los cuales se movió.

El gozne estaba viejo y deformado, así que cuando hubo entrado la puerta no se cerró enseguida detrás de él, sino que lo hizo despacio y con un chirrido seco, encajándose en el marco de madera. El suave golpe bastó para que el corazón de Francis le saltara dentro del pecho. Pero su padre sólo pareció hundirse más entre los pechos de Ella. Francis avanzó sigilosamente hasta la mesa y se inclinó sobre la ensaladera. No quedaba nada, salvo un fondo grasiento de salsa y unas cuantas hojas de lechuga pegadas a las paredes del recipiente. Trató de pescar una, pero sus manos ya no eran manos. La cuchilla con forma de espátula en que terminaba su pata delantera golpeó el interior de la ensaladera, volcándola. Trató de agarrarla, pero ésta rebotó en su pezuña ganchuda y cayó al suelo con ruido de cristales rotos.

Francis se agachó, tenso. Detrás de él, Ella gimió confusa, despertándose. Después se oyó un chasquido. Francis volvió la cabeza y vio a su padre, de pie, a menos de un metro de él. Llevaba despierto desde antes de que se cayera la ensaladera —Francis se dio cuenta inmediatamente—, tal vez incluso llevaba fingiendo dormir desde el principio. Tenía el arma en una mano, abierta y lista para ser cargada y con la culata sujeta bajo la axila. En la otra mano sujetaba una caja de munición. Había tenido la escopeta todo el tiempo, escondida entre su cuerpo y el de Ella.

—Bicho asqueroso —dijo, mientras abría con el dedo pulgar la caja de munición—. Supongo que ahora me creerán.

Ella cambió de postura, asomó la cabeza por detrás del sofá y profirió un grito ahogado:

—Oh, dios mío. Oh, dios mío.

Francis trató de hablar, de suplicarles que no le hicieran daño, que él no les haría nada. Pero de su garganta sólo salió aquel sonido, como cuando alguien agita con furia un trozo de metal flexible.

—¿Por qué hace ese ruido? —gritó Ella. Intentaba ponerse de pie, pero estaba demasiado hundida en el sofá y no conseguía incorporarse—. ¡Aléjate de él, Buddy!

Buddy la miró.

—¿Cómo que me aleje? Lo voy a volar en pedazos. Ese mierda de George Walker se va a enterar... Ahí de pie... riéndose de mí. —Él también rió, pero las manos le temblaban y las balas se le cayeron al suelo con un martilleo—. Mañana mi foto estará en la primera página de todos los periódicos.

Sus dedos encontraron por fin la bala y la metió en la escopeta. Francis dejó de intentar hablar y alzó las patas delanteras, con los garfios serrados levantados en un gesto de rendición.

—¡Está haciendo algo! —chilló Ella.

—¿Quieres hacer el favor de callarte, zorra histérica? —dijo Buddy—. No es más que un bicho, por muy grande que sea, y no tiene ni puta idea de lo que estoy haciendo.

Giró la muñeca, y la bala se encajó en la recámara.

Francis embistió con la intención de apartar a Buddy y dirigirse a la puerta, pero su pata derecha cayó y la guadaña esmeralda en que terminaba asestó una cuchillada roja de la misma longitud que el rostro de Eddy. El tajo empezaba en su sien derecha, saltaba la cuenca del ojo, pasaba por el puente de la nariz y por encima del otro ojo y se prolongaba diez centímetros por su mejilla izquierda. Buddy abrió la boca de par en par, de forma que parecía sorprendido, como un hombre al que acaban de acusar de un crimen que no ha cometido y al que la conmoción ha dejado sin habla. La escopeta se disparó con un fuerte estruendo que hizo estremecerse las hipersensibles antenas de Francis. Parte de la bala le alcanzó en el hombro con un dolor punzante, y el resto se empotró en la pared de escayola que había a su espalda. Francis gritó de miedo y dolor: otro de esos sonidos metálicos distorsionados y cantarines, sólo que esta vez era agudo y penetrante. Dejó caer la otra pata con la fuerza de un hacha e impulsada por el peso de todo su cuerpo, golpeando el pecho de su padre, y pudo sentir su impacto en todas las articulaciones de la extremidad.

Francis trató de arrancar la pata del torso de su padre, pero en lugar de eso lo levantó del suelo alzándolo en el aire. Ella gritaba sujetándose la cara con ambas manos, mientras Francis meneaba la pata arriba y abajo tratando de que su padre se desprendiera de la guadaña que lo apresaba. Buddy parecía una masa invertebrada agitando brazos y piernas inútilmente. El sonido de los gritos de Ella le resultaba a Francis tan doloroso que pensó que se iba a desmayar. Lanzó a su padre contra la pared y toda la gasolinera tembló. Esta vez, cuando Francis retiró la pata, Buddy no vino con ella, sino que se deslizó hasta el suelo con la espalda pegada a la pared y las manos cruzadas sobre su pecho perforado y dejando un reguero oscuro detrás de él. Francis no supo qué había sido del arma. Ella, arrodillada en el sofá, se mecía hacia atrás y hacia delante chillando y arañándose la cara, sin saber lo que hacía. Francis se abalanzó sobre Ella y la hizo pedazos con sus manos de cuchilla. Sonaba como una cuadrilla de trabajadores cavando en el barro, y durante varios minutos en la habitación no se escuchó más que aquel ruido de furiosas paletadas.

4

Francis permaneció escondido bajo la mesa durante largo rato, esperando a que alguien viniera y pusiera fin a todo aquello. Sentía latigazos de dolor en el hombro y un pulso acelerado en la garganta. Nadie vino.

Transcurrido un tiempo, salió y gateó hasta donde estaba su padre. Buddy tenía sólo la cabeza apoyada en la pared y el resto del cuerpo yacía desparramado en el suelo. Siempre había sido un hombre extremadamente delgado, esquelético, pero en aquella postura, con la barbilla caída sobre el pecho, de pronto parecía gordo y distinto, con doble papada y mejillas flácidas. Francis comprobó que era capaz de acomodar su cabeza en las palas cóncavas que ahora eran sus manos… y también sus armas de matar. En cuanto a Ella, se sentía incapaz de ver lo que le había hecho.

Le dolía el estómago y notaba de nuevo la presión intensa y gaseosa de por la mañana. Deseaba poder decirle a alguien que lo sentía, que aquello era algo horrible y que le gustaría poder volver atrás, pero no había nadie con quien pudiera hablar y, aunque lo hubiera, no le entenderían, con su nueva voz de saltamontes. Quería llorar, pero en lugar de eso se tiró varios pedos que mojaron la alfombra de una espuma blanca y salpicaron el torso de su padre, empapando su camiseta y corroyéndola con un siseante chisporroteo. Francis giró la cara de Buddy en una y otra dirección, buscando devolverle su aspecto habitual, pero era inútil. Mirara hacia donde mirara se había convertido en alguien diferente, en un extraño.

Un olor a tocino quemado captó su atención y cuando bajó la vista reparó en que el estómago de su padre se había hundido hacia dentro y se había convertido en un cuenco rebosante de una especie de caldo rosa; los rojos huesos de sus costillas brillaban y tenían adheridos jirones de tejido fibroso. El estómago de Francis se encogió de hambre, un hambre dolorosa y desesperada. Se acercó para que sus antenas detectaran lo que había allí, pero no pudo esperar más, no pudo contenerse y se tragó las entrañas de su padre a grandes bocados mientras chasqueaba las mandíbulas con fruición. Devoró hasta su última víscera y después se alejó tambaleándose, casi ebrio. Los oídos le zumbaban y le dolía el vientre, de tan saciado que estaba. Así que gateó hasta meterse debajo de la mesa y descansó.

A través de la mosquitera de la puerta podía ver un tramo de carretera. Todavía mareado por el festín, observó a algún que otro camión pasar de largo de camino al desierto. La luz de sus faros parecía rozar el asfalto al enfilar una pequeña pendiente y después desaparecían a toda velocidad, ajenos a todo. La visión de aquellos faros deslizándose sin esfuerzo por la oscuridad le hizo recordar lo que sintió al despegar del suelo y elevarse por el aire de un gran salto.

Pensar en surcar el aire le hizo desear respirar un poco, así que se arrastró hasta la puerta, ya que estaba demasiado ahíto como para volar. Aún le dolía el vientre. Caminó hasta el centro del aparcamiento de grava, inclinó la cabeza hacia atrás y observó el cielo de la noche. La Vía Láctea era un río espumoso y brillante. Oía a los grillos entre la hierba, su extraña música de theremín, un zumbido quejumbroso que subía y bajaba de intensidad. Llevaban tiempo llamándolo, supuso.

Caminó sin miedo hasta el centro de la autopista, esperando a que llegara algún camión y la luz de sus faros lo engullera... aguardó a oír el chirrido de los frenos y el grito ronco y aterrorizado. Pero no pasó ningún coche. Se sentía empachado y caminaba despacio, sin interesarle lo que pudiera ocurrir. Ignoraba hacia dónde se dirigía y no le importaba. El hombro no le dolía apenas, ya que la bala no había perforado su caparazón —eso era imposible— y sólo le había arañado la carne de abajo.

Una vez había ido con su padre al vertedero con la escopeta y se habían turnado para disparar a latas, ratas, gaviotas. «Imagina que son los putos alemanes», le había dicho su padre. Francis no sabía qué aspecto tenían los soldados alemanes, así que imaginó que disparaba a sus compañeros del colegio. El recuerdo de aquel día en el vertedero le hizo sentir cierta nostalgia de su padre. Habían pasado algunos buenos ratos juntos y después Buddy siempre preparaba una buena cena. ¿Qué más se podía pedir a un padre?

Cuando el cielo empezó a teñirse de rosa por el este, se encontró detrás del colegio. Había llegado hasta allí involuntariamente, impulsado tal vez por el recuerdo de aquella tarde en la que salió a disparar con su padre. Estudió el alto edificio de ladrillo con sus hileras de pequeñas ventanas y pensó: «Qué colmena más fea». Incluso las avispas sabían hacerlo mejor, construían sus casas en las ramas altas de los árboles, de forma que en primavera quedaban ocultas entre las flores de dulce aroma, sin nada que perturbara su descanso, excepto el soplo fresco de la brisa.

Un coche entró en el estacionamiento y Francis se escabulló hacia un lado del edificio y dobló la esquina hasta quedar oculto. Oyó cerrarse la puerta del coche y siguió gateando hacia atrás. Miró hacia un lado y vio las ventanas que daban al sótano. Empujó con la cabeza una de ellas, las viejas bisagras cedieron y la puerta se abrió hacia dentro, haciéndole caer.

Esperó en completo silencio en una esquina del sótano, detrás de unas cañerías perladas de agua helada, mientras los primeros rayos de sol penetraban por las ventanas más altas. Al principio la luz era débil y gris, después se tornó de un delicado tono limón e iluminó lentamente el espacio a su alrededor, dejando ver una segadora de césped, hileras de sillas metálicas plegadas y latas de pintura apiladas. Descansó largo tiempo sin dormir, con la mente en blanco pero alerta, igual que el día anterior, cuando se refugió bajo el viejo remolque en el vertedero. El sol se reflejaba ya con luz de plata en las ventanas orientadas al este cuando escuchó los primeros ruidos de taquillas cerrándose sobre su cabeza y pisadas en el suelo de arriba y voces sonoras y potentes.

Avanzó hasta las escaleras y trepó por ellas. Conforme se acercaba a las voces éstas parecían, sin embargo, alejarse de él, como si un creciente silencio lo envolviera. Pensó en La Bomba, aquel sol carmesí ardiendo en el desierto a las dos de la mañana, y en el viento que azotó la gasolinera. Y del humo salieron langostas sobre la tierra. Conforme trepaba se sintió invadido de una euforia creciente, una nueva, repentina e intensa razón de ser. La puerta al final de la escalera estaba cerrada y no sabía cómo abrirla, así que la golpeó con uno de sus garfios. La puerta tembló en el marco. Esperó.

Por fin se abrió. Al otro lado estaba Eric Hickman y, detrás de él, el vestíbulo rebosaba de chicos y chicas guardando sus pertenencias en sus armarios y charlando a voz en grito, pero para Francis era como ver una película sin sonido. Unos pocos muchachos miraron en su dirección, lo vieron y se quedaron paralizados, congelados en posturas antinaturales junto a sus armarios. Una chica de pelo rojizo abrió la boca para hablar; sujetaba un montón de libros que, uno por uno, fueron cayendo al suelo con gran estrépito.

Eric lo miró a través de los cristales grasientos de sus gafas ridículamente gruesas. Conmocionado, dio un respingo y después retrocedió un paso, la boca abierta en una mueca de incredulidad.

—Alucinante —dijo, y Francis le oyó claramente.

Se abalanzó sobre él y le clavó las mandíbulas en la garganta como si fueran unas tijeras de podar setos. Lo mató a él primero porque lo apreciaba. Eric cayó al suelo agitando las piernas en un baile inconsciente y final, y un chorro de su sangre salpicó a la chica de pelo rojizo, que no se movió, sino que permaneció allí quieta, gritando. Entonces todos los sonidos estallaron a la vez, ruidos de puertas de armarios golpeados, pies corriendo y súplicas a dios. Francis salió disparado, impulsándose con su patas traseras y abriéndose paso sin esfuerzo entre la gente, golpeándola o haciéndola caer de bruces al suelo. Alcanzó a Huey Chester al final del pasillo mientras trataba de escapar, le atravesó el abdomen con una de sus pezuñas serradas y lo elevó en el aire. Huey se deslizó entre estertores por el brazo verde acorazado de Francis, mientras seguía agitando las piernas en un cómico pedaleo, como si todavía estuviera intentando huir.

Francis retrocedió sobre sus pasos arrasando lo que encontraba en su camino, aunque perdonó a la muchacha de cabello rojizo, que rezaba de rodillas y con las manos juntas. Mató a cuatro en el vestíbulo antes de subir al piso de arriba. Encontró a seis más acurrucados bajo las mesas del laboratorio de biología y también los mató. Entonces decidió que, después de todo, mataría también a la chica de cabello rojizo, pero cuando regresó al piso de abajo ésta se había marchado.

Estaba arrancando jirones de carne del cuerpo de Huey Chester y comiéndoselos cuando escuchó el eco distorsionado de un megáfono. Saltó a una pared y caminó cabeza abajo por el techo hasta llegar a una ventana cubierta de polvo. Había todo un ejército de camiones estacionados en un extremo de la calle, y soldados amontonando sacos de arena. Escuchó un fuerte ruido metálico y el traqueteo de un motor, y levantó la vista hacia Estrella Avenue. También habían traído un tanque. Bien, pensó. Lo iban a necesitar.

Golpeó la ventana con su garra dentada y las esquirlas de cristal volaron por los aires. Fuera, varios hombres gritaban. El día era luminoso y el viento soplaba levantando nubes de polvo. El tanque se detuvo con esfuerzo y la torreta empezó a girar. Alguien gritaba órdenes por un megáfono y los soldados se echaban cuerpo a tierra. Francis tomó impulso y echó a volar, sus alas hacían un sonido mecánico semejante al de la madera perforada por una sierra circular. Mientras se elevaba sobre el edificio del colegio rompió a cantar.

Hijos de Abraham

Maximilian los buscó en la cochera y en el establo, hasta en la bodega, aunque nada más echar un vistazo supo que no los encontraría allí. Rudy no se escondería en un lugar como ése, húmedo y frío, sin ventanas y por lo tanto sin luz, un lugar que olía a murciélagos y que se parecía demasiado a un sótano. Rudy nunca bajaba al sótano cuando estaba en casa, al menos si podía evitarlo. Temía que la puerta se cerrara detrás de él dejándolo atrapado en aquella sofocante oscuridad.

Por último, Max registró el granero, pero tampoco se habían escondido allí, y cuando regresó al sendero de entrada reparó asombrado en que estaba oscureciendo. No imaginaba que se había hecho tan tarde.

—¡Se acabó el juego! —gritó—. ¡Rudolf, es hora de irnos!

Sólo que el «irnos» sonó más bien a «irrrnos», o sea, como el relincho de un caballo. Odiaba el sonido de su voz y envidiaba a su hermano pequeño su perfecta pronunciación norteamericana. Rudolf había nacido en Estados Unidos, nunca había estado en Ámsterdam. En cambio Max había pasado allí los primeros cinco años de su vida, en un sombrío apartamento que olía a cortinas de terciopelo mohosas y a la peste de cloaca que subía desde el canal.

Max gritó hasta quedarse ronco, pero sólo consiguió hacer salir a la señora Kutchner, que apareció arrastrando los pies por el frente, encogida en un intento de entrar en calor, aunque no hacía frío. Cuando llegó a la barandilla la asió con las dos manos y se encorvó hacia delante, apoyándose en ella para enderezarse.

El otoño anterior, por esta época, la señora Kutchner estaba felizmente regordeta, con hoyuelos en sus mejillas carnosas y la cara siempre ruborizada por el calor de la cocina. Ahora tenía el semblante famélico, con la piel tirante sobre el cráneo y los ojos febriles y saltones dentro de las huesudas cuencas. Su hija, Arlene —que en aquel momento estaba escondida con Rudy en alguna parte—, le había contado en voz baja que su madre guardaba una bacinilla de latón junto a su cama y cada vez que su padre lo llevaba al retrete para vaciarlo vertía unos pocos centímetros cúbicos de sangre maloliente.

—Márchate si quieres, hijo —dijo—. Cuando tu hermano salga de donde quiera que esté escondido, lo mandaré a casa.

—¿La he despertado, señora Kutchner? —preguntó.

La mujer negó con la cabeza, pero Max seguía sintiéndose culpable.

—Perdón por haberla despertado. Soy un ruidoso. —Después añadió, con tono de duda—: ¿No debería estar acostada?

—Pareceses doctor, Max Van Helsing ¿No te parece que tengo bastante con tu padre? —preguntó la señora Kutchner, esbozando una débil sonrisa con una de las comisuras de la boca.

—No, señora. Quiero decir, sí, señora.

Rudy habría dicho algo ingenioso que la habría hecho reír a carcajadas y aplaudir. Rudy era como un niño prodigio en un programa de variedades de la radio. Max, en cambio, nunca sabía qué decir, y de todas maneras la comedia no era lo suyo. No sólo por el acento, aunque éste siempre le hacía sentirse incómodo, sino que era una cuestión de temperamento; a menudo se sentía incapaz de vencer aquella timidez que lo asfixiaba.

—Es muy estricto en eso de que estén los dos en casa antes de que oscurezca. ¿No es así?

—Sí, señora.

—Hay muchos como él —continuó—. Una costumbre que se trajeron de su antiguo país. Aunque cabría suponer que un médico no sería tan supersticioso. Con estudios y todo eso.

Max reprimió un escalofrío de disgusto. Decir que su familia era supersticiosa era un eufemismo de proporciones cómicamente grotescas.

—Aunque yo no me preocuparía por alguien como tú —continuó—. Seguro que nunca te has metido en líos.

—Gracias, señora —dijo Max, cuando en realidad lo que quería decir es que deseaba más que nada que volviera a la casa, se acostara y descansara. En ocasiones tenía la impresión de que era alérgico a expresarse. A menudo, cuando necesitaba con desesperación decir algo, podía sentir literalmente la tráquea cerrársele e impedirle respirar. Quería ofrecerle su ayuda para entrar en la casa, acercarse lo suficiente a ella como para olerle el pelo. Quería decirle que rezaba por ella por las noches, aunque suponía que sus plegarias no tenían el menor valor; Max había rezado también por su madre, sin conseguir nada. Pero no dijo ninguna de estas cosas. «Gracias, señora», fue todo lo que alcanzó a balbucear.

—Vete —insistió ella—. Dile a tu padre que le he pedido a Rudy que se quedara para ayudarme a recoger la cocina. Lo enviaré a casa.

—Sí, señora. Gracias, señora. Dígale que se dé prisa, por favor.

Cuando llegó a la carretera miró atrás. La señora Kutchner apretaba un pañuelo contra los labios, pero lo retiró inmediatamente y lo agitó con alegría, un gesto tan enternecedor que puso a Max enfermo. El sonido de su tos áspera y seca lo persiguió durante un buen trecho de carretera, como un perro furioso liberado de su correa.

Cuando entró en el jardín el cielo estaba azul oscuro, casi negro, excepto por un tenue resplandor de fuego en el oeste, donde el sol acababa de ponerse, y su padre lo esperaba sentado con el látigo en la mano. Max se detuvo al pie de las escaleras y lo miró. Era imposible ver los ojos de su padre, ocultos como estaban bajo una maraña de espesas y erizadas cejas.

Max esperó a que dijera algo. No lo hizo y por fin Max se rindió y habló él.

—Todavía hay luz.

—El sol se ha puesto.

—Estábamos en casa de Arlene, a sólo diez minutos.

—Sí, la casa de la señora Kutchner es muy segura; una verdadera fortaleza, protegida por un granjero renqueante que apenas puede agacharse por la reuma y una campesina analfabeta con las entrañas devoradas por el cáncer.

—No es analfabeta —dijo Max, consciente de que se había puesto a la defensiva y, cuando habló de nuevo, lo hizo con voz cuidadosamente modulada para parecer razonable—. No soportan la luz, es lo que tú siempre dices. Si no está oscuro no hay nada que temer. Mira el cielo tan brillante.

Su padre asintió, dándole la razón, y luego añadió:

—¿Dónde está Rudolf?

—Justo detrás de mí.

El padre alargó el cuello simulando con exagerada atención inspeccionar la carretera vacía.

—Lo que quiero decir es que ya viene —añadió Max—. Se ha quedado a ayudar a la señora Kutchner a limpiar algo de la cocina.

—¿El qué?

—Un saco de harina, creo. Al abrirse, la harina se ha esparcido por todas partes. Lo iba a recoger ella sola pero Rudy le dijo que no, quería hacerlo él, así que le dije que yo venía primero, para que no te preocuparas. Llegará en cualquier momento.

Su padre siguió sentado, inmóvil, con la espalda rígida y gesto impasible, y entonces, cuando Max pensó que se había terminado la conversación, dijo muy despacio:

—¿Volverá a casa andando solo? ¿En la oscuridad?

—Sí, señor.

—Ya veo. Vete a estudiar.

Max subió las escaleras en dirección a la puerta principal, que estaba parcialmente abierta. Notó cómo se ponía tenso al dejar atrás la mecedora, esperando el látigo. Pero en lugar de ello, cuando su padre se movió fue para sujetarle por la muñeca apretando tan fuerte que sintió que los huesos se separaban de las articulaciones.

Su padre respiró con fuerza, con un sonido siseante que Max había aprendido a identificar como preludio de un buen latigazo.

—¿Conocen a sus enemigos y aun así se quedan jugando con sus amigos hasta que se hace de noche?

Max trató de responder, pero no pudo, sintió cómo se le cerraba la tráquea y una vez más fue incapaz de pronunciar lo que quería, pero no se atrevía a decir.

—No espero que Rudolf aprenda, es americano, y en América es costumbre que sea el hijo el que enseñe al padre. Veo cómo me mira cuando le hablo, cómo trata de contener la risa. Eso es malo. Pero tú… Al menos cuando Rudolf desobedece es algo deliberado, puedo ver cómo se está quedando conmigo. Pero tú lo haces desde la pasividad, sin pararte a pensarlo, y luego te sorprende que en ocasiones no pueda ni mirarte a la cara.

Eres como el caballo del circo que es capaz de sumar dos y dos y está considerado un prodigio. Te aseguro que lo mismo ocurriría contigo si por una sola vez demostraras la más mínima comprensión de las cosas. Sería un prodigio.

Soltó la muñeca de Max, que retrocedió tambaleándose, con el brazo dolorido.

—Ve adentro y quítate de mi vista. Necesitarás descansar. Ese zumbido dentro de tu cabeza te viene de tanto pensar, y supongo que es algo a lo que no estás acostumbrado —dijo llevándose un dedo a la sien simulando indicarle dónde residen los pensamientos.

—Sí, señor —dijo Max en un tono que, no tenía más remedio que admitirlo, sonaba estúpido y pueblerino. ¿Por qué su padre siempre se las arreglaba para parecer culto y cosmopolita, y en cambio él, con el mismo acento, parecía un granjero holandés medio imbécil que sirve para ordeñar vacas, pero que delante de un libro abierto se quedaría mirando con ojos desorbitados, asustado y confuso?

Max se volvió hacia la casa sin mirar por dónde iba y se golpeó la frente con las cabezas de ajo que colgaban del marco de la puerta. Su padre resopló con desprecio.

Se sentó en la cocina, donde una lámpara encendida en una esquina de la mesa bastaba para ahuyentar la creciente oscuridad. Esperó atento, con la cabeza erguida, para poder ver el jardín por la ventana. Tenía el libro de gramática inglesa abierto delante de él, pero ni siquiera lo miraba, era incapaz de hacer otra cosa que no fuera quedarse allí sentado y esperar a Rudy. Al cabo de un rato estaba demasiado oscuro para ver la carretera o a alguien que viniera por ella. Las copas de los pinos formaban siluetas negras contra un cielo del color de las brasas encendidas. Pronto también ese tenue resplandor desapareció y la oscuridad se pobló de estrellas como brillantes salpicaduras. Max escuchó a su padre en la mecedora, el suave crujido de las patas de madera circulares mientras se movían atrás y adelante sobre los tablones de la entrada. Max se mesó los cabellos, tirándose de ellos, diciendo para sí: «Rudy, vamos», deseando que aquella espera terminara más que ninguna otra cosa en el mundo. No sabía si había transcurrido una hora o quince minutos.

Entonces oyó las pisadas firmes de su hermano en la tierra caliza del arcén de la carretera; aminoró el paso al entrar en el jardín, pero Max sospechó que venía corriendo, una hipótesis que se vio confirmada en cuanto Rudy habló. Aunque trataba de conservar su habitual tono jovial, se notaba que se ahogaba y hablaba con voz entrecortada.

—Perdón, perdón. La señora Kutchner, un accidente. Me pidió que la ayudara. Lo sé. Es tarde.

La mecedora dejó de moverse y los tablones del suelo crujieron bajo el peso de los pies de su padre.

—Eso me contó Max. Y qué, ¿lo has limpiado todo?

—Sí, con Arlene. Es que Arlene entró corriendo en la cocina, sin mirar, y a la señora Kurtchner… se le cayeron unos platos al suelo…

Max cerró los ojos e inclinó la cabeza hacia delante tirándose del pelo con desesperación.

—La señora Kutchner no debería cansarse tanto; está enferma. De hecho debería quedarse en la cama.

—Eso es lo que pensé —escuchó a Rudy desde un extremo del portón. Empezaba a recuperar el aliento—. Y todavía no estaba oscuro del todo.

—¿Ah no? Bueno, cuando uno tiene mi edad la vista le falla, confunde la penumbra con la oscuridad. Estaba convencido de que el sol se había puesto hace veinte minutos. Veamos, ¿qué hora es?

Max escuchó el sonido metálico del reloj de bolsillo de su padre al abrirse. Éste suspiró.

—Está demasiado oscuro para ver las manecillas. Bien, realmente admiro tu preocupación por la señora Kutchner.

—Bueno... No ha sido nada —dijo Rudy, con un pie en el primer peldaño de las escaleras.

—Pero deberías preocuparte más de tu propio bienestar, Rudolf —dijo su padre en tono calmado y benevolente, el mismo que, suponía Max, debía de emplear cuando hablaba con pacientes en fase terminal de una enfermedad. Había llegado la noche y, con ella, el doctor.

Rudy dijo:

—Lo siento, pero...

—Ahora dices que lo sientes. Pero pronto lo sentirás de manera más palpable.

El látigo sonó como una fuerte bofetada y Rudy, que cumpliría diez años en dos semanas, rompió a llorar. Max apretó los dientes mientras seguía mesándose los cabellos, y se llevó las muñecas a los oídos, en un vano intento de no oír el llanto de su hermano y el látigo golpeando la carne, la grasa y los huesos.

Como tenía los oídos tapados, no oyó entrar a su padre y sólo levantó la vista cuando su sombra se proyectó sobre él. Abraham estaba en el umbral del vestíbulo, despeinado, el cuello de la camisa torcido y el látigo apuntando hacia el suelo. Max esperaba que le pegara también a él, pero no fue así.

—Ayuda a tu hermano a entrar en casa.

Max se puso en pie tambaleándose. Se sentía incapaz de sostener la mirada de su padre, así que bajó la vista y fijó los ojos en el látigo. El dorso de la mano de su padre estaba salpicado de sangre y al verla Max contuvo el aliento.

—Ya ves lo que me obligas a hacer.

Max no contestó, tal vez no hacía falta. Su padre permaneció allí de pie unos instantes más y después se dirigió a la parte de atrás de la casa, hacia su estudio privado, que siempre cerraba con llave; una habitación en la que tenían prohibido entrar sin su permiso. Muchas noches se quedaba dormido allí dentro y le oían gritar en sueños, maldiciendo en holandés.

—Deja de correr —gritó Max—. Sabes que al final te alcanzaré.

Rudolf cruzó de un brinco el corral, se apoyó en el cerco y saltó por encima de él para después echar a correr hacia uno de los laterales de la casa, dejando tras de sí una estela de risas.

—Devuélvemela —dijo Max. Saltó el cerco sin dejar de correr y aterrizó en el suelo sin perder el equilibrio. Estaba enfadado, muy enfadado y la furia lo dotaba de una agilidad inesperada, inesperada porque tenía la constitución de su padre: un corpulento carabao al que obligan a caminar sobre las patas traseras.

Rudy, en cambio, había heredado la complexión delicada de su madre, así como su piel de porcelana. Era rápido, pero Max estaba a punto de alcanzarlo, ya que Rudy volvía la vista atrás demasiado a menudo, sin concentrarse en una u otra dirección. Estaba a punto de alcanzar el lateral de la casa y, una vez allí, Max podría acorralarlo contra la pared e inmovilizarlo, impidiendo que huyera hacia derecha o izquierda.

Pero Rudy no intentó ir ni a la derecha ni a la izquierda. La ventana del estudio de su padre estaba abierta unos centímetros, dejando entrever la fresca quietud propia de las bibliotecas. Rudy se aferró al alféizar con una mano —en la otra aún llevaba la carta de Max— y, tras un rápido vistazo atrás, saltó en dirección a las sombras.

Por grande que fuera la ira de su padre cuando llegaban a casa después de anochecer, no era nada comparada a la que sentiría si se enteraba de que habían entrado en su santuario privado. Pero su padre había salido, había ido a alguna parte en su Ford, y Max no se detuvo a pensar en qué les pasaría si regresaba inesperadamente. Saltó y asió a su hermano por un tobillo, pensando que conseguiría arrastrarlo de nuevo a la luz, pero Rudy chilló y con una patada se liberó de la mano de Max. El pequeño se precipitó hacia la oscuridad y aterrizó en el suelo de madera, con un golpe seco que hizo temblar dentro de la habitación algún objeto de cristal sin identificar. Entonces Max se agarró al alféizar, tomó impulso...

—Despacio, Max, está... —empezó a decir su hermano.

... y saltó por la ventana.

—... muy alto —terminó Rudy.

Max había entrado antes en el estudio de su padre, por supuesto (en ocasiones, Abraham los invitaba a ir allí para «una pequeña charla», lo que quería decir que él hablaba y ellos escuchaban), pero nunca por la ventana. Se inclinó hacia delante y vio el suelo a casi un metro de distancia, y se dio cuenta, asombrado, de que iba a aterrizar de cara. Por el rabillo del ojo acertó a ver una mesa redonda junto a una de las mecedoras de su padre, y se aferró a ella para evitar caerse. Pero ya había tomado impulso y éste lo lanzó adelante, haciéndole chocar contra el suelo. Pudo girar la cara en el último momento y el peso del cuerpo recayó casi por entero en su hombro derecho. Los muebles temblaron y la mesa se volcó con todo lo que tenía encima. Max oyó que algo se caía y escuchó un ruido de cristales rotos que le resultó más doloroso que el golpe en el hombro.

Rudy estaba a unos pocos metros de él, sentado en el suelo y esbozando aún una sonrisa algo tonta. Tenía la carta arrugada en una mano, medio olvidada.

La mesa estaba volcada, pero por fortuna no rota. Aunque un frasco vacío de tinta se había hecho añicos y los pedazos brillantes de cristal yacían cerca de la rodilla de Max. Sobre la alfombra persa había un montón de libros dispersos y varios papeles revolotearon hasta posarse en el suelo con un susurro áspero.

—Mira lo que me obligas a hacer —dijo Max señalando el frasco de tinta. Entonces se estremeció al darse cuenta de que eso era exactamente lo que le había dicho su padre unas semanas atrás; no le gustaba descubrirse repitiendo sus palabras, como el muñeco de un ventrílocuo, un muchacho de madera con la cabeza hueca.

—Lo tiramos y ya está —dijo Rudy.

—Sabe dónde está cada cosa de su despacho. Se dará cuenta de que falta.

—A la mierda. Sólo viene aquí a beber coñac, tirarse pedos y quedarse dormido. He entrado montones de veces. El mes pasado le robé el mechero para fumar y ni se ha enterado.

—¿Que tú qué? —preguntó Max mirando a su hermano pequeño con sincero asombro, y no sin cierta envidia. Eso de hacer cosas arriesgadas y después contarlas como si nada le correspondía a él, como hermano mayor.

—¿Para quién es esta carta y por qué has tenido que esconderte para escribirla? Te estuve espiando sin que te dieras cuenta. «Todavía recuerdo tu mano en la mía» —recitó Rudy en tono burlón y deliberadamente afectado.

Max se lanzó sobre él, pero no lo suficientemente rápido, y Rudy agitó la carta y empezó a leerla por el principio. Poco a poco la sonrisa se le borró del rostro, y su pálida frente se cubrió de líneas de preocupación. Entonces Max le arrancó el papel de las manos.

—¿Mamá? —preguntó Rudy completamente desconcertado.

—Es para un trabajo del colegio. Nos preguntaron que si tuviéramos que escribir una carta a alguien, a quién sería. La señora Louden ha dicho que puede ser alguien imaginario o un personaje histórico. Alguien muerto.

—¿Y piensas entregar eso y dejar que lo lea la señora Louden?

—No lo sé, aún no lo he terminado.

Pero, conforme hablaba, Max se daba cuenta de que había sido un error, de que se había dejado llevar por las fascinantes posibilidades de aquel trabajo de clase, el irresistible «y si»..., y había escrito cosas demasiado personales para enseñárselas a nadie. Cosas tales como «tú eras la única con la que sabía cómo hablar y a veces me siento tan solo»... Se había imaginado a su madre leyendo la carta de alguna manera, desde algún lugar, tal vez en forma de figura astral flotando sobre él, mirando su pluma garabatear el papel, sonriendo serena. Había sido una fantasía cursi y absurda, y sólo por pensar que se había dejado llevar por ella sintió una intensa vergüenza.

Su madre ya estaba débil y enferma cuando el escándalo obligó a su familia a abandonar Ámsterdam. Durante un tiempo vivieron en Inglaterra, pero el rumor de aquella cosa terrible que había hecho su padre (Max la ignoraba y dudaba de que llegara a saberlo nunca) los siguió hasta allí. Así que siguieron camino hacia Estados Unidos. Su padre estaba convencido de que le habían dado una plaza en la facultad de Vassar, hasta el punto de que había invertido casi todos sus ahorros en comprar una hermosa granja cercana. Pero cuando llegaron a Nueva York el decano los recibió y le dijo a Abraham Van Helsing que su conciencia le impedía contratarlo para que trabajara sin supervisión con muchachas menores de edad. Max no habría estado más convencido de que su padre había matado a su madre si le hubiera visto ahogarla con una almohada en su lecho de enferma. No fue el viaje lo que acabó con ella, aunque sin duda contribuyó, demasiado esfuerzo para una mujer débil y embarazada que además sufría de una infección crónica de la sangre que le provocaba moretones al más mínimo roce. Fue la humillación. Mina no pudo sobrevivir a la vergüenza de lo que había hecho su padre, aquello que los obligó a todos a huir.

—Vamos —dijo Max—. Limpiemos esto y salgamos de aquí.

Volvió a poner la mesa de pie y empezó a recoger libros del suelo, pero giró la cabeza cuando escuchó a Rudy preguntar:

—Max, ¿tú crees en los vampiros?

Rudy estaba de rodillas frente a una otomana, al otro lado de la habitación. Se había agachado para recoger unos papeles que habían llegado hasta allí y se había quedado mirando el viejo maletín de médico escondido debajo. Tiró del rosario anudado a las asas.

—Deja eso —dijo Max—. Se supone que tenemos que recoger, no desordenar más.

—¿Pero crees?

Max guardó silencio por unos instantes.

—A mamá la atacaron. Después de aquello su sangre no volvió a ser la misma. Enfermó.

—Pero ¿ella dijo alguna vez que la habían atacado, o fue él?

—Murió cuando yo tenía seis años. No le contaría una cosa así a un niño tan pequeño.

—Pero ¿tú crees que estamos en peligro?

Rudy había abierto el maletín y alargó la mano para sacar un bulto cuidadosamente envuelto en tela púrpura. Bajo el terciopelo se entrechocaban trozos de madera.

—¿Que ahí fuera hay vampiros esperando atacarnos? ¿Que esperan a que bajemos la guardia?

—Yo no descarto esa posibilidad, por descabellada que parezca.

—Por descabellada que parezca —repitió su hermano con risa queda. Abrió el envoltorio de terciopelo y miró las estacas de veintitrés centímetros, espetones de madera blanca reluciente con los mangos forrados de cuero engrasado.

—Pues yo creo que es una idiotez. I-dio-tez —dijo Rudy en un tono ligeramente cantarín.

El rumbo que tomaba la conversación estaba poniendo nervioso a Max, y por un instante se sintió mareado, presa del vértigo, como si estuviera inclinado sobre una pendiente pronunciada. Tal vez no estuviera muy lejos de algo así. Siempre había sabido que algún día tendrían esta conversación y temía adónde podría conducirlos. Rudy nunca disfrutaba tanto como en una discusión, pero jamás llevaba sus dudas a una conclusión lógica. Podía decir que algo era una estupidez, pero no se detenía a considerar qué pasaba entonces con su padre, un hombre que temía a la oscuridad tanto como una persona que no sabe nadar teme al mar. Max casi necesitaba que aquello fuera verdad, que existieran los vampiros, porque la otra posibilidad —que su padre fuera un psicótico— era demasiado terrible, demasiado abrumadora.

Seguía pensando en cómo contestar a su hermano cuando una fotografía enmarcada atrajo su atención. Estaba medio oculta bajo la mecedora de su padre, vuelta del revés. Pero cuando le dio la vuelta supo que ya la había visto. Era un calotipo, un tipo de foto antigua, color sepia, de su madre, que había estado en una estantería de su casa de Ámsterdam. Llevaba puesto un sombrero claro de paja bajo el que asomaban sus rizos negros y etéreos. Tenía una de las manos enguantadas levantada en un gesto enigmático, de forma que parecía estar agitando un cigarrillo invisible. Sus labios estaban entreabiertos, como diciendo algo, y Max a menudo se preguntaba qué sería. Por alguna razón se imaginaba a sí mismo presente en aquella escena, fuera de la fotografía, un niño de cuatro años mirando a su madre con expresión solemne. Tenía la impresión de que ella agitaba la mano para evitar que saliera en la fotografía. Si eso era cierto, entonces parecía lógico que en el momento de ser retratada estuviera diciendo su nombre.

Cuando cogió el marco y le dio la vuelta escuchó el tintineo del cristal al caerse. El cristal se había roto justo en el centro. Empezó a arrancar pequeñas esquirlas del marco y a apartarlas con cuidado, procurando que ninguna arañara el brillante calotipo debajo. Sacó un cristal de gran tamaño de la esquina superior del marco y la fotografía se desprendió. Cuando fue a colocarla en su sitio dudó un instante, frunció el ceño y tuvo la fugaz impresión de que los ojos le bizqueaban y veía doble. Entonces, bajo la primera fotografía apareció otra. Sacó la de su madre del marco y miró fijamente y sin comprender la que alguien había escondido detrás. Un entumecimiento frío le invadió el pecho, alcanzándole luego la garganta. Miró a su alrededor y suspiró aliviado al ver a Rudy arrodillado frente a la otomana, envolviendo otra vez las estacas en su sudario de terciopelo.

Volvió a mirar la fotografía secreta. En ella aparecía una mujer que estaba muerta. También estaba desnuda de cintura para arriba, con las ropas desgarradas, hechas jirones. Yacía en una cama con dosel; de hecho, estaba atada a la misma con cuerdas enrolladas en su cuello y que le sujetaban los brazos por encima de la cabeza. Era joven y tal vez había sido hermosa; era difícil saberlo; tenía uno de los ojos cerrado y el otro entreabierto, dejando ver una pupila inerte. Le habían abierto la boca a la fuerza, metiéndole lo que parecía ser una pelota blanca y amorfa, y el labio superior estaba un poco retirado, de manera que dejaba ver una hilera uniforme de dientes superiores. Tenía uno de los lados del rostro amoratado y entre las curvas rotundas y lechosas de sus pechos había clavada una estaca de madera blanca. Las costillas izquierdas estaban cubiertas de sangre.

Oyó el coche en la entrada a la casa, pero era incapaz de moverse, de apartar la vista de aquella fotografía. Rudy empezó a tirarle del hombro, diciéndole que tenían que irse de allí. Max apretó la fotografía contra su pecho para evitar que Rudy la viera. Le dijo vete, yo iré enseguida, y Rudy le soltó y salió.

Con manos torpes, Max intentó colocar la fotografía de la mujer asesinada dentro del marco… y entonces vio algo más y se quedó nuevamente inmóvil. Hasta el momento no había reparado en una figura a la izquierda de la imagen, un hombre junto a la cama, con la espalda vuelta hacia el objetivo. Estaba tan en primer plano que parecía una figura desenfocada, vagamente rabínica, con un sombrero y un abrigo negros. No había manera de saber con certeza quién era ese hombre, pero Max sí lo sabía, lo reconoció por la manera en que inclinaba la cabeza hacia atrás, la forma cuidadosa y casi rígida en que se inclinaba desde el grueso cuello. En una mano sostenía un hacha y en la otra un maletín de médico.

El motor del coche se detuvo con un silbido ronco y un leve traqueteo. Max encajó como pudo la fotografía de la mujer muerta en el marco y colocó encima el retrato de Mina. Dejó la fotografía, sin cristal, sobre la mesa y la miró durante una milésima de segundo, antes de darse cuenta, horrorizado, de que Mina estaba cabeza abajo. Alargó la mano hacia ella.

—¡Vamos! —gritó Rudy—. Por favor, Max.

Estaba fuera de la ventana, de puntillas, y con la cabeza vuelta hacia el estudio.

Max empujó con el pie los cristales rotos debajo de la mecedora, brincó hacia la ventana y gritó. O al menos lo intentó, ya que le faltaba aire en los pulmones y su garganta no emitió sonido alguno.

Su padre estaba de pie detrás de Rudy y lo miraba por encima de la cabeza de éste. Rudy no vio que estaba allí hasta que le apoyó las manos en los hombros. Pero él no tenía ninguna dificultad para gritar y dio tal salto que pareció que iba a entrar de nuevo en el estudio.

Abraham miró en silencio a su hijo mayor y Max le devolvió la mirada con media cabeza fuera de la ventana y las manos en el alféizar.

—Si quieres —dijo su padre— puedo abrirte la puerta para que salgas. No queda tan teatral, pero sí es más cómodo.

—No —contestó Max—. No, gracias. Estaba... nosotros... un error. Lo siento.

—Un error es no saber cuál es la capital de Portugal en un examen de geografía. Esto es otra cosa. —Hizo una pausa e inclinó la cabeza con semblante inexpresivo. A continuación soltó a Rudy y se volvió abriendo una mano y señalando hacia el jardín en un gesto que parecía decir: «Sal por ahí»—. Hablaremos de eso otro día. Ahora, si no te importa, me gustaría que salieras de mi despacho.

Max se le quedó mirando. Nunca hasta entonces su padre había postergado el castigo físico —entrar sin permiso en su estudio merecería al menos unos buenos latigazos— y trataba de entender por qué lo hacía ahora. Su padre esperaba y Max salió por la ventana y aterrizó en un jardín. Rudy lo miraba con expresión interrogante, buscando alguna indicación sobre lo que debían hacer a continuación. Max alzó la vista en dirección a los establos —su estudio particular— y, despacio, se encaminó hacia allí. Su hermano pequeño echó a andar junto a él, temblando de pies a cabeza.

Antes de que lograran escapar, sin embargo, Max notó la mano de su padre en el hombro.

—Mis reglas son protegerte siempre, Maximilian —dijo—. ¿Ahora me dices quizá que no quieres que yo te proteja más? Cuando eras pequeño te tapé los ojos en el teatro cuando llegaban los sicarios a asesinar a Clarence en *Ricardo.* Pero cuando fuimos a ver *Macbeth* me apartaste la mano, querías ver. Ahora me parece que la historia se repite, ¿no?

Max no contestó. Al menos, su padre le había soltado.

Pero no habían caminado diez pasos cuando habló de nuevo:

—Por cierto, casi me olvido. No les dije adónde iba, y tengo una noticia que les pondrá tristes a los dos. El señor Kutchner vino cuando estaban en el colegio gritando: «Doctor, doctor, deprisa, mi mujer». En cuanto la vi, ardiendo de fiebre, supe que tenía que ir al hospital, pero, ay, el granjero tardó demasiado en acudir a mí. Cuando la llevó hasta mi coche los intestinos se le salieron con un «plof». —Chasqueó la lengua simulando desagrado—. Llevaré vuestros trajes a la tintorería, el funeral será el viernes.

Arlene Kutchner no fue al colegio al día siguiente. De vuelta a casa, pasaron por delante de la suya, pero las persianas estaban cerradas y el lugar tenía un aire demasiado silencioso. El funeral sería a la mañana siguiente, en el pueblo, y tal vez Arlene y su padre habían salido ya hacia allí, donde tenían familia. Cuando los chicos entraron en su propio jardín, el Ford estaba aparcado junto a la casa y las puertas que daban al sótano, abiertas.

Rudy hizo una señal en dirección al establo. Compartían un caballo, un viejo jamelgo llamado Arroz, y hoy le tocaba a Rudy limpiar el establo, así que Max se dirigió solo hacia la casa. Estaba junto a la mesa de la cocina cuando escuchó cerrarse desde fuera las puertas del sótano. Poco después su padre subió las escaleras y apareció en la puerta que daba al sótano.

—¿Estás trabajando en algo ahí abajo? —preguntó Max.

Su padre lo miró de arriba abajo con ojos deliberadamente inexpresivos.

—Se los desvelaré más tarde —dijo, y Max le vio sacar una llave de plata del bolsillo de su chaleco y usarla para cerrar la puerta del sótano. Nunca antes la había usado, y Max no sabía siquiera que existía tal llave.

Pasó el resto de la tarde agitado, mirando sin cesar la puerta del sótano, inquieto por la promesa de su padre: «Se los desvelaré más tarde». No tuvo ocasión de comentarla con Rudy durante la cena, de especular sobre qué sería lo que les iba a desvelar, y tampoco pudieron hablar después, mientras hacían los deberes en la mesa de la cocina. Por lo general, su padre se retiraba temprano a su estudio, para estar solo, y no lo volvían a ver hasta la mañana siguiente. Pero esta noche parecía nervioso y no hacía más que entrar y salir de su despacho por un vaso de agua, a limpiar sus gafas y, por último, para coger una lámpara. Ajustó la mecha de manera que hubiera sólo una tenue llama roja y después la colocó sobre la mesa, frente a Max.

—Chicos —dijo volviéndose hacia el sótano y descorriendo el cerrojo—. Bajen y espérenme. No toquen nada.

Rudy, pálido como la cera, dirigió a Max una mirada horrorizada. No soportaba el sótano, con su techo bajo y su olor, las telarañas como velos de encaje en las esquinas. Cuando le tocaba hacer allí alguna tarea doméstica, siempre le suplicaba a su hermano que lo acompañara. Max abrió la boca para preguntar a su padre, pero éste ya había salido de la habitación y desaparecido en su estudio.

Max miró a Rudy, que temblaba y negaba con la cabeza sin decir palabra.

—No pasará nada —le prometió Max—. Yo te protegeré.

Rudy cogió la lámpara y dejó que Max bajara primero por las escaleras. La luz anaranjada de la llama proyectaba sombras que se inclinaban y saltaban, como oscuras lenguas, en las paredes. Max bajó hasta el sótano y miró inseguro a su alrededor. A la izquierda de las escaleras había una mesa de trabajo sobre la que había un bulto cubierto con una lona blanca y mugrienta. Podían ser ladrillos apilados, o ropa, era difícil decirlo en aquella oscuridad y sin acercarse más. Max avanzó con lentitud y arrastrando los pies, hasta que estuvo cerca de la mesa, y una vez allí se detuvo, dándose cuenta de repente de lo que escondía la sábana.

—Tenemos que salir de aquí —gimió Rudy justo detrás de él. Max no se había dado cuenta de que estaba allí, pensaba que seguía en las escaleras—. Tenemos que salir de aquí ahora mismo.

Y Max supo que no hablaba únicamente de salir del sótano, sino de la casa, de huir de aquel lugar donde habían vivido diez años y no regresar jamás.

Pero era demasiado tarde para creerse ahora Huckleberry Finn y Jim y «marcharse al territorio», pues los pesados pasos de su padre ya resonaban en los polvorientos tablones de madera, a sus espaldas. Max levantó la vista hacia las escaleras y lo vio. Llevaba su maletín de médico.

—De su invasión de mi privacidad no puedo menos que deducir —empezó a decir su padre— que por fin han desarrollado un interés por la labor secreta a la que tanto he sacrificado. He matado con mis propias manos a seis no-muertos, el último de los cuales era aquella zorra enferma cuya fotografía vieron en mi despacho; creo que ambos la han visto.

Rudy dirigió una mirada de pánico a Max, que se limitó a mover la cabeza, como diciéndole «no digas nada». Su padre continuó hablando.

—He entrenado a otros en el arte de destruir vampiros, incluido el desgraciado primer esposo de su madre, Jonathan Harker, que dios lo bendiga, de manera que soy indirectamente responsable de la muerte de tal vez hasta cincuenta miembros de esta infecta y apestosa especie. Ha llegado el momento, ahora lo sé, de enseñar a mis propios hijos cómo se hace. Y cómo se hace bien, de manera que sean capaces de acabar con aquellos que querrían acabar con ustedes.

—Yo no quiero saberlo —dijo Rudy.

—Él no vio el cuadro —dijo Max al mismo tiempo.

Su padre pareció no oír a ninguno de los dos. Pasó de largo junto a ellos hasta la mesa de trabajo y el bulto cubierto por la lona que estaba sobre ella. Levantó una esquina de la tela y miró; a continuación y con un murmullo de aprobación la levantó por completo.

La señora Kutchner estaba desnuda y horriblemente macilenta, con las mejillas demacradas y la boca abierta de par en par. El vientre se hundía bajo las costillas, como si le hubieran aspirado las entrañas, y tenía la espalda magullada y de color violeta azulado por la sangre coagulada. Rudy gimió y escondió su cara detrás del hombro de Max.

Su padre apoyó el maletín junto al cadáver y lo abrió.

—Por supuesto que ella no lo es, quiero decir, un no-muerto, sino que está simplemente muerta. Los vampiros auténticos no abundan, y tampoco sería práctico ni aconsejable para mí encontrar uno con el que pudieran ensayar. De momento ella nos servirá —dijo, sacando de su maletín las estacas envueltas en terciopelo.

—Pero ¿qué hace aquí? —preguntó Max—. Mañana es su entierro.

—Pero hoy yo hago la autopsia, para mis investigaciones privadas. El señor Kutchner lo entiende, se alegra de poder cooperar, si eso significa que un día no morirán más mujeres de esta manera. —Tenía una estaca en una mano y un mazo en la otra.

Rudy empezó a llorar. Max, en cambio, estaba experimentando una extraña disociación. Una parte de su cuerpo caminó hacia delante, pero sin él, mientras otra parte permanecía junto a Rudy, pasándole un brazo alrededor de sus temblorosos hombros. Rudy repetía: «Por favor, quiero ir arriba». Max se vio a sí mismo caminar con paso neutro hasta su padre, que lo miraba con una mezcla de curiosidad y cierta sosegada admiración.

Le alargó el mazo a Max y aquello lo devolvió a la realidad. De nuevo se encontraba dentro de su cuerpo, consciente del peso del martillo, que tiraba de su muñeca hacia el suelo. Su padre le agarró la otra mano y la levantó dirigiéndola hacia los escuálidos pechos de la señora Kutchner. Apoyó las yemas de los dedos de Max en un punto situado entre dos costillas y entonces éste miró a la cara de la mujer muerta, con la boca abierta como si se dispusiera a decir: «Ya pareces mi doctor, Max Van Helsing».

—Toma —dijo su padre, deslizándole una de las estacas en la mano—. Tienes que sujetarlo por aquí, por la empuñadura. En un caso real, el primer golpe estará seguido de gritos, blasfemias y una lucha desesperada por escapar. Los malditos no son fáciles de matar. Debes aguantar sin rendirte, hasta que la hayas empalado y haya dejado de resistirse. Pronto habrá terminado todo.

Max levantó el mazo y a continuación miró a la señora Kutchner, deseando poder decirle que lo sentía, que no quería hacer aquello. Cuando golpeó la estaca con un fuerte golpe escuchó un chillido penetrante y él mismo chilló también, creyendo por un instante que la señora Kutchner seguía viva; entonces se dio cuenta de que era Rudy quien había gritado. Max era de complexión fuerte, con pecho ancho y hombros fornidos de campesino holandés. Con el primer golpe había hecho penetrar la estaca más de dos tercios, por tanto sólo necesitaba otro más. La sangre que manó alrededor de la herida estaba fría y tenía una consistencia viscosa y espesa.

Max se tambaleó, a punto de desmayarse, y su padre lo sujetó por el brazo.

—Bien —le susurró Abraham al oído, pasándole un brazo por los hombros, y apretándole tan fuerte que le crujieron las costillas. Max sintió una pequeña punzada de placer, una reacción automática a la sensación de afecto inconfundible que le había transmitido el abrazo de su padre, que le puso enfermo.

—Profanar el santuario del alma humana, incluso una vez que su inquilino se ha marchado, no es tarea fácil, lo sé —continuó su padre todavía abrazándolo. Max miró fijamente a la boca abierta de la señora Kutchner, la fina hilera de dientes superiores, y recordó a la muchacha del calotipo con el puñado de ajos en la boca.

—¿Dónde estaban sus colmillos? —preguntó.

—¿Eh? ¿De quién? ¿Qué dices? —dijo su padre.

—En la fotografía de la mujer que mataste —contestó Max volviendo la cabeza y mirando a su padre a los ojos—. No tenía colmillos.

Su padre se le quedó mirando con ojos inexpresivos, sin comprenderlo. Después dijo:

—Desaparecen cuando el vampiro muere. ¡Alehop!

Lo soltó, y Max pudo volver a respirar con normalidad. Su padre se enderezó.

—Ahora sólo queda una cosa —dijo—. Hay que cortar la cabeza y llenar la boca de ajos. ¡Rudolf!

Max volvió despacio la cabeza. Su padre había dado un paso atrás y sujetaba un hacha que Max no sabía de dónde había sacado. Rudy estaba en las escaleras, a tres peldaños del principio. Se apoyaba con fuerza contra la pared y con la muñeca izquierda se apretaba la boca para no gritar. Movía la cabeza atrás y adelante con desesperación.

Max alargó la mano y cogió el hacha por el mango.

—Yo lo haré —dijo. Y era capaz, se sentía seguro de sí mismo. Ahora comprendía que siempre había compartido aquella afición de su padre por apuñalar carne fresca y trabajar con sangre. Lo vio con claridad y no sin cierto desmayo.

—No —repuso su padre quitándole el hacha y apartándolo. Max tropezó con la mesa y unas cuantas estacas rodaron por el suelo y repiquetearon en los tablones polvorientos—. Recógelas.

Rudy echó a correr, pero resbaló en las escaleras y cayó a cuatro patas golpeándose las rodillas. Su padre lo sujetó por el pelo y lo tiró al suelo de un empujón. Rudy aterrizó sobre el vientre. Se dio la vuelta, y cuando habló su voz resultaba irreconocible.

—¡Por favor! —gritó—. ¡Por favor, no! Tengo miedo. ¡Por favor, padre, no me obligue!

Max dio un paso adelante con el hacha en una mano y media docena de estacas en la otra, decidido a intervenir, pero su padre lo esquivó, lo sujetó por el hombro y lo empujó hacia las escaleras.

—Vamos, sube. Ahora —ordenó dándole otro empujón.

Max se cayó en las escaleras lastimándose la espinilla. Su padre agarró a Rudy por el brazo, pero éste se retorció hasta liberarse y se arrastró sobre el polvo hasta el rincón más alejado de la estancia.

—Ven, yo te ayudo —dijo el padre—. Tiene el cuello fino, así que no tardaremos mucho.

Rudy negó con la cabeza y se acurrucó más en la esquina, junto al barril de carbón.

El padre clavó el hacha en el suelo.

—Entonces te quedarás aquí hasta que estés dispuesto a entrar en razón.

Se giró, tomó a Max del brazo y lo empujó escaleras arriba.

—¡No! —gritó Rudy, levantándose y corriendo hacia la salida.

Pero sus piernas tropezaron con el mango del hacha y cayó al suelo. Para cuando se levantó el padre ya estaba empujando a Max por la puerta al final de las escaleras. Lo siguió y cerró con fuerza detrás de ellos. Rudy llegó al otro lado justo cuando su padre estaba girando la llave de plata en la cerradura.

—¡Por favor! —gritó Rudy—. ¡Tengo miedo! ¡Tengo miedo! ¡Quiero salir de aquí!

Max estaba de pie en la cocina y le zumbaban los oídos. Quería decirle a su padre que parara, pero las palabras no le salían, sentía cómo se le bloqueaba la garganta. Tenía los brazos caídos a ambos lados del cuerpo y las manos le pesaban como si fueran de plomo; pero no, no eran las manos lo que le pesaba sino lo que sujetaban: el mazo, las estacas.

Su padre resoplaba por la falta de aliento con la ancha frente apoyada en la puerta cerrada. Cuando finalmente se separó tenía el pelo desordenado y el cuello de la camisa suelto.

—¿Ven lo que me obligan a hacer? —dijo—. Tu madre, lo mismo, igual de histérica e intolerante, pidiendo a gritos... Lo intenté. Le...

Se volvió para mirar a Max y en el instante inmediatamente anterior a que éste le golpeara con el mazo su semblante tuvo tiempo de expresar sorpresa, incluso asombro. Max le dio en plena mandíbula un golpe que sonó a huesos rotos y cuyo impacto él mismo notó en su hombro. Su padre cayó hasta quedar apoyado en una rodilla y Max tuvo que golpearlo de nuevo para hacerlo caer de espaldas.

Los párpados de Abraham se cerraron mientras perdía el sentido, pero se abrieron otra vez cuando Max se sentó encima de él. Abrió la boca para decir algo pero Max ya había oído lo suficiente, no tenía interés en hablar. Después de todo, hablar no era lo suyo. Lo que importaba ahora era el trabajo manual, algo para lo que tenía un instinto natural, para lo que tal vez estaba destinado.

Colocó la punta de la estaca donde su padre le había enseñado y golpeó el mango con el mazo. Resultó que todo lo que le había contado en el sótano era cierto. Hubo gritos, hubo blasfemias y también una lucha desesperada por escapar, pero pronto todo eso terminó.

Mejor que en casa

Mi padre está en la televisión a punto de ser expulsado otra vez del partido. Lo sé. Algunos de los aficionados que están en el Tiger Stadium también lo saben y hacen ruidos groseros en señal de aprobación. Quieren verlo expulsado, lo están deseando.

Sé que lo van a expulsar porque el primer árbitro está intentando alejarse de él, pero mi padre lo sigue a todas partes con todos los dedos de la mano derecha metidos en la bragueta de los pantalones, mientras con la izquierda hace gestos en el aire. Los comentaristas disfrutan contando a todos los espectadores que están en sus casas lo que mi padre está intentando decir al árbitro y que éste se esfuerza tanto por no escuchar.

—Por cómo iban las cosas, cabía suponer que los ánimos terminarían por encenderse —dice uno de los comentaristas.

Mi tía Mandy ríe nerviosa.

—Jessica, tal vez quieras ver esto. Ernie está haciendo un desbarajuste.

Mi madre entra en la cocina y se reclina sobre el marco de la puerta, con los brazos cruzados.

—No puedo verlo —dice Mandy—. Es demasiado triste.

La tía Mandy está sentada en un extremo del sofá. Yo estoy en el otro, sentado sobre mis pies, con los talones clavados en los glúteos y balanceándome atrás y adelante. Soy incapaz de quedarme quieto, hay algo en mí que necesita columpiarse. Mi boca está abierta y haciendo lo que hace siempre que estoy nervioso. No me doy cuenta de ello hasta que noto la tibia humedad en las comisuras de la boca. Cuando estoy tenso y tengo la boca abierta así, un reguero de baba se escapa y cae hasta la barbilla. Cuando estoy con los nervios de punta, como ahora, me dedico a sorber, succionando la saliva de vuelta a la boca.

El árbitro de la tercera base, Comins, se coloca entre mi padre y Welkie, el árbitro principal, oportunidad que aprovecha Welkie para escapar. Mi padre podría quedarse con Comins, pero no lo hace. Es un signo positivo, una indicación de que aún puede evitarse lo peor. Abre y cierra la boca mientras agita la mano, y Comins le escucha sonriendo y negando con la cabeza en un gesto firme, pero comprensivo y jovial. Mi padre se siente mal. Nuestro equipo pierde cuatro a uno. Detroit tiene ahora a un novato lanzando, un jugador que no ha ganado un solo partido en la liga mayor, que de hecho ha fallado sus cinco primeros lanzamientos, pero que a pesar de su probada mediocridad ha logrado ocho ponches en sólo cinco entradas. Mi padre se siente mal por el último strike, que fue un batazo parcial. Se siente mal porque Welkie lo declaró strike sin confirmarlo antes con el árbitro de la tercera base. Era lo que se suponía que tenía que hacer, pero no lo hizo.

Pero Welkie no necesitaba confirmarlo con Comins en la tercera base, porque era obvio que el bateador, Ramón Diego, blandió el bate sobre la plataforma y después, con un giro de muñeca, se colocó de nuevo en posición de lanzar para que el árbitro creyera que no había abanicado. Pero sí lo hizo, y todo el mundo lo vio, todo el mundo sabe que engañó al árbitro con un lanzamiento rápido que casi levantó polvo del suelo junto a la base, todos menos mi padre.

Por fin mi padre termina de hablar con Comins, se gira y se dirige de vuelta al banquillo. Se encuentra a medio camino, casi libre ya de todo peligro, cuando de pronto se gira y grita adiós al árbitro principal Welkie, que está de espaldas a él. Welkie está inclinado barriendo su plato con una pequeña escobilla, con las nalgas separadas y su considerable trasero apuntando hacia mi padre.

Sea lo que sea lo que grita mi padre, Welkie se vuelve y se pone a saltar a la pata coja mientras da un puñetazo al aire. Mi padre se quita la gorra, la tira al suelo y vuelve corriendo a la base.

Cuando esto ocurre, lo primero que se vuelve loco de mi padre es el pelo, y lleva seis entradas atrapado dentro de la gorra. Cuando por fin se libera está empapado en sudor. El fuerte viento de Detroit lo atrapa y lo revuelve. Uno de los lados está aplastado y el otro tieso, como si hubiera dormido con él mojado. También tiene mechones húmedos pegados a la nuca colorada y sudorosa. Mientras grita, el pelo flota alrededor de su cara.

Mandy dice:

—Oh, dios mío. Mírenlo.

—Sí, ya lo veo —dice mi madre—. Otra contribución a la antología de momentos estelares de Ernie Feltz.

Welkie cruza los brazos sobre el pecho. No tienen nada más que decir y mira a mi padre con los ojos entrecerrados. Mi padre da una patada en el suelo levantando polvo. Comins trata de interponerse de nuevo entre los dos, pero mi padre le lanza arena con el pataleo. Después se quita la chaqueta y la tira al suelo. A continuación le da una patada y la lanza a la línea de la tercera base. Intenta cogerla y lanzarla fuera del campo, pero sólo consigue que vuele unos pocos metros. Algunos jugadores de los Tigers se han reunido alrededor de la plataforma del lanzador. Su segundo base se apresura a taparse la boca con el guante para que mi padre no le vea reír, y vuelve la cara hacia el grupo de jugadores con los hombros temblándole de la risa.

Mi padre salta al foso del banquillo. En la pared hay tres torres de vasos de papel de Gatorade. Les da un puñetazo con ambas manos y salen despedidos al campo. No toca las botellas, porque algunos de los jugadores querrán beber luego, pero coge un casco de bateador por la visera y lo lanza a la hierba, donde rebota y rueda hasta la almohadilla de la tercera base. Entonces el loco de mi padre grita algo más a Welkie y a Comins, vuelve a la zona del banquillo, baja unos cuantos escalones y desaparece. Sólo que no se ha ido, y de repente le vemos de nuevo en lo alto de las escaleras, como si fuera el asesino de la máscara de hockey de las películas, esa criatura horrible que cuando crees que ha sido destruida, que ha desaparecido de la pantalla y de la historia, vuelve para matar una y otra vez. Entonces saca un montón de bates de uno de los armarios y los lanza a la hierba con gran estrépito. Después se queda allí chillando y gritando mientras escupe saliva y le lloran los ojos. Para entonces, el utilero ha cogido la chaqueta de mi padre del suelo y la ha llevado a las escaleras del foso del banquillo, pero no se atreve a acercarse más, de manera que mi padre tiene que subir y arrancársela de las manos. Suelta una última ronda de insultos y se pone la chaqueta al revés, con la etiqueta fuera, detrás de la nuca, y desaparece definitivamente. Es entonces cuando suelto el aire, aunque no soy consciente de haber estado conteniendo la respiración.

—Ha sido un buen numerito —dice mi tía.

—Es la hora de bañarte, chico —dice mi madre, colocándose detrás de mí y pasándome los dedos entre los cabellos—. Lo mejor se ha terminado ya.

En mi dormitorio me quedo en ropa interior y me dirijo por el pasillo hacia el cuarto de baño, pero cuando suena el teléfono entro en la habitación de mis padres, me echo boca arriba sobre la cama, tiro del aparato que está sobre la mesilla y descuelgo.

—Residencia de los Feltz.

—Hola, Homer —dice mi padre—. Tenía un minuto libre y he pensado en llamar y darles las buenas noches. ¿Estan viendo el partido?

—Ajá —contesto sorbiendo un poco de saliva.

No quiero que me oiga sorber, pero lo hace.

—¿Estás bien?

—Es mi boca la que lo hace. No puedo evitarlo.

—¿Estás haciendo alguna cosa?

—No.

—¿Con quién hablas, cariño? —grita mi madre.

—¡Con papá!

—¿Crees que hizo el swing completo? —me pregunta mi padre a bocajarro.

—Al principio no estaba seguro, pero cuando pusieron la repetición vi que sí.

—Mierda —dice mi padre, y entonces mi madre descuelga el teléfono de la cocina y se une a la conversación.

—Hola, llamo del programa *Good Sport.*

—¿Qué tal? —dice mi padre—. Tenía un momento libre y se me ocurrió llamar para dar las buenas noches al chico.

—Tal y como yo lo veo me parece que tienes el resto de la noche libre.

—No voy a decirte que estuvo bien lo que he hecho.

—Bien no estuvo, desde luego —dice mi madre—, pero ha sido absolutamente impresionante. Uno de esos momentos mágicos del béisbol que elevan el espíritu. Como una buena carrera, o como cuando el tercer strike choca contra el guante del catcher. Hay algo mágico en observar a Ernie Feltz llamar bastardo lameculos al árbitro y ver cómo se lo llevan del campo metido en una camisa de fuerza.

—Vale —dice mi padre—. Supongo que he dado una impresión pésima.

—Es algo en lo que tendrías que trabajar.

—Vale, joder. Lo siento, de verdad. Lo siento —dice—. Pero dime una cosa.

—¿Qué?

—¿Has visto la repetición de la jugada? ¿Te pareció que hacía el swing completo?

La tendencia a babear cada vez que estoy tenso no es mi único problema, sólo uno de otros muchos síntomas. Por eso voy a ver al doctor Faber una vez al mes, y hablamos de formas de controlar el estrés. Hay muchísimas cosas que me estresan. Por ejemplo, no puedo ver un trozo de papel de aluminio sin sentirme enfermo y mareado, y el sonido de alguien arrugándolo me hace estremecerme de dolor de la cabeza a los pies. Tampoco soporto cuando el video se está rebobinando, y cada vez que oigo el ruido de la cinta enrollándose en las bobinas tengo que salir de la habitación. Y el olor a pintura fresca o a rotulador indeleble… prefiero no hablar de ello.

A la gente tampoco le gusta que desmenuce la comida para ver de qué está hecha. Sobre todo lo hago con las hamburguesas. Me afectó mucho un reportaje que vi en televisión sobre lo que te puede pasar si te comes una hamburguesa en mal estado. Salía E. Coli y hablaban de las vacas locas. Incluso salía una vaca loca retorciendo la cabeza de un lado a otro y tambaleándose en el establo, gimiendo. Cuando vamos a Wendy's a comernos una hamburguesa hago que mi padre le quite el papel y después separo todos los ingredientes y aparto todas las verduras que me parecen sospechosas. Después huelo la carne para comprobar que no está mala. Y no en una, sino en dos ocasiones, he descubierto que estaba mala y me he negado a comérmela. En ambas, esta decisión provocó una discusión a gritos con mi madre acerca de si realmente estaba mala o no, y estos encontronazos sólo pueden terminar de una forma: conmigo en el suelo y chillando y dando patadas a cualquiera que intenta tocarme, que es lo que el doctor Faber llama mis ataques de histeria. Así que últimamente me limito a tirar la carne a la papelera sin más discusiones y a comerme el pan. Tener estos problemas alimentarios no es nada agradable. No soporto el sabor a pescado, tampoco como cerdo, porque el cerdo tiene pequeños parásitos que salen a la superficie cuando rocías con alcohol la carne cruda. Lo que sí me gusta son los cereales del desayuno. Si por mí fuera, los comería tres veces al día. También disfruto con la fruta en conserva y cuando estoy en el parque me gusta comerme una bolsa de cacahuetes, pero no me comería un hot dog por todo el té de la China (aunque tampoco lo querría, porque cuando me suben los niveles de cafeína en sangre soy propenso a la excitación y a las hemorragias nasales).

El doctor Faber es un buen tipo. Nos sentamos en el suelo de su despacho, jugamos a la oca y analizamos mis problemas.

—He oído locuras antes, pero ésta se lleva la palma —dice mi psiquiatra—. ¿De verdad crees que McDonald's serviría hamburguesas caducadas? ¡Perderían hasta la camisa! ¡Todo el mundo los demandaría!

Calla un momento para mover ficha y continúa.

—Mira, tenemos que empezar a hablar de cómo sufres cada vez que te llevas algo de comer a la boca. Me parece que estás sacando las cosas de quicio, dejando que la imaginación te gaste bromas pesadas. Y te diré algo más. Digamos que te han dado comida en mal estado, que es muy poco probable, ya que es evidente que a la cadena McDonald's no le interesa en absoluto ser demandada. Pero incluso si se diera el caso, hay mucha gente que come alimentos en mal estado y no se muere.

—Todd Dickey, nuestro tercera base, se comió una vez una ardilla —le digo—. A cambio de mil dólares. El autobús en que iba el equipo la atropelló al dar marcha atrás en el estacionamiento y se la comió. Dice que en el sitio de donde él viene la gente se las come.

El doctor Faber me mira atónito, con su agradable y redondeada cara muda por el asco.

—¿De dónde es?

—De Minnesota. Allí, básicamente se alimentan de ardillas, eso es lo que dice Todd. Por eso pueden gastarse el dinero en cosas más importantes que hacer las compras. En cerveza y en lotería.

—¿Y se la comió... cruda?

—No, no. La frió y se la comió con chile de lata. Dijo que nunca le había sido tan fácil ganar tanto dinero. Mil dólares, eso es mucho para los de la liga menor. Tres jugadores tuvieron que poner cien dólares cada uno. Dijo que era como cobrar mil dólares por comerte una hamburguesa.

—Vale —dice—. Eso nos lleva de vuelta al asunto de McDonald's. Si Todd Dickey puede comerse una ardilla del suelo de un estacionamiento —un menú que digamos que yo, como médico, no recomendaría— sin que le pase nada, entonces tú puedes comerte una Big Mac.

—Ya.

Le entiendo, de verdad. Lo que está diciendo es que Todd Dickey es un atleta profesional fortachón, y ahí está comiendo cosas horribles como ardilla con chile y hamburguesas que rezuman grasa cuando los muerdes y no se muere de la enfermedad de las vacas locas. Eso no lo voy a discutir. Pero conozco a Todd Dickey, y no se puede decir que sea un chico normal. En el fondo tiene alguna clase de problema. Cuando sale a jugar y le toca lanzar la tercera bola siempre aprieta la boca contra el guante y parece susurrarle. Ramón Diego, nuestro short stop y uno de mis mejores amigos, dice que está susurrando. Que está mirando al bateador que se dirige al plato y susurrando:

—Gánalos y machácalos. Acaba con ellos. Gánalos o machácalos. O cógetelos. Sea como sea, gánalos, machácalos o cógetelos, cógete a este tipo, ¡a este puto!

Ramón dice también que Todd escupe en el guante.

Y luego, cuando los muchachos se ponen a hablar de lo que han hecho con las groupies (se supone que yo no tengo que escuchar estas cosas ni entenderlas, sino simplemente tratar de pasar un tiempo con atletas profesionales), Todd, que presume de ser como el casto José, escucha con la cara hinchada y una mirada rara e intensa, y de repente le sale un tic rarísimo en el lado izquierdo de la cara y ni siquiera es consciente de que su mejilla está haciendo lo que está haciendo.

Ramón Diego opina que es muy raro, y yo también. Eso de las ardillas no me lo trago. Una cosa es ser un palurdo sureño borracho que bebe cerveza helada, y otra muy distinta un asesino psicópata al que le gusta murmurar y con una enfermedad nerviosa degenerativa en la cara.

Mi padre lleva muy bien mis manías, como aquella vez que me llevó con él a jugar fuera de casa una final contra los White Sox y pasamos la noche en el Four Seasons de Chicago.

Nos dan una suite con un gran cuarto de estar y a un extremo está su habitación y al otro la mía. Nos quedamos despiertos hasta medianoche, viendo una película en la televisión por cable. De cena pedimos cereales al servicio a la habitación (idea de mi padre, no mía). Mi padre está hundido en su butaca, desnudo a excepción de unos calzoncillos, y tiene los dedos de la mano derecha metidos dentro del elástico, como hace siempre, salvo cuando mi madre está delante. Mira la televisión, distraído y somnoliento. Yo no recuerdo haberme quedado dormido con la televisión puesta, sólo que me despierto cuando me levanta del sofá de cuero para llevarme a la habitación y tengo la cara vuelta hacia su pecho y puedo notar lo bien que huele. No puedo explicar ese olor, sólo que tiene hierba y tierra y la dulzura propia de una piel curtida, vívida. Me apuesto a que los granjeros huelen igual de bien.

Cuando se ha ido, me quedo allí tendido, en la oscuridad, tan cómodo como me es posible en aquel nido helado de sábanas, y entonces por primera vez reparo en un chirrido leve y agudo, desagradable, como cuando alguien está rebobinando una cinta de video. En cuanto lo oigo noto el primer pinchazo en las muelas. Ya no tengo sueño —mi padre, al levantarme, me ha espabilado un poco, y las sábanas congeladas han hecho el resto—, así que me siento y escucho en la oscuridad que me rodea. Oigo el tráfico de la calle circular a gran velocidad, y cláxones lejanos. Me llevo la radio-despertador a la oreja, pero no es ése el ruido que oigo, así que enciendo la luz. Tiene que ser el aire acondicionado. En la mayoría de los hoteles la instalación de aire acondicionado consiste en un aparato que cuelga de la ventana, por fuera, pero no es el caso del Four Seasons, que es demasiado lujoso. Aquí lo único que encuentro es una rejilla de ventilación gris en el techo, y cuando me coloco debajo compruebo que el ruido procede de ahí. No lo puedo soportar, me duelen los tímpanos. Saco de mi bolsa el libro que he traído y me pongo de pie en la cama para tratar de lanzarlo contra la rejilla.

—¡Cállate! ¡Para! ¡Basta ya!

Consigo alcanzar la rejilla un par de veces, y ¡clong! Uno de los tornillos se suelta y la rejilla se abre, pero el chirrido no sólo no desaparece, sino que ahora se alterna con un suave zumbido, como si se hubiera soltado una pieza de metal y temblara con el aire. Tengo las comisuras de la boca empapadas de saliva y empiezo a sorber. Dirijo una última mirada de desesperación a la rejilla de ventilación y echo a correr hacia el salón, tapándome las orejas para no oír, pero allí el gemido es aún más fuerte. No sé dónde meterme, y taparme los oídos no me sirve de nada.

Tratando de huir del ruido acabo en el dormitorio de mi padre.

—Papá —digo mientras me seco la barbilla, cubierta de baba, en su hombro—. Papá, ¿puedo dormir contigo?

—¿Eh? Bueno, pero tengo gases, te lo aviso.

Trepo a su cama y me cubro con las sábanas. Pero claro, también en esta habitación se oye el chirrido débil, pero penetrante.

—¿Estás bien? —me pregunta.

—Es el aire acondicionado. Hace un ruido horrible. Me hace daño en los dientes, pero no he encontrado dónde apagarlo.

—El interruptor está en el salón, justo al lado de la puerta.

—Voy a apagarlo —digo, y ruedo hasta el borde de la cama.

—Eh —me dice sujetándome por el antebrazo—. Más vale que no lo hagas. Es junio y estamos en Chicago. Hoy hemos tenido treinta y nueve grados. Si lo apagas nos cocemos. Lo digo en serio. Nos podemos morir aquí dentro.

—Pero es que no lo soporto. ¿Tú no lo oyes? ¿No oyes el ruido que hace? Me duelen los dientes. Es como cuando la gente muerde papel de plata, papá. Igual de horrible.

—Sí. —Se queda callado un buen rato mientras parece escuchar—. Tienes razón. El aire acondicionado de este sitio es un asco, pero es un mal necesario. Sin él nos asfixiaríamos como los bichos metidos en un tarro de cristal puesto al sol.

Oírle hablar me calma, y además, aunque cuando me subí a su cama las sábanas aún tenían ese frío crujiente de las habitaciones de hotel, ya he entrado en calor y he dejado de temblar. Me encuentro mejor, aunque todavía noto punzadas en la mandíbula que me rebotan en los tímpanos y dentro de la cabeza. Además, mi padre se está tirando pedos, como me avisó, pero incluso ese olor a huevo podrido me resulta vagamente reconfortante.

—Está bien —decide—. Ya sé lo que vamos a hacer. Ven.

Se levanta de la cama y le sigo en la oscuridad hasta el cuarto de baño. Da la luz. El baño es una amplia estancia con paredes de mármol beis, grifos dorados en el lavabo y una ducha con mampara en la esquina. Es el cuarto de baño de hotel con el que todo el mundo sueña, vamos. Junto al lavabo hay una colección de pequeños botes de champú, acondicionador y loción hidratante, cajitas de jabón y dos frascos, uno con gasas para limpiar y otro con bolas de algodón. Mi padre abre el de los algodones y se mete uno en cada oreja. Al verle me echo a reír. Está muy gracioso, allí de pie con dos trozos de algodón colgando de sus grandes y bronceadas orejas.

—Toma —me dice—. Ponte esto.

Me meto una bola de algodón dentro de cada oreja y, una vez que están colocadas, el mundo a mi alrededor se llena de un clamor hueco. Pero es mi clamor, un fluir continuo de mi propio sonido, un sonido que me resulta extremadamente agradable.

Miro a mi padre y me dice:

—¿Bsbsbsbs bsbs bs bsbs bsbsbsbsbsbs?

—¿Qué? —le grito, encantado de la vida.

Asiente con la cabeza, me hace una señal de conformidad juntando los dedos índice y pulgar y volvemos a la cama. Es a lo que me refiero cuando digo que mi padre es muy comprensivo con mis problemas. Los dos dormimos a pierna suelta y a la mañana siguiente, para desayunar, papá pide al servicio de habitaciones coctél de frutas en lata.

No todos son tan comprensivos con mis problemas, y menos todavía mi tía Mandy.

Mi tía Mandy ha empezado un montón de cosas, pero ninguna la ha llevado a ninguna parte. Mamá y papá la ayudaron a pagarse estudios de arte, porque durante un tiempo pensó que quería ser fotógrafa. Después, cuando cambió de opinión, también la ayudaron a montar una galería en Cape Cod, pero, como dice tía Mandy, aquello no llegó a «cuajar». Es decir, la cosa no funcionó. Después fue a la escuela de cine en Los Ángeles y probó suerte como guionista, sin éxito. Se casó con un hombre que pensó que iba a convertirse en novelista, pero resultó ser únicamente un profesor de Literatura, y además muy satisfecho de serlo, y durante un tiempo después de separarse la tía Mandy tuvo que pasarle una pensión, así que ni siquiera lo de casarse le salió bien.

Ella diría que todavía no ha decidido lo que quiere ser en la vida. Mi padre diría, en cambio, que Mandy se equivoca al pensar así, puesto que ya es la persona que siempre estuvo destinada a ser. Es como Brad McGuane, que era el jardinero derecho cuando mi padre pasó a dirigir el equipo, que tiene un promedio de bateo de 292, pero sólo de 200 cuando los jugadores de su equipo están en posición de anotar, y que jamás ha conseguido un batazo en las fases finales, a pesar de tener veinticinco oportunidades la última vez que consiguió llegar a los playoffs. Un cataclismo andante, así es como mi padre lo llama. McGuane ha pasado de un equipo a otro y la gente sigue contratándolo, porque sus estadísticas, en general, son buenas, y porque la gente cree que alguien que batea tan bien terminará por dar el salto algún día, pero lo que no ven es que ya lo ha dado, y esto es a lo máximo que puede llegar. Ya ha dado lo mejor de sí, y no parece que el futuro le depare gran cosa a ese joven profesional del maravilloso juego del béisbol, como tampoco se lo depara a una mujer de mediana edad que se casa con el hombre equivocado y nunca está satisfecha con lo que hace y sólo piensa en qué otras cosas podría estar haciendo. Eso es también cierto para todos nosotros, en realidad, y por eso supongo que, a pesar de que el doctor Faber diga que estoy mejor, estoy más o menos igual que siempre, lo que dista mucho de ser lo ideal.

No hace falta decir, porque se deduce de sus distintas filosofías de vida y maneras de ver el mundo, que la tía Mandy y papá no se caen muy bien, aunque se esfuerzan por disimularlo para no disgustar a mi madre.

Mandy y yo fuimos un domingo solos a North Altamont, porque mamá pensó que había pasado demasiado tiempo aquel verano en el estadio. La verdadera razón era que el equipo había perdido cinco partidos seguidos y le preocupaba que aquello me estuviera estresando demasiado. No se equivocaba. La racha perdedora me estaba afectando. Nunca babeé más que durante aquella última serie de partidos en casa.

No sé por qué fuimos precisamente a North Altamont. Cuando la tía Mandy alude a ello siempre habla de «visitar Lincoln Street», como si Lincoln Street, en North Altamont, fuera uno de esos lugares famosos que todo el mundo conoce y siempre se propone visitar, como cuando uno está en Florida y visita Disney World o en Nueva York y va a un espectáculo de Broadway. Lincoln Street es una calle bonita, al estilo de las ciudades de Nueva Inglaterra. Está en una ladera y tiene la calzada adoquinada y cerrada a los coches. Sí se permiten caballos, y por eso te encuentras cagadas verdes esparcidas por el suelo. Vamos, es pintoresca.

Visitamos una serie de tiendas mal iluminadas y con olor a pachuli. También entramos en una donde anuncian suéteres gruesos tejidos con lana de llama de Vermont, y suena una música suave, de flautas, arpas y piar de pájaros. En otra tienda curioseamos entre la artesanía local —vacas hechas de cerámica barnizada, con ubres rosas que les cuelgan mientras saltan sobre lunas de cerámica—, y en el hilo musical suenan los ritmos aflautados y psicodélicos de los Grateful Dead.

Después de visitar una docena de tiendas estoy aburrido. Llevo toda la semana durmiendo mal —pesadillas, escalofríos, etcétera—, y tanto caminar me ha cansado y puesto de mal humor. No ayuda mucho que en el último lugar que visitamos, una tienda de antigüedades en unas viejas caballerizas reconvertidas, la música de fondo no es new age ni hippy, sino algo peor aún: la retransmisión del partido. No hay hilo musical, sólo una minicadena en el mostrador principal. El propietario, un hombre mayor vestido con pantalones de peto, escucha la emisión con el pulgar metido en la boca y la mirada perdida, entre asombrada y desesperanzada.

Me quedo cerca del mostrador, para escuchar, y entonces comprendo cuál es el problema. Estamos en el plato. Nuestro primer jugador se prepara para correr hacia tercera y el otro hacia segunda. Hap Diehl sale a batear y acumula dos strikeouts en cuestión de segundos.

«Hap Diehl lleva una racha realmente atroz con el bate últimamente —dice el comentarista—. En los ocho últimos días ha obtenido un bochornoso promedio de ciento sesenta, y uno no puede evitar preguntarse por qué Ernie le sigue sacando al campo un día tras otro, cuando lo están literalmente machacando en el plato. Partridge sale ahora a lanzar, tira y, ¡vaya!, parece que Hap Diehl ha intentado batear una bola mala, quiero decir realmente mala, una bola rápida que ha pasado a un kilómetro de su cabeza. Un momento, parece que se ha caído. Sí, todo indica que se ha hecho daño.»

La tía Mandy sugiere que vayamos dando un paseo hasta Wheelhouse Park y hagamos un picnic. Estoy acostumbrado a los parques de las ciudades, espacios abiertos y verdes con senderos de asfalto y patinadoras vestidas de licra. Pero Wheelhouse Park es una versión algo pobre de un parque municipal. Está lleno de grandes abetos de Nueva Inglaterra, los senderos son de grava, así que nada de patinar, y tampoco hay zona de juegos. Ni pistas de tenis, ni de pelota. Sólo la penumbra dulce y misteriosa de los pinos —las ramas alargadas de los abetos de navidad no dejan pasar la luz—, y en ocasiones una suave brisa. No nos cruzamos con nadie.

—Más adelante hay un buen sitio para sentarse —dice mi tía—. Justo después de ese bonito puente cubierto.

Llegamos a un claro, aunque también allí la luz parece tenue y oscurecida. El sendero discurre de forma irregular hasta un puente cubierto suspendido a sólo un metro de distancia de un río ancho y de lento fluir. En el otro extremo del puente hay una extensión de césped con algunos bancos.

Un solo vistazo me basta para saber que este puente cubierto no me gusta, es evidente que está hundido en el centro. En otro tiempo estuvo pintado de color rojo, tipo coche de bomberos, pero el óxido y la lluvia han corroído casi toda la pintura y nadie se ha molestado en retocarla, y la madera que queda al descubierto está seca, astillada y no parece de fiar. Dentro del túnel hay diseminadas bolsas de plástico, rotas y rebosantes de basura. Vacilo un instante y la tía Mandy aprovecha para avanzar. La sigo con tan escaso entusiasmo que cuando ella ya ha cruzado yo todavía no he puesto el pie en el puente.

A la entrada me detengo una vez más. Olores desagradablemente dulzones: a podrido y a hongos. Entre las bolsas de basura hay un pequeño camino. Ese olor y esa oscuridad propios de una cloaca me desconciertan, pero la tía Mandy está al otro lado, fuera ya de mi campo de visión, y pensar que me he quedado atrás me pone nervioso, así que me doy prisa.

Lo que ocurre a continuación es que avanzo sólo unos pocos metros, después inspiro profundamente y lo que huelo me hace detenerme de inmediato y quedarme pegado al suelo, incapaz de seguir. He notado un olor a roedor, un olor caliente y casposo a roedor mezclado con amoniaco, un olor que me recuerda a áticos y a sótanos, una «peste a murciélago».

De repente me imagino un techo cubierto de murciélagos. Me imagino echando atrás la cabeza y viendo una colonia de miles de murciélagos cubriendo el tejado, una superficie de cuerpos peludos retorciéndose, con los torsos cubiertos de alas membranosas. Imagino que el chillido del murciélago es igual que el chirrido sordo del aire acondicionado y de las cintas de video cuando se están rebobinando. Me imagino a los murciélagos, pero no soy capaz de mirarlos. Si viera uno me moriría del susto. Tenso, doy unos cuantos pasos temerosos y piso un periódico viejo. Suena un crujido desagradable y doy un salto atrás mientras el corazón se me retuerce en el pecho.

Entonces piso otra cosa, un tronco tal vez, que rueda bajo mi zapato. Me tambaleo hacia atrás, agitando los brazos para mantener el equilibrio, y consigo estabilizarme sin caer al suelo. Me vuelvo para ver qué es lo que me ha hecho tropezar.

No es un tronco, sino la pierna de un hombre. Hay un hombre tumbado de costado y rodeado de hojas caídas. Lleva una sucia gorra de béisbol —de nuestro equipo, en otro tiempo azul, pero ahora casi blanca por los bordes, donde también queda un rastro seco de sudor viejo—, unos pantalones vaqueros y una camisa a cuadros de leñador. Tiene hojas enredadas en la barba. Lo miro y siento la primera oleada de pánico. Le acabo de pisar y no se ha despertado.

Me quedo mirando su cara y, como dicen en los cómics de aventuras, me estremezco de horror. Algo que se mueve capta mi atención: es una mosca que trepa por el labio superior del hombre. Su cuerpo brilla como un lingote de metal engrasado. Se detiene un instante en la comisura de la boca, pero después sigue avanzando y desaparece, y el hombre sigue sin despertarse.

Me pongo a aullar, no hay otra manera de describirlo. Me doy la vuelta y regreso a la entrada del puente y grito hasta quedarme ronco llamando a mi tía Mandy.

—¡Tía Mandy, vuelve! ¡Vuelve ahora mismo!

La veo aparecer al final del puente.

—¿Por qué gritas así?

—Tía Mandy, ¡vuelve aquí, por favor! —Me pongo a sorber y entonces me doy cuenta de que tengo la barbilla bañada en saliva.

Mi tía empieza a cruzar el puente en dirección a donde estoy, con la cabeza inclinada como si caminara contra un fuerte viento.

—Tienes que dejar de gritar ahora mismo. ¡Por favor, para! ¿Por qué chillas?

Señalo al hombre.

—¡Él! ¡Él!

Mi tía se detiene nada más haber entrado en el puente y mira al pobre hombre tirado entre la basura. Lo observa durante unos segundos y después dice:

—Ah, él. Venga, vamos. Seguro que no le pasa nada. No te metas en sus asuntos y él no se meterá en los nuestros.

—No, tía Mandy. ¡Tenemos que irnos! Por favor, vuelve aquí. ¡Por favor!

—No estoy dispuesta a tolerar esta tontería ni un minuto más. Ven aquí ahora mismo.

—No —grito—. ¡No pienso ir!

Me doy la vuelta y echo a correr lleno de pánico y enfermo, enfermo por el olor a basura, por los murciélagos y el hombre muerto y por ese terrible crujido como de periódico viejo, por el hedor a orina de murciélago, por la forma en que Hap Diehl intentaba batear una bola imposible y porque nuestro equipo se va a la mierda exactamente igual que el año pasado. Corro mientras lloro a lágrima viva y me limpio como puedo la baba de la cara, y no importa lo fuerte que llore, casi no me llega aire a los pulmones.

—¡Para! —me grita Mandy cuando me alcanza y tira al suelo la bolsa con nuestro almuerzo para tener libres las dos manos—. ¡Por el amor de dios, para! ¡Deja de llorar!

Me coge por la cintura y pataleo gritando, no quiero que me levanten, no quiero que me cojan. Golpeo con el hombro y noto que choca con una cuenca de ojo huesuda. Mandy grita y los dos nos caemos al suelo, ella encima de mí, con la barbilla clavada en mi cráneo. Grito por el dolor y entonces ella cierra los dientes, da un respingo y afloja la barbilla. Aprovecho para saltar y estoy a punto de escapar, pero me agarra por la cintura elástica de mis pantalones cortos con ambas manos.

—¡Por el amor de dios! ¿Quieres estarte quieto?

La cara me arde de forma infernal.

—¡No! No pienso volver ahí dentro. ¡No pienso! ¡Suéltame!

Me abalanzo de nuevo hacia delante, como un corredor al oír el pistoletazo de salida, y de repente, en cuestión de segundos, me encuentro libre y corriendo a toda velocidad por el camino, mientras la oigo berrear a mi espalda.

—¡Homer! —aúlla—. ¡Homer, vuelve aquí ahora mismo!

Casi he llegado a Lincoln Street cuando noto una ráfaga de aire frío entre las piernas, y al bajar la vista entiendo por qué he podido escapar. La tía Mandy me sujetaba por los pantalones y me he quedado sin ellos, sin ellos y sin los calzoncillos.

Veo mi aparato reproductor, rosa, liso y pequeño, balanceándose entre mis muslos al correr, y la visión de esta desnudez de cintura para abajo me llena de una repentina euforia.

La tía Mandy me alcanza cuando estoy a punto de llegar al coche, en Lincoln Street. Una multitud nos mira mientras me tira de los pelos y caemos al suelo enzarzados.

—¡Siéntate, loco de mierda! —grita—. ¡Pequeño cretino chiflado!

—¡Puta gorda! ¡Sanguijuela capitalista! —le chillo yo.

Bueno, eso exactamente no. Pero parecido.

***

No estoy seguro, pero puede ser que lo ocurrido en Wheelhouse Park fuera la gota que colmó el vaso, porque dos semanas más tarde, coincidiendo con el día libre del equipo, me encuentro con mis padres de camino a Vermont, a visitar un internado llamado Academia Biden, que mi madre quiere que veamos. Me dice que es una escuela preparatoria, pero he visto el folleto y está lleno de palabras en clave —necesidades especiales, entorno, integración social—, así que sé de qué clase de colegio se trata.

Un joven vestido con vaqueros, una camisa gastada y botas de montaña nos recibe en las escaleras situadas frente al edificio principal. Se presenta como Archer Grace y dice que trabaja en admisiones y que nos va a enseñar el lugar. La academia Biden está en las Montañas Blancas. La brisa que mece los pinos es fría, así que, aunque es agosto, la tarde tiene el fresco encanto y la emoción de una velada de la serie mundial. El señor Grace nos acompaña en un recorrido por el campus. Visitamos dos edificios de ladrillo cubiertos de hiedra. Visitamos aulas vacías. Recorremos un auditorio con paredes forradas de madera y unos cuantos pesados cortinajes color escarlata. En una de las esquinas hay un busto de Benjamin Franklin esculpido en mármol blanco lechoso y, en otro, uno de Martin Luther King en piedra oscura parecida al ónix. Ben lo mira con el ceño fruncido. Se diría que el reverendo se acaba de levantar y aún está somnoliento.

—¿Es impresión mía, o el ambiente está muy cargado? —pregunta mi padre—. Como si faltara oxígeno.

—Antes de que empiece el semestre de otoño siempre lo aireamos —contesta el señor Grace—. Ahora mismo no hay prácticamente nadie, salvo unos cuantos chicos del programa de verano.

Salimos todos juntos y paseamos hasta un jardín de árboles de tamaño gigantesco y corteza gris de apariencia resbaladiza. En uno de los extremos hay un anfiteatro de media circunferencia y gradas con asientos, donde se celebran las fiestas de graduación y en ocasiones montan obras de teatro y espectáculos para los chicos.

—¿Qué es ese olor? —pregunta mi padre—. ¿No huele raro este sitio?

Lo curioso es que tanto mi madre como el señor Grace hacen como si no le oyeran. Mi madre tiene un montón de preguntas para el señor Grace sobre los espectáculos que montan en el colegio. Es como si mi padre no estuviera allí.

—¿Qué son esos árboles tan bonitos? —pregunta mi madre mientras volvemos por el jardín.

—Ginkgo biloba —responde el señor Grace—. ¿Sabían que no hay otros árboles en el mundo como éstos? Son los únicos supervivientes de una familia de árboles prehistóricos que ha desaparecido por completo de la faz de la tierra.

Mi padre se detiene junto al tronco de uno de ellos y rasca la corteza con el dedo pulgar. Después se lo lleva a la nariz y pone cara de asco.

—Así que esto es lo que apesta —dice—. La verdad es que la extinción no siempre es algo malo.

Miramos la piscina y el señor Grace nos habla de la preparación física. Después nos enseña una pista de atletismo y nos habla de las olimpiadas juveniles. Nos enseña el campo de deportes de pelota.

—¿Así que tienen un equipo? —dice mi padre—. Y juegan unos cuantos partidos, ¿no?

—Exacto, un equipo y unos cuantos partidos. Pero se trata de algo más que jugar —dice el señor Grace—. En Biden estimulamos a los chicos para que aprendan de cada cosa que hacen, incluso en deportes. Esto es un aula también, un lugar para que los alumnos puedan desarrollar algunas de las destrezas más importantes, como resolver conflictos, construir relaciones interpersonales y liberar el estrés practicando ejercicio físico. Ya sabe, es como el viejo dicho de «lo importante es participar». Lo que importa es lo que se aprende jugando, sobre uno mismo, sobre el crecimiento personal de cada uno.

El señor Grace se da la vuelta y echa a andar.

—No le he entendido muy bien —dice mi padre—. Pero creo que me acaba de decir que tienen uno de esos equipos patéticos que no consiguen un solo strike.

El señor Grace nos lleva por último a la biblioteca, donde encontramos a uno de los alumnos del programa de verano. Es una habitación amplia y circular, con las paredes forradas de estanterías de palisandro. A lo lejos se escucha el repiqueteo de las teclas de un ordenador. Un chico que tendrá mi edad está tumbado en el suelo mientras una mujer con un vestido de cuadros lo jala del brazo. Creo que está intentando levantarlo del suelo, pero todo lo que consigue es arrastrarlo en círculos.

—¿Jeremy? —dice—. Si no te levantas, no podremos ir a jugar en la computadora. ¿Me oyes?

Jeremy no le contesta y la mujer sigue arrastrándolo por el suelo. Una de las veces en que se vuelve hacia donde estamos nosotros, el chico me mira por un instante con ojos vacíos de expresión. También tiene la barbilla llena de babas.

—Quierooo —dice arrastrando mucho las vocales—. Quierooooo.

—Acabamos de instalar cuatro computadoras nuevas en la biblioteca —explica el señor Grace—. Con conexión a internet.

—Mira este mármol —dice mi madre mientras mi padre apoya una mano en mi hombro y me da un apretón cariñoso.

El primer domingo de septiembre voy con mi padre al estadio y como siempre llegamos temprano, tan temprano que no hay casi nadie, salvo un par de jugadores debutantes que llevan allí desde el amanecer para impresionar a mi padre. Éste está sentado en la tribuna, detrás de la pantalla que da a la base principal, hablando con Shaughnessy para la sección de deportes y al mismo tiempo los dos estamos jugando a un juego que se llama el juego de las cosas secretas. Consiste en que mi padre hace una lista de cosas que tengo que encontrar. Cada una vale un número de puntos y yo tengo que ir por todo el estadio buscándolas (no vale hurgar en la basura, aunque mi padre sabe que soy incapaz de hacer eso): un bolígrafo, una moneda de veinticinco centavos, un guante de señora, etcétera. No es fácil, sobre todo si han pasado ya los del servicio de limpieza.

Según voy encontrando cosas de la lista se las llevo a mi padre: el bolígrafo, un regaliz negro, un botón metálico. Una de las veces que voy veo que Shaughnessy se ha marchado y mi padre está allí sentado con las manos entrelazadas detrás de la cabeza, una bolsa abierta de cacahuetes en el regazo y los pies apoyados en el asiento de delante. Me dice:

—¿Por qué no te sientas un rato?

—Mira, he encontrado una caja de cerillos. Cuarenta puntos —le digo, y la tiro al asiento que está a su lado.

—Disfruta de esta vista —dice mi padre—. ¡Qué bien se está cuando no hay nadie, cuando el lugar está en silencio! ¿Sabes lo que más me gusta de cómo está ahora?

—¿El qué?

—Que puedes pensar y comer cacahuetes al mismo tiempo. —Lo dice mientras abre uno.

Fuera hay viento y el cielo tiene un color azul ártico. Una gaviota sobrevuela el campo con las alas desplegadas, y parece no moverse. Los novatos están haciendo estiramientos y charlando en el cuadro. Uno de ellos ríe con una risa potente, joven y saludable.

—¿Dónde piensas tú mejor? —le pregunto—. ¿Aquí o en casa?

—Aquí es mejor que en casa —dice mi padre—. Mejor para comer cacahuetes, porque en casa no puedes tirar las cáscaras al suelo. —Y para demostrarlo tira una—. A no ser que quieras ganarte una patada de tu madre en el culo.

Nos quedamos en silencio. Una brisa fresca y constante sopla desde el jardín y nos acaricia la cara. Nadie va a conseguir un home run hoy en nuestro equipo, con este viento en contra.

—Bueno —digo poniéndome en pie—. Cuarenta puntos. Aquí está la caja de cerillos. Será mejor que vuelva a ello. Casi he encontrado todo lo que buscaba.

—Qué suerte —me dice.

—Es un buen juego —digo yo—. Seguro que podríamos jugarlo en casa. Me puedes poner una lista de cosas y yo las busco. ¿Por qué nunca lo hacemos? ¿Por qué nunca jugamos en casa a encontrar cosas secretas?

—Porque se juega mejor aquí —dice.

En ese momento me fui a buscar lo que quedaba en la lista —un cordón de zapato y un llavero con una pata de conejo—, dejando a mi padre allí, pero después he recordado la conversación y se me ha quedado grabada, pienso en ella todo el tiempo y a veces me pregunto si no fue aquél uno de esos momentos que se supone que debes recordar, en los que parece que tu padre te dice una cosa, pero en realidad te está diciendo otra, cuando hace comentarios que parecen normales, pero que tienen un significado oculto. Me gusta pensar eso. Es un bonito recuerdo de mi padre: allí sentado con las manos detrás de la cabeza y el cielo azul de invierno sobre nosotros. También esa vieja gaviota planeando con las alas abiertas, que parece no ir a ninguna parte. Es un recuerdo bonito y todos deberíamos tener uno parecido.

El teléfono negro

1

Al hombre gordo del otro lado de la calle estaban a punto de caérsele las compras al suelo. Llevaba una bolsa de papel en cada brazo y peleaba por meter una llave en la cerradura trasera de su camioneta. Finney estaba sentado en las escaleras delanteras del almacén de Poole, con un refresco de uva en la mano, mirándolo. Al hombre gordo se le iban a caer sus compras al suelo en el momento en que consiguiera abrir la puerta. La bolsa del brazo izquierdo ya se le había escurrido.

No era sólo gordo, sino grotescamente gordo. Tenía una cabeza afeitada y brillante y en la intersección entre el cuello y la base del cráneo se le formaban dos gruesos pliegues. Vestía una camisa hawaiana de colores estridentes y un estampado de tucanes y lianas, aunque no hacía calor para usar manga corta. El viento era más bien fresco, y por eso John Finney se acurrucaba y apartaba la cara para resguardarse de él. Tampoco él llevaba la ropa adecuada para el tiempo que hacía y habría sido más sensato que esperara a su padre dentro, sólo que no le gustaban las miradas casi feroces que le dirigía el viejo Tremont Poole, como si pensara que iba a romper o a robar algo. Lo que sucedió a continuación es probablemente el mejor número de cine cómico jamás visto, aunque Finney no reparó en ello hasta más tarde. La parte trasera de la camioneta estaba llena de globos y en cuanto se abrió la puerta salieron todos disparados... hacia la cara del hombre gordo, que reaccionó como si no los hubiera visto en su vida. La bolsa que llevaba bajo el brazo izquierdo se le cayó, se estrelló contra el suelo y se abrió. Las naranjas rodaron en todas direcciones y las gafas de sol del hombre gordo se le deslizaron de la nariz. Consiguió recuperar el equilibrio y empezó a saltar de puntillas intentando coger los globos, pero era demasiado tarde y éstos se alejaban ya por el aire.

El hombre gordo maldijo y les hizo gestos furiosos con la mano. Después se volvió, bizqueó en dirección al suelo y se arrodilló. Dejó la otra bolsa en la parte de atrás de la camioneta y empezó a palpar el suelo buscando sus gafas, con tan mala suerte que aplastó con la mano un huevo. Hizo una mueca de desagrado y agitó una mano llena de salpicaduras de yema.

Para entonces, Finney ya trotaba por la carretera tras dejar la botella de refresco en la barandilla de la entrada.

—¿Le ayudo, señor?

El señor gordo pareció mirarlo con ojos llorosos y sin comprender.

—¿Ha visto esa mierda?

Finney miró calle abajo. Los globos estaban ya a diez metros del suelo siguiendo la línea continua de la carretera. Eran negros... todos ellos, tan negros como el pelo de foca.

—Sí, sí. Yo... —Su voz se apagó mientras fruncía el ceño viendo elevarse los globos en el cielo nublado. Su visión lo inquietó ligeramente. A nadie le gustaban los globos negros; además, ¿para qué se usaban? ¿Para funerales festivos? Se los quedó mirando, paralizado por un momento, pensando que parecían uvas negras. Se pasó la lengua por el interior de la boca y por primera vez reparó en que los refrescos que tanto le gustaban tenían un regusto metálico, como si hubiera estado masticando un cable de cobre.

El hombre gordo lo sacó de su ensimismamiento.

—¿Has visto mis gafas?

Finney apoyó una rodilla en el suelo y miró debajo de la camioneta. Las gafas del señor gordo estaban debajo de la defensa.

—Aquí están —dijo alargando un brazo entre las piernas del señor gordo para cogerlas—. ¿Para qué son los globos?

—Trabajo de payaso medio tiempo. —El hombre gordo tenía medio cuerpo dentro de la camioneta y sacaba algo de la bolsa de papel que había dejado allí—. Soy Al. ¿Quieres ver algo gracioso?

Finney levantó los ojos a tiempo para ver a Al sosteniendo una lata de acero amarilla y negra, con dibujos de avispas. La agitaba con fuerza y Finney sonrió, pensando que eran serpentinas.

Entonces el payaso le roció la cara con una espuma blanca. Finney intentó girar la cabeza, pero no lo suficientemente rápido como para evitar que le alcanzara en los ojos. Gritó, y parte de la espuma se le metió en la boca; tenía un sabor fuerte, a producto químico. Sus ojos eran brasas encendidas ardiendo en las cuencas y le quemaba la garganta; jamás en su vida había sentido un dolor semejante, como un frío ardiente que le desgarraba. El estómago se le revolvió y regurgitó el refresco de uva notando su dulzor caliente en la boca.

Al lo había agarrado por el cuello y lo empujaba hacia el interior de la camioneta. Finney tenía los ojos abiertos, pero sólo veía ráfagas de color naranja y marrón grasiento que crecían, menguaban, chocaban entre sí y después desaparecían. El hombre gordo lo sujetaba del pelo con una mano y con la otra le apretaba la entrepierna, levantándolo. Cuando el interior de su brazo rozó la mejilla de Finney, éste giró la cabeza y le mordió, hundiendo los dientes en la carne gorda y fofa, apretando hasta notar el sabor a sangre.

El hombre gordo gimió y lo soltó un instante, que Finney aprovechó para volver a poner los pies en el suelo. Dio un paso atrás y pisó una naranja. El tobillo se le torció y se tambaleó, a punto de caer al suelo. Entonces el hombre gordo lo sujetó de nuevo por el cuello y lo empujó hacia delante. La cabeza de Finney chocó contra una de las puertas traseras de la camioneta con un fuerte ruido, y se quedó sin fuerzas.

Al le había pasado un brazo alrededor del pecho y lo empujaba a la parte de atrás, sólo que no era la parte de atrás de una camioneta, sino una tolva para carbón por la que Finney se precipitó, a velocidad vertiginosa, en la oscuridad.

2

Una puerta se abrió de golpe. Sus piernas y rodillas se deslizaban sobre un suelo de linóleo. No podía ver gran cosa y un haz de tenue luz gris que revoloteaba pasaba sobre él. Se abrió otra puerta y alguien lo arrastró escaleras abajo. Sus rodillas chocaban con cada peldaño.

Al dijo:

—Puto brazo. Debería cortarte el cuello ahora mismo, después de lo que me has hecho.

Finney consideró la posibilidad de ofrecer resistencia. Eran pensamientos distantes, abstractos. Escuchó descorrerse un cerrojo y cruzó una última puerta hasta aterrizar de un empujón, tras pisar un suelo de cemento, en un colchón. El mundo parecía dar vueltas a su alrededor y sentía náuseas. Se tendió de espaldas y esperó a que se le pasara el mareo.

Al se sentó junto a él, jadeando por el esfuerzo.

—Joder, estoy lleno de sangre, como si hubiera matado a alguien. Mira mi brazo —dijo. Después rio secamente y con incredulidad—. Qué tontería. Si no puedes ver nada.

Ninguno de los dos habló y un silencio desagradable llenó la habitación. Finney temblaba, llevaba haciéndolo desde que recuperó la consciencia.

Por fin Al habló:

—Ya sé que me tienes miedo, pero no voy a hacerte más daño. Lo que dije de cortarte el cuello era porque estaba enfadado. Me has jodido el brazo, pero no te guardo rencor. Supongo que así estamos empatados. No estés asustado, porque aquí no va a pasarte nada. Te doy mi palabra, Johnny.

Al escuchar su nombre Finney se quedó completamente quieto y dejó de temblar. No era sólo que aquel hombre gordo supiera su nombre… Era también la manera en que lo había pronunciado, con un tono de leve excitación. «Johnny.» Finney sintió un hormigueo recorriéndole el cuero cabelludo y se dio cuenta de que Al le acariciaba el pelo.

—¿Quieres un refresco? —preguntó—. ¿Sabes lo que te digo? Te voy a traer uno y… ¡espera! —La voz le tembló ligeramente—. ¿Has oído el teléfono? ¿Lo has oído sonar desde algún sitio?

Finney escuchó el suave timbre del teléfono desde una distancia que era incapaz de calcular.

—Mierda. —Al soltó aire con dificultad—. No es más que el teléfono de la cocina. Qué otra cosa iba a… De acuerdo, voy a ver quién es y a coger un refresco para ti y enseguida vuelvo y te lo explico todo.

Finney oyó cómo se levantaba del colchón con dificultad, suspirando profundamente, y enseguida el sonido de las pisadas de sus botas al alejarse. Después se corrió un cerrojo y el teléfono sonó de nuevo escaleras arriba, aunque Finney no lo oyó.

3

Ignoraba qué le diría Al cuando volviera, pero no hacía falta que le explicara nada. Finney ya sabía de qué se trataba.

El primer chico había desaparecido dos años atrás, justo después de que se derritieran las nieves invernales. La colina detrás de St. Luke's era un montón de lodo pegajoso, tan resbaladizo que los niños bajaban por él en sus trineos hasta estrellarse abajo contra el suelo. Una niña de nueve años llamada Loren se fue a orinar entre los matorrales al final de Mission Road y nunca volvieron a verla. Dos meses más tarde, el 1 de junio, otro chico desapareció. Los periódicos se referían a su secuestrador como «el Abductor de Galesburg», un nombre que, para Finney, era una pobre imitación de Jack el Destripador. Se llevó a un tercer niño el 1 de octubre, cuando el aire estaba impregnado del aroma a hojas muertas que crujían al pisarlas.

Esa noche, John y su hermana Susannah se sentaron en lo alto de las escaleras y escucharon a sus padres discutir en la cocina. Su madre quería vender la casa, mudarse a otro sitio, y su padre dijo que cuando se ponía histérica resultaba odiosa. Algo se cayó o alguien lo tiró. Su madre dijo que no lo soportaba más, que vivir con él la estaba volviendo loca. Su padre le contestó que nadie la obligaba a seguir haciéndolo y encendió el televisor.

Ocho semanas después, justo a finales de noviembre, el Abductor de Galesburg se llevó a Bruce Yamada.

Finney no era amigo de Bruce, jamás había hablado con él, pero lo conocía. Habían jugado de lanzadores en equipos contrarios el verano anterior a la desaparición de Bruce. Bruce Yamada era probablemente el mejor lanzador al que los Cardinals de Galesburg se habían enfrentado jamás; desde luego el más duro. La bola sonaba distinta cada vez que él la lanzaba al guante del catcher, nada que ver con lo que ocurría cuando la lanzaban otros chicos. La pelota de Bruce Yamada sonaba como si alguien acabara de descorchar una botella de champán.

Finney también lanzó bien, sólo perdió por un par de carreras, y eso fue porque Jay McGinty lanzó una bola a la izquierda que era imposible de atrapar. Después del partido, en el que Galesburg perdió cinco a uno, los equipos formaron dos filas y los jugadores fueron saludándose, chocando los guantes. Cuando les llegó el turno a Bruce y a Finney hablaron por primera y última vez en vida de Bruce.

—Has jugado duro —dijo éste.

Finney se sorprendió gratamente y abrió la boca para contestar, pero sólo le salió «bien jugado», lo mismo que les había dicho a los demás. Era una felicitación automática que acababa de repetir veinte veces y que salió de sus labios sin poder remediarlo. Deseaba haber dicho algo más original, algo tan bueno como «has jugado duro».

No volvió a ver a Bruce durante el resto del verano, y cuando lo hizo, a la salida del cine, no hablaron, se limitaron a saludarse con la cabeza. Unas pocas semanas después Bruce salió del salón de videojuegos de Space Port tras decir a sus amigos que se iba a casa andando, y nunca se le volvió a ver. La draga de la policía encontró uno de sus tenis en la alcantarilla de Circus Street. A Finney le conmocionó pensar que un chico al que conocía había sido secuestrado, despojado de sus tenis y que nunca volvería a verlo, pues ya estaba muerto en alguna parte, con la cara sucia, gusanos en el pelo y los ojos abiertos mirando a la nada.

Pero pasó un año, y otro, y no desaparecieron más niños. Finney cumplió los trece, una edad segura, ya que el secuestrador de niños nunca se había llevado a ninguno mayor de doce. La gente pensaba que el Abductor de Galesburg se había marchado a otra parte, había sido arrestado por otro delito o había muerto. Tal vez Bruce Yamada lo mató, pensó Finney una vez después de escuchar a dos adultos preguntarse en voz alta qué habría sido del secuestrador. Tal vez Bruce cogió una piedra mientras lo estaba secuestrando y en cuanto tuvo ocasión le hizo una demostración al secuestrador de su lanzamiento rápido. Eso estaría muy bien.

Sólo que Bruce no había matado al secuestrador, sino que el secuestrador lo había matado a él, como a los otros tres niños, y como se disponía a matarlo a él. Finney era ahora uno de los globos negros. No había nadie para tirar de él hacia el suelo, no tenía modo de darse la vuelta y volver por donde había venido. Se alejaba flotando de todo lo que había conocido hasta ahora, hacia un futuro que se abría ante él, tan vasto y desconocido como un cielo de invierno.

4

Se arriesgó a abrir los ojos. El aire le hirió las pupilas y era como mirar a través de una botella de Coca-Cola, todo distorsionado y pintado de un extraño color verde, aunque siempre era mejor que no ver nada. Estaba sobre un colchón, en la esquina de una habitación con paredes blancas de escayola que parecían curvarse en el suelo y en el techo, cerrando la estancia como unos paréntesis. Imaginó —deseó, más bien— que aquello no fuera más que un espejismo fruto de sus lastimados ojos.

No alcanzaba a ver el otro extremo de la habitación, la puerta por la que había entrado. Por lo que sabía, podía estar bajo el agua, explorando las profundidades de color del jade, buceando en el camarote de un transatlántico hundido. A su derecha había un retrete sin asiento y a su derecha, en el centro de la habitación, una caja o cabina negra pegada a la pared. Al principio no supo lo que era, no por lo borroso de su visión, sino por lo fuera de lugar que parecía, un objeto insólito en una celda.

Un teléfono. Grande, anticuado y negro, con el auricular colgando de una horquilla plateada.

Al no le habría dejado solo en una habitación con un teléfono que funcionara. Si así hubiera sido, alguno de los otros niños lo habría usado. Finney lo sabía, pero no pudo evitar experimentar un atisbo de esperanza, tan intenso que casi le hizo llorar. Tal vez él había recuperado la vista antes que los otros chicos. Tal vez los otros seguían ciegos por el veneno de la lata de avispas cuando Al los mató, sin que llegaran a ver el teléfono. Frunció el ceño, abrumado por la fuerza de su desesperación, pero después se deslizó fuera del colchón y rodó hasta el suelo golpeándose la barbilla con el cemento. Una bombilla negra pareció parpadear dentro de su cabeza, justo detrás de los ojos.

Se puso a cuatro patas moviendo despacio la cabeza de un lado a otro, entumecido por un momento y después recobrando la sensibilidad. Empezó a gatear y cruzó una gran superficie del suelo sin que pareciera acercarse lo más mínimo al teléfono. Era como estar en una cinta transportadora que le alejaba cada vez más aunque se esforzara por avanzar con brazos y piernas. A veces, cuando miraba con los ojos entrecerrados en dirección al teléfono, éste parecía respirar, con sus costados subiendo y bajando. En una ocasión tuvo que detenerse a descansar apoyando su frente ardiente en el cemento helado. Era la única forma de conseguir que la habitación dejara de moverse.

Cuando levantó de nuevo la vista comprobó que el teléfono estaba justo encima de él. Se puso de pie, lo agarró en cuanto estuvo a su alcance y se apoyó del aparato para ayudar a levantarse. No era realmente antiguo, pero sí viejo, con una clavija y dos campanillas en la parte de arriba y un disco giratorio en lugar de teclas. Encontró el auricular y se lo llevó a la oreja, esperando oír el tono de llamada. Nada. Pulsó la horquilla de color plata y dejó que volviera a su sitio, pero el teléfono negro continuó silencioso. Marcó el número de la operadora y escuchó tres clics, pero nada al otro lado, no hubo conexión.

—No funciona —dijo Al—. Lleva sin funcionar desde que yo era un niño.

Finney empezó a girar sobre sus talones, pero se detuvo. Por alguna razón no quería establecer contacto visual con su captor, así que se limitó a mirarlo por el rabillo del ojo. La puerta estaba ahora lo suficientemente cerca como para verla y Al estaba de pie en el marco.

—Cuelga —dijo.

Pero Finney se quedó donde estaba, con el auricular en la mano. Transcurrido un instante, Al siguió hablando.

—Ya sé que estás asustado y que quieres irte a casa. Pronto te llevaré, es sólo que… todo se ha jodido y tengo que ir arriba un rato. Ha surgido algo.

—¿Qué?

—No te preocupes de eso.

Un nuevo atisbo incontrolable de esperanza. Poole, tal vez, el viejo Poole había visto a Al meterlo en la camioneta y había llamado a la policía.

—¿Es que alguien ha visto algo? ¿Va a venir la policía? Si me deja irme no diré nada, lo prometo…

—No —dijo el hombre gordo y se rio, áspera y tristemente—. No es la policía.

—¿Pero sí es alguien? ¿Alguien viene?

El secuestrador se puso rígido y los ojos, tan juntos en su gruesa y fea cara, parecieron tristes y asombrados. No contestó, pero tampoco hacía falta. La respuesta que Finney buscaba estaba en su mirada, en su lenguaje corporal. O bien había ocurrido algo en el camino hacia allí, o había sucedido arriba, en algún lugar.

—Pienso gritar —dijo—. Si hay alguien arriba me oirá.

—No, él no te oirá. No puede, con la puerta cerrada.

—¿Él?

El semblante de Al se oscureció y sus mejillas se cubrieron de rubor. Finney vio cómo cerraba los puños y después los abría despacio.

—Cuando está cerrada la puerta no se oye nada de lo que pasa en esta habitación. —Al hablaba ahora en tono deliberadamente calmado—. Yo mismo la aislé de ruido. Así que grita cuanto quieras, no molestarás a nadie.

—Tú eres el que mató a esos otros niños.

—No, yo no. Eso lo hizo otra persona, yo no voy a obligarte a hacer nada que no te guste.

Algo indefinido en la construcción de esta frase —«no voy a obligarte a hacer nada que no te guste»— hizo arder las mejillas de Finney, mientras notaba el cuerpo frío y la carne de gallina.

—Si intentas tocarme te arañaré la cara y cuando alguien venga a visitarte te preguntará qué te ha pasado.

Al lo miró, inexpresivo, asimilando estas palabras, y después dijo:

—Ya puedes colgar el teléfono.

Finney colocó el auricular en la horquilla.

—Una vez que estaba aquí sonó —dijo Al—. Fue algo escalofriante, creo que por la electricidad estática. Yo estaba justo al lado cuando sonó y descolgué sin pensar en lo que hacía, ya sabes, para ver si había alguien al otro lado.

Finney no tenía intención de conversar con alguien que planeaba asesinarlo en cuanto tuviera oportunidad, así que se sorprendió cuando abrió la boca y se oyó preguntar:

—¿Y había alguien?

—No. ¿No te he dicho que no funciona?

La puerta se abrió y se cerró. Durante el segundo que estuvo entreabierta, el hombre gordo, corpulento y desgarbado se deslizó fuera de puntillas como un hipopótamo bailando y desapareció antes de que Finney pudiera abrir la boca para gritar.

5

Gritó de todas maneras. Gritó y empujó la puerta con todo su cuerpo, no porque confiara en que se abriera, sino porque pensaba que si golpeaba el marco alguien podría oírle escaleras arriba. Sin embargo no chilló hasta quedarse ronco; unas cuantas veces le bastaron para convencerse de que nadie iba a oírle.

Dejó, pues, de gritar y se dedicó a explorar su compartimento submarino, tratando de averiguar de dónde procedía la luz. Había dos ventanas de pequeño tamaño, en realidad rendijas acristaladas, cerca del techo, fuera de su alcance y por las que se colaba una luz débil y verde como la hierba. Estaban tapadas con rejillas oxidadas.

Finney estudió una de ellas durante largo rato, y después corrió hacia la pared sin detenerse a pensar en lo débil y exhausto que estaba. Apoyó un pie sobre la escayola y saltó. Logró asir la rejilla durante un instante, pero el entramado de acero estaba demasiado apretado como para meter los dedos, y cayó sobre sus talones y después de espaldas, al suelo, temblando violentamente. Sin embargo, había estado arriba el tiempo suficiente para ver a través del cristal oscurecido por la suciedad. Era una doble ventana situada al nivel del suelo y casi oculta por tupidos matorrales. Si lograba romperla alguien le oiría gritar.

«Los otros habrán pensado lo mismo —se dijo—, y mira de qué les sirvió.»

Recorrió de nuevo la habitación y se encontró una vez más de pie frente al teléfono, estudiándolo. Su mirada siguió un delgado cable negro engrapado a la escayola. Ascendía unos tres metros por la pared y terminaba en un racimo de filamentos de cobre. Se sorprendió cogiendo el auricular otra vez, lo había hecho sin darse cuenta, y llevándoselo a la oreja; un acto inconsciente que delataba tal desesperanza, tal necesidad, que le hizo encogerse un poco. ¿Por qué instalaría nadie un teléfono en un sótano? Aunque también había un retrete. Tal vez, probablemente —qué pensamiento tan horrible— alguien había vivido una vez allí.

Después se encontró tumbado en el colchón, mirando al techo a través de la oscuridad color de jade, y por primera vez reparó en que no había llorado y en que tampoco tenía ganas de hacerlo. Estaba descansando a propósito, recobrando energías para la siguiente inspección de la habitación. La recorrería entera buscando algo que pudiera usar, hasta que Al volviera. Si encontraba algo, podría usarlo como arma contra él: un trozo de cristal, un tubo oxidado... ¿Tenía tubos el colchón? Cuando se sintiera con fuerzas para moverse otra vez, intentaría averiguarlo.

Para entonces, sus padres tendrían que saber que algo le había ocurrido y estarían histéricos. Pero cuando trató de imaginarse su búsqueda no veía a su madre llorando en la cocina, contestando a las preguntas de la policía, ni tampoco a su padre en la puerta del almacén de Poole apartando la vista de un agente que metía una botella de refresco de uva en una bolsa para analizarla en el laboratorio. En lugar de ello, se imaginó a Susannah de pie sobre los pedales de su bicicleta de diez velocidades, recorriendo una calle tras otra de la zona residencial en que vivían, con el cuello de su cazadora subido y la cara contraída por el viento helado. Susannah era tres años mayor que Finney, pero ambos habían nacido el mismo día, un 21 de junio, un hecho que para ella revestía una importancia mística. A Susannah le encantaba el ocultismo, tenía una baraja de tarot y leía libros sobre la relación entre Stonehenge y los extraterrestres. Cuando eran más pequeños, tuvo un estetoscopio de juguete, que le gustaba colocar en la cabeza de su hermano y usarlo para escuchar sus pensamientos. En una ocasión, Finney sacó cinco cartas al azar de una baraja y Susannah las adivinó todas con sólo colocarle el estetoscopio en la frente —cinco de espadas, seis de tréboles, diez y jota de diamantes y as de corazones—, pero nunca más consiguió repetir el truco.

Finney veía a su hermana mayor buscándolo por las calles que, en su imaginación, estaban libres de tráfico y de peatones. El viento soplaba en las copas de los árboles meciendo las ramas desnudas, de forma que parecían arañar fútilmente el cielo encapotado. A veces Susannah cerraba los ojos como para concentrarse mejor en un sonido que la llamaba desde la distancia. Lo escuchaba a él, aguardaba a oír su grito y que éste la guiara hasta él gracias a algún truco de telepatía.

Susannah giraba a la izquierda y después a la derecha, en dos movimientos automáticos, y descubría una calle que nunca antes había visto, un callejón sin salida, a ambos lados del cual había casas con aspecto de estar abandonadas, los jardines delanteros sin cuidar y juguetes esparcidos y olvidados en las rampas de entrada. Al ver esta calle el pulso se le aceleraba; tenía el fuerte presentimiento de que el secuestrador de Finney vivía en algún lugar de esa travesía. Seguía pedaleando más despacio y volviendo la cabeza a un lado y otro, inspeccionando con inquietud cada casa según pasaba por delante de ella. Toda la calle parecía sumida en un silencio improbable, como si todos sus habitantes hubieran sido evacuados semanas atrás junto con sus mascotas y tras haber cerrado todas las puertas y haber apagado cualquier luz. «Ésta no», decía para sí. «Ésa tampoco.» Y así continuaba hasta el final de la calle y la última de las casas.

Bajaba un pie y se quedaba quieta apoyada en la bicicleta. Aún no había perdido la esperanza, pero mientras estaba allí parada, mordiéndose el labio, empezaba a pensar que no encontraría a su hermano, que nadie lo haría. Era una calle horrible y el viento soplaba frío. Podía sentir el frío en su interior, un hormigueo gélido detrás del esternón.

Entonces escuchaba un ruido, un tañido metálico que resonaba de forma extraña. Miraba a su alrededor, tratando de localizar su procedencia, y levantaba los ojos hacia el último poste de teléfono de la calle. Unos cuantos globos de color negro se habían quedado enganchados, enredados en los cables. El viento luchaba por liberarlos y se agitaban y chocaban entre sí, tratando de soltarse. Los cables telefónicos los mantenían inamovibles en su sitio. Susannah se estremecía al verlos. Eran aterradores —de alguna manera resultaban aterradores—, como una mancha negra en el cielo. El viento pulsaba las cuerdas que los ataban y las hacía vibrar.

Cuando sonó el teléfono Finney abrió los ojos. La pequeña historia que se había estado imaginando sobre Susannah se evaporó. Había sido una historia, ni siquiera una visión; una historia de fantasmas y el fantasma era él... o lo sería pronto. Se paró del colchón, sorprendido al comprobar que era casi de noche... y su vista se posó en el teléfono negro. Tenía la impresión de que el aire vibraba ligeramente como resultado del timbrazo que emitían las oxidadas campanillas al chocar contra la clavija.

Se puso en pie. Sabía que el teléfono no podía sonar realmente —lo que había oído era, seguro, producto de su adormecida imaginación— y sin embargo algo en su interior esperaba que sonara de nuevo. Había sido una tontería permanecer allí tumbado, soñando y malgastando así la luz del día. Necesitaba algo con que defenderse, un clavo torcido, una piedra. Dentro de poco se haría de noche y no podría registrar la habitación sin luz. Se quedó quieto sintiéndose embotado e incapaz de pensar. También tenía frío, hacía frío en aquel sótano. Caminó hacia el teléfono y una vez más se llevó el auricular a la oreja.

—¿Dígame? —preguntó.

Escuchó al viento silbar fuera de las ventanas. El teléfono estaba en silencio. Se disponía a colgar cuando le pareció que había oído un clic al otro lado de la línea.

—¿Dígame? —repitió.

6

Cuando la oscuridad llegó envolviendolo, se encogió sobre el colchón con las rodillas pegadas al pecho. No durmió y apenas parpadeó mientras esperaba a que la puerta se abriera, el hombre gordo entrara y la cerrara detrás de él, y a que los dos estuvieran solos en la oscuridad. Pero Al no vino. Finney tenía la mente en blanco, concentrado sólo en el latido seco de su pulso y el murmullo distante del viento detrás de los ventanucos. No tenía miedo, lo que sentía era algo más grande que el miedo, un terror narcótico que lo inmovilizaba por completo, lo volvía incapaz de pensar siquiera en moverse.

No durmió pero tampoco estaba despierto. Los minutos no transcurrían, no se convertían en horas. Ya no tenía sentido pensar en el tiempo a la manera tradicional. Había un instante y después otro, una sucesión de instantes que transcurrían en una procesión lenta y letal. Sólo salió de su parálisis cuando una de las ventanas comenzó a iluminarse, mostrando un rectángulo de gris acuoso que flotaba en la oscuridad, cerca del techo. Supo, sin ser al principio muy consciente de cómo tenía esa certeza, que no estaba en los planes de Al que él llegara a ver la luz del amanecer. Aquel pensamiento no le infundió esperanzas, pero al menos sí ganas de moverse, así que, con gran esfuerzo, se sentó.

Tenía los ojos mejor, y cuando miró por la ventana que brillaba vio estrellas y luces distorsionadas, pero también pudo ver la ventana con claridad. El estómago le dolía de hambre.

Se obligó a ponerse en pie y empezó de nuevo a recorrer la habitación, buscando algo que le diera ventaja. En uno de los rincones encontró un trozo del suelo de cemento que se había deshecho y convertido en fragmentos granulares del tamaño de palomitas de maíz, bajo los cuales asomaba una capa de arena. Estaba guardándose un puñado de estos granos de arena en el bolsillo cuando escuchó el ruido del cerrojo cuando lo descorrían.

El hombre gordo estaba en el umbral. Ambos se miraron desde una distancia de cuatro metros. Al llevaba calzoncillos de rayas y una camiseta interior blanca, manchada de sudor a la altura del pecho. La extrema palidez de sus gruesas piernas resultaba chocante.

—Quiero desayunar —dijo Finney—. Tengo hambre.

—¿Qué tal los ojos?

Finney no contestó.

—¿Qué haces ahí?

Finney le dirigió una mirada furiosa desde su rincón. Al dijo:

—No puedo traerte nada de comer. Tendrás que esperar.

—¿Por qué? ¿Es que tienes invitados arriba y no quieres que te vean bajándome comida?

De nuevo, el rostro de Al se ensombreció y cerró los puños. Cuando contestó, sin embargo, su tono no delataba enfado, sino tristeza y derrota.

—Déjalo —dijo.

Lo que Finney interpretó como un sí.

—Y, si no era para traerme algo de comer, ¿por qué has bajado? —le preguntó.

Al movió la cabeza, mirando a Finney con aire de malhumorado reproche, como si éste le hubiera hecho otra pregunta injusta y a la que se suponía que debía responder. Pero después se encogió de hombros y dijo:

—Sólo quería mirarte.

El labio superior de Finney retrocedió en una ostensible mueca de desprecio, y Al pareció desanimarse.

—Me marcho —dijo.

Cuando abrió la puerta Finney se puso de pie de un salto y empezó a gritar pidiendo ayuda. Al tropezó en el marco de la puerta en su intento por salir deprisa y estuvo a punto de caer al suelo. Después cerró de un portazo.

Finney permaneció en el centro de la habitación, jadeando. No había esperado poder sobrepasar a Al y llegar antes que él a la puerta —estaba demasiado lejos—, sólo había querido medir su capacidad de reacción. Parecía que Gordito era más lento de lo que había pensado. Era lento y había alguien más en la casa, en el piso de arriba. Casi a su pesar, Finney experimentó una necesidad creciente de pasar al ataque, una excitación que se parecía mucho a la esperanza.

Durante el resto del día y de la noche siguiente estuvo solo.

7

Cuando volvieron los dolores de estómago, a última hora de su tercer día en el sótano, tuvo que sentarse en el colchón a rayas y esperar a que pasaran. Era como si alguien le hubiera ensartado un espetón por el costado y estuviera dándole vueltas lentamente. Apretó las muelas hasta que notó el sabor a sangre en la boca.

Más tarde bebió agua de la cisterna del retrete y permaneció un rato allí, de rodillas, investigando los tornillos y las tuberías. No entendía cómo no se le había ocurrido inspeccionar antes el retrete. Trabajó hasta que tuvo las manos rojas y arañadas, tratando de desenroscar un grueso tornillo de hierro de ocho centímetros de diámetro, pero estaba cubierto de óxido y no consiguió soltarlo.

La luz que entraba por el ventanuco en el extremo oeste de la habitación le espabiló, era un rayo de sol amarillo brillante en el que flotaban chispeantes motas de polvo, y se alarmó al darse cuenta de que no recordaba haber estado tumbado tanto tiempo en la colchoneta. Le resultaba difícil hilar pensamientos, razonar las cosas. Incluso después de llevar diez minutos despierto tenía la impresión de que se acababa de levantar. Se encontraba desorientado y con la sensación de tener la cabeza hueca.

Estuvo largo rato sin poder levantarse, sentado con los brazos alrededor del pecho, mientras desaparecía el último rayo de luz y las sombras crecían a su alrededor. En ocasiones se ponía a tiritar con tal violencia que le castañeteaban los dientes. Hacía frío y aún sería peor por la noche. Pensó que no sería capaz de aguantar otra noche como la anterior. Quizá ése era el plan de Al, dejarlo morir de hambre y frío. O tal vez no había ningún plan, tal vez el hombre gordo había muerto de un ataque al corazón y Finney lo seguiría, aunque su muerte sería lenta, minuto a minuto. El teléfono respiraba otra vez. Finney miró cómo sus costados parecían hincharse, desinflarse e inflarse de nuevo.

—Deja de hacer eso —le dijo.

Y el teléfono paró.

Caminó, necesitaba hacerlo para entrar en calor. Salió la luna y por espacio de un tiempo iluminó el teléfono negro con un haz de luz marfileña. La cara le quemaba y de su boca salía humo, como si fuera un demonio y no un niño.

No sentía los pies, de fríos que estaban. Golpeó el suelo en un intento de estimular la circulación, y trató de mover los dedos, pero los tenía demasiado fríos y rígidos, y le dolían. Escuchó a alguien cantar desafinando y se dio cuenta de que era él. La noción del tiempo y los pensamientos iban y venían. Tropezó con algo en el suelo y retrocedió palpando en la oscuridad con ambas manos, tratando de imaginar qué era y si le serviría de arma. No encontró nada y tuvo que admitir que había tropezado con su propio pie. Apoyó la cabeza en el cemento y cerró los ojos.

Le despertó el sonido del teléfono otra vez. Se sentó y lo miró. La ventana que daba al este se había teñido de color azul y plata. Intentaba decidir si el teléfono había sonado realmente cuando volvió a hacerlo, con un sonido penetrante y metálico.

Se levantó y esperó a que el suelo, bajo sus pies, dejara de moverse; era como estar en una cama de agua. El teléfono sonó por tercera vez, al chocar la clavija con las campanillas. La realidad abrasadora del timbrazo le despejó la cabeza por completo, devolviéndole a su ser.

Descolgó el auricular y se lo llevó a la oreja.

—¿Dígame?

Oyó el gélido siseo de la electricidad estática.

—John. —Era la voz de un niño al otro lado de la línea. Se le oía tan lejos que parecía que llamaba desde el otro lado del mundo—. Escucha, John. Va a ser hoy.

—¿Quién es?

—No recuerdo mi nombre —dijo el niño—. Es lo primero que se te olvida.

—¿Lo primero que se te olvida, cuándo?

—Ya sabes cuándo.

Pero Finney pensó que había reconocido su voz aunque sólo habían hablado una vez.

—¿Bruce? ¿Bruce Yamada?

—Quién sabe —contestó el niño—. Como comprenderás, a estas alturas no importa.

Finney levantó la vista hacia el cable negro que subía por la pared y se quedó mirando allí donde se terminaba, al bifurcarse en un racimo de hilos de cobre. Decidió que no importaba.

—¿Qué es lo que va a ser hoy? —preguntó.

—Llamo para decirte que tienes una manera de luchar contra él.

—¿Cuál?

—La tienes en la mano.

Finney volvió la cabeza y miró el auricular. Se lo había separado de la oreja y podía escuchar el sonido metálico del niño muerto diciéndole más cosas.

—¿El qué? —preguntó.

—Arena —respondió Bruce Yamada—. Que sea más pesado. No pesa lo suficiente. ¿Entiendes?

—¿A los otros niños también les sonó el teléfono?

—No preguntes por quién suena el teléfono —dijo Bruce y a continuación dejó escapar una risa queda e infantil. Después añadió—: Ninguno de nosotros lo oyó, sólo tú. Hace falta pasar un rato en la habitación para aprender a oírlo y tú eres el único que ha estado tanto tiempo. Mató a los otros niños antes de que recobraran la consciencia, pero a ti no puede matarte, ni siquiera puede bajar al sótano. Su hermano se pasa las noches en el cuarto de estar hablando por teléfono, es un cocainómano que nunca duerme. Albert lo odia, pero no puede echarlo.

—Bruce, ¿estás ahí de verdad o me estoy volviendo loco?

—Albert también lo oye —contestó Bruce ignorando su pregunta—. A veces, cuando está en el sótano, le llamamos y le gastamos bromas.

—Me encuentro muy débil y no sé si podré enfrentarme a él en este estado.

—Podrás. Jugarás duro. Me alegro de que seas tú, y ¿sabes lo que te digo, John? Susannah encontró los globos.

—¿De verdad?

—Pregúntaselo cuando estés en casa.

Hubo un clic y Finney esperó oír tono de línea, pero no fue así.

8

Una luz amarillenta había empezado a bañar la habitación cuando Finney escuchó el ya familiar golpe del cerrojo. Tenía la espalda contra la puerta y estaba arrodillado en una de las esquinas de la habitación, allí donde el cemento se había roto hasta revelar el suelo de arena que había debajo. Continuaba con el sabor a cobre viejo en la boca, un regusto que le recordaba al del refresco de uva. Giró la cabeza, pero no se levantó, ocultando con el cuerpo lo que tenía en las manos.

Se sorprendió al ver a alguien que no era Albert, gritó y se levantó tambaleante. El hombre que estaba en la puerta era de pequeña estatura y aunque tenía la cara redonda y regordeta, el resto del cuerpo resultaba demasiado menudo para las ropas que llevaba: una chaqueta militar arrugada y un suéter ancho de punto. Los cabellos desordenados dejaban ver grandes entradas en su frente en forma de huevo, y tenía una de las comisuras de la boca arqueada en una sonrisa de incredulidad.

—Joder —dijo el hermano de Albert—. Sabía que tenía algo escondido en el sótano que no quería que viera, pero ¡joder!

Finney avanzó hacia él con paso vacilante, balbuceando palabras incoherentes, como alguien que se ha quedado largo rato atrapado en un ascensor.

—Por favor..., mi madre. Ayúdeme. Pida ayuda. Llame a mi hermana.

—No te preocupes. Se ha ido, tenía que ir a trabajar —dijo el hermano—. Yo soy Frank. Eh, cálmate. Ahora entiendo por qué se puso histérico cuando lo llamaron del trabajo. Le preocupaba que yo pudiera encontrarte mientras estaba fuera.

Albert apareció detrás de Frank. Llevaba un hacha, que levantó y se echó al hombro como si fuera un bate de béisbol. Su hermano siguió hablando.

—Eh, ¿quieres que te cuente cómo te he encontrado?

—No —dijo Finney—. No, no, no.

Frank hizo una mueca.

—Bueno, como quieras. Te lo contaré otro día. Ya estás a salvo.

Albert levantó el hacha y la clavó en el cráneo de su hermano con un crujido metálico, hueco y húmedo. La fuerza del impacto le salpicó la cara de sangre. Frank cayó hacia delante, con el hacha aún clavada en la cabeza y las manos de Albert en el mango. Al caer lo arrastró con él.

Albert cayó de rodillas en el suelo e inspiró con fuerza y con los dientes apretados. El mango del hacha se deslizó de entre sus dedos y su hermano se desplomó boca abajo con un ruido seco y blando. Albert hizo una mueca y dejó escapar un grito ahogado, mientras miraba a su hermano con el hacha clavada en la cabeza.

Finney estaba apenas a un metro de distancia, respirando entrecortadamente y con el auricular del teléfono apretado contra el pecho. En la otra mano sujetaba un trozo de cable, el que conectaba el auricular con el teléfono negro. Había tenido que morderlo para conseguir arrancarlo. El cable era rígido, no rizado como suelen tener los teléfonos modernos, y Finney se lo había enrollado alrededor de la mano derecha en tres vueltas.

—¿Has visto eso? —dijo Albert—. ¿Has visto lo que me obligas a hacer? —Entonces levantó la vista y vio lo que tenía Finney en la mano, y su rostro se llenó de confusión—. ¿Qué coño has hecho con el teléfono?

Finney dio un paso hacia él y le asestó un golpe en la nariz con el auricular. Había desenroscado el disco del transmisor, rellenado el interior de arena y después lo había vuelto a enroscar. Al chocar con la cara de Albert hizo un ruido como de plástico roto, sólo que en esta ocasión lo que se había roto no era plástico. El hombre gordo profirió un grito ahogado y la sangre manó de sus fosas nasales. Levantó una mano. Finney le golpeó de nuevo en la mano con el auricular, aplastándole los dedos.

Albert dejó caer la mano destrozada y lo miró, al tiempo que de su garganta salía un gemido animal. Finney le pegó de nuevo para hacerle callar, golpeándole con el auricular en la base del cráneo. El golpe hizo saltar granos de arena a la luz del sol. Gritando, el hombre gordo intentó avanzar hacia delante, pero Finney lo esquivó con rapidez y le pegó en la boca con fuerza suficiente como para hacerle girar la cabeza, y después en la rodilla para hacerle caer, para detenerle.

Al extendió los brazos y agarró a Finney por la cintura, tirándolo al suelo y arrastrándolo en su caída. Finney trató de liberar las piernas, que habían quedado atrapadas bajo el peso de Al. Éste levantó la vista. Tenía la boca llena de sangre y un gemido furioso brotaba de las profundidades de su pecho. Finney seguía con el auricular en una mano y las tres vueltas de cable negro en la otra. Se sentó con la intención de golpear de nuevo a Albert con el auricular, pero sus manos hicieron una cosa distinta. Rodearon al hombre gordo por el cuello con el cable y tiraron con fuerza cruzando las muñecas. Al le puso a Finney una mano en la cara y le arañó la mejilla izquierda. Finney tiró más fuerte del cable y la lengua de Albert salió de su boca como un resorte.

Al otro lado de la habitación el teléfono negro empezó a sonar. Mientras, el hombre gordo se asfixiaba. Dejó de arañar la cara de Finney y agarró el cable negro que tenía alrededor de la garganta. Sólo podía usar la mano izquierda, porque tenía los dedos de la derecha destrozados y retorcidos en varias direcciones. El teléfono sonó de nuevo y el hombre gordo dirigió la vista hacia él, y después a la cara de Finney. Tenía las pupilas tan dilatadas que el anillo dorado de sus iris se había encogido hasta casi desaparecer. Sus pupilas eran ahora dos globos negros que eclipsaban dos soles gemelos. El teléfono sonó y sonó. Finney tiró del cable mientras en la cara negruzca y amoratada de Albert se dibujaba una horrorizada pregunta.

—Es para ti —anunció Finney.

Carrera final

El jueves por la tarde Kensington se presentó en el trabajo con un piercing. Wyatt se dio cuenta porque no hacía más que bajar la cabeza y apretarse un pañuelo de papel contra la boca abierta. Al poco tiempo la pequeña bola de papel se había teñido de rojo brillante. Wyatt se colocó en la computadora situada a su izquierda y la observó por el rabillo del ojo, mientras simulaba estar ocupado con un montón de videos devueltos, leyendo los códigos de barras con el escáner portátil. Cuando la chica se llevó de nuevo el pañuelo a la boca, alcanzó a ver el clavo de acero inoxidable en su lengua manchada de sangre. Aquel piercing suponía un giro interesante en la trayectoria de Sarah Kensington.

Estaba volviéndose punk poco a poco. Cuando él entró a trabajar en Best Video era regordeta y feúcha, con el pelo castaño corto, ojos pequeños y juntos, y la actitud brusca y distante propia de quienes se saben poco atractivos. Wyatt tenía algo de eso también, y supuso que se harían amigos, pero no fue así. Sarah nunca lo miraba si podía evitarlo, y a menudo pretendía no haberlo oído cuando le hablaba. Con el tiempo, decidió que intentar conocerla mejor suponía demasiado esfuerzo y que era más fácil odiarla e ignorarla.

Un día, un tipo mayor entró en la tienda, un mamarracho de cuarenta y tantos años, con la cabeza afeitada y un collar alrededor del cuello del que colgaba una correa. Quería comprar el video de *Sid y Nancy* y le pidió a Kensington que lo ayudara a buscarlo. Charlaron un rato. Kensington se reía de todo lo que decía, y cuando le llegó el turno de hablar, las palabras salieron de su boca con excitada aceleración. Fue algo asombroso, verla transformada así, en presencia de alguien. Y cuando Wyatt entró a trabajar la tarde siguiente, los vio a los dos en una esquina de la tienda que quedaba oculta desde la calle. Aquel mono de feria la aplastaba contra la pared, tenían las manos entrelazadas y la lengua de ella buscaba apasionadamente la del patán aquel. Ahora, unos meses más tarde, Kensington se había teñido el pelo de rojo brillante, calzaba botas de montaña y usaba sombra de ojos negra. El arete de la lengua, sin embargo, era nuevo.

—¿Por qué sangra? —le preguntó.

—Porque me lo acabo de hacer —le respondió sin levantar la vista y con tono avinagrado. Desde luego, el amor no la había vuelto cálida y comunicativa. Continuaba mirándolo enfurruñada cada vez que Wyatt le dirigía la palabra, y lo evitaba como si el aire a su alrededor fuera venenoso, odiándolo como siempre, por razones que nunca le había explicado y nunca le explicaría.

—Supuse que igual te habías atorado la lengua con un cierre —dijo, y añadió—: Supongo que es una forma de conseguir que siga contigo, ya que no lo va a hacer por lo guapa que eres.

Kensington era imprevisible y su reacción lo cogió por sorpresa. Lo miró con expresión ofendida y barbilla temblorosa y, en una voz que le resultó apenas reconocible, dijo:

—Déjame en paz.

Wyatt se sintió mal, incómodo, y deseó no haberle dicho nada, aunque ella lo hubiera provocado. Kensington le dio la espalda y él alargó el brazo pensando en cogerla por la manga, obligarla a quedarse allí hasta que se le ocurriera cómo hacerle ver que lo sentía, sin llegar a pedirle perdón. Pero ella se giró y le dirigió una mirada furiosa con ojos llorosos. Musitó alguna cosa, de la que sólo entendió parte —la palabra «retrasado» y después algo sobre saber leer—, pero lo que oyó le bastó, y sintió un frío repentino y doloroso en el pecho.

—Abre la boca otra vez y te arranco ese piercing de la lengua, zorra.

Los ojos de Kensington brillaron de furia. Aquélla sí era la Kensington que conocía. Después echó a andar arrastrando sus piernas gruesas y cortas alrededor del mostrador y en dirección al fondo de la tienda. Wyatt la miró resentido y asqueado. Iba a la oficina, a acusarlo con la señora Badia.

Decidió que había llegado el momento de tomar un descanso y cogió su cazadora de militar y salió por las puertas de plexiglás. Encendió un American Spirit y permaneció apoyado en la pared de estuco con los hombros encogidos. Fumaba y temblaba, mirando furioso al otro lado de la calle, a la ferretería de Miller.

Vio a la señora Prezar estacionar su camioneta en la ferretería. En el coche iban también sus dos hijos. La señora Prezar vivía al final de la calle, en una casa de color de licuado de fresa. Wyatt le había cortado el césped, no recientemente, sino varios años atrás, cuando trabajaba cortando la hierba de los jardines.

La señora Prezar salió del coche y se encaminó con paso decidido hacia la ferretería, dejando el motor en marcha. Tenía una cara ancha y siempre iba muy maquillada, pero no era fea. Había algo en su boca —el labio inferior era carnoso y sexy— que a Wyatt siempre le había gustado. Su expresión, al entrar en la tienda, era la de un autómata, no dejaba traslucir emoción alguna.

Dejó a uno de los niños en el asiento delantero y al otro en el de detrás, atado en una silla de bebé. El niño sentado delante —se llamaba Baxter, Wyatt se acordaba aunque no sabía por qué— era alto y flacucho, de una complexión delicada que debía de haber heredado de su padre. Desde donde estaba, Wyatt no podía ver gran cosa del bebé, tan sólo una mata de pelo oscuro y un par de manos gordezuelas, moviéndose.

Cuando la señora Prezar entró en la tienda, el niño mayor, Baxter, se giró hacia su hermano pequeño. Tenía una bolsa de golosinas en la mano y la agitó delante de sus ojos, para retirarla en cuanto el pequeño intentó cogerla. Entonces repitió el gesto y, cuando su hermano se negó a dejarse provocar otra vez, se dedicó a darle golpecitos con la bolsa. Así siguieron unos minutos, hasta que Baxter se detuvo para abrir la bolsa de golosinas, llevarse una a la boca y saborearla despacio. Llevaba puesta una gorra de los Twin City Pizza, el antiguo equipo de Wyatt. Se preguntó si Baxter tendría la edad suficiente para jugar en la liga infantil. No parecía, pero tal vez ahora habían rebajado el límite de edad.

Wyatt guardaba buenos recuerdos de la liga infantil de béisbol. En su último año en Twin City casi batió el récord de robar bases. Fue uno de los pocos momentos de su vida en que supo a ciencia cierta que era mejor en algo que cualquier otro niño de su edad. Cuando terminó la temporada acumulaba un total de nueve bases robadas, y sólo una vez lo habían alcanzado. Un lanzador zurdo con cara de torta tocó la base antes de que Wyatt tuviera ocasión de pisarla, y de súbito se encontró titubeando en mitad de un «corre-corre», mientras el primer y el segundo base le cerraban el camino por ambos lados y se pasaban la pelota el uno al otro. Wyatt intentó entonces correr hacia la segunda base, con la esperanza de poder saltar y tocarla… pero en cuanto hubo tomado esta decisión se dio cuenta de que era la equivocada, y un sentimiento de desesperación, de estar precipitándose hacia lo inevitable, lo invadió. El segundo base, un chico al que Wyatt conocía, llamado Treat Rendell, la estrella del otro equipo, estaba allí plantado en su camino, esperándolo con sus grandes pies separados, y por primera vez Wyatt tuvo la impresión de que por muy deprisa que corriera no se acercaba lo más mínimo a su meta. No recordaba siquiera el final de la jugada, tan sólo a Rendell allí, cerrándole el paso, esperándolo con los ojos entornados por la concentración.

Aquello fue casi al final de temporada. En los últimos dos juegos, Wyatt no logró batear ni una sola vez, y perdió el récord sólo por dos bases. Ya en el instituto no tuvo oportunidad de jugar, porque siempre estaba castigado por malas notas o mal comportamiento. A mediados de su primer año le diagnosticaron un tipo de dislexia —tenía problemas para conectar las distintas partes de una oración cuando ésta contaba con más de cuatro o cinco palabras; durante años había luchado por interpretar oraciones más largas que el simple título de una película— y le asignaron a un programa de aprendizaje especial con un atajo de retrasados mentales. El programa se llamaba «Super-alumnos», pero en el instituto se conocía como «Supertontos» o «Superbabas». Una vez, Wyatt se encontró un grafiti en el lavabo de chicos que decía «hestoy en super-alumnos, y me siento mui orgulloso».

Pasó su último año marginado. No miraba a sus compañeros cuando se cruzaba con ellos por el pasillo, y no intentó entrar en el equipo de béisbol. Treat Rendell, en cambio, ingresó en la universidad directamente en el segundo curso, bateó todas las bolas que le pusieron delante y consiguió dos copas regionales para su equipo. Ahora era policía federal, conducía un Crown Victoria color canela tuneado y estaba casado con Ellen Martin, una rubia de piel blanquísima y unánimemente considerada la animadora más guapa de todas las que, según los rumores, Treat se había cogido.

La señora Prezar salió de la tienda. Sólo había estado dentro un minuto y no había comprado nada. Se cerraba la chaqueta con una mano, tal vez para protegerse del viento. Sus ojos se posaron fugazmente en Wyatt por segunda vez, sin dar señales de reconocerlo ni de reparar siquiera en su presencia. Se dejó caer en el asiento del conductor, cerró la puerta de golpe y salió marcha atrás tan rápido que los neumáticos chirriaron.

Tampoco se había fijado mucho en él cuando le cortaba el césped. Recordó que una vez, después de terminar su jardín, entró en la casa por una puerta corredera de cristal que daba al cuarto de estar. Llevaba toda la mañana cortándole el césped —la señora Prezar era rica; su marido era ejecutivo en una compañía que vendía banda ancha y tenían el jardín más grande de toda la calle— y estaba acalorado y sudoroso, con hierba en la cara y en los brazos. La señora Prezar hablaba por teléfono y Wyatt se quedó junto a la puerta esperando a que reparara en su presencia.

Se tomó su tiempo. Estaba sentada ante una mesa pequeña, jugando con un tirabuzón de su pelo rubio y meciéndose atrás y adelante en su silla, riendo de vez en cuando. Tenía varias tarjetas de crédito esparcidas sobre la mesa y las cambiaba de sitio distraídamente con el dedo meñique. No lo miró ni siquiera cuando Wyatt carraspeó para llamar su atención. Él esperó durante diez minutos, hasta que por fin ella colgó el teléfono y se giró para mirarlo, repentinamente concentrada. Le dijo que lo había estado observando mientras trabajaba y que no le pagaba por detenerse a charlar con el primero que pasara por la calle. También que le había oído pasar por encima de una piedra y que si resultaba que la cortadora se había arañado se aseguraría de que le pagara otra nueva. El pago acordado eran veintiocho dólares; le dio treinta y le dijo que podía dar gracias por la propina. Cuando salió reía de nuevo al teléfono, cambiando de sitio las tarjetas de crédito y formando con ellas la letra pe.

No quedaba gran cosa del cigarrillo de Wyatt, pero estaba decidiendo que se fumaría otro y después entraría, cuando la puerta se abrió a su espalda y salió la señora Badia, vestida sólo con el suéter negro y el chaleco blanco con la chapa identificativa que decía «Pat Badia. Directora». Hizo una mueca y se arrebujó para protegerse del frío.

—Sarah me ha contado lo que le has dicho —empezó a decir.

Wyatt asintió con la cabeza. La señora Badia le caía bien; en ocasiones hasta se podía bromear con ella.

—¿Por qué no te vas a casa, Wyatt? —dijo.

Éste tiró la colilla al suelo de asfalto.

—De acuerdo. Mañana recuperaré las horas. Ella no trabaja mañana —dijo haciendo un gesto con la cabeza en dirección a la tienda.

—No —respondió la señora Badia—. No vengas mañana. Ven el próximo martes a recoger tu último pago.

Por alguna razón, le costó unos segundos entender lo que le decía. Después lo comprendió y notó que le ardía la cara. La señora Badia continuó hablando.

—No puedes amenazar así a tus compañeros de trabajo, Wyatt. Estoy más que harta de oír quejas sobre ti. Estoy cansada de tantos incidentes. —Hizo un gesto con la cara y miró en dirección a la tienda—. No está pasando por un buen momento y sólo le falta que tú le digas que le vas a arrancar la lengua.

—Yo no le he... ¡Me refería al piercing! ¿No quiere saber lo que me ha dicho ella a mí?

—No especialmente. ¿Por qué?

Pero Wyatt no respondió. No podía contarle lo que Kensington le había dicho, porque no lo sabía, no lo había oído entero... y aunque lo supiera no se lo podía contar a la señora Badia. Fuera lo que fuera lo que le había dicho, era algo sobre que no sabía leer. Wyatt siempre trataba de evitar hablar de sus problemas con la gramática, la ortografía y todo lo demás, pues era un tema que inevitablemente le hacía pasar más vergüenza de la que era capaz de soportar.

La señora Badia lo miraba esperando a que dijera algo, pero como no lo hizo dijo:

—Te he dado todas las oportunidades que he podido. Pero, llegado un punto, no es justo para los que trabajan contigo pedirles que aguanten tanto.

Lo miró durante unos segundos más, mordiéndose pensativa el labio inferior. Después le miró los pies y mientras le daba la espalda añadió:

—Amárrate las agujetas, Wyatt.

Entró en la tienda y Wyatt permaneció allí, flexionando los dedos en el gélido aire. Caminó despacio hasta la parte de la tienda que no era visible desde la calle y, una vez allí, se agachó y escupió. Sacó otro cigarrillo del paquete, lo encendió y dio una calada, esperando a que dejaran de temblarle las piernas.

Pensaba que le gustaba a la señora Badia. Algunos días se había quedado después de la hora para ayudarla a cerrar —algo a lo que no estaba obligado—, sólo porque le resultaba fácil hablar con ella. Charlaban sobre películas o sobre clientes raros, y ella escuchaba sus historias y sus opiniones como si le interesaran. Para él había sido una experiencia nueva, llevarse bien con su jefe. Y ahora resultaba que era la misma mierda de siempre. Alguien le tenía saña, se quejaba y nadie se molestaba en reunir toda la información, en oír a las distintas partes implicadas. Le había dicho: «Estoy más que harta de oír quejas sobre ti», pero sin especificar de quiénes ni qué clase de quejas. Había dicho: «Estoy cansada de tantos incidentes», pero ¿no habría que juzgar este incidente en particular y con sus circunstancias, y no había que hacer lo mismo con los otros?

Tiró el cigarrillo, que levantó chispas en el asfalto, y echó a andar. Llegó a la esquina a paso rápido. El escaparate estaba cubierto de carteles de películas y Kensington miraba hacia el estacionamiento por un hueco entre *Pitch Black* y *Los otros*. Tenía los ojos rojos y la mirada desenfocada. Por su expresión distraída, Wyatt supo que pensaba que él ya se había marchado y, sin poder contenerse, se abalanzó contra el cristal y le enseñó el dedo medio justo a la altura de la cara. Kensington se sobresaltó y abrió la boca sorprendida formando una o.

Salió corriendo y atravesó el estacionamiento. Un coche apareció de repente de la carretera y el conductor tuvo que frenar para no atropellarlo. Tocó, furioso, el claxon, y Wyatt le dirigió una mirada de desprecio mientras le enseñaba también el dedo medio. Pronto estuvo al otro lado del estacionamiento, corriendo hacia el bosque sucio y lleno de maleza.

Caminó por un sendero estrecho, el que tomaba siempre para volver a casa cuando no había nadie que lo llevara en coche. Entre los árboles había colchones medio podridos y empapados, bolsas de basura llenas hasta reventar y piezas de electrodomésticos oxidadas. Había un reguero de agua procedente del desagüe del lavadero de coches Queen Bee. No podía verlo, pero sí oírlo discurrir bajo la maleza, y el olor a cera de coche barata y espuma para alfombrillas con aroma a cereza era por momentos intenso. Ahora caminaba despacio y con la cabeza hundida en los hombros. Le costaba distinguir las finas ramas de los árboles que entorpecían el camino en la creciente penumbra del atardecer, y no quería tropezar.

El sendero terminaba en un camino de tierra que serpenteaba junto a un estanque poco profundo y, como era bien sabido, contaminado. El camino lo conduciría hasta la autopista 17K, y una vez allí estaría cerca del parque Ronald Reagan, donde Wyatt vivía en una casa de una planta y sin sótano, sólo con su madre, ya que su padre se había largado para siempre varios años atrás. El camino estaba abandonado y cubierto de rastrojos. En ocasiones la gente se quedaba allí por las razones por las que uno se estaciona en lugares deshabitados, y cuando Wyatt dejó atrás la maleza y llegó a la carretera vio un auto.

Para entonces las sombras de los árboles se habían fundido en la oscuridad que precede a la noche, aunque cuando levantó la vista todavía pudo distinguir en el cielo un matiz violeta pálido tornándose albaricoque. El coche estaba en una ligera elevación del terreno y no lo reconoció hasta que estuvo cerca. Era la camioneta de la señora Prezar, y la puerta del conductor estaba abierta.

Wyatt vaciló unos instantes a unos cuantos pasos del coche, mientras respiraba con dificultad sin saber por qué. Primero pensó que el coche estaba vacío, ya que no salía de él sonido alguno, a excepción del ligero murmullo del motor enfriándose. Pero entonces vio al niño moreno de cuatro años en el asiento trasero, aún atado a la silla de bebé. Con la barbilla apoyada en el pecho y los ojos cerrados, parecía dormir. Wyatt recorrió con la mirada los árboles y los alrededores del estanque, buscando a la señora Prezar y a Baxter. No entendía cómo habían podido alejarse dejando allí al niño dormido, solo. Pero cuando volvió los ojos al coche vio a la señora Prezar. Estaba encogida, de manera que, desde donde se encontraba, Wyatt sólo alcanzaba a ver su cabellera rubia brillante sobre el volante.

Tardó un momento en poder moverse. Le costaba trabajo ponerse en marcha y se sentía profundamente agitado, sin saber la razón, por la escena que se desarrollaba ante él. El niño pequeño dormido en el asiento de atrás lo asustaba y en la penumbra su cara parecía regordeta y levemente teñida de azul.

Caminó despacio al otro lado del coche y se detuvo de nuevo. Lo que vio lo dejó literalmente sin respiración. La señora Prezar se mecía con suavidad atrás y adelante y acunaba a Baxter, boca arriba, en su regazo. El niño tenía los ojos abiertos y fijos en alguna parte. Ya no llevaba puesta la gorra de Twin City Pizza, y una fina pelusa de color indeterminado le recubría la cabeza. Sus labios eran tan rojos que parecía que se los había pintado y, con la cabeza inclinada hacia atrás, parecía mirar fijamente a Wyatt. Entonces éste vio la cuchillada en su garganta, una línea negra brillante con forma de anzuelo. Había otra herida en su mejilla, que daba la impresión de que una oruga grande y negra se hubiera posado en su cara blanquísima.

La señora Prezar también tenía los ojos abiertos de par en par y rojos por el llanto, aunque lloraba en completo silencio. En uno de los lados de su cara había cuatro manchas de sangre de gran tamaño, las huellas de los dedos de su hijo. Respiraba despacio y con movimientos espasmódicos.

—Oh, dios mío —susurraba con cada exhalación—. Oh, Baxter. Oh, dios mío.

Wyatt dio un paso atrás, reculando de forma inconsciente, y pisó la tapa de plástico de un vaso de refresco, que se quebró bajo su talón. La señora Prezar se sobresaltó y lo miró con ojos de loca.

—Señora Prezar —dijo Wyatt con una voz que apenas le resultaba reconocible, contenida y cavernosa.

Esperaba oír gritos y llantos, pero cuando la señora Prezar habló lo hizo con un susurro apagado.

—Por favor, ayúdanos.

Wyatt reparó por primera vez en que su bolso estaba en el suelo, junto a la puerta del coche, y parte de su contenido se había esparcido por el lodo.

—Iré a buscar a alguien. —Se dio la vuelta disponiéndose a correr hacia el camino. Llegaría a la 17K en un minuto y pararía al primer coche que pasara.

—No —dijo de pronto la señora Prezar en tono apremiante y asustado—. No te vayas, tengo miedo. No sé dónde ha ido, podría estar aún aquí, en alguna parte. Tal vez ha ido sólo a lavarse —añadió con una mirada aterrorizada en dirección al estanque.

—¿Quién? —preguntó Wyatt mirando también hacia el estanque, a la pendiente de la orilla y a los pocos arboluchos que se arremolinaban en ella. Cada vez estaba más asustado.

La mujer no contestó y en lugar de ello dijo:

—Tengo un teléfono celular, pero no sé dónde está. Él me lo quitó, pero creo que después lo tiró cerca del coche. ¡Oh, dios! ¿Puedes buscarlo? ¡Oh, dios mío! ¡Por favor, que no venga otra vez!

Wyatt tenía la boca seca y ganas de vomitar, pero empezó a revisar de forma automática, inspeccionando el área del suelo alrededor del bolso caído. Se agachó en parte para ver mejor y en parte para que nadie que se acercara al coche desde el otro lado, el del estanque, pudiera verlo. Algunos papeles y una bufanda enredada se habían salido del bolso. Uno de los extremos de la bufanda —de seda y en tonos amarillo y rojo— flotaba en un charco.

—¿Estará en su bolso? —preguntó abriéndolo.

—Puede ser. No lo sé.

Metió la mano y encontró más papeles, una barra de labios, una caja de polvos compactos y pequeños pinceles, pero ningún teléfono móvil. Dejó caer el bolso y empezó a buscar alrededor del coche, pero era imposible ver gran cosa en la escasa luz del crepúsculo.

—¿Se fue hacia el agua? —preguntó con el corazón en la garganta.

—No lo sé. Se me metió en el coche en un semáforo, cuando esperaba a que se pusiera verde, el de la esquina de la calle Union. Dijo que no nos haría daño si lo obedecíamos. Oh, dios mío, Baxter. Lo siento. Siento mucho que te hiciera daño. Siento que te hiciera llorar.

Al oír el nombre del niño, Wyatt levantó la vista, era incapaz de oír aquel nombre sin sentir la necesidad compulsiva de mirarlo una vez más. Le sorprendía lo cerca que estaba la cara de Baxter de la suya. El niño tenía la cabeza colgando del muslo de su madre, a menos de un metro de Wyatt. Éste la veía desde abajo, la cuchillada negra en la cara, los labios rojos de payaso —rojos de la golosina, no de sangre, como se dio cuenta de repente, en una súbita retrospectiva— y los ojos abiertos e inertes... que de pronto parpadearon y lo miraron fijamente.

Wyatt gritó y se puso en pie de un salto.

—No está... —dijo respirando con dificultad. Tragó saliva y lo intentó de nuevo—: No está... —miró a la señora Prezar y se calló de nuevo.

Hasta aquel momento no había tenido ocasión de ver la mano derecha de la mujer. Sujetaba un cuchillo.

Tenía la impresión de haberlo visto antes. Los vendían en estuches de plástico transparente en la ferretería de Miller, en el mostrador situado a la izquierda de la puerta, junto a las chaquetas de camuflaje. Wyatt recordaba uno en particular, con cuchilla de veinticinco centímetros, filo serrado y acero reluciente como un espejo. Era posible, incluso, que lo hubiera pedido para verlo de cerca. Era el que más a la vista estaba. También recordó ver salir a la señora Prezar de la tienda con un brazo apretado contra el abrigo, y sin bolsa.

Ella se dio cuenta de que la miraba y apartó la vista de él para posarla en sí misma por un momento, con expresión de total asombro, como si no tuviera ni idea de cómo había llegado aquel objeto a sus manos. Como si, tal vez, no supiera para qué podía servir aquel cuchillo. Después volvió a mirar a Wyatt.

—Lo tiró. —Tenía una mirada casi suplicante—. Llevaba las manos llenas de sangre y se le enganchó dentro de Baxter. Cuando trató de sacarlo se le escurrió, se cayó al suelo y lo cogí. Por eso no me mató a mí, porque tenía el cuchillo. Fue entonces cuando se marchó corriendo.

Su puño cerrado apretaba el mango de teflón del cuchillo, que estaba muy manchado; la sangre oscurecía también cada estría de la piel de sus nudillos y la piel de su dedo pulgar. De su chaqueta impermeable aún caían gotas de sangre que manchaban la tapicería de cuero.

—Iré corriendo a buscar ayuda —dijo Wyatt, pero estaba convencido de que ella no le había oído. Hablaba en voz tan queda que apenas podía oírse él mismo. Tenía las manos levantadas y con las palmas hacia fuera, en actitud defensiva. No habría sabido decir cuánto tiempo llevaba en esa postura.

La señora Prezar apoyó un pie en el suelo e hizo ademán de levantarse. Este movimiento inesperado sobresaltó a Wyatt, que reculó, tambaleante. Entonces algo le ocurrió a su pie derecho, porque trataba de dar un paso atrás y no podía, estaba enganchado al suelo, de manera que no podía moverse. Miró y se dio cuenta de que se le había desatado un cordón y se lo estaba pisando, pero era demasiado tarde y cayó de espaldas.

El golpe bastó para dejarlo sin aliento. Se arrastró boca arriba por el húmedo suelo alfombrado de hojas caídas. Después miró al cielo, que ya había adquirido un tono violeta oscuro mientras aquí y allí aparecían las primeras estrellas. Tenía los ojos llorosos. Parpadeó y se incorporó hasta sentarse.

La señora Prezar había salido del coche y estaba a casi un metro de él, con su zapatilla en una mano y el cuchillo en la otra. Se le había salido el tenis derecho, y ahora, con el pie cubierto sólo por un calcetín de deporte, sentía frío.

—Lo tiró —dijo la señora Prezar—. El hombre que nos atacó. Yo no haría algo así, no haría daño a mis niños. El cuchillo... sólo lo cogí.

Wyatt consiguió ponerse de pie y dio un paso atrás separándose de ella y tratando de no apoyarse en el pie derecho, para que no se le mojara con las hojas del suelo. Quería recuperar su tenis antes de echar a correr. La señora Prezar se la ofrecía con un brazo extendido mientras el otro le colgaba junto al cuerpo, todavía sosteniendo el cuchillo. Consciente una vez más de cómo Wyatt la miraba, dirigió la vista hacia el cuchillo y después hacia él mientras negaba lentamente con la cabeza.

—Yo no lo haría —dijo, y dejó caer el cuchillo. Después se inclinó hacia Wyatt y le ofreció su tenis—. Toma.

Wyatt se acercó un paso, cogió el tenis y se lo puso, aunque ella al principio no lo soltaba y, cuando lo hizo, fue para agarrarlo del brazo. Le clavó las uñas en la delgada carne de la muñeca haciéndole daño. Le asustó lo rápido que le había agarrado y con qué fuerza lo hizo.

—No he sido yo —dijo, mientras Wyatt trataba de liberar su brazo. Ella, con la otra mano, lo agarró de la chaqueta y del suéter, manchándolo de sangre.

—¿Qué le vas a decir a la gente? —preguntó.

Tal era su pánico, que Wyatt no estaba seguro de haberla oído bien, pero no le importaba; lo único que quería era que le soltara. Sus uñas le hacían daño, pero además le estaba llenando de sangre, la mano, la muñeca, el suéter. Era una sensación pegajosa y desagradable, y por nada del mundo quería que le siguiera manchando. Le agarró la mano izquierda por la muñeca e intentó que le soltara, apretó hasta que notó cómo los huesos de su muñeca se separaban de las articulaciones. Ella lloriqueaba y lo empujaba con la mano derecha en su hombro y hundiéndole los dedos en la articulación. Él le apartó el hombro y la empujó, sólo un poco, para alejarla de él. Ella abrió los ojos desorbitadamente y dejó escapar un gritito horrible y ahogado. Entonces levantó la mano y empezó a arañarle, a rasgarle la piel con sus afiladas uñas, hasta que Wyatt notó el escozor caliente de la sangre en las mejillas.

Sujetó la mano que le arañaba y le dobló los dedos hacia atrás hasta que casi tocaron el dorso. Después le dio un puñetazo en el esternón, aguardó a que se quedara sin respiración y cuando se inclinó hacia delante la golpeó en la cara con el puño cerrado, hiriéndose los nudillos. Ella se tambaleó hacia delante y le asió por el suéter y, al caer, lo arrastró con ella. Todavía lo tenía sujeto por la muñeca y sus uñas seguían hundidas en su carne. Necesitaba librarse de ella como fuera, así que la agarró por el pelo y tiró hasta hacerle doblar la cabeza hacia atrás, tiró y tiró hasta que sólo le veía la garganta y no podía tirar más. Ella jadeó, le soltó la muñeca e intentó abofetearle, y entonces él le hundió el puño en la garganta.

Se atragantaba. Wyatt le soltó el pelo y ella dejó caer la cabeza hacia delante. Se desplomó de rodillas, sujetándose el cuello con ambas manos, los hombros encogidos y el pelo cayéndole por la cara, respirando con dificultad. Entonces giró la cabeza y miró el cuchillo, que estaba en el suelo junto a ella. Alargó la mano para cogerlo pero no fue lo bastante rápida y Wyatt pudo empujarla y cogerlo antes que ella. Se volvió y lo blandió en un gesto amenazador para mantenerla alejada de él.

Permaneció a unos metros de ella, respirando también con dificultad, observándola. Ella le devolvió la mirada. Tenía el pelo pegado a la cara en rizos enredados y llenos de sangre, pero lo miraba a través de ellos. Todo lo que Wyatt veía era el blanco de sus ojos. Ella respiraba ahora algo más despacio. Permanecieron así, mirándose, tal vez cinco segundos.

—Ayuda —musitó ella con voz ronca—. Ayuda.

Él la miró y ella se puso de pie con dificultad.

—Ayuda —gritó por tercera vez.

Le escocía la mejilla izquierda, donde ella le había arañado, sobre todo en la comisura del ojo.

—Les contaré a todos lo que ha hecho —dijo.

La señora Prezar lo miró un momento más; después se dio la vuelta y echó a correr.

—Socorro —gritaba—. ¡Ayúdenme!

Pensó en correr detrás de ella y detenerla. Sólo que no sabía cómo detenerla si conseguía alcanzarla, así que la dejó marchar.

Dio unos pasos en dirección al coche, apoyó el brazo en la puerta abierta y descansó, volcando el peso del cuerpo contra ella. Se sentía mareado. La señora Prezar iba ya por el camino, su silueta negra se dibujaba sobre la pálida oscuridad del bosque.

Wyatt permaneció allí unos breves instantes, jadeando. Después bajó los ojos y vio a Baxter mirándolo, los ojos grandes y redondos en su cara delgada y de huesos pequeños. Wyatt vio, conmocionado, cómo el niño movía la lengua alrededor de la boca, como si quisiera decir algo.

El estómago le dio un vuelco y las piernas le empezaron a temblar al mirar al niño otra vez, con la cuchillada en la garganta, aquel tajo con forma de anzuelo que le empezaba detrás de la oreja derecha y le bajaba hasta justo debajo de la nuez. Al observarlo, Wyatt reparó en que la sangre seguía manando de su herida a borbotones lentos y espesos. El asiento bajo su cabeza estaba empapado en ella.

Rodeó la puerta abierta y se inclinó sobre el niño. Después miró si estaban puestas las llaves de contacto, pensó que tal vez podría conducir el coche hasta la 17K y allí… pero no estaban y no sabía dónde buscarlas. La sangre…, lo importante en una situación como aquélla era detener la hemorragia, lo había visto por la televisión, en *Urgencias.* Había que buscar una toalla, hacer una pelota con ella y aplicar presión en la herida hasta que llegara ayuda. No tenía una toalla, pero sí había un lodo en el suelo, junto al coche. Se arrodilló junto a la puerta abierta y el bolso volcado y lo cogió. Uno de los extremos estaba empapado y lleno de lodo. El asco le hizo vacilar una milésima de segundo, pero después lo arrugó y lo apretó contra la herida del niño. Podía notar la sangre brotando debajo.

La bufanda era de una fina tela de seda, casi transparente, y ya estaba mojado por el agua del charco, así que pronto la sangre le empapó las manos, la cara interior de los brazos. Lo soltó y trató de limpiarse, frenético, en la camisa, mientras Baxter lo miraba con ojos fascinados de asombro. Eran azules, como los de su madre.

Wyatt se echó a llorar. No sabía que iba a hacerlo hasta que empezó, y no recordaba la última vez que había llorado sin contención. Agarró algunos de los papeles que se habían salido del bolso de la señora Prezar y trató de apretarlos contra la herida, con peores resultados que con la bufanda. Eran papeles satinados, nada absorbentes, varias páginas engrapadas y la primera llevaba estampada la palabra IMPAGADO en tinta roja.

Pensó en vaciar el bolso del todo, en busca de algo más que le sirviera para comprimir la herida, pero después se quitó la cazadora, el chaleco blanco que se ponía para trabajar, hizo una bola con la prenda y taponó la herida. Hacía presión con ambas manos y empujaba con gran parte del cuerpo. El chaleco blanco parecía casi fluorescente en la oscuridad, pero pronto apareció una gran mancha que se extendió y empapó todo el tejido. Trató entonces de pensar qué hacer a continuación, pero no se le ocurría nada. Le vino a la mente el recuerdo de Kensington llevándose el pañuelo de papel a la boca y cómo éste se llenaba de sangre cada vez. Tuvo un pensamiento —extraño en él—, un pensamiento que asociaba a Kensington y su piercing de plata con la cuchillada en la garganta de

Baxter; pensó que los jóvenes se veían desgarrados por el amor, y sus cuerpos inocentes destrozados y arruinados sin razón alguna, salvo que a alguien le convenía.

Baxter levantó una mano y Wyatt casi gritó cuando la vio por el rabillo del ojo, como una forma fantasmal palpando en la oscuridad. Agitaba los dedos señalando su garganta y Wyatt tuvo una idea. Tomó la mano izquierda de Baxter y la sujetó contra la herida haciendo presión. Buscó su otra mano y la colocó encima. Cuando la soltó, ambas manos permanecieron sobre el chaleco empapado de sangre. Sin apretar, pero sin soltarlo tampoco.

—Enseguida vuelvo —dijo Wyatt temblando con violencia—. Iré a buscar ayuda. Iré hasta la carretera y traeré a alguien y te llevaremos al hospital. Todo irá bien. Mantén eso apretado contra tu cuello. Estarás bien, te lo prometo.

Baxter lo miró sin dar señales de comprenderlo. Sus ojos tenían una mirada vidriosa y apagada que asustó a Wyatt. Se puso en pie y echó a correr. Pasados unos metros se detuvo para quitarse el tenis que aún llevaba puesto, y siguió corriendo.

Corría a grandes zancadas, jadeando en el aire frío y húmedo, escuchando sólo sus pisadas en el duro suelo. Sin embargo, tenía la impresión de que no corría tan rápido como solía, de que cuando era más joven correr no le había supuesto tanto esfuerzo. No había avanzado mucho cuando notó un fuerte calambre en el costado. Aunque respiraba a grandes bocanadas, sentía que no le llegaba aire suficiente a los pulmones. Demasiados cigarrillos tal vez. Agachó la cabeza y siguió corriendo, mordiéndose el labio inferior y tratando de no pensar en que podría ir mucho más rápido si no le doliera el costado. Miró atrás y comprobó que no había avanzado ni cien metros, seguía viendo el coche. Empezó a llorar otra vez, y mientras corría rezaba, las palabras salían de sus labios en bruscos susurros cada vez que exhalaba el aliento.

«Por favor, dios», susurró a la noche de febrero. Corrió y corrió, pero tenía la impresión de que no se acercaba a la autopista. Era como estar de nuevo en el «corre-corre», la misma sensación de desesperanza, de precipitarse hacia lo inevitable. Dijo: «Por favor, hazme más rápido. Hazme rápido otra vez. Tan rápido como fui en otros tiempos.»

Al doblar la siguiente curva vio la 17K, a menos de cien metros. Había una farola al final del sendero y un coche estacionado junto a ella, un Crown Victoria color canela, con luces de la policía en el techo, apagadas. Una patrulla, pensó Wyatt aliviado. Era curioso que hubiera vuelto a pensar otra vez en el «corre-corre»; quizás aquel agente resultaría ser Treat Rendell. Un hombre —tan sólo una silueta negra en la distancia— bajó y permaneció de pie delante del capó. Wyatt empezó a gritar y a agitar los brazos pidiendo ayuda.

La capa

Éramos pequeños.

Yo hacía de Rayo Rojo y me subí al álamo muerto de la esquina de nuestro jardín para escapar de mi hermano, que no hacía de nadie, sólo de sí mismo. Había invitado a unos amigos y habría deseado que yo no existiera, pero yo no podía evitarlo: existía.

Le había cogido su máscara y le dije que cuando llegaran sus amigos les revelaría su identidad secreta. Contestó que me iba a hacer picadillo y se quedó abajo tirándome piedras, pero lanzaba como una chica y pronto trepé hasta estar fuera de su alcance.

Mi hermano se había hecho demasiado mayor para jugar a los superhéroes. Ocurrió de repente, sin previo aviso. Había pasado los días anteriores a halloween disfrazado de La Raya, tan veloz que al correr el suelo se derretía bajo sus pies. Pero cuando terminó Halloween dijo que ya no quería ser un superhéroe y, más aún, quería que todo el mundo olvidara que alguna vez había sido uno, y olvidarse él mismo; pero yo no le dejaba, y ahí estaba, subido al árbol con su máscara y con sus amigos a punto de llegar.

El álamo llevaba años muerto y cada vez que hacía viento arrancaba sus hojas y las esparcía por el césped. La escamosa corteza se astillaba y deshacía bajo mis tenis. Era muy poco probable que mi hermano se decidiera a seguirme —habría sido como rebajarse ante mí—, y yo disfrutaba huyendo de él.

Primero trepé sin pensar, subiendo como nunca. Entré en una especie de trance de trepador de árboles, embriagado por la altura y por la agilidad de mis siete años. Después escuché a mi hermano gritar que me estaba ignorando (lo cual probaba precisamente que no lo estaba haciendo) y recordé qué era lo que me había impulsado a subirme al álamo en primer lugar. Elegí una rama larga y horizontal en la que podría sentarme con los pies colgando y poner histérico a mi hermano sin miedo a las consecuencias. Me eché la capa detrás de los hombros y seguí trepando, con un claro propósito.

Aquella capa había sido antes mi manta azul de la suerte y llevaba conmigo desde los dos años. Con el tiempo, su color había pasado de un azul intenso y lustroso a un gris de paloma vieja. Mi madre la había recortado para darle forma de capa y le había cosido un relámpago de fieltro rojo en el centro, así como un parche con el distintivo de los soldados que había pertenecido a mi padre, con el número atravesado por un rayo. Había llegado de Vietnam entre sus objetos personales, sólo que mi padre no había venido con ellos. Mi madre izó la bandera negra de «desaparecido en combate» en el porche delantero, pero incluso yo ya supe entonces que a mi padre no lo habían hecho prisionero.

Me ponía la capa en cuanto llegaba del colegio y chupaba su dobladillo de satén mientras veía la televisión, la usaba de servilleta en las comidas y la mayoría de las noches me dormía envuelto en ella. Sufría cuando tenía que quitármela, me sentía desnudo y vulnerable sin la capa. Era tan larga que si no tenía cuidado, tropezaba con ella.

Llegué a la rama más alta y me senté a horcajadas. Si no hubiera estado allí mi hermano para presenciar lo que ocurrió a continuación, yo mismo no lo hubiera creído. Más tarde me habría dicho que se había tratado de una fantasía angustiosa, un delirio fruto del terror y la conmoción del momento.

Nicky estaba a unos cinco metros de mí, mirándome furioso y hablando de lo que me haría cuando bajara. Yo sostenía su máscara, en realidad un antifaz del Llanero Solitario, con agujeros para los ojos, y la agitaba.

—Ven a buscarme, hombre Raya —dije.

—Más te vale quedarte a vivir ahí arriba.

—Tengo rayas en mis calzoncillos que huelen mejor que tú.

—Vale, estás muerto —fue todo lo que dijo mi hermano, que devolvía insultos con la misma habilidad con que tiraba piedras; es decir: ninguna.

—Raya, Raya, Raya —repetí, porque el nombre en sí mismo ya era suficientemente burlón.

Mientras canturreaba avanzaba por la rama. La capa se me había deslizado del hombro y tuve que colocármela con el brazo. Pero cuando intenté seguir avanzando hacia delante tiró de mí y me hizo perder el equilibrio. Escuche cómo se rasgaba la tela y sujetándome con los dos brazos, me aferré con fuerza a la rama, arañándome la barbilla. La rama se hundió bajo mi peso, después rebotó, después se hundió otra vez... y entonces escuché un crujido, un sonido seco y quebradizo que retumbó en el aire fresco de noviembre. Mi hermano palideció.

—¡Eric! —gritó—. ¡Agárrate, Eric!

¿Por qué me decía que me agarrara? La rama se rompía, lo que necesitaba era alejarme de ella. ¿Es que estaba demasiado asustado como para darse cuenta de ello, o acaso una parte de su subconsciente quería verme caer? Me quedé paralizado, luchando mentalmente por encontrar una solución, y en el momento exacto en que dudé, la rama cedió.

Mi hermano retrocedió de un salto. La rama rota, de metro y medio de longitud, cayó a sus pies y se hizo pedazos. Trozos de corteza y ramitas salieron volando. El cielo giraba a mi alrededor y el estómago me dio tal vuelco que sentí náuseas. Tardé un instante en darme cuenta de que no me estaba cayendo, y de que me encontraba mirando el jardín como si siguiera sentado en una de las ramas altas del árbol.

Dirigí una mirada nerviosa a Nicky, que me la devolvió con la boca abierta.

Yo tenía las rodillas pegadas al pecho y los brazos extendidos a ambos lados del cuerpo, como buscando el equilibrio. Flotaba en el aire sin nada que me sujetara. Me tambaleé a la derecha y después a la izquierda, como un huevo que no llega a caerse.

—¿Eric? —dijo mi hermano con voz débil.

—¿Nicky? —respondí con el tono de voz de siempre. Una brisa se colaba por entre las ramas desnudas del álamo y las hacía chocar unas contra otras. La capa ondeaba a mi espalda.

—Baja, Eric —dijo mi hermano—. Baja.

Hice un esfuerzo por serenarme y me obligué a mirar por encima de mis rodillas en dirección al suelo. Mi hermano tenía los brazos extendidos hacia el cielo, como si quisiera agarrarme de los tobillos y tirar de mí hacia abajo, aunque estaba demasiado lejos del árbol y de mis pies para hacerlo.

Algo brilló cerca de mí y levanté la vista. La capa había estado sujeta a mi cuello por un broche dorado que atravesaba las dos puntas de la manta, pero había desgarrado una de ellas y ahora colgaba. Entonces recordé que había oído algo romperse cuando se partió la rama.

El viento sopló de nuevo y el álamo gimió. La brisa se coló entre mi pelo y levantó la capa. La vi alejarse volando, como tirada por cables invisibles y, con ella, voló también mi sujeción. Me precipité hacia delante y aterricé en el suelo a gran velocidad, tanta que ni siquiera tuve tiempo de gritar.

Caí sobre la rama rota y una astilla de gran tamaño se me clavó en el pecho, justo debajo de la clavícula. Cuando se curó me quedó una cicatriz brillante con forma de luna creciente, que se convirtió en mi rasgo de identidad más interesante. Me rompí el peroné, me hice polvo la rótula y me fracturé el cráneo por dos sitios. Me sangraban la nariz, la boca, los oídos.

No recuerdo ir en la ambulancia, aunque me han contado que no llegué a perder la conciencia. Sí recuerdo la cara lívida y asustada de mi hermano, inclinado sobre la mía mientras aún estábamos en el jardín. Tenía mi capa hecha una pelota en sus manos y la retorcía inconscientemente, haciéndole nudos.

Si me quedaba alguna duda de si lo que había sucedido era real, ésta se disipó dos días más tarde. Aún estaba en el hospital cuando mi hermano se ató la capa alrededor del cuello y saltó de las escaleras de entrada a la casa. Rodó por los dieciocho escalones y se golpeó la cara contra el último. En el hospital lo pusieron en mi misma habitación, pero no hablábamos. Él pasó la mayor parte del tiempo dándome la espalda, con la vista fija en la pared. No sé por qué no quería mirarme —tal vez estaba enfadado conmigo porque la capa no le había funcionado, o consigo mismo por pensar que lo haría, o simplemente angustiado por cómo se iban a reír los otros niños de él cuando se enteraran de que se había partido la crisma tratando de imitar a Superman—, pero al menos sí entendía por qué no hablábamos: le habían cosido la mandíbula. Fueron necesarios seis clavos y dos operaciones para devolver a su cara un aspecto más o menos parecido al que tenía antes del accidente.

Para cuando los dos salimos del hospital la capa había desaparecido. Mi madre nos lo dijo en el coche: que la había metido en una bolsa de basura y enviado a la incineradora. El volar se había acabado en casa de los Shooter.

No volví a ser el mismo después del accidente. La rodilla me dolía si caminaba más de la cuenta, cuando llovía o cuando hacía frío. Las luces demasiado fuertes me provocaban intensas migrañas. Me costaba concentrarme durante mucho tiempo, también seguir una clase de principio a fin, y a menudo me ponía a soñar despierto durante un examen. No podía correr, así que se me daban mal los deportes. No podía pensar, así que se me daba mal el colegio.

Intentar seguir el ritmo a los otros chicos era un sufrimiento, de manera que después del colegio me quedaba en casa leyendo cómics. No sabría decir cuál era mi héroe preferido, ni siquiera qué historias me gustaban más. Leía cómics de forma compulsiva, sin extraer de ello ningún placer especial, ni ninguna opinión en especial; los leía simplemente porque cuando veía uno no podía dejar de leerlo. Me había vuelto adicto al papel barato, a los colores chillones y a las identidades secretas. Leer aquellos cómics era como estar vivo. El resto de las cosas, en cambio, me resultaban desenfocadas, con el volumen demasiado bajo y los colores demasiado pálidos.

No volví a volar en diez años.

No me interesaba coleccionar cosas y, si no hubiera sido por mi hermano, habría dejado mis cómics apilados en cualquier parte. Pero él los leía tan compulsivamente como yo, y estaba también bajo su hechizo. Durante años los guardó en bolsas de plástico y ordenados alfabéticamente dentro de unas cajas blancas y alargadas.

Y entonces, un día, cuando yo tenía quince años y Nicky iniciaba su último curso en el instituto Passos, se presentó en casa con una chica, algo insólito. La dejó conmigo en el cuarto de estar, con la excusa de que quería guardar arriba su mochila, y después corrió a nuestra habitación y tiró nuestros cómics, todos, los suyos y los míos, que sumaban casi ochocientos.

Los metió en dos bolsas de basura grandes y los sacó por la puerta de atrás.

Yo entendí por qué lo hizo. A Nick no le resultaba fácil salir con chicas. Se sentía acomplejado por su cara reconstruida, que en realidad no tenía tan mal aspecto. La mandíbula y la barbilla le habían quedado demasiado cuadradas, quizá, y con la piel demasiado tirante, de manera que en ocasiones parecía la caricatura de un personaje de cómic siniestro. No es que fuera el hombre elefante, pero cuando intentaba sonreír resultaba bastante patético el modo en que se esforzaba en mover los labios y enseñar sus dientes falsos blancos y fuertes, a lo Clark Kent. Se pasaba el día mirándose al espejo buscando deformidades, los defectos que hacían que los demás chicos lo evitaran. No le resultaba fácil relacionarse con chicas, yo había tenido más experiencias que él y era tres años más joven. Con todo aquello en su contra, no podía permitirse el lujo de no parecer cool. Los cómics tenían que desaparecer.

La chica se llamaba Angie. Era de mi edad y nueva en el colegio, de modo que aún no había tenido tiempo de enterarse de que mi hermano era un pringado. Olía a pachuli y llevaba una gorra de punto con los colores de la bandera jamaicana. Estábamos juntos en clase de literatura y me reconoció. Al día siguiente teníamos un examen sobre *El señor de las moscas.* Le pregunté si le había gustado el libro y me dijo que aún no lo había terminado, así que me ofrecí a ayudarla a estudiar.

Para cuando Nick terminó de deshacerse de nuestra colección de cómics ambos estábamos tumbados boca abajo, juntos, viendo *Spring Break* en MTV.

Yo había sacado la novela y cuando ella llegó estaba repasando algunos pasajes que había subrayado… algo que no solía hacer. Como ya he dicho, yo era un estudiante mediocre y desmotivado, pero *El señor de las moscas* me había interesado, había despertado mi imaginación durante una semana o así, me había hecho desear vivir desnudo y descalzo en mi propia isla, con una tribu de niños a los que dominar y dirigir en salvajes rituales. Había leído y releído las partes en las que Jack se pinta la cara, sintiendo deseos de hacer lo mismo, embadurnarme de barro de colores, volverme primitivo, irreconocible, libre.

Nick se sentó junto a Angie, enfurruñado por tener que compartirla conmigo. No podía hablar del libro con nosotros, porque no lo había leído. Él siempre había estado en las clases de literatura avanzada, donde leían a Milton y a Chaucer, mientras que yo sacaba calificaciones suficientes en ¡Aventuras literarias!, un curso para futuros conserjes y técnicos de aire acondicionado. Éramos chicos tontos y sin futuro, y en premio a nuestra estupidez nos daban a leer los libros que más nos gustaban en realidad.

De vez en cuando Angie miraba el televisor y nos hacía una pregunta provocadora, del tipo: «¿Les parece que está buena esa chica? ¿Les daría pena que una luchadora desnuda en lodo les diera una paliza, o en realidad les gustaría?». No quedaba claro a cuál de los dos se dirigía, y yo respondí casi siempre en primer lugar, sólo para llenar los silencios. Nick se comportaba como si le hubieran cosido otra vez la mandíbula y esbozaba su triste sonrisa cada vez que mis respuestas hacían reír a Angie, que, una vez, mientras se reía con especial entusiasmo, apoyó una mano en mi brazo. Nick se enfurruñó también con eso.

Angie y yo fuimos amigos durante dos años antes de besarnos por primera vez, dentro de un armario y durante una fiesta en la que ambos estábamos borrachos y mientras los demás se reían y gritaban nuestros nombres desde el otro lado de la puerta. Tres meses más tarde hicimos el amor en mi dormitorio, con las ventanas abiertas y envueltos en la suave brisa con aroma a pinos que entraba por la ventana. Después de aquella primera vez me preguntó qué quería ser de mayor y le contesté que quería aprender a volar en ala delta. Yo tenía dieciocho años, ella también y la respuesta nos satisfizo a ambos.

Más tarde, poco después de que ella terminara la escuela de enfermería y ambos nos instaláramos juntos en un apartamento en el centro de la ciudad, me preguntó de nuevo qué quería hacer con mi vida. Yo había pasado el verano trabajando como pintor de brocha gorda, pero aquello se había acabado. Todavía no había encontrado un nuevo trabajo y Angie dijo que debería tomarme tiempo para pensar a lo que realmente deseaba dedicarme. Quería que volviera a la universidad y le prometí que lo pensaría y, mientras lo hacía, se me pasó el plazo de inscripciones para el siguiente semestre. Me sugirió hacerme paramédico y dedicó varios días a recopilar todos los papeles necesarios para hacer mi solicitud para entrar en el programa de formación: cuestionarios, y formularios de petición de becas. Todo un montón, que estuvo varios días junto al fregadero, llenándose de manchas de café, hasta que alguno de los dos lo tiró. No era la pereza lo que me impedía hacerlo. Era, simplemente, que me sentía incapaz. Mi hermano estaba estudiando medicina en Boston y pensaría que intentaba imitarlo en la medida de mis limitadas posibilidades, una idea que me ponía enfermo.

Angie dijo que tenía que haber algo que yo quisiera hacer con mi vida y le contesté que quería vivir en Barrow, Alaska, en los confines del Círculo Polar Ártico, con ella, y criar hijos y perros malamutes y tener un jardín en un invernadero en el que plantaríamos tomates, ejotes y cannabis. Dejaríamos atrás el mundo de los supermercados, de internet de banda ancha y de la fontanería. Diríamos adiós a la televisión. En invierno, la luz septentrional pintaría el cielo sobre nuestras cabezas y en el verano nuestros hijos jugarían en libertad, esquiando en las colinas y alimentando a las focas juguetonas desde el muelle situado detrás de nuestra casa.

Acabábamos de empezar nuestra vida adulta y estábamos dando los primeros pasos de vida en común. En aquellos días, cuando yo hablaba de nuestros niños dando de comer a las focas Angie me miraba de una forma que me hacía sentir vagamente convencido e intensamente esperanzado... esperanzado respecto a mí y a lo que acabaría siendo. Angie tenía unos ojos inmensos, no muy diferentes de los de una foca, castaños y con unos círculos dorados brillantes alrededor de sus pupilas. Me miraba sin pestañear, escuchándome con los labios entreabiertos, tan atenta como lo haría un niño con su cuento favorito antes de dormirse.

Pero después de ser arrestado por conducir borracho, la más mínima mención de Alaska la hacía poner caras raras. Que me arrestaran también me hizo perder el trabajo, lo cual, he de admitirlo, no supuso una gran pérdida, puesto que no era más que un empleo temporal como repartidor de pizzas, y Angie luchaba por pagar las facturas. Estaba preocupada y no compartía su preocupación conmigo, sino que me evitaba siempre que podía, algo difícil, pues compartíamos un apartamento de tres habitaciones.

Yo seguía sacando el tema de Alaska de vez en cuando, tratando de atraerla de nuevo a mi lado, pero eso sólo servía para enfadarla aún más. Decía que si yo no era capaz de mantener el apartamento limpio estando en casa solo todo el día, ¿cómo estaría nuestro refugio? Se imaginaba a nuestros hijos jugando entre montones de caca de perro, con el piso delantero hundido, motos de nieve oxidadas y perros famélicos sueltos por el jardín. Decía que oírme hablar de aquello le daba ganas de gritar, tan patético era, tan ajeno a la realidad. Decía que temía que yo tuviera un problema, tal vez alcoholismo, o depresión clínica, y que debería ver a alguien, aunque no tuviéramos dinero para ello.

Nada de esto explica por qué me dejó, por qué se marchó sin avisar. No fueron el juicio, ni mis problemas con la bebida ni mi falta de metas. La verdadera razón de que rompiéramos fue más terrible que todo eso, tan terrible que éramos incapaces de hablar de ella. Si Angie la hubiera sacado a colación yo me habría burlado de ella. Y además yo no podía hacerlo, porque mi política consistía en que nunca había sucedido.

Me encontraba preparando la cena (un desayuno en realidad: huevos y tocino), cuando Angie llegó del trabajo. Siempre me gustaba tener la cena preparada cuando ella llegaba, era parte de mi plan para demostrarle que no era un caso perdido. Le dije que cuando estuviéramos en el Yukón tendríamos nuestros propios cerdos, ahumaríamos nuestro propio tocino y mataríamos un lechón para la cena de navidad. Me dijo que eso ya no le hacía gracia. No fue tanto lo que dijo, sino cómo lo dijo. Yo le canté la canción de *El señor de las moscas* —mata el cerdo, bébete su sangre— en un intento de hacerle reír por algo que desde el principio no había tenido ninguna gracia, y ella dijo en voz muy alta: «Para, haz el favor de parar». Llegado este momento dio la casualidad de que yo tenía un cuchillo en la mano, que había usado para abrir el paquete de tocino, y ella estaba apoyada en la repisa de la cocina, a unos pocos metros. De repente una imagen vívida se formó en mi cabeza, me imaginé girándome y cortándole la garganta con el cuchillo. En mi imaginación la vi llevarse la mano a la garganta, con sus ojos de bebé foca desorbitados por el asombro, vi sangre de color de jugo de grosella empapando su suéter de cuello V.

Y mientras tenía estos pensamientos miré su garganta, y después sus ojos. Ella también me miraba y tenía miedo. Dejó su vaso de jugo de naranja muy despacio en el fregadero, dijo que no tenía hambre y que necesitaba acostarse un rato. Cuatro días más tarde bajé a la esquina a comprar pan y leche y cuando volví se había marchado. Me llamó desde casa de sus padres y me dijo que necesitábamos separarnos por un tiempo.

Fue sólo un pensamiento. ¿Quién no ha tenido un pensamiento así alguna vez?

Cuando debía dos meses de alquiler y mi casero me amenazaba con ponerme de patitas en la calle con una orden judicial, decidí que era tiempo de mudarme. Mi madre estaba reformando la casa y le dije que quería ayudarla. Necesitaba hacer algo desesperadamente, no había trabajado en cuatro meses y tenía que presentarme ante el juez en diciembre.

Mi madre había tirado las paredes de mi antiguo dormitorio y quitado las ventanas. Los agujeros de la pared estaban cubiertos con plásticos y el suelo con trozos de escayola. Me instalé en el sótano, en una cama plegable que coloqué entre la lavadora y la secadora, y puse mi televisor en una caja de leche a los pies de la cama. No podía dejarla en el apartamento, la necesitaba para que me hiciera compañía.

Mi madre no era lo que se dice compañía. El primer día de mi vuelta a casa sólo me habló para decirme que no podía usar su coche. Si quería emborracharme y estrellar uno ya podía empezar a ahorrar. Casi toda su comunicación era no verbal. Cuando quería decirme que era hora de que me levantara, daba golpes al suelo del piso de arriba, que retumbaban en todo el sótano. Me hizo saber lo mucho que le disgustaba mi presencia con una mirada feroz, mientras, ayudada de una palanca, arrancaba los tablones del suelo de mi dormitorio, tirando de ellos con furia silenciosa, como si quisiera arrancar también todo rastro de mi infancia en aquella habitación.

El sótano estaba sin terminar, con el suelo de cemento picado y un laberinto de tuberías bajas colgando del techo, pero al menos tenía su propio cuarto de baño, una estancia insólitamente pulcra, con un suelo de linóleo con estampado floral y un bol de popurrí aromático sobre la cisterna. Cuando entraba a orinar podía cerrar los ojos, inhalar su aroma e imaginar la brisa meciendo las copas de los altos pinos del norte de Alaska.

Una noche, allí en el sótano, me despertó un frío intenso; mi aliento flotaba, de color azul y plata, en el halo de luz del televisor, que me había dejado encendido. Me había bebido un par de cervezas antes de dormirme y tenía tal necesidad de orinar que me dolía. Normalmente dormía con un gran edredón cosido a mano por mi abuela, pero lo había manchado de comida china y echado a lavar, y nunca me acordaba de meterlo en la secadora. Para sustituirlo había saqueado el armario de la ropa blanca justo antes de acostarme, y me había hecho con varios cobertores que usaba cuando era pequeño, entre ellos, una abultada colcha azul decorada con personajes de *El imperio contraataca* y una manta roja con dibujos de aviones. Ninguna de las prendas por sí sola era lo suficientemente grande para cubrirme del todo, pero las había colocado superpuestas, una sobre los pies, otra para las piernas y la entrepierna y una tercera sobre el pecho. Me habían dado calor suficiente como para quedarme dormido, pero ahora se habían caído y cuando me desperté estaba encogido intentando entrar en calor, con las rodillas casi pegadas al pecho y los brazos alrededor de ellas. Los pies desnudos estaban destapados y no sentía los dedos, como si me los hubieran amputado por congelación.

Tenía la cabeza confusa y sólo estaba despierto a medias. Necesitaba orinar y entrar en calor, así que me levanté y caminé a tientas hasta el cuarto de baño con la manta más pequeña sobre mis hombros, para ahuyentar el frío. Tenía la sensación de estar todavía hecho una pelota con las rodillas pegadas al pecho, aunque, sin embargo, avanzaba. Sólo cuando me encontré frente al retrete buscando la bragueta me di cuenta de que mis rodillas flotaban y que mis pies no tocaban el suelo, sino que colgaban a casi medio metro del retrete.

La habitación parecía dar vueltas, y por un momento me sentí mareado, no por el susto, sino por una especie de maravillada ensoñación. No estaba sorprendido; supongo que algo en mi interior había estado esperando, casi deseando aquel momento en que pudiera volar de nuevo.

Aunque volar no era exactamente lo que estaba haciendo, sino más bien flotar de forma controlada. Era otra vez un huevo, torpe y en equilibrio. Mis brazos se agitaban nerviosos a ambos lados del cuerpo, hasta que los dedos de una mano rozaron la pared y me ayudaron a estabilizarme.

Sentí una tela que se movía sobre mis hombros y bajé la vista con cuidado, temiendo que un movimiento repentino me devolviera al suelo. Por el rabillo del ojo vi el dobladillo brillante de una manta y un trozo de parche, con un emblema rojo y amarillo. La sensación de mareo me invadió de nuevo y me tambaleé en el aire. La manta se deslizó, al igual que aquel día casi catorce años atrás y cayó de mis hombros. En ese mismo instante me precipité al suelo golpeándome una rodilla con el retrete y metiendo una mano dentro, en el agua helada.

***

Me senté con la capa sobre las rodillas, estudiándola, mientras el resplandor plateado del amanecer iluminaba las ventanas del sótano.

Era aún más pequeña de lo que recordaba, del tamaño de una funda de almohada. El relámpago rojo de fieltro seguía cosido a la espalda, aunque un par de puntos se habían soltado y una de las esquinas del relámpago se había despegado. El parche militar de mi padre seguía en su sitio, como un rayo contra un cielo de fuego.

Por supuesto que mi madre no la había mandado a la incineradora. Ella nunca tiraba nada, pues tenía la teoría de que todo podría necesitarlo más adelante. Acumular cosas era una manía, y no gastar dinero, una obsesión. No sabía nada de reformar casas, pero jamás se le habría pasado por la cabeza contratar a alguien para que la ayudara. Mi dormitorio acabaría destrozado y yo seguiría durmiendo en el sótano hasta que ella tuviera que usar pañales y yo ocuparme de cambiárselos. Lo que ella llamaba autosuficiencia era en realidad pura tacañería, y no pasó mucho tiempo antes de que me contagiara y renunciara a intentar ayudarla.

El dobladillo satinado de la capa era lo suficientemente largo como para que pudiera anudármela alrededor del cuello.

Estuve sentado largo rato en el borde de la cama, con los pies levantados como una paloma en un palomar, y con la manta que me llegaba a la mitad de la espalda. El suelo estaba a tan sólo un metro de mí, pero yo lo miraba como si estuviera a quince. Por fin me decidí y tomé impulso.

Mantuve el equilibrio. Me tambaleé inseguro hacia atrás y hacia delante, pero no me caí. El aire se me quedó en el diafragma y pasaron varios segundos hasta que conseguí expulsarlo, con un bufido equino.

Ignoré los tacones de mi madre golpeando el suelo del piso de arriba a las nueve de la mañana. Lo intentó de nuevo a las diez, esta vez abriendo la puerta y gritándome :«¿Vas a levantarte de una vez?» Le grité que ya estaba levantado y era cierto: estaba a tres metros del suelo.

Para entonces llevaba horas volando... aunque, insisto, llamar volar a aquello trae a la cabeza una clase de imagen concreta, uno piensa en Superman. Imaginen, en lugar de eso, a un hombre sentado en una alfombra mágica con las rodillas apretadas contra el pecho. Ahora eliminen la alfombra mágica y tendrán una idea aproximada.

Tenía una sola velocidad, que podría calificarse de majestuosa. Flotaba como en un desfile. Todo lo que tenía que hacer para deslizarme hacia delante era mirar en esa dirección y allá que iba, propulsado por un gas poderoso, pero invisible, por la flatulencia de los dioses.

Al principio me costó girar, pero poco a poco aprendí a cambiar de dirección del mismo modo que uno rema en una canoa. Conforme me desplazaba por la habitación alargaba un brazo y encogía el otro. Y así, sin esfuerzo, viraba a izquierda o a derecha, dependiendo del remo metafórico que hundiera en el aire. Una vez pillé el truco, girar se convirtió en algo emocionante, como las cosquillas en la boca del estómago cuando uno entra acelerando en las curvas.

También podía elevarme inclinándome hacia atrás, como en un respaldo reclinable. La primera vez que lo intenté subí tan rápidamente que me golpeé la cabeza con una cañería y vi estrellitas y puntos negros delante de los ojos. Pero me reí y me froté el chichón que me estaba saliendo en plena frente.

Cuando por fin dejé de volar, casi llegado el mediodía, estaba exhausto y permanecí echado en la cama mientras todos los músculos me dolían por el esfuerzo de mantener las rodillas encogidas durante tanto tiempo. Me había olvidado de comer y estaba mareado e hipoglucémico. Pero incluso así, tumbado bajo las mantas en el sótano que poco a poco se volvía menos frío, me sentía flotar. Cerré los ojos y me dejé llevar a los infinitos confines del sueño.

A última hora de la tarde me quité la capa y subí a prepararme unos bocadillos de tocino. El teléfono sonó y lo descolgué automáticamente; era mi hermano.

—Dice mamá que no la estás ayudando arriba —dijo.

—Hola. Yo estoy bien, gracias. ¿Y tú?

—También me ha dicho que te pasas el día en el sótano viendo la televisión.

—No hago sólo eso —contesté, pareciendo más a la defensiva de lo que me habría gustado—. Y si tanto te preocupas por ella, ¿por qué no vienes a casa los fines de semana y haces de chalán en la obra?

—Cuando estás en tercero de medicina no puedes tomarte un fin de semana cuando sea. Tengo que planear con antelación hasta cuándo voy al cuarto de baño. Un día de la semana pasada pasé diez horas en urgencias. Se había terminado mi turno, pero entró una mujer mayor con una fuerte hemorragia vaginal...

Al oír aquello me reí, una reacción a la que Nick respondió con un largo silencio de desaprobación. Después continuó.

—Me quedé una hora más hasta asegurarme de que estaba bien. Eso es lo que quiero para ti. Que hagas algo que te saque de tu pequeño mundo.

—Hago cosas.

—¿Qué cosas? A ver, por ejemplo, ¿qué has hecho hoy durante todo el día?

—Hoy... bueno, no ha sido un día muy normal. No he dormido en toda la noche. He estado... digamos que flotando de un lado a otro. —Reí otra vez sin poder evitarlo.

Nick se quedó callado unos segundos y después dijo:

—Si estuvieras en caída libre, Eric, ¿crees que te darías cuenta?

Salté del borde del tejado como se lanza un nadador desde el borde de una piscina al agua. El estómago me daba vueltas y me picaba la cabeza, un picor ardiente y helado al mismo tiempo, con todo el cuerpo agarrotado y esperando que llegara la caída libre. Éste es el fin de la historia, pensé, y se me ocurrió que toda aquella mañana volando en el sótano no había sido más que una ilusión, una fantasía esquizofrénica, y que ahora me caería y me rompería en pedazos, cuando la ley de la gravedad se impusiera. Pero en lugar de eso descendí, y después me elevé con mi capa de niño ondeando a mi espalda.

Mientras esperaba a que mi madre se fuera a la cama me pinté la cara. Me encerré en el cuarto de baño del sótano y usé una de sus barras de labios para dibujarme una máscara roja y pringosa en forma de anteojos. No quería que nadie me viera mientras volaba y, si lo hacían, pensé que los círculos rojos distraerían a mis testigos potenciales de otros rasgos. Además, pintarme la cara me hacía sentirme bien, me excitaba extrañamente sentir el pintalabios deslizándose sobre la piel. Cuando terminé estuve un rato mirándome en el espejo. Me gustaba mi máscara roja. Era sencilla, pero con ella mis facciones resultaban distintas, raras. Sentía curiosidad por esta nueva persona que me miraba desde el espejo. Curiosidad por lo que quería y por lo que era capaz de hacer.

Una vez que mi madre se hubo encerrado en su habitación subí al piso de arriba y salí por el agujero de la pared de mi dormitorio, donde antes había estado una ventana, y de ahí, al tejado. Faltaban un par de tejas y otras estaban sueltas, colgando torcidas. Otra cosa que mi madre trataría de arreglar ella misma, con tal de ahorrarse unos centavos. Tendría suerte si no se caía del tejado y se partía el cuello. Allí donde el mundo se junta con el cielo cualquier cosa es posible, y nadie lo sabía mejor que yo.

El frío me hacía daño en la cara y entumecía mis manos. Había estado sentado con ellas flexionadas durante largo rato, reuniendo valor para contradecir cien mil años de evolución, gritándome que moriría si me lanzaba desde el tejado. Y al minuto siguiente lo había hecho y me encontraba suspendido en el aire frío y claro, a diez metros del césped.

El lector esperará leer ahora que el entusiasmo me invadió y rompí en gritos de felicidad ante la emoción de volar. Pero no, lo que sentí fue mucho más sutil. El pulso se me aceleró y por un instante contuve el aliento. Poco a poco se adueñó de mí una quietud similar a la que reinaba en el aire. Estaba completamente concentrado en mí mismo, en conservar el equilibrio sobre aquella burbuja incorpórea situada debajo de mí (lo que puede hacer pensar que sentía algo debajo, como un cojín invisible de apoyo; pero no era así, y por eso no paraba de retorcerme para evitar caerme). Tanto por instinto como ya por la costumbre, mantenía las rodillas pegadas al pecho y los brazos alrededor de ellas.

Me deslicé hacia delante y di algunas vueltas alrededor de un arce rojo. El álamo muerto hacía tiempo que había desaparecido del jardín, después de que una ventisca lo partiera en dos y la copa hubiera caído contra la casa y una de las ramas más largas hubiera hecho pedazos una de las ventanas de mi dormitorio, como si aún me buscara para matarme. Hacía frío y éste se intensificaba conforme yo ascendía más y más, pero no me importaba. Quería llegar a lo más alto.

Nuestra ciudad había sido construida en la ladera de un valle que parecía un tosco cuenco salpicado de luces. Escuché un graznido quejumbroso junto a mi oreja izquierda y el corazón me dio un vuelco. Al escudriñar en la espesa oscuridad pude distinguir un ánade real, con cabeza negra brillante y un increíble cuello de color esmeralda, batiendo las alas y mirándome con curiosidad. No permaneció a mi lado mucho tiempo, sino que agachó la cabeza, giró en dirección sur y pronto hubo desaparecido.

Durante un rato no supe adónde me dirigía. Por un momento perdí los nervios, cuando me di cuenta de que no sabía cómo iba a bajar sin caer en picado y estrellarme en el suelo. Pero cuando tuve los dedos completamente agarrotados y la cara insensible por el frío me incliné un poco hacia delante e inicié el descenso con total suavidad, tal y como lo había practicado en el sótano.

Cuando divisé la avenida Powell supe dónde me encontraba. Floté sobre tres manzanas más, elevándome en una ocasión para evitar el cable de un semáforo, y después gané altura de nuevo y me dirigí, como en un sueño, hacia la casa de Angie. Estaría a punto de terminar su turno en el hospital.

Pero se retrasó casi una hora. Me encontraba sentado en el tejado de su garaje cuando hizo su entrada en la rampa conduciendo el viejo Civic marrón que habíamos compartido. Todavía le faltaba el parachoques y el capó estaba abollado, desperfectos que sufrió cuando choqué contra un contenedor en mi desesperado intento por huir de la policía.

Angie iba maquillada y llevaba puesta la falda color lima con estampado de flores tropicales, la que se ponía siempre para las reuniones de personal todos los finales de mes. Sólo que no era fin de mes. Seguí sentado en el tejado metálico del garaje y la observé trotar sobre sus tacones altos hasta la puerta principal de la casa y entrar.

Por lo general, se duchaba siempre al llegar a casa y yo no tenía nada más interesante que hacer.

Me deslicé por una esquina del tejado y floté como un globo negro hacia el tercer piso de la alta y estrecha casa de estilo victoriano de sus padres. Su dormitorio estaba a oscuras. Me apoyé en el cristal escudriñando en dirección a la puerta, esperando a que se abriera. Pero Angie ya estaba dentro y encendió una lámpara situada a la izquierda de la ventana, sobre una cómoda. Miró por la ventana en mi dirección. Yo también la miré, sin moverme. No podía, estaba demasiado nervioso. Ella miraba por la ventana sin interés y sin mostrar sorpresa alguna. No me veía a mí, tan sólo su reflejo en el cristal, y me pregunté si alguna vez me había visto en realidad.

Floté junto a su ventana mientras se sacaba la falda por la cabeza y se desprendía de su sencilla ropa interior. El baño estaba contiguo a su dormitorio y tuvo el detalle de dejar la puerta abierta. La miré ducharse a través de la mampara transparente. Se tomó su tiempo, levantando los brazos para retirar de la cara sus cabellos color miel mientras el agua caliente le bañaba los pechos. Ya la había visto ducharse antes, pero nunca me había resultado tan interesante. Deseé que se masturbara con el teléfono de la ducha, algo que, según me contó, solía hacer cuando era adolescente, pero no lo hizo.

Durante un rato la ventana se cubrió de vaho y no podía verla tan claramente, tan sólo su silueta de color rosa pálido moviéndose de aquí para allá. Entonces escuché su voz, estaba al teléfono y le preguntaba a alguien por qué estaba estudiando un sábado por la noche. También dijo que estaba aburrida y que tenía ganas de practicar un juego. Hablaba con un tono entre petulante y erótico.

Cuando el vapor condensado de su habitación se esfumó, en el centro de la ventana se abrió un círculo de cristal limpio. Entonces la vi, con un top blanco sin tirantes y unas braguitas negras de algodón, sentada frente a una mesa pequeña y con el cabello envuelto en una toalla. Había colgado el teléfono y estaba jugando en la computadora, tecleando un mensaje de vez en cuando. Se había servido una copa de vino blanco y la vi bebérselo. En las películas los mirones espían a modelos bailando en sus apartamentos en ropa interior de encaje, pero lo ordinario también puede resultar pervertido: los labios en la copa de vino, el elástico de unas braguitas de algodón ciñendo un muslo blanco.

Cuando dejó la computadora parecía satisfecha, pero inquieta. Se metió en la cama, encendió un televisor pequeño y empezó a cambiar de un canal a otro. Se detuvo en uno y se puso a ver a unas focas apareándose. Una trepaba sobre el lomo de la otra y la embestía mientras su capa de grasa temblaba con furia. Angie miró con nostalgia en dirección a la compuadora.

—Angie —dije.

Pareció costarle un momento darse cuenta de que había oído algo. Después se sentó y se inclinó hacia delante, escuchando. Repetí su nombre y pestañeó nerviosa. Volvió la cabeza hacia la ventana casi de mala gana, pero de nuevo no vio más que su propio reflejo… hasta que golpeé el cristal.

Entonces encogió los hombros en un acto reflejo y abrió la boca para gritar, aunque no emitió sonido alguno. Transcurrido un instante se levantó de la cama y se acercó hacia la ventana con paso indeciso. Miró afuera y la saludé con la mano. Entonces buscó una escalera bajo mis pies y cuando no la vio levantó los ojos hacia mí. Se tambaleó y apoyó las manos en la cómoda para no caerse.

—Abre la ventana —dije.

Estuvo peleándose con el cerrojo largo tiempo y por fin abrió.

—Dios mío —dijo—. Dios mío, dios mío. ¿Cómo haces eso?

—No lo sé. ¿Puedo entrar?

Me apoyé en el alféizar, tratando de ponerme cómodo. Tenía un brazo dentro de la habitación pero las piernas me colgaban por fuera.

—No —dijo—. No puedo creerlo.

—Pues es real.

—¿Cómo es posible?

—No lo sé, te lo prometo —contesté cogiendo la esquina de la capa—. Pero ya lo había hecho antes, hace mucho tiempo. ¿Sabes lo de la rodilla y la cicatriz en el pecho? Te dije que me lo hice al caerme de un árbol. ¿Te acuerdas?

Una mirada de sorpresa mezclada con súbita comprensión se dibujó en su cara.

—La rama se rompió y cayó al suelo. Pero tú no. No inmediatamente. Te quedaste en el aire. Llevabas puesta la capa y fue como mágico, no te caíste.

Ella lo sabía, lo sabía y yo ignoraba cómo, porque nunca se lo había contado. Yo podía volar y ella era vidente.

—Me lo contó Nicky —dijo al notar mi confusión—. Me contó que cuando cayó la rama pensó que te había visto volar. Me contó que estaba tan seguro de haberte visto que él intentó volar también y se hizo aquello en la cara. Estábamos hablando y él trataba de explicarme por qué llevaba dientes postizos. Me dijo que por aquel entonces estaba loco. Que los dos lo estaban.

—¿Cuándo te contó lo de sus dientes? —le pregunté. Mi hermano nunca superó su inseguridad respecto a su cara, su boca sobre todo, y no solía contarle a nadie que llevaba dientes postizos. Angie movió la cabeza.

—No me acuerdo.

Me di la vuelta en el alféizar y apoyé un pie sobre la cómoda.

—¿Quieres probar lo que se siente al volar?

Tenía la mirada vidriosa por la incredulidad y la boca abierta en una sonrisa aturdida. Entonces ladeó la cabeza y entrecerró los ojos.

—¿Cómo lo haces? —preguntó—. Lo digo en serio.

—Tiene que ver con la capa, no lo sé exactamente. Magia, supongo. Cuando me la pongo puedo volar, eso es todo.

Puso un dedo junto a uno de mis ojos y recordé el antifaz que me había pintado con carmín.

—¿Y qué es eso que llevas en la cara? ¿Para qué sirve?

—Me hace sentirme sexy.

—Joder. Mira que eres raro. Y he vivido contigo dos años. —Pese a todo, se reía.

—¿Quieres volar o no?

Entré del todo en la habitación y me senté en la cómoda con las piernas colgando.

—Siéntate en mi regazo y te llevaré por la habitación.

Paseó la mirada de mi regazo a mi cara, con una sonrisa que se había vuelto maliciosa y desconfiada. Una brisa se colaba por la ventana, a mi espalda, agitando la capa. Angie tembló y se encogió. Entonces se dio cuenta de que aún estaba en ropa interior. Inclinó la cabeza y se quitó la toalla del pelo todavía húmedo.

—Espera un minuto —dijo.

Fue hasta el armario y, detrás de la puerta, se agachó para coger un suéter. Mientras lo hacía un grito lastimero salió del televisor y no pude evitar dirigir la vista hacia la pantalla. Una foca mordía a otra en el cuello con furia, mientras la víctima gemía. El narrador explicaba que los machos dominantes hacían uso de todas las armas a su alcance para alejar a cualquier rival que amenazara su acceso a las hembras de la manada. La sangre derramada sobre la nieve parecía jugo de grosella.

Angie carraspeó para atraer mi atención y cuando la miré su boca me pareció, por un instante, delgada y pálida, con las comisuras torcidas hacia abajo, expresando irritación. De inmediato aparté la vista y me centré de nuevo en el programa de televisión, aunque no me interesaba en absoluto. No pude evitarlo. Es como si yo fuera el polo negativo y la televisión el positivo. Juntos formamos un circuito y nada que quede fuera de él importa. Era igual que cuando leía cómics. Una debilidad, lo admito, pero verla allí juzgándome me puso de mal humor.

Se colocó un mechón de cabello húmedo detrás de la oreja y me dirigió una sonrisa rápida y pícara, tratando de aparentar que no había estado mirándome con reprobación. Me incliné hacia atrás y trepó con torpeza hasta sentarse sobre mis muslos.

—¿Por qué no puedo dejar de pensar que esto no es más que un truco pervertido para hacerme sentar en tu regazo? —preguntó.

Yo me dispuse a despegar y ella dijo:

—Vamos a caernos en...

Me deslicé del borde de la cómoda y me elevé en el aire, inclinándome atrás y adelante mientras Angie se sujetaba con los dos brazos a mi cuello y profería gritos de alegría y miedo al mismo tiempo.

Yo no soy muy robusto, pero aquello no era como cogerla en brazos... sino como si ambos nos balanceáramos en una mecedora invisible suspendida en el aire. Lo único que había cambiado era el centro de gravedad, y yo tenía la impresión de estar maniobrando en una canoa con demasiados pasajeros. La llevé flotando alrededor de la cama, y luego por encima, mientras ella gritaba, y reía y gritaba de nuevo.

—¡Ésta es la mayor locura! —dijo—. ¡Oh, dios mío, nadie lo va a creer! ¿Eres consciente de que vas a ser la persona más famosa de toda la historia?

Mientras hablaba me miraba con los ojos abiertos y brillantes, como solía hacerlo al principio, cuando le hablaba de Alaska. Me dirigí hacia la cómoda para aterrizar, pero cambié de idea y, agachando la cabeza, salí volando por la ventana.

—¡No! ¿Qué estas haciendo? ¡Carajo, qué frío hace!

Me apretaba tan fuerte alrededor del cuello que me costaba trabajo respirar. Volé en dirección al filo plateado de la luna.

—Aguanta el frío —le dije—. Sólo será un minuto. ¿No merece la pena, con tal de poder volar así, como en sueños?

—Sí —contestó—, es increíble.

—Lo es.

Temblaba violentamente, lo que hacía vibrar sus pechos debajo de la delgada blusa de forma interesante. Continué ascendiendo hacia una hilera de nubes ribeteadas de mercurio. Me gustaba cómo se aferraba a mí, sentirla temblar.

—Quiero volver.

—Todavía no.

Yo llevaba abiertos los primeros botones de la camisa y ella hundió la cabeza en mi pecho, apretando su helada nariz contra mi carne.

—Llevaba un tiempo queriendo hablar contigo —dijo—. Esta noche quería haberte llamado. Estaba pensando en ti.

—¿Y a quién llamaste en mi lugar?

—A nadie —contestó. Entonces se dio cuenta de que había estado escuchando desde detrás de la ventana y añadió—: Bueno, a Hannah, una compañera de trabajo.

—¿Está estudiando para algún examen? Te oí preguntarle por qué estudiaba un sábado por la noche.

—Volvamos.

—Claro.

Enterró de nuevo la cabeza en mi pecho y su nariz rozó mi cicatriz, una incisión con forma de luna creciente. Precisamente me dirigía hacia ella, la luna, que no parecía estar tan lejos. Angie me pasó el dedo por la cicatriz.

—Es increíble —susurró—. Qué suerte tuviste. Unos pocos centímetros más abajo y esa rama te habría atravesado el corazón.

—¿Quién dice que no fue así? —dije, y me incliné hacia delante y la solté.

Se aferró a mi cuello y tuve que separar sus dedos uno a uno, antes de que cayera.

Siempre que mi hermano y yo jugábamos a los superhéroes me obligaba a hacer de malo.

Alguien tiene que hacer de malo.

Mi hermano lleva tiempo diciéndome que debería volar a Boston una de estas noches y tomarme unas copas con él. Creo que pretende darme algunos consejos de hermano mayor, decirme que tengo que hacer algo con mi vida, avanzar. Tal vez también quiere compartir sus penas conmigo. Porque penas tiene, estoy seguro.

Creo que una de estas noches lo haré... me refiero a ir volando a visitarlo. Le enseñaré la capa y veré si le apetece probársela y lanzarse con ella desde la ventana de un quinto piso.

Tal vez no quiera, después de lo que pasó la última vez. Habrá que animarlo un poco, darle un pequeño empujoncito de hermano menor. Y ¿quién sabe? Quizá si se tira por la ventana con mi capa vuele en lugar de caerse y se pierda flotando en el fresco y quieto abrazo del cielo.

Aunque no lo creo. La capa no le funcionó cuando éramos niños. ¿Por qué iba a hacerlo ahora?

Es mi capa.

Último aliento

Un poco antes de mediodía entró una familia, un hombre, una mujer y su hijo. Eran los primeros visitantes del día —y Alinger suponía que también serían los únicos, pues el museo jamás se llenaba— y estaba libre para acompañarles en la visita guiada.

Los recibió en el guardarropa. La mujer seguía con un pie en las escaleras de entrada dudando si avanzar más. Miraba a su marido por encima de la cabeza de su hijo, con expresión incómoda, de indecisión. El marido le frunció el ceño. Tenía las manos en las solapas de su pelliza, pero parecía dudar si quitársela o no. Alinger había visto esto cientos de veces. Una vez que la gente había entrado y visto la tristeza fúnebre del vestíbulo, muchos empezaban a cambiar de opinión, a preguntarse si habían ido al sitio adecuado. Comenzaban a pensar en darse la vuelta y marcharse por donde habían venido. Sólo el niño parecía sentirse cómodo, y ya se estaba quitando la chaqueta y colgándola en una de las perchas que había en la pared, a baja altura.

Antes de que pudieran huir, Alinger carraspeó para llamar su atención. Una vez que lo veían, nadie se marchaba; en la pugna entre la incomodidad y los buenos modales casi siempre triunfaban estos últimos. Juntó las manos y les sonrió de manera tranquilizadora y bondadosa. Pero el efecto fue justo el opuesto. Alinger era un hombre de aspecto cadavérico, de casi metro noventa de estatura y sienes hundidas. Tenía los dientes (ocho, todos suyos) pequeños y tan grisáceos que parecían empastados. Al verlo el padre retrocedió un poco y la madre buscó inconscientemente la mano de su hijo.

—Buenos días. Soy el doctor Alinger. Por favor, pasen.

—Ah, hola —dijo el padre—. Sentimos molestarlo.

—No es ninguna molestia, estamos abiertos.

—Ah, estupendo —contestó el padre con un entusiasmo poco convincente—. ¿Entonces qué...? —Su voz se apagó y se quedó callado a mitad de la frase, como si hubiera olvidado lo que iba a decir, no estuviera seguro de cómo expresarlo o no se atreviera.

Su mujer tomó el relevo.

—Nos dijeron que tenían ustedes una interesante exposición. ¿Es un museo de la ciencia?

Alinger les mostró de nuevo su sonrisa y al padre empezó a temblarle el párpado derecho con un tic nervioso.

—Les han informado mal —respondió—. Esto no es un museo de la ciencia, sino del silencio.

—¿Cómo? —dijo el padre mientras la madre se limitaba a fruncir el ceño—. Creo que sigo sin entenderle.

—Vamos, mamá —dijo el niño, soltando su mano de la de ella—. Vamos, papá. Quiero verlo. Vamos.

—Por favor —dijo Alinger saliendo del guardarropa y haciendo un gesto hacia el vestíbulo con su mano demacrada y de largos dedos—. Con mucho gusto les ofreceré una visita guiada.

Las persianas estaban echadas, de manera que la habitación, con sus paneles de madera de ébano, estaba tan oscura co-

teatro justo antes de que suba el telón. Las vitrinas, en
, estaban iluminadas desde arriba por focos encastrados
cho. Expuestas en mesas y pedestales había lo que pa-
er probetas de cristal vacías, tan pulidas que brillaban
como bombillas y acentuaban la oscuridad que las rodeaba.
Cada probeta tenía adherido lo que parecía ser un estetoscopio con el diafragma directamente fijado al cristal con cinta adhesiva. Los auriculares parecían esperar a que alguien los
cogiera y escuchara a través de ellos. El niño encabezó la marcha seguido de sus padres y de Alinger. Se detuvieron ante la
primera pieza expuesta, un recipiente colocado en un pedes-
tal de mármol situado justo después de la entrada a la sala.

—No tiene nada dentro —dijo el niño y miró a su alrededor inspeccionando toda la sala, el resto de probetas también cerradas—. Ninguna tiene nada dentro. Están vacías.

—Ja —dijo el padre sin ninguna alegría.

—No del todo vacías —intervino Alinger—. Cada recipiente está cerrado al vacío, sellado herméticamente y contiene el último aliento de un moribundo. Tengo la mayor colección de últimos alientos en todo el mundo, más de cien. Algunos de estos frascos encierran el último soplo de vida de personas muy famosas.

Al oír esto la mujer se echó a reír, pero, al contrario que la del marido, la suya era una risa de verdad, no fingida. Se tapaba la boca con la mano y temblaba, pero no conseguía disimular la risa. Alinger sonrió. Llevaba años enseñando su colección al público y estaba acostumbrado a toda clase de reacciones.

El niño, sin embargo, se había vuelto hacia la probeta situada justo delante de él, con la mirada muy atenta. Cogió los auriculares de aquel aparato que parecía un estetoscopio pero no lo era.

—¿Qué es esto? —preguntó.

—El muertoscopio —respondió Alinger—. Extremadamente sensible. Póntelo si quieres, oirás el último aliento de William S. Ried.

—¿Es alguien famoso?

Alinger asintió con la cabeza.

—Fue famoso durante un tiempo... famoso como lo son ciertos criminales: objeto de escándalo y fascinación. Hace cuarenta y dos años se sentó en la silla eléctrica y yo mismo certifiqué su muerte. Ocupa un lugar de honor en mi museo; el suyo fue el primer último suspiró que capturé.

Para entonces la mujer se había sobrepuesto a su ataque de risa, aunque seguía con un pañuelo sobre la boca y parecía esforzarse por reprimir otra carcajada.

—¿Qué fue lo que hizo? —preguntó el chico.

—Estrangular niños —contestó Alinger—. Los metía en un congelador y de vez en cuando los sacaba para mirarlos. La gente colecciona todo tipo de cosas, es lo que yo siempre digo. —Se inclinó hasta situarse a la altura del niño—. Adelante, escucha si quieres.

El niño cogió los auriculares y se los puso, con la mirada fija, sin parpadear, en el recipiente rebosante de luz. Escuchó atentamente durante unos minutos, pero después arqueó las cejas y frunció el ceño.

—No oigo nada —dijo mientras se disponía a quitarse los auriculares. Alinger lo detuvo.

—Espera. Hay diferentes clases de silencio. El silencio en una caracola marina. El silencio después de un disparo. El último suspiro de aquel hombre sigue aquí, pero tus oídos precisan tiempo para habituarse. Dentro de un rato lo oirás, su particular silencio final.

El niño agachó la cabeza y cerró los ojos mientras los adultos lo miraban. Entonces sus ojos se abrieron de par en par y levantó la vista. Su cara regordeta resplandecía de emoción.

—¿Lo has oído? —le preguntó Alinger.

El niño se quitó los auriculares.

—Es como un hipo, sólo que al revés. ¿Sa
—Se detuvo y respiró jadeando en silencio.

Alinger le revolvió el pelo. La madre se pasó
por los ojos.

—¿Es usted médico?

—Retirado.

—¿Y no le parece que esto es poco científico? Inclus
fuera usted capaz de capturar el último soplo de monóxi
de carbono que exhalara alguien…

—Dióxido —dijo Alinger.

—No se oiría. No es posible embotellar el sonido del último aliento de alguien.

—No —convino Alinger—. Pero no se trata de un sonido embotellado, sólo de un silencio determinado. Todos tenemos distintos silencios. ¿Acaso su marido tiene el mismo silencio cuando está contento que cuando está enfadado con usted, señora mía? Sus oídos son capaces de discernir entre clases específicas de nada.

A la mujer no le gustó que la llamara señora mía, y entornó los ojos y abrió la boca para decir algo, pero su marido se le adelantó, proporcionando a Alinger una excusa para darle la espalda a su esposa. El marido se había acercado a un recipiente colocado sobre una mesa junto a la pared, cerca de un sillón acolchado, de color oscuro.

—¿Cómo consigue coleccionar estos alientos?

—Uso un aspirador, una pequeña bomba de vacío que absorbe las exhalaciones de un moribundo. Lo llevo siempre en mi maletín de médico, por si acaso. Yo mismo lo he diseñado, aunque existen aparatos similares desde principios de siglo XIX.

—Aquí dice Poe —dijo el padre mientras acariciaba una tarjeta de marfil que había en la mesa, delante del recipiente.

—Sí —dijo Alinger—. Las personas llevan coleccionando últimos alientos desde que existe la maquinaria necesaria para hacerlo. Admito que pagué doce mil dólares por éste. Me la ofreció el bisnieto del médico que lo vio morir.

La mujer rompió de nuevo a reír. Alinger, paciente, prosiguió su explicación.

—Les puede parecer una cantidad excesiva pero a mí me pareció una ganga. Hace poco, en París, Scrimm pagó el triple por el último aliento de Enrico Caruso.

El padre pasó los dedos por el muertoscopio pegado al recipiente identificado como Poe.

—Algunos silencios parecen resonar con sentimientos —dijo Alinger—. Prácticamente se puede sentir cómo tratan de articular una idea. Muchos de quienes han escuchado la última respiración de Poe tienen la sensación, al cabo de un rato, de haber oído una palabra no dicha, la expresión de un deseo muy particular. Escuche y pruebe si lo percibe usted también.

El padre se agachó y cogió los auriculares.

—Esto es ridículo —dijo la madre.

El padre escuchaba con atención y su hijo se colocó a su lado, pegando el cuerpo contra su pierna.

—¿Puedo escuchar yo, papá? —preguntó—. ¿Puedo probar yo?

—Chss —chistó el padre.

Permanecieron todos en silencio salvo la mujer, que murmuraba para sí con expresión de agitado desconcierto.

—Whisky —dijo el padre en voz imperceptible, sólo moviendo los labios.

—Dé la vuelta a la tarjeta con el nombre —dijo Alinger.

El padre levantó la tarjeta de marfil que tenía escrito «POE» en uno de los lados. En el otro se leía «WHISKY».

Se quitó los auriculares y miró el frasco de cristal con expresión solemne.

—Claro. El alcoholismo. Pobre hombre, ya sabe... Cuando estaba en sexto curso me aprendí *El cuervo* de memoria —dijo el padre—. Y lo recité delante de toda la clase sin equivocarme una sola vez.

—Venga ya —dijo la mujer—. Es un truco. Seguramente hay un altavoz escondido debajo del frasco y lo que se oye es una grabación, alguien susurrando «whisky».

—Yo no he oído ningún susurro —dijo el padre—. Simplemente tuve un pensamiento, como una voz en mi cabeza que sonaba... decepcionada.

—Eso es que el volumen está muy bajo —insistió la mujer—. De manera que es todo subliminal, como en los anuncios.

El niño se colocó el auricular para ver si no-oía lo mismo que su padre.

—¿Son todos gente famosa? —preguntó el padre. Sus rasgos eran pálidos aunque había pequeñas manchas rojas en las mejillas, como si tuviera fiebre.

—No todos —contestó Alinger—. He embotellado los últimos suspiros de licenciados universitarios, burócratas, críticos literarios... un variado repertorio de gente anónima. Uno de los silencios más exquisitos de mi colección es el de un conserje.

—Carrie Mayfield —leyó la mujer en una tarjeta delante de un frasco alto y polvoriento—. ¿Es ella uno de sus donantes anónimos? Ama de casa, seguro.

—No —contestó Alinger—. No tengo ninguna ama de casa en mi colección, todavía. Carrie Mayfield fue una joven Miss Florida, extremadamente bella, que iba camino de Nueva York con sus padres y su prometido a posar para la portada de una revista femenina, su gran debú. Sólo que su avión se estrelló en los Everglades. Hubo muchas víctimas, fue un accidente aéreo muy famoso. Carrie, sin embargo, sobrevivió... por un tiempo. Al salir del avión estrellado le salpicó combustible ardiendo y le quemó el ochenta por ciento del cuerpo. Se quedó afónica pidiendo ayuda. Estuvo en cuidados intensivos poco más de una semana. Yo entonces ejercía de profesor y llevé a mis estudiantes para que la observaran, como curiosidad. Por entonces era poco frecuente ver a alguien con semejantes quemaduras y aún con vida. Con tanta superficie de su cuerpo quemada. Había partes de su cuerpo que se habían fundido con otras. Por fortuna llevaba conmigo mi aspirador, ya que murió mientras la examinábamos.

—Ésa es la cosa más horrible que he oído en mi vida —dijo la mujer—. ¿Qué me dice de sus padres, de su prometido?

—Murieron en el accidente. Calcinados delante de ella. No estoy seguro de si se llegaron a recuperar sus cuerpos. Los caimanes...

—No me creo una sola palabra de lo que dice. No me creo nada de este sitio. Y no me importa decir que me parece una forma bastante estúpida de sacarle el dinero a la gente.

—Cariño... —empezó a decir el padre.

—Supongo que recordará que no les hemos cobrado —dijo Alinger—. La entrada es gratuita.

—¡Mira, papá! —El niño gritaba desde el otro extremo de la habitación mientras leía un nombre en una tarjeta—. ¡Es el hombre que escribió *James y el melocotón gigante*!

Alinger se volvió hacia él dispuesto a describir la pieza cuando por el rabillo del ojo vio moverse a la mujer y se interrumpió para dirigirse a ella.

—Yo escucharía antes los otros —dijo, mientras la mujer se llevaba los auriculares a los oídos—. A algunas personas no les resulta agradable lo que se oye en el frasco de Carrie Mayfield.

Ella lo ignoró, se colocó los auriculares y escuchó con los labios fruncidos. Alinger entrelazó las manos y se inclinó hacia ella atento a su reacción.

Entonces, de manera súbita, la mujer dio un paso atrás y con un gesto abrupto empujó el frasco hasta casi tirarlo al suelo, lo cual hizo sufrir bastante a Alinger por unos instantes. Se apresuró a sujetarlo para evitar que cayera al suelo. La mujer se quitó los auriculares con repentina torpeza.

—Roald Dahl —decía el padre posando una mano en el hombro de su hijo y admirando el frasco que éste había descubierto—. Vaya, vaya. Le interesan los escritores, ¿eh?

—No me gusta este sitio —dijo la mujer. Tenía la mirada vidriosa y fija en el frasco que contenía el último aliento de Carrie Mayfield, pero no lo veía. Tragó saliva ruidosamente, llevándose una mano a la garganta.

—Cariño —dijo—, quiero irme.

—Pero, mamá —protestó el niño.

—Me gustaría que firmaran en mi libro de visitas —dijo Alinger, y los condujo de vuelta al guardarropa.

El padre se mostraba solícito, tocando a su mujer en el hombro y mirándola con ojos tiernos y preocupados.

—¿No podrías esperarnos un ratito en el coche? A Tom y a mí nos gustaría quedarnos un poco más.

—Quiero que nos marchemos ahora mismo —dijo la mujer con voz neutra y distante—. Los tres.

El padre la ayudó a ponerse el abrigo. El niño se metió las manos en los bolsillos y con gesto enfadado dio una patada a un viejo maletín de médico que había junto al paragüero. Entonces se dio cuenta de lo que había hecho y, sin mostrar atisbo alguno de estar avergonzado, lo abrió en busca del aspirador.

La mujer se enfundó sus guantes de cabritillo con mucho cuidado, metiendo bien cada dedo. Parecía perdida en sus pensamientos, de modo que los demás se sorprendieron cuando de repente pareció espabilarse, se giró y fijó la vista en Alinger.

—Es usted horrible —le dijo—. Igual que un profanador de tumbas.

Alinger juntó las manos y la miró con aire comprensivo. Llevaba años enseñando su colección y estaba acostumbrado a toda clase de reacciones.

—Vamos, cariño —dijo el marido—. Hay que tener un poco de perspectiva.

—Me voy al coche —replicó ella bajando la cabeza y encorvando los hombros.

—Espera —dijo el marido—. Espéranos.

No tenía el abrigo puesto; tampoco el niño, que estaba de rodillas con el maletín abierto y pasando las yemas de los dedos por el aspirador, un aparato que parecía un termo de acero inoxidable con tubos de goma y una máscara de plástico en un extremo.

La mujer no llegó a oír a su marido; se dio la vuelta y salió dejando la puerta abierta. Bajó los empinados escalones de granito hasta la acera, siempre con los ojos fijos en el suelo. Caminaba como una sonámbula, sin levantar la vista y directamente hacia el coche, estacionado al otro lado de la calle.

Alinger se disponía a coger el libro de visitas —pensaba que tal vez el hombre sí accedería a firmar— cuando escuchó el chirrido de los frenos y el crujido metálico, como si el coche se hubiera empotrado en un árbol, sólo que no necesitaba mirar para saber que no era un árbol en lo que se había empotrado.

El padre gritó una vez, y otra más, y Alinger se volvió justo a tiempo para bajar las escaleras a trompicones. Un Cadillac negro estaba atravesado en la calzada y de los costados de su arrugado capó salía humo. La puerta del conductor estaba abierta y éste se encontraba de pie en la carretera, con un sombrero de fieltro ladeado sobre la cabeza.

Aunque los oídos le zumbaban, Alinger le oyó:

—Ni siquiera miró. Fue directa al coche. Por dios, ¿qué se supone que tenía que hacer yo?

El padre no le escuchaba. Estaba en la calle, arrodillado y sujetando a su mujer entre sus brazos. El niño seguía en el guardarropa, con el chaquetón a medio poner y mirando hacia la calle. Una vena hinchada le latía con fuerza en la frente.

—¡Doctor! —gritó el padre—. ¡Doctor, por favor! —repitió mirando a Alinger.

Éste se detuvo para coger su abrigo de la percha donde estaba colgado. Era marzo, hacía viento y no quería coger un resfriado. Desde luego no había llegado a los ochenta años de edad siendo descuidado o haciendo las cosas de forma apresurada. Le dio al niño unos golpecitos en la cabeza al pasar junto a él, pero no había llegado a la mitad de los escalones cuando éste le llamó.

—Doctor —balbuceó el niño. Y Alinger se volvió para mirarlo.

El niño le alargó su maletín, todavía abierto.

—Su maletín —dijo el niño—. Puede que necesite algo de dentro.

Alinger sonrió, afectuoso, subió de nuevo las escaleras y cogió el maletín que los fríos dedos del niño sujetaban.

—Gracias. Sí, es posible que necesite algo.

Madera muerta

Se ha dicho que incluso los árboles pueden reaparecer en forma de fantasmas, y existen numerosos testimonios al respecto en la literatura sobre parapsicología. Está el famoso caso del pino blanco de West Belfry, en Maine, un altísimo abeto con una corteza blanca y suave como nunca se había visto, y agujas del color del acero bruñido. Lo talaron en 1842, y en la colina donde había estado construyeron un salón de té y un hotel. En la esquina del comedor, pintado de amarillo, había una zona circular de un diámetro idéntico al del tronco del pino donde siempre hacía un frío intenso. Justo encima del comedor se encontraba un pequeño dormitorio en el que nunca dormía ningún huésped. Quienes lo intentaron contaban que las fuertes ráfagas de un viento fantasmal y el suave crujir que producía en las ramas altas de los árboles no les habían dejado dormir; el viento hacía volar los papeles por la habitación y hacía jirones las cortinas. Y cada mes de marzo, de las paredes manaba savia.

En Canaanville, Pensilvania, un bosque fantasma se apareció durante veinte minutos un día de 1959. Existen fotografías que lo confirman. Fue en una zona residencial de reciente construcción, un barrio de calles serpenteantes y chalés pequeños y modernos. Los que allí vivían se levantaron una mañana de domingo y se encontraron durmiendo sobre lechos de abedul que parecían brotar directamente del suelo de sus dormitorios, y en las piscinas de los jardines las cicutas de agua flotaban y agitaban sus ramas. El fenómeno se extendió a un centro comercial cercano. La planta baja de Sears se llenó de maleza y las faldas a mitad de precio colgaban de las ramas de arces noruegos, mientras en el mostrador del departamento de joyería una bandada de golondrinas picoteaba las perlas y cadenas de oro.

De alguna manera resulta más sencillo imaginar el fantasma de un árbol que el fantasma de un hombre. Un árbol puede seguir en pie cien años, nutriéndose de rayos del sol y succionando la humedad de la tierra, extrayendo, incansable, su alimento del suelo, como se saca el agua con un bote de un pozo sin fondo. Las raíces de un árbol talado siguen bebiendo meses después de haber muerto, pues están tan acostumbradas a ello que lo han convertido en un hábito al que no pueden renunciar. Algo que no es consciente de estar vivo no puede, obviamente, saber que ha muerto.

Después de que te marcharas —no inmediatamente, sino cuando terminó el verano— talé el aliso bajo el que solíamos leer, sentados en la manta de picnic de tu madre; el aliso bajo el que nos quedábamos dormidos escuchando el zumbido de las abejas. Era viejo, estaba podrido e infestado de insectos, aunque cada primavera le seguían brotando nuevos retoños de las ramas. Me dije a mí mismo que no quería que el viento lo hiciera desplomarse sobre la casa, aunque ni siquiera estaba inclinado en esa dirección. Pero ahora, a veces, cuando estoy allí fuera, en el jardín, el viento crece y aúlla desgarrando mis ropas. ¿Qué será lo que grita con él, me pregunto?

El desayuno de la viuda

Killian le cedió la manta a Gage —no la quería— y le dejó durmiendo en una loma junto a un riachuelo en algún lugar del este de Ohio. Durante el mes siguiente prácticamente no dejó de moverse, pasó gran parte del verano de 1935 en los trenes de mercancías que iban hacia el norte y hacia el este, como si todavía tuviera intención de visitar a la prima de Gage en New Hampshire. Pero no era así, y ya nunca tendría ocasión de conocerla. No tenía ni idea de adónde se dirigía.

Estuvo en New Haven un tiempo, pero tampoco se quedó allí. Una mañana, cuando apenas había amanecido, fue hasta un lugar del que había oído hablar, donde las vías trazaban una curva tan amplia que los trenes se veían obligados a circular despacio. Un muchacho con una chamarra sucia que no era de su talla estaba agachado a su lado, al pie del terraplén. Cuando llegó el tren que iba hacia el noreste Killian se puso en pie de un salto y echó a correr junto a él hasta subirse en uno de los vagones de carga. El chico hizo lo mismo justo detrás de él.

Viajaron un rato juntos en la oscuridad, entre las sacudidas de los vagones y el traqueteo y chirrido de las ruedas contra la vía. Killian dormitaba y se despertó cuando el chico le tiró de la hebilla del cinturón. Le dijo que le haría una por veinticinco centavos, pero Killian no los tenía y si así hubiera sido no los habría gastado en eso.

Agarró al chico por los brazos y con algo de esfuerzo consiguió quitarse sus manos de encima, clavándole las uñas en el dorso de las muñecas, haciéndole daño intencionadamente. Le dijo que le dejara en paz y lo apartó de un empujón. También le dijo que tenía cara de buen chico y le preguntó por qué hacía esas cosas. Después le pidió que le despertara cuando el tren se detuviera en Westfield. El muchacho se sentó en el otro extremo del vagón con una rodilla contra el pecho, rodeándola con los brazos y sin hablar. De vez en cuando una delgada línea de luz grisácea del amanecer se colaba por una de las rendijas de las paredes del vagón e iluminaba su cara, de ojos febriles y llenos de odio. Killian se durmió de nuevo mientras el muchacho seguía mirándolo furioso.

Cuando se despertó se había marchado. Para entonces ya era completamente de día, pero aún temprano, y hacía frío, de modo que cuando Killian entreabrió la puerta del vagón y se asomó su aliento se perdió en una nube de vapor helado. Sostenía la puerta con una mano y los dedos que quedaban fuera pronto se le enrojecieron por la gélida e intensa corriente de aire. Tenía un desgarrón en la camisa a la altura de la axila, por el cual también se colaba el aire frío. No sabía si había llegado a Westfield, pero tenía la sensación de haber dormido un buen rato, así que era probable que ya lo hubiera dejado atrás. Seguramente allí había saltado el muchacho, ya que después de Westfield no había más paradas hasta que se llegaba a la última, en Northampton, y Killian no quería ir allí. Siguió de pie en la puerta, azotado por el frío viento. En ocasiones imaginaba que también él había muerto con Gage y que vagaba desde entonces como un fantasma. Pero no era así. Había cosas que le recordaban todo el tiempo que no era así, como el dolor y la rigidez de cuello después de dormir en una mala postura o el aire frío que penetraba por los agujeros de su camisa.

En una estacion, en Lima, un agente de ferrocarril había encontrado a Killian y Gage dormitando bajo la manta que compartían escondidos en un cobertizo. Los despertó a patadas y les mandó que se largaran. Como no se dieron toda la prisa que debían, el poli golpeó a Gage en la cabeza con su macana haciéndole caer de rodillas. Durante los dos días siguientes, cuando Gage se despertaba por la mañana le decía a Killian que veía doble. Aquello le parecía divertido y se quedaba sentado moviendo la cabeza de un lado a otro y riendo mientras todo a su alrededor se multiplicaba por dos. Tenía que pestañear mucho y frotarse los ojos antes de que se le aclarara la visión. Más tarde, tres días después de lo ocurrido en Lima, Gage empezó a caerse. Iban caminando juntos y Killian se daba cuenta de pronto de que estaba solo, y al volver la vista atrás encontraba a Gage sentado en el suelo, con la cara lívida y asustada. Se detuvieron en un paraje desierto para descansar el resto del día, pero fue un error. Killian no debería haberlo permitido y en lugar de ello tendría que haber llevado a Gage a un médico. Al día siguiente Gage amaneció muerto, con los ojos abiertos y expresión sorprendida, junto al lecho del arroyo.

Más tarde, en los fuegos de campamento, Killian oyó hablar a otros hombres de un agente de ferrocarriles llamado Lima Slim. Por sus descripciones dedujo que se trataba del mismo hombre que había golpeado a Gage. Lima Slim a menudo disparaba a los intrusos y en una ocasión había obligado a unos hombres a saltar de un tren que circulaba a ochenta kilómetros por hora a punta de pistola. Lima Slim era famoso por las cosas que había hecho, al menos entre los vagabundos.

Era el mes de octubre, o noviembre tal vez —Killian lo ignoraba—, y en los bosques junto a las vías del tren había una alfombra de hojas muertas del color del óxido y de la mantequilla. Killian cojeaba entre ellas. No todas las hojas se habían caído de los árboles, aquí y allí había una ráfaga escarlata, una veta anaranjada, como brasas ardiendo. Pegado al suelo había un humo blanco y frío, entre los troncos de los abetos y las piceas. Killian se sentó un rato en un tocón y se llevó con suavidad las manos al tobillo mientras el sol se elevaba en el cielo y la neblina de la mañana se desvanecía. Los zapatos se le habían reventado y los llevaba sujetos con tiras de arpillera cubiertas de barro, y tenía los dedos de los pies tan fríos que casi no los sentía. Gage tenía mejores zapatos que él, pero Killian se los había dejado puestos, lo mismo que la manta. Había intentado rezar sobre el cadáver de Gage, pero sólo fue capaz de recordar una frase de la Biblia que decía: «María guardaba todo esto en su corazón, y lo tenía muy presente», y era sobre el nacimiento de Cristo, por lo que no servía para decirlo cuando alguien había muerto.

Sería un día caluroso, aunque cuando por fin Killian se puso en pie hacía aún frío bajo las sombras de los árboles. Siguió las vías del tren hasta que el tobillo empezó a dolerle demasiado para continuar y tuvo que sentarse en el terraplén y descansar una vez más. Para entonces lo tenía muy hinchado, y cuando se lo apretaba sentía una dolorosa sacudida que le llegaba hasta el hueso. Siempre había confiado en Gage para saber cuándo había que saltar del tren. De hecho, había confiado en él para todo.

Había una casa blanca a lo lejos, entre los árboles. Killian la miró y enseguida volvió la vista a su tobillo, pero después levantó la cabeza y volvió a mirar en dirección a los árboles. En el tronco de un pino cercano alguien había arrancado un trozo de corteza y tallado una equis, y la había coloreado con carbón para que destacara sobre la madera. Eso del lenguaje secreto de los vagabundos no existía, o al menos Killian no lo conocía y Gage tampoco, pero una señal como aquélla en ocasiones significaba que cerca de allí podría haber comida, y Killian era muy consciente de lo vacío que tenía el estómago.

Caminó con paso vacilante entre los árboles hasta el jardín trasero de la casa, y cuando llegó al lindero del bosque dudó. La pintura estaba descascarillada y las ventanas oscurecidas por la mugre. Cerca de la pared trasera de la casa había un arriate, un rectángulo de tierra de las dimensiones de una tumba, en el que no había nada plantado.

Killian estaba allí de pie mirando a la casa cuando vio a las niñas. No las había visto al llegar, tan quietas y calladas como estaban. Se había acercado a la casa desde la parte de atrás, pero el bosque se extendía por uno de sus lados y las niñas estaban allí, arrodilladas sobre unos helechos, dándole la espalda. Killian no podía ver lo que hacían, pero estaban prácticamente inmóviles. Eran dos, arrodilladas con sus vestidos de domingo. Las dos tenían el pelo rubio muy claro, largo, limpio y cuidadosamente cepillado, sujeto con pequeñas peinetas doradas.

Permaneció de pie observándolas mientras ellas seguían arrodilladas y muy quietas. Entonces una de ellas giró la cabeza y lo miró. Tenía cara con forma de corazón y ojos de color azul pálido. Lo miró sin expresión alguna. Pronto la otra niña se volvió y miró también a Killian, esbozando una leve sonrisa. La que sonreía debía de tener siete años y su inexpresiva hermana, diez. Killian las saludó con la mano. La niña de expresión seria continuó mirándolo unos instantes y después volvió la cabeza. Killian no veía lo que estaba haciendo allí, arrodillada, pero fuera lo que fuese la tenía absorbida por completo. La niña más pequeña tampoco le devolvió el saludo, pero pareció inclinar ligeramente la cabeza antes de regresar a su ocupación. Su silencio y su inmovilidad inquietaron a Killian.

Cruzó el jardín hasta la puerta principal. La puerta con mosquitera estaba de color naranja por el óxido, y curvada hacia fuera, desencajada del marco por algunos sitios. Killian se quitó el sombrero y se dispuso a subir las escaleras para llamar a la puerta, cuando ésta se abrió y una mujer apareció detrás de la mosquitera. Killian se quedó quieto con el sombrero en la mano y puso cara de mendigo.

La mujer podía tener treinta, cuarenta o cincuenta años. Tenía la cara tan delgada que parecía famélica, y los labios finos y descoloridos. Llevaba un paño de cocina colgado del cinturón del delantal.

—Buenos días, señora —dijo Killian—. Estoy hambriento y me preguntaba si podría darme algo de comer, un pan, quizá.

—¿No has desayunado?

—No, señora.

—En el Bendito Corazón dan desayunos. ¿No lo conoces?

—No, señora. Ni siquiera sé dónde está.

La mujer asintió.

—Te haré un pan tostado, y huevos si quieres. ¿Quieres?

—Bueno, señora, si me los prepara, desde luego no voy a tirarlos a la carretera.

Esto era lo que Gage decía siempre cuando le ofrecían algo más de lo que había pedido, y hacía reír a las amas de casa, pero ésta no rio, tal vez porque él no era Gage y la frase no sonaba igual viniendo de él. En lugar de ello la mujer se limitó a asentir una vez más y dijo:

—Muy bien. Límpiate los pies en el... —miró sus zapatos y calló un momento—. Mira esos zapatos. Quítatelos y déjalos junto a la puerta.

—Sí, señora.

Miró de nuevo a las niñas antes de subir las escaleras, pero ambas le daban la espalda y no le prestaron atención. Entró, se quitó los zapatos y caminó por el frío suelo de linóleo con los pies sucios y descalzos. A cada paso que daba notaba una extraña punzada en el tobillo izquierdo. Cuando se sentó a la mesa, los huevos ya chisporroteaban en la sartén.

—Ya sé por qué te has presentado en mi puerta trasera, por qué te has parado en mi casa. Es la misma razón por la que todos lo hacen —dijo, y Killian pensó que iba a decir algo sobre el árbol con la equis, pero no fue así—. Es porque el tren va más despacio durante medio kilómetro antes de cambiar de vía, y todos saltan para no tener que encontrarse con Arnold Choke en Northampton. ¿No es eso? ¿Saltaste tú en el cambio de vía?

—Sí, señora.

—¿Por Arnold Choke?

—Sí, señora. He oído que es mejor evitarlo.

—Su reputación le viene del nombre.[8] Arnold Choke no es una amenaza para nadie. Es viejo, está gordo y si cualquiera de ustedes saliera corriendo probablemente moriría de un ataque al corazón intentando atraparlo. Aunque dudo de que haya corrido alguna vez en su vida. Saltar del tren en ese sitio es mucho más peligroso que entrar en Northampton.

—Sí, señora —contestó Killian y se frotó la pierna izquierda.

—El año pasado una chica embarazada saltó, chocó contra un árbol y se partió el cuello. ¿Me oyes?

—Sí, señora.

—Una chica embarazada. Y que viajaba con su marido. Deberías contar la historia por ahí. Que los otros sepan que es mejor quedarse en el tren hasta que se haya parado. Aquí tienes los huevos. ¿Quieres mermelada para tu pan?

—Si no es molestia, señora. Muchas gracias, esto huele de maravilla.

---

[8] *Choke*: estrangular, atragantarse, en inglés. *[N. de la T.]*

La mujer se apoyó en la encimera de la cocina con la espátula en la mano y lo miró mientras comía. Killian no habló, se limitó a comer a gran velocidad mientras ella lo miraba sin decir palabra.

—Bueno —dijo cuando hubo terminado—. Creo que te voy a freír un par más.

—Así está bien, señora. Ha sido suficiente.

—¿No quieres más?

Killian vaciló sin saber qué contestar. Era una pregunta difícil.

—Los quieres —afirmó la mujer, y cascó dos huevos más en la sartén.

—¿Tan hambriento parezco?

—Hambriento no es la palabra. Pareces un perro abandonado a punto de volcar un bote de basura buscando algo de comer.

Cuando tuvo el plato delante, Killian dijo:

—Si hay algo que pueda hacer para pagarle esto, señora, me gustaría mucho.

—Gracias, pero no hay nada.

—Me gustaría que pensara en algo. Le estoy agradecido por abrirme así su despensa. No soy ningún vago y no me da miedo el trabajo.

—¿De dónde eres?

—De Misuri.

—Supuse que eras del sur. Tienes un acento raro. ¿Hacia dónde te diriges?

—No lo sé.

La mujer no hizo más preguntas y permaneció apoyada en la encimera con la espátula en la mano, mirándolo comer de nuevo. Después salió y lo dejó solo en la cocina.

Cuando hubo terminado, Killian se quedó sentado, sin saber muy bien qué hacer, dudando de si debía marcharse.

Cuando trataba de decidirlo la mujer apareció con un par de botas en la mano y unos calcetines negros en la otra.

—Pruébatelos, a ver si te sirven —dijo.

—No, señora, no puedo hacer eso.

—Puedes y lo harás. Pruébatelos. Parecen de tu talla.

Killian se puso los calcetines y las botas. Tuvo cuidado al meter el pie, pero aun así notó una punzada de dolor en el tobillo.

—¿Te pasa algo en el pie? —preguntó la mujer.

—Me lo he torcido.

—Al saltar del tren.

—Sí, señora.

La mujer sacudió la cabeza.

—Otros se matarán, y sólo por miedo a un viejo gordo con seis dientes sanos.

Las botas le quedaban algo grandes, tal vez un número más de la cuenta. Tenían cremallera y la piel era negra y brillante, sólo un poco rozada en las puntas. Parecían casi nuevas.

—¿Qué tal te quedan?

—Bien, pero no puedo quedármelas. Son nuevas.

—A mí no me sirven para nada, y mi marido ya no las necesita. Murió el pasado julio.

—Lo siento.

—Yo también —dijo ella sin cambiar la expresión de su cara—. ¿Quieres un poco de café? No te lo he ofrecido.

Killian no contestó, así que la mujer le sirvió una taza. Después se sirvió otra ella y se sentó a la mesa.

—Murió en un accidente de camión —dijo—. Un camión de obras públicas que volcó. No fue el único que murió, también otros cinco hombres. Tal vez lo has leído, salió mucho en los periódicos.

Killian no contestó. No sabía nada de aquello.

—Él conducía… me refiero a mi marido. Algunos dicen que el accidente fue culpa suya, que conducía de forma descuidada. Lo investigaron. Supongo que sí fue su culpa. —Se calló unos instantes y después añadió—: Lo único bueno de su muerte es que al menos le ahorró tener que pasar el resto de su vida con algo así sobre su conciencia. Vivir sabiendo que aquello fue culpa suya… eso lo habría destruido por dentro.

Killian deseó ser Gage. Él habría sabido qué decir en una situación así. Habría alargado el brazo por encima de la mesa y la habría tocado. Killian, en cambio, siguió sentado con las botas del muerto puestas y buscando algo que decir. Después soltó de buenas a primeras:

—Las cosas más terribles siempre les ocurren a las mejores personas. Las más amables. Y la mayoría de las veces no hay ninguna razón para ello, sólo mala suerte. Si no está segura usted de que fue su culpa, ¿por qué se tortura pensándolo? Ya es bastante duro perder a alguien sin necesidad de eso.

—Bueno, intento no pensar en ello —dijo la mujer—. Le echo de menos, pero doy gracias a dios por cada noche que pasamos juntos durante doce años. Doy gracias a dios por sus hijas, que tienen sus ojos.

—Sí —dijo Killian.

—No saben qué hacer. Nunca se han sentido tan confusas.

—Sí —repitió.

Se quedaron sentados un rato y entonces la mujer dijo:

—Me parece que tienes su misma talla de ropa. Puedo darte una de sus camisas y unos pantalones, además de las botas.

—No, señora, no estaría bien aceptar cosas que no puedo pagarle.

—Olvídate de eso. No hablemos de dinero, lo que busco es lo bueno, por pequeño que sea, que pueda salir de algo tan triste. Eso me haría sentirme mejor —dijo con una sonrisa.

Killian había pensado que tenía el pelo gris, recogido en un moño detrás de la cabeza, pero donde estaba sentada ahora la iluminaban los rayos de sol que entraban por la ventana y vio que tenía el pelo tan rubio como sus hijas, casi blanco.

Se levantó y salió de nuevo de la cocina. Killian aprovechó para lavar los platos. La mujer pronto estuvo de vuelta con unos pantalones color caqui y con tirantes, una camisa gruesa de cuadros y una camiseta. Le indicó el camino hacia un cuarto situado detrás de la cocina y le dejó solo mientras se cambiaba. La camisa le quedaba grande y olía ligeramente a hombre, aunque no era un olor desagradable. También olía a tabaco de pipa; Killian había visto una en el estante, sobre la estufa.

Salió con sus ropas viejas y sucias bajo el brazo, sintiéndose limpio y normal, con el estómago agradablemente lleno. La mujer estaba sentada a la mesa con uno de sus zapatos viejos en la mano. Sonreía un poco mientras retiraba el trozo de arpillera cubierto de barro.

—Esos zapatos se han ganado un descanso —dijo Killian—. Casi me avergüenzo de cómo los he tratado.

La mujer levantó la cabeza y lo contempló en silencio. Miró sus pantalones, que llevaba enrollados por encima de los tobillos.

—No estaba segura de si eran de tu talla —dijo—. Pensé que quizá él era más grande, o que tal vez yo lo recordaba más grande.

—Bueno, pues era tan grande como usted lo recuerda.

—Cuanto más lejos estoy de él, más grande me parece —murmuró ella.

No había nada que Killian pudiera hacer por ella en pago por las ropas y la comida. Le dijo que Northampton estaba a casi cinco kilómetros y que debería irse ya, porque probablemente volvería a tener hambre cuando llegara allí y en el Bendito Corazón de la Virgen María le darían un plato de alubias y una rebanada de pan. También le informó de que al este del río Connecticut había una «villa miseria», pero que si iba allí no debía quedarse mucho tiempo, porque a menudo había redadas y arrestaban a los ocupantes ilegales. Ya en la puerta le dijo que era mejor ser arrestado en la estación que intentar saltar de un tren que iba demasiado rápido. Añadió que no quería que saltara de más trenes, a no ser que estuvieran parados o circulando muy despacio. Que la próxima vez podía acabar con algo más que un tobillo torcido. Killian asintió y le preguntó de nuevo si podía hacer algo por ella. La respuesta fue que se lo acababa de decir.

Killian sentía deseos de darle la mano. Gage lo habría hecho, le habría prometido que rezaría por ella y por su marido muerto. Deseó poderle hablar de Gage, pero descubrió que era incapaz de alargar la mano para tocarla y no estaba seguro de poder decir nada. A menudo le abrumaba la bondad de personas que apenas tenían nada; en ocasiones su generosidad le resultaba tan intensa que tenía la impresión de que algo se quebraba en su interior.

Cuando cruzaba el jardín en dirección a la carretera vestido con sus nuevas ropas miró en dirección a los árboles y vio a las dos niñas entre los juncos. Se habían puesto de pie, ambas sostenían un ramillete de flores silvestres y tenían los ojos fijos en el suelo. Entonces volvieron la cabeza, primero la mayor y después la más pequeña, y lo miraron.

Killian sonrió tímidamente y cruzó cojeando el jardín hasta ellas, abriéndose paso entre los húmedos juncos. Justo detrás de donde estaban las niñas se abría un calvero sobre el que había extendida una tela negra de arpillera. En ella estaba tumbada una tercera niña, más pequeña que las otras dos, vestida con un traje blanco con encaje en el cuello y los puños. Tenía las manos blancas como la porcelana, cruzadas encima del pecho, y sujetaban un pequeño ramo de flores. Sus ojos estaban cerrados y se esforzaba por reprimir la risa. No tendría más de cinco años. Una corona de margaritas secas enmarcaba sus cabellos rubios. A sus pies había un montoncito de flores muertas y a uno de sus lados una Biblia abierta.

—Nuestra hermana Kate ha muerto —dijo la hermana mayor.

—Éste es su velatorio —añadió la otra.

Kate estaba muy quieta sobre la tela. Continuaba con los ojos cerrados pero se mordía los labios para no sonreír.

—¿Quieres jugar? —preguntó la hermana mediana—. ¿Quieres jugar a este juego? Podrías tumbarte y hacer de muerto. Te cubriríamos de flores y leeríamos la Biblia y cantaríamos *Voy hacia Ti, mi Dios*.

—Yo lloraré —dijo la niña mayor—. Puedo llorar siempre que quiero.

Killian contempló en silencio a la niña en el suelo y a las dos dolientes. Después dijo:

—Me parece que este juego no me gusta. No quiero hacer de muerto.

La niña mayor pestañeó y después le miró a la cara.

—¿Por qué no? —preguntó—. Estás vestido para el papel.

Bobby Conroy regresa de entre los muertos

Al principio Bobby no la reconoció. Estaba herida, como él. Los treinta primeros que llegaron hacían todos de heridos. Tom Savini los había maquillado personalmente.

Llevaba la cara de color azul plateado y los ojos hundidos y rodeados de dos círculos negros, y donde había estado su oreja derecha había ahora un agujero de bordes desiguales, un orificio que dejaba ver un trozo de hueso rojo y húmedo. Estaban sentados a menos de un metro de distancia en el murete de piedra que rodeaba la fuente, que estaba cerrada. Ella tenía sus páginas apoyadas en una rodilla —tres en total, engrapadas— y las miraba con concentración, frunciendo el entrecejo. Bobby había leído las suyas mientras esperaba en la cola para entrar en maquillaje.

Sus pantalones le recordaban a Harriet Rutherford. Estaban cubiertos de parches que parecían cortados de pañuelos; cuadrados rojos y azul oscuro con estampados de cachemira. Harriet siempre llevaba pantalones como ésos y a Bobby seguía excitándolo ver el trasero de unos Levi's de chica cubiertos de parches.

Siguió con la vista la curva de sus piernas hasta la campana de los pantalones en los tobillos, y después miró sus pies descalzos. Se había quitado las sandalias y se frotaba los dedos de un pie con los del otro. Cuando vio esto el corazón le dio un vuelco y sintió dolor y alegría a partes iguales.

—¿Harriet? —dijo—. ¿Eres tú la Harriet Rutherford a la que escribía poemas de amor en la escuela?

Ella lo miró de reojo por encima del hombro. No tenía que contestarle; sabía que era ella. Se le quedó mirando un buen rato y abriendo un poco más los ojos. Eran de un verde intenso, nada pálido, y por un instante Bobby los vio brillar con la inconfundible emoción de haberlo reconocido. Pero luego giró la cabeza y continuó leyendo sus hojas.

—Nadie me escribió nunca poemas de amor en el colegio —dijo—. De ser así me acordaría. Me habría vuelto loca de felicidad.

—Cuando estábamos castigados. ¿Te acuerdas que nos castigaron durante dos semanas después de la parodia sobre cocina? Tú te pusiste un pepino tallado en forma de pene. Decías que lo dejarías cocer una hora y después te lo pondrías en la entrepierna. Fue el momento más divertido del grupo de teatro Morirse de Risa.

—No. Tengo muy buena memoria y no me acuerdo de ese grupo de teatro. —Volvió la vista a las hojas que sujetaba sobre la rodilla—. ¿Recuerdas algún detalle de esos supuestos poemas?

—¿Qué quieres decir?

—Un verso. Quizá si recordaras un verso de esos poemas, uno especialmente conmovedor, me acordaría.

Al principio no supo si sería capaz y se la quedó mirando con la lengua apoyada contra el labio superior, tratando de recordar, pero con la mente obstinadamente en blanco. Pero entonces abrió la boca y empezó a hablar, recordando más conforme recitaba:

—«Me encanta mirarte cuando te duchas. Espero que no lo encuentres obsceno.»

—«¡Pero cuando te veo enjabonarte las tetas se me mojan los pantalones!» —gritó Harriet volviéndose hacia él—. Bobby Conroy, joder. Ven aquí y dame un abrazo sin estropearme el maquillaje.

Se inclinó hacia ella y le rodeó sus estrechos hombros con los brazos. Cerró los ojos y apretó, sintiéndose absurdamente feliz, tan feliz tal vez como nunca se había sentido desde que volvió a casa de sus padres. No había pasado un solo día en Monroeville sin pensar en ella. Estaba deprimido, soñaba despierto con ella, historias que empezaban exactamente como ahora —bueno, no exactamente, ya que en sus fantasías no estaban maquillados para parecer cadáveres en proceso de descomposición—, pero sí de forma muy parecida.

Cada mañana, cuando se despertaba en su dormitorio situado sobre el garaje de sus padres, se sentía apático y sin energía. Permanecía tumbado en su colchón nudoso mirando el tragaluz del techo. El tragaluz estaba cubierto de polvo y el cielo que se adivinaba detrás siempre parecía el mismo, de un blanco amorfo y anodino. No había nada que le hiciera desear levantarse y, lo que era peor, estar allí le hacía recordar cuando era un adolescente y se despertaba en esa misma habitación lleno de entusiasmo, de confianza en sus infinitas posibilidades. Si fantaseaba con encontrarse otra vez con Harriet y recuperar su vieja amistad —y si estas fantasías se tornaban explícitamente sexuales, si recordaba a ambos en el cobertizo de su padre, ella tumbada de espaldas en el suelo de cemento, con sus flaquísimas piernas abiertas y los calcetines puestos—, entonces se animaba un poco, lo suficiente para ponerse en marcha. Todas sus otras fantasías, en cambio, estaban llenas de espinas, y analizarlas siempre tenía dolorosas implicaciones.

Seguían abrazados cuando cerca de ellos habló un niño.

—Mamá, ¿a quién estás abrazando?

Bobby Conroy abrió los ojos y los dirigió a su derecha, donde un niño con cara azul de muerto y pelo lacio y negro lo miraba. Llevaba una sudadera con la capucha puesta.

Harriet aflojó el abrazo y poco a poco se apartó de Bobby. Éste miró al niño unos segundos más —no tendría más de seis años—, y después bajó la vista a la mano de Harriet, a la alianza colocada en su dedo anular.

Entonces sonrió forzadamente al niño. Bobby había ido a más de setecientos castings en los años que pasó en Nueva York y tenía acumulado todo un catálogo de sonrisas falsas.

—Eh, chaval —dijo—. Soy Bobby Conroy. Tu madre y yo éramos amigos cuando los dinosaurios poblaban la Tierra.

—Yo también me llamo Bobby —dijo el niño—. ¿Sabes mucho de dinosaurios? A mí me encantan.

Bobby sintió una punzada que pareció desgarrarle las entrañas. Miró a Harriet a la cara —no quería, pero no pudo evitarlo— y vio que ésta también lo miraba, con una sonrisa nerviosa y contenida.

—Lo eligió mi marido —dijo, mientras, por alguna razón, daba palmaditas en la rodilla a Bobby—. Por un jugador de los Yanquees. Nació en Albany.

—Sé algo de mastodontes —le dijo Bobby al niño, sorprendido al comprobar que su voz sonaba perfectamente normal—. Grandes elefantes peludos del tamaño de autobuses. Durante un tiempo habitaron la meseta de Pensilvania, dejando gigantescas cacas por todas partes, una de las cuales después se convirtió en Pittsburgh.

El niño sonrió y echó una mirada de reojo a su madre, tal vez para comprobar si la había escandalizado la alusión a la «caca». Ella le sonrió con indulgencia.

Bobby vio la mano del niño y dio un respingo.

—¡Vaya! Ésa es la mejor herida que he visto en todo el día. ¿Qué es? ¿Una mano falsa?

De la mano izquierda del niño faltaban tres dedos. Bobby la cogió y tiró de ella esperando que salieran los dedos, pero estaba caliente y carnosa debajo del maquillaje azul y el niño se soltó.

—No —dijo—. Es mi mano. La tengo así.

Bobby se ruborizó tan intensamente que le escocían las orejas y agradeció estar maquillado. Harriet le puso una mano en la muñeca.

—Le faltan esos tres dedos —dijo.

Bobby la miró, intentando pensar en la manera de excusarse. Harriet sonreía ahora con cierta inquietud, pero no parecía estar enfadada con él, y que tuviera la mano apoyada en su brazo era una buena señal.

—Los metí en la sierra de mesa, pero no me acuerdo porque era muy pequeño —explicó el niño.

—Dean trabaja en el negocio de la madera —dijo Harriet.

—¿Está Dean por aquí haciendo de zombi? —preguntó Bobby estirando el cuello y mirando a su alrededor de manera ostensible, aunque evidentemente no sabía qué aspecto tenía el marido de Harriet. Las dos plantas de la plataforma situada en medio del centro comercial estaban llenas de personas como ellos, maquilladas para parecer recién muertos. Estaban sentadas en bancos o de pie, formando grupos, charlando y riéndose de las heridas de cada uno, o leyendo las páginas fotocopiadas del guión que les habían dado. El centro comercial estaba cerrado al público —las tiendas habían bajado sus verjas de seguridad—, y dentro sólo había gente del equipo de producción y zombis.

—No. Nos dejó aquí y se fue a trabajar.

—¿En domingo?

—Tiene su propio taller.

Se disponía a decir algo gracioso al respecto cuando pensó que hacer chistes sobre el oficio del tal Dean delante de su mujer y de su hijo de cinco años no sería una buena idea, por mucho que Harriet y él hubieran sido en un tiempo amigos íntimos y la pareja más popular del grupo de teatro Morir de Risa durante su último año en el instituto. Así que se limitó a decir:

—¿Ah sí? ¡Qué bien!

—Me gusta el corte gigante que llevas en la cara —dijo el niño señalando la ceja de Bobby. Él tenía una herida en la cabeza de feo aspecto, en la que se veía el hueso bajo la piel—. ¿No te pareció genial el tipo que nos maquilló?

A Bobby, en realidad, le había dado mala espina Tom Savini, que mientras lo maquillaba estuvo consultando todo el tiempo un libro de fotografías de autopsias. Las personas allí retratadas con la carne mutilada e inerte y caras contritas estaban realmente muertas, no se levantarían después para servirse un café de la mesa de catering. Savini estudiaba sus heridas con concentrado interés, igual que un pintor estudia el motivo de su cuadro.

Pero Bobby entendía por qué le había parecido genial al niño. Con su chaqueta de cuero negro, botas de motociclista, barba oscura y unas cejas poco comunes, gruesas y negras y puntiagudas como las del Dr. Spock o Bela Lugosi, parecía la viva imagen de un dios del death metal rock.

Alguien dio una palmada y Bobby miró a su alrededor. El director, George Romero, estaba al pie de las escaleras mecánicas, un hombre corpulento de un metro ochenta de estatura y espesa barba castaña. Bobby había reparado en que muchos hombres del equipo de producción llevaban barba. Gran parte de ellos tenían también pelo largo y vestían antiguas prendas militares y botas de obrero, como Savini, de forma que parecían una banda de revolucionarios de la contracultura.

Bobby, Harriet y el pequeño Bob se unieron al resto de extras para escuchar lo que decía Romero. Tenía una voz potente y segura, y cuando sonreía se le formaban dos hoyuelos en las mejillas, visibles a pesar de la barba. Preguntó si alguno de los presentes sabía algo de cómo se hace una película. Unos pocos, Bobby entre ellos, levantaron la mano. Romero dijo «gracias a dios que hay alguien», y todos rieron. Añadió que quería darles la bienvenida al mundo de las superproducciones de Hollywood y todos volvieron a reír, porque George Romero hacía películas sólo en Pensilvania y todos sabían que *El amanecer de los muertos* era menos aún que una película de bajo presupuesto, era prácticamente una película sin presupuesto. Dijo que daba las gracias a todos por estar allí y que a cambio de diez horas de trabajo extenuante les pagaría en metálico una suma tan colosal que no se atrevía a decirla en voz alta, y por tanto se limitaría a enseñársela. Después de lo cual agitó un billete de un dólar en la mano, lo que fue recibido con nuevas risas. A continuación Tom Savini se inclinó sobre la barandilla de la planta de arriba y gritó:

—No se rían. ¡Eso es más de lo que muchos cobramos por trabajar en este bodrio!

—La mayoría está aquí por amor al trabajo —dijo George Romero—. Tom en cambio lo hace porque disfruta rociando a la gente con pus.

Se escucharon algunos gemidos de asco.

—¡Es pus falsa! —gritó Romero.

—Eso es lo que tú te crees —respondió Savini desde algún lugar de la planta de arriba, pues se había separado de la barandilla y ya no se le veía.

Hubo más risas. Bobby tenía algo de experiencia en diálogos cómicos, y sospechaba que éste era ensayado y que había sido representado más de una vez.

Romero habló un rato sobre el argumento. Personas que acababan de morir volvían a la vida y se dedicaban a comerse a la gente. Ante la incapacidad del gobierno de hacer frente a esta crisis, cuatro jóvenes héroes se refugiaban en este centro comercial. Bobby dejó de escuchar y se descubrió observando al otro Bobby, el hijo de Harriet. Tenía un rostro alargado y solemne, ojos color chocolate y abundante pelo negro, lacio y despeinado. De hecho, el niño se parecía un poco a él, que también tenía ojos marrones, cara ovalada y espesos cabellos negros.

Se preguntó si Dean se parecería también a él y aquel pensamiento le aceleró el pulso. ¿Qué pasaría si Dean se presentaba a hacer una visita a Harriet y al pequeño Bobby y resultaba ser su hermano gemelo? Esta idea le resultaba tan inquietante que por un instante sintió que le flaqueaban las piernas, pero entonces recordó que estaba disfrazado de cadáver, con la cara azul y una herida en la cabeza. Incluso si resultaban ser idénticos nadie lo notaría.

Romero dio algunas instrucciones más sobre cómo caminar como un zombi —hizo una demostración poniendo los ojos en blanco y dejando caer la cabeza como un muerto—, y después prometió que empezarían a rodar en pocos minutos.

Harriet giró sobre sus talones y lo miró con una mano apoyada en la cadera y pestañeando de forma teatral. Bobby se volvió al mismo tiempo y estuvieron a punto de chocar el uno contra el otro. Harriet abrió la boca para hablar, pero no emitió sonido alguno. Estaban demasiado cerca y aquella proximidad física inesperada pareció perturbarla. Bobby tampoco sabía qué decir, de repente tenía la mente en blanco. Entonces Harriet rió y sacudió la cabeza, una reacción que a Bobby le pareció artificial y producto del nerviosismo, no de la alegría.

—Veamos, amigo —dijo Harriet, y Bobby recordó que cuando la obra no iba bien y tenía problemas con el texto, en ocasiones se ponía a imitar a John Wayne en el escenario, una costumbre que en aquel entonces irritaba a Bobby y que en cambio ahora le resultó enternecedora.

—¿Vamos a empezar ya o qué? —preguntó el pequeño Bobby.

—Muy pronto. ¿Por qué no practicas haciendo de zombi? Vamos, ponte a dar unos saltos.

Bobby y Harriet se sentaron otra vez en el borde de la fuente. Las manos de ella eran como pequeños puños huesudos sobre sus muslos. Tenía la vista fija en su regazo y sus ojos inexpresivos parecían mirar en su interior. De nuevo tenía los dedos de un pie apoyados sobre los del otro.

Bobby habló primero. Alguno de los dos tenía que decir algo.

—¡No me puedo creer que estés casada, y con un niño! —dijo en el mismo tono de alegre asombro que reservaba para los amigos que acababan de decirle que habían conseguido un papel para el que él también se había presentado—. Me encanta tu hijo, es guapísimo, aunque ¿quién podría resistirse a un niño que parece medio putrefacto?

Harriet pareció salir de su ensimismamiento y le sonrió, casi con timidez. Bobby continuó hablando:

—Y ya puedes empezar a contármelo todo sobre el tal Dean.

—Vendrá más tarde, para llevarnos a comer. Deberías venir con nosotros.

—¡Sería estupendo! —exclamó Bobby mientras decidía interiormente que debía rebajar su entusiasmo un tono.

—Puede ser un poco tímido cuando acaba de conocer a alguien, así que no esperes demasiado.

Bobby agitó una mano en el aire:

—¡Bah! Seguro que lo pasamos bien. Siempre me ha interesado el negocio de la madera… y del aglomerado.

Esto era un tanto arriesgado, hacer chistes sobre un marido al que ni siquiera conocía. Pero Harriet sonrió y dijo:

—Es tu oportunidad para aprender todo lo que siempre has querido saber sobre tablones estándar y no te atrevías a preguntar.

Y por un momento ambos sonrieron, un poco tontamente y con las rodillas casi juntas. En realidad, nunca habían sido capaces de mantener una verdadera conversación, ya que casi siempre que estaban juntos era en escena, cada uno concentrado en utilizar lo último que hubiera dicho el otro para hacer un chiste. Al menos en eso no habían cambiado.

—Madre mía. No me puedo creer que nos hayamos encontrado aquí —dijo Harriet—. Me he preguntado muchas veces qué habría sido de ti. He pensado mucho en ti.

—¿En serio?

—Me imaginaba que a estas alturas ya serías famoso.

—Lo mismo te digo —dijo Bobby guiñándole un ojo, e inmediatamente deseando no haberlo hecho. Había sido un gesto falso y no quería ser falso con ella. Así que se apresuró a contestar a una pregunta que Harriet ni siquiera había formulado—. Aún me estoy aclimatando, llevo aquí tres meses, viviendo con mis padres por un tiempo. Digamos que readaptándome a Monroeville.

Harriet asintió mirándolo fijamente, con una expresión seria que le hizo sentirse incómodo.

—¿Y qué tal?

—Me gano la vida —mintió Bobby.

Entre toma y toma, Bobby, Harriet y el pequeño Bob se entretuvieron inventando historias sobre sus supuestas muertes.

—Yo trabajaba de cómico en Nueva York —dijo Bobby llevándose la mano a la herida de la cabeza—. Y una de las veces que me subí al escenario ocurrió algo trágico.

—Sí —dijo Harriet—. Que actuaste.

—Algo que no había ocurrido nunca antes.

—¿Qué? ¿La gente se rio?

—Estuve tan genial como siempre y el público se retorcía de risa.

—Querrás decir que se retorcía de dolor.

—Y allí estaba yo, haciendo mi número de despedida, cuando ocurrió un terrible accidente. Uno de los tramoyistas dejó caer desde una viga del techo un saco de arena de ochenta kilos de peso, justo sobre mi cabeza. Pero al menos me fui al otro mundo rodeado de aplausos.

—Estaban aplaudiendo al tramoyista —dijo Harriet.

El niño miró a Bobby con expresión seria y le agarró la mano.

—Siento lo del golpe en la cabeza —dijo, y le dio un beso en los nudillos. Bobby se le quedó mirando y notando un hormigueo en la mano, donde el pequeño le había besado.

—Es el niño más besucón del mundo —dijo Harriet—. Es como si estuviera lleno de afecto reprimido, y en cuanto te descuidas lo más mínimo te llena de mimos y abrazos. —Mientras hablaba le revolvía el pelo a Bobby con afecto—. Y a ti, ¿qué fue lo que te mató, enano?

Bobby levantó la manó y saludó con los muñones.

—Metí los dedos en la sierra de mesa de papá y me desangré hasta morir.

Harriet continuó sonriendo, pero los ojos parecieron velársele ligeramente. Buscó en los bolsillos y sacó una moneda de veinticinco centavos.

—Anda, ve a comprarte un chicle.

El niño cogió la moneda y salió corriendo.

—La gente debe de pensar que somos unos pésimos padres —dijo Harriet en tono neutral y con la vista fija en su hijo—. Pero lo de sus dedos no fue culpa de nadie.

—Estoy seguro.

—La sierra estaba desenchufada y Bobby no había cumplido los dos años. No sabíamos que supiera enchufarla, y Dean estaba allí con él. Fue todo muy rápido. ¿Sabes cuántas cosas tuvieron que torcerse a partir de ese instante para que acabara así? Dean cree que el ruido de la sierra lo asustó e intentó apagarla. Que pensó que nos enfadaríamos.

Calló unos instantes mientras miraba a su hijo junto a la máquina de chicles, y después continuó:

—Siempre pensé que mi hijo… sería lo mejor que haría en la vida. Nada de equivocaciones en esto. Tenía planeado que cuando cumpliera quince años saldría con la chica más guapa de la escuela. Que sabría tocar cinco instrumentos y deslumbraría a todo el mundo con su talento. Que sería el chico más divertido, al que todo el mundo conoce. —Hizo una nueva pausa y añadió—: Ahora será el gracioso. El chico gracioso siempre tiene algún defecto. Por eso es tan gracioso, para distraer la atención de la gente de ese defecto.

En el silencio que siguió a esta afirmación Bobby tuvo una sucesión de pensamientos. El primero fue que él había sido el gracioso de su clase del colegio. ¿Acaso Harriet pensaba que estaba intentando compensar algún defecto oculto? Después recordó que los dos habían sido los graciosos y se preguntó: «¿Cuál era nuestro problema?»

Tenía que haber algo, de otro modo ahora estarían juntos y el niño que estaba donde la máquina de los chicles sería el hijo de los dos. El siguiente pensamiento que le vino a la cabeza fue que si el pequeño Bobby fuera su hijo aún conservaría los diez dedos de las manos y experimentó un profundo rechazo hacia Dean el maderero, un pobre ignorante cuya idea de pasar el tiempo con su hijo era llevarlo a una carrera de tractores.

Un ayudante de dirección empezó a aplaudir y a pedir a gritos a los zombis que ocuparan sus puestos.

—Mamá —dijo el niño mientras mascaba el chicle y miraba a la oreja arrancada de su madre—. No nos has contado cómo fue tu muerte.

—Yo lo sé —dijo Bobby—. Se encontró con un viejo amigo en el centro comercial y empezaron a charlar. Pero quiero decir a charlar en serio, durante horas, y llegado un momento el viejo amigo le dijo: «Eh, te estoy comiendo la oreja» y ella le contestó: «No te preocupes».

—Un hombre célebre dijo en una ocasión: «Prestadme vuestros oídos»[9] —dijo Harriet, y a continuación se dio una palmada en la frente—. ¿Por qué le haría caso?

Excepto por el pelo oscuro, Dean no se parecía nada a él. Era bajito. Bobby no estaba preparado para que fuera tan bajo. Era más bajo que Harriet, que no medía mucho más de metro sesenta. Cuando se besaron, Dean tuvo que estirar el cuello. Era compacto y de complexión fuerte, de espaldas anchas y caderas estrechas. Los ojos detrás de las gruesas gafas con montura de plástico eran del color del peltre sin bruñir. Eran ojos tímidos: miró a Bobby cuando Harriet los presentó, después desvió la mirada, lo miró de nuevo y apartó la vista una vez más. Y además revelaban su edad; tenían las comisuras cubiertas de patas de gallo. Era mayor que Harriet, tal vez incluso diez años mayor.

Acababan de ser presentados cuando Dean gritó de repente:

—¡Ah, así que tú eres ese Bobby! ¡Bobby el gracioso! ¿Sabes que estuvimos a punto de no llamar Bobby a nuestro hijo precisamente por ti? Harriet me hizo prometer que si alguna vez nos encontrábamos contigo te aseguraría que llamar Bobby a nuestro hijo había sido idea mía. Por Bobby Murcer. Desde que tuve edad suficiente para imaginar que tendría hijos siempre quise...

—¡Yo soy gracioso! —interrumpió el niño.

Dean lo cogió por las axilas y lo levantó en el aire.

—¡Desde luego que lo eres!

---

[9] Antonio, en *Julio César,* de Shakespeare. *[N. de la T.]*

Bobby no estaba seguro de querer ir a comer con ellos, pero Harriet le agarró del brazo y echó a andar hacia el estacionamiento mientras su hombro desnudo y cálido tocaba el suyo, así que no tenía mucha elección.

No reparó en que los otros clientes del restaurante les miraban y se olvidó de que estaban maquillados hasta que se les acercó la camarera. Era prácticamente una adolescente, con una cabellera rubia y rizada que se balanceaba al caminar.

—Estamos muertos —anunció el pequeño Bobby.

—Ya veo —dijo la chica—. Así que supongo que están trabajando en la película de terror o acaban de probar el plato especial del día. ¿De cuál de las dos cosas se trata?

Dean dejó escapar una ruidosa carcajada. Bobby nunca había conocido a nadie con la risa tan fácil, se reía de prácticamente todo lo que Harriet decía. En ocasiones se reía tan fuerte que la gente de otras mesas daba un respingo, asustada. Una vez que lograba controlarse pedía disculpas con una sinceridad inconfundible, la cara ligeramente ruborizada y los ojos brillantes y húmedos. Al verlo, Bobby pensó por primera vez que había encontrado la respuesta a la pregunta que tenía en la cabeza desde que descubrió que Harriet estaba casada con aquel Dean-dueño-de-su-propio-almacén-de-maderas. «¿Por qué él?» Bueno, era un espectador entregado, no había duda.

—Pensaba que estabas actuando en Nueva York —dijo Dean—. ¿Estás haciendo algo aquí?

—Podría decirse que sí. Por aquí lo llaman profesor suplente.

—¡Estás dando clase! Y qué, ¿te gusta?

—Está genial. Siempre quise trabajar en cine o en televisión o de profesor. Concretamente sustituto del profesor de educación física, así que es mi sueño hecho realidad.

Dean rio salpicando la mesa de migas de rebozado de pollo frito.

—Lo siento, es horrible —dijo—. Hay comida por todas partes. Soy un cerdo.

—No pasa nada. ¿Quieres que le pidamos algo a la camarera? ¿Un vaso de agua? ¿Un abrevadero?

Dean inclinó la cabeza hasta casi tocar el plato, temblando con una risa sibilante y asmática.

—Para. Por favor, te lo pido.

Bobby paró, pero no porque se lo pidiera Dean, sino porque, por primera vez, la rodilla de Harriet estaba tocando la suya debajo de la mesa. Se preguntó si lo estaría haciendo adrede, y en cuanto pudo se reclinó en el asiento y echó una ojeada. No, no era intencionado. Se había quitado las sandalias y estaba clavando los dedos de un pie en los del otro con tal fuerza que la rodilla derecha se movía y tocaba la suya.

—¡Vaya! Me habría encantado tener un profesor como tú. Alguien capaz de hacer reír a los niños —dijo Dean.

Bobby siguió masticando, aunque no sabía lo que estaba comiendo. No le sabía a nada.

Dean suspiró y se limpió de nuevo las lágrimas.

—Yo no soy nada gracioso. Ni siquiera soy capaz de aprenderme los chistes de «cuál es el colmo de...». En realidad, no sé hacer otra cosa que trabajar. En cambio Harriet es tan graciosa... A veces monta shows para Bobby y para mí, haciendo marionetas con calcetines viejos. Nos reímos tanto que nos cuesta respirar. Lo llama el show de los teleñecos ambulantes. Patrocinado por la cerveza Blue Ribbon.

Rompió a reír de nuevo y a dar palmadas en la mesa mientras Harriet fijaba la vista en su regazo. Dean dijo:

—Me encantaría que hiciera ese número en el show de Carson. Es su... ¿cómo lo llaman?, su número estrella.

—Seguro que lo es —dijo Bobby—. Y me sorprende que Ed McMahon no la haya invitado ya a su programa.

Cuando Dean los dejó de nuevo en el centro comercial y se marchó a trabajar el estado de ánimo había cambiado. Harriet parecía distante y era difícil interesarla en ninguna conversación, aunque no puede decirse que Bobby lo intentara con gran ahínco. De pronto se sentía malhumorado, y ya no le resultaba divertido pasarse un día entero haciendo de zombi. Lo único que hacían era esperar, esperar a que los técnicos colocaran las luces correctamente, a que Tom Savini retocara una herida que empezaba a parecer de látex y no de carne desgarrada, y Bobby estaba harto. Le molestaba ver a otros extras divirtiéndose. Varios zombis habían formado un corrillo y jugaban a pasarse un tembloroso bazo rojo de goma, que cada vez que se caía lo hacía con un plaf. ¿Acaso no habían oído hablar del método Stanislavski? Deberían estar sentados, separados los unos de los otros y practicando su papel, ensayando gemidos y familiarizándose con un trozo de casquería. Entonces se escuchó a sí mismo gemir en voz alta, un sonido de enfado y frustración, y el pequeño Bobby le preguntó si le pasaba algo. Le dijo que estaba practicando y el niño se fue a mirar el partido de béisbol.

Harriet le dijo sin mirarlo:

—Estuvo bien la comida, ¿no?

—Sen-sa-cio-nal —contestó Bobby pensando «ten cuidado». Estaba inquieto, lleno de una energía que no sabía cómo descargar—. Creo que Dean y yo hemos hecho buenas migas. Me recuerda a mi abuelo. Yo tenía un abuelo que sabía mover las orejas, se llamaba Evan. Me daba veinticinco centavos si lo ayudaba a recoger leña, cincuenta si lo hacía sin la camiseta puesta. Dime: ¿cuántos años tiene Dean?

Habían echado a caminar juntos y Harriet se puso rígida y se detuvo. Giró la cabeza en dirección a Bobby, pero el pelo le caía sobre los ojos y era difícil distinguir la expresión de su cara:

—Tiene nueve años más que yo. ¿Y qué?

—No, nada. Me alegro de que seas feliz.

—Lo soy —dijo Harriet con voz demasiado aguda.

—¿Se puso de rodillas para pedirte que te casaras con él?

Harriet asintió con los labios fruncidos, recelosa.

—¿Y tuviste que ayudarlo a levantarse después? —preguntó Bobby. Su voz también sonaba algo fuera de tono y pensó: «Déjalo ya». Pero aquello era como en los dibujos animados. Se imaginaba al coyote atado delante de una máquina de tren de vapor metiendo las patas entre los raíles para intentar frenarlo, y con las pezuñas hinchadas, rojas y humeantes.

—Imbécil —dijo Harriet.

—Perdóname —dijo Bobby sonriendo y levantando las manos con las palmas hacia fuera—. Ya sabes, Bobby el gracioso. No puedo parar de hacer chistes.

Harriet vaciló un instante y estuvo a punto de darle la espalda; no sabía si creerlo. Bobby se pasó la mano por la boca.

—De manera que ya sé cómo haces reír a Dean. Y él, ¿cómo te hace reír a ti? Ah, lo olvidaba. Él no es «gracioso». Pero entonces, ¿qué hace para enamorarte, además de besarte con la dentadura puesta?

—Déjame en paz, Bobby —dijo Harriet, e hizo ademán de alejarse de él, pero Bobby la rodeó y le cerró el paso.

—No.

—Para ya.

—No puedo —dijo Bobby y de pronto comprendió que estaba enfadado con ella—. Si no es gracioso, debe tener algo, y necesito saber qué es.

—Paciencia —dijo Harriet.

—Paciencia —repitió Bobby, desconcertado por la respuesta.

—Es paciente conmigo.

—Contigo.

—Y con Robert.

—Paciente —repitió Bobby. Y durante un momento se sintió incapaz de añadir nada más, porque se había quedado sin aliento.

De pronto notó que el maquillaje le picaba y deseó que, cuando había empezado a presionarla, Harriet se hubiera ido sin contestarle, o incluso que le hubiera pegado, en todo caso que le hubiera contestado cualquier otra cosa que no fuera «paciencia». Tragó saliva y añadió:

—Eso no es suficiente. —Sabía que ya no podía parar, que iba cuesta abajo sin frenos, y que los ojos del coyote estaban a punto de salirse de las órbitas—. Quería conocer a tu pareja y ponerme enfermo de celos, pero simplemente me he puesto enfermo. ¡Quería verte con alguien atractivo, creativo, brillante, un novelista, un dramaturgo, alguien con sentido del humor y una polla de treinta y cinco centímetros! ¡No con un maderero con la cabeza rapada para quien un masaje erótico incluye pomadas medicinales!

Harriet se enjugó las lágrimas que rodaban por sus mejillas con el dorso de la mano.

—Sabía que lo odiarías, pero no pensé que fueras tan mezquino.

—No lo odio. ¿Qué se puede odiar de él? No está haciendo nada que no haría cualquiera en su lugar. Si yo fuera un carcamal de metro y medio daría saltos ante la oportunidad de conseguir una chica como tú. Desde luego que es paciente, más le vale. Debería arrodillarse todas las putas noches y lavarte los pies con óleos sacramentales, en agradecimiento por hacerlo feliz.

—Tuviste tu oportunidad. —Ella trataba de no romper a llorar. Los músculos de la cara le temblaban por el esfuerzo y tenía las facciones distorsionadas en una mueca.

—No se trata de mis oportunidades, sino de las tuyas.

Esta vez, cuando le dio la espalda, la dejó ir. Harriet se tapaba la cara con las manos. Los hombros le temblaban y mientras caminaba dejaba escapar ruiditos ahogados. Bobby la miró dirigirse hacia el murete que rodeaba la fuente donde se habían encontrado por la mañana. Entonces recordó al niño y se volvió, el corazón latiéndole con fuerza y preguntándose si el niño los habría visto u oído. Pero corría por la amplia explanada del centro comercial dando patadas al bazo, que para entonces llevaba adherida ya una buena cantidad de pelusas. Los otros dos niños muertos intentaban quitárselo.

Bobby lo observó jugar durante un rato. Uno de ellos hizo un pase largo y el bazo pasó rodando a su lado. Lo paró con un pie. Se deformaba de un modo desagradable bajo la suela de su zapato. Los niños se pararon a unos pocos metros, jadeando y esperando. Lo lanzó de una patada.

—Cógelo —dijo y se lo lanzó a Bobby, quien lo recogió con ambas manos y se alejó corriendo con la cabeza inclinada y los otros dos niños persiguiéndolo.

Cuando se volvió en dirección a Harriet vio que lo estaba mirando con las palmas de las manos apretadas contra los muslos. Esperó a que volviera la cabeza, pero no lo hizo, y terminó por interpretar su mirada como una invitación a acercarse.

Caminó hasta la fuente y se sentó junto a ella. Estaba intentando formular una disculpa cuando ella habló primero.

—Te escribí. Tú dejaste de contestarme. —Los dedos de sus pies descalzos luchaban otra vez los unos contra los otros.

—No soporto lo autoritario que es tu pie derecho —dijo él—. ¿No puede dejarle al izquierdo un poco de espacio?

Pero Harriet no le escuchaba.

—No me importó —dijo con voz ronca y congestionada. El maquillaje que llevaba era aceitoso y, a pesar de las lágrimas, no se había estropeado—. No me enfadé. Sabía que lo nuestro no podía funcionar, viéndonos sólo cuando volvías a casa a pasar las navidades. —Tragó saliva con fuerza—. Cada vez que pensaba en que un día te vería en la televisión, con la gente riéndose de tus chistes, sonreía como una estúpida. Podía pasarme una tarde entera soñando con ello. No entiendo qué es lo que te ha hecho volver a Monroeville.

Pero Bobby ya había dicho lo que le había hecho volver a casa de sus padres, a su dormitorio sobre el garaje. Dean se lo había preguntado durante la comida y había contestado la verdad.

Un jueves por la noche, la primavera anterior, había actuado temprano en un club del Village. Hizo sus veinte minutos de monólogo, que le reportaron un murmullo continuo, aunque no precisamente abrumador, de risas y un aplauso al terminar. Después se sentó junto a la barra del bar para ver algunos de los otros números. Estaba a punto de dejar su taburete y marcharse a casa cuando vio a Robin Williams saltar al escenario. Estaba en la ciudad visitando clubes, probando material. Bobby se sentó de nuevo en el taburete y se dispuso a escuchar mientras el pulso le latía con fuerza.

No podía explicar a Harriet la importancia de lo que había visto. Uno de los espectadores se aferraba al borde de su mesa con una mano y al muslo de su pareja con la otra, apretando tan fuerte que tenía los nudillos blancos. Estaba doblado, las lágrimas le rodaban por las mejillas y su risa era aguda, penetrante y convulsa, más propia de un animal que de un humano, como de perro lobo. Sacudía la cabeza de un lado a otro y agitaba una mano en el aire. «Por favor, pare, no me haga esto.» Aquello era una risa que rozaba el sufrimiento.

Robin Williams se fijó en el hombre e interrumpió su monólogo sobre la masturbación para señalarlo con el dedo y gritar: «¡Usted, eh, usted, hombre hiena histérico! ¡Tiene usted entradas gratis para cada espectáculo mío durante el resto de mi jodida vida!» Y entonces hubo una gran algazara entre el público. Risas y también aplausos, pero mezclados con algo más. Era como un retumbar de regocijo incontenible, un sonido tan inmenso que se sentía, además de oírse, y que hizo hervir algo dentro del pecho de Bobby.

Él no se rio ni una sola vez y cuando se marchó tenía el estómago revuelto, los pies le pesaban y le costó recordar el camino a casa. Cuando por fin estuvo en su apartamento, se sentó en el borde de la cama con los tirantes bajados y la camisa desabotonada, y por primera vez supo que no había esperanza para él.

Vio que algo brillaba en la mano de Harriet. Estaba jugando con unas monedas de veinticinco centavos.

—¿Vas a llamar a alguien? —le preguntó.

—A Dean —dijo—. Para que nos lleve a casa.

—No lo hagas.

—No quiero quedarme. No puedo.

Miró sus atormentados dedos de los pies, luchando entre sí, y asintió. Se levantaron al mismo tiempo y de nuevo se encontraron embarazosamente juntos.

—Hasta la vista entonces.

—Adiós —dijo Bobby. Quería cogerle de la mano, pero no lo hizo. Quería decirle algo, pero no se le ocurría nada.

—¿Alguna pareja voluntaria para que le disparen? —preguntó George Romero desde menos de un metro de distancia—. Tendría un primer plano garantizado en la película.

Bobby y Harriet levantaron la mano al mismo tiempo.

—Yo —dijo Bobby.

—Yo —dijo Harriet pisándole un pie mientras avanzaba para atraer la atención de Romero—. ¡Yo!

—Va a ser una gran película, señor Romero —dijo Bobby. Estaban prácticamente hombro con hombro, charlando, mientras Savini terminaba de colocar a Harriet su cartucho de sangre, un condón relleno a partes iguales de jarabe y colorante alimentario que cuando explotara simularía una herida de bala. Bobby ya tenía el suyo… y estaba bastante nervioso—. Algún día todos los habitantes de Pittsburgh contarán que hicieron de zombis en esta película.

—Sabes hacer muy bien esto —dijo Romero—. ¿Tienes experiencia en el mundo del espectáculo?

—Seis años en Off Broadway[10] —contestó Bobby—. Y también en casi todos los clubes de comedia.

—Y aquí estás, de vuelta en Pittsburgh. Eso es lo que se llama hacer carrera. Quédate por aquí y no tardarás en ser una estrella.

Harry se acercó de un salto a Bobby con el pelo al viento.

—¡Me van a explotar una teta!

—Magnífico —dijo Bobby—. No hay que perder la esperanza, nunca se sabe cuándo puede ocurrir algo maravilloso.

George Romero los condujo a sus marcas y les explicó lo que quería de ellos. La luz de los focos rebotaba en paraguas brillantes, arrojando un brillo blanco y un calor seco en una extensión de suelo de casi tres metros. Sobre las baldosas había un colchón nudoso de rayas junto a una columna cuadrada.

Harriet sería la primera en recibir un disparo, en el pecho. Tenía que saltar de espaldas y después seguir avanzando, ignorando la bala cuanto le fuera posible. A continuación, Bobby recibiría un balazo en la cabeza y caería al suelo. El cartucho se hallaba oculto dentro de uno de los pliegues de látex de su herida en la cabeza, y los cables que le volarían los sesos al explotar estaban escondidos entre el pelo.

---

[10] Se llaman así los locales de espectáculos que no están en la zona central de la avenida Broadway, en Times Square. *[N. de la T.]*

—Puedes caer primero y deslizarte en sentido lateral —dijo George Romero—. Cae sobre una rodilla, si quieres, y de ahí al suelo, fuera de encuadre. Si te sientes con fuerzas para hacer acrobacias, intenta caer directamente de espaldas, pero asegúrate de que sea sobre el colchón, no queremos que nadie se haga daño innecesariamente.

Sólo saldrían Bobby y Harriet en la escena y los enfocarían de cintura para arriba. Los otros extras se situaron a lo largo de las paredes del centro comercial, para observarlos. Sus miradas y sus murmullos constantes le provocaron a Bobby una agradable subida de adrenalina. Tom Savini estaba arrodillado junto a la cámara, con una caja metálica en la mano, de la que salían cables que llegaban hasta Bobby y Harriet. El pequeño Bob estaba junto a él con las manos bajo la barbilla, apretando el bazo, los ojos brillantes por la emoción. Savini le había explicado todo lo que iba a pasar, con la intención de prepararlo para ver la sangre brotar del pecho de su madre, pero el niño no estaba preocupado.

—Ya lo he visto mil veces, no me da miedo, me gusta.

Savini le había regalado el bazo como recuerdo.

—Rodando —dijo Romero, y Bobby dio un respingo. Pero ¿cómo? ¿Estaban ya rodando? Si acababan de enseñarles las marcas. ¡Madre mía! ¡Romero estaba delante de la cámara! Agarró la mano a Harriet impulsivamente y ésta le apretó los dedos y le soltó. Romero se quitó de delante de la cámara.

—¡Acción!

Bobby puso los ojos en blanco, tanto que no veía por dónde iba, dejó caer la cabeza y caminó pesadamente hacia la cámara.

—Disparad a la chica —dijo Romero.

Bobby no vio estallar el cartucho de Harriet porque iba delante de ella, pero el ruido de la explosión fue tan fuerte que lo dejó momentáneamente sordo. Saltó hacia atrás girando sobre sus talones y su hombro chocó contra algo que había detrás de él, pero que no sabía qué era. Entonces atisbó una esquina de la columna cuadrada situada junto al colchón y tuvo una súbita inspiración. Se dio de lleno con la cabeza contra la columna y conforme caía al suelo vio que una flor carmesí se dibujaba en la escayola blanca.

Se derrumbó sobre el colchón, que era lo bastante mullido como para amortiguar el golpe. Tenía los ojos llorosos y no podía ver con claridad, todo parecía distorsionado. Sobre él había una nube de humo azul y le dolía el centro de la cabeza. Tenía la cara cubierta de un fluido frío y viscoso. Cuando el zumbido en sus oídos cedió fue consciente de dos cosas. La primera era el sonido, el rugido distante y amortiguado de los aplausos, un sonido que llenó sus pulmones como si fuera aire. George Romero avanzaba hacia él también aplaudiendo, y sonriendo con hoyuelos en las mejillas. La segunda cosa de la que fue consciente Bobby fue que Harriet estaba acurrucada contra él, con una mano apoyada en su pecho.

—¿Te he tirado al suelo? —le preguntó.

—Me temo que sí —contestó ella.

—Sabía que era cuestión de tiempo para que te acostaras conmigo —dijo Bobby.

Harriet dibujó una sonrisa de satisfacción que no le había visto en todo el día. Su pecho empapado de rojo subía y bajaba con cada respiración.

El pequeño Bob corrió hasta el colchón y saltó sobre ellos. Harriet alargó un brazo y lo atrajo hasta colocarlo entre ella y Bobby. El niño sonrió y se metió el pulgar en la boca. La cara de Bobby estaba cerca de la del niño y de pronto reparó en el olor de su champú, un aroma a melón.

Harriet lo miraba fijamente por encima de la cabeza de su hijo, todavía con aquella sonrisa en la cara. Bobby dirigió la vista hacia el techo, a las claraboyas y al cielo azul y almidonado. No quería levantarse, moverse de allí. Se preguntó qué haría Harriet cuando Dean estaba trabajando y Bobby en el colegio. Al día siguiente era lunes; no sabía si tendría clase. Esperaba que no. La semana laboral se extendía ante él, libre de obligaciones o preocupaciones y llena, en cambio, de posibilidades. Los tres, Bobby, el niño y Harriet, permanecieron tumbados sobre el colchón pegados unos a otros y moviéndose sólo para respirar.

George Romero se volvió hacia ellos sacudiendo la cabeza.

—Eso ha estado muy bien, digo cuando te diste con la columna y dejaste ese reguero de sangre. Deberíamos repetirlo exactamente igual. Pero esta vez podrías intentar dejarte también algunos sesos en la columna. ¿Qué me dicen, chicos? ¿Alguien se anima a repetir?

—Yo —dijo Bobby.

—Yo —dijo Harriet—. Yo.

—Sí, por favor —dijo el pequeño Bobby, aún con el pulgar en la boca.

—Veo que hay unanimidad —dijo Bobby—. Todos queremos repetir.

La máscara de mi padre

En el camino a Big Cat Lake nos pusimos a jugar. Fue idea de mi madre. Anochecía, y cuando llegamos a la autopista estatal ya no quedaba luz en el cielo, excepto un brillo pálido y frío en el oeste. Entonces me dijo que venían por mí.

—Son personajes de la baraja de cartas —dijo—. Reyes y reinas, tan delgados que pueden deslizarse debajo de las puertas. Vienen en dirección contraria, desde el lago. Nos buscan, quieren interceptarnos y mientras sigamos en la carretera no podemos protegerte de ellos. Así que, rápido, agáchate. Aquí viene uno de ellos.

Me tumbé en el asiento trasero y al mirar hacia arriba vi los faros de un coche que venía en dirección contraria. Aún no estaba seguro de si me había tumbado para jugar o simplemente para estar más cómodo. Estaba agachado. Había hecho planes para pasar la noche en casa de mi amigo Luke Redhill: ping-pong y televisión hasta tarde, en compañía de Luke (y de su hermana mayor Jane, con sus piernas largas, y de su amiga de cabellos exuberantes, Melinda), pero al llegar a casa del colegio me había encontrado las maletas en la rampa de entrada y a mi padre cargando el coche. Entonces fue cuando me enteré de que íbamos a pasar la noche en la cabaña de mi abuelo, en Big Cat Lake. No podía enfadarme con mis padres por no haberme contado sus planes, pues seguramente no los habían hecho. Lo más probable era que hubieran decidido ir a Big Cat Lake durante la comida. Mis padres nunca tenían planes, sólo impulsos y un hijo de trece años, y nunca veían la necesidad de hacerme partícipe de ellos.

—¿Por qué no pueden protegerme? —pregunté.

—Porque hay cosas de las que el amor de una madre y el valor de un padre no pueden salvarte. Y, además, ¿quién podría enfrentarse a ellos? Ya conoces a los personajes de la baraja. Se pasean por ahí armados con hachas doradas y pequeñas espadas de plata. ¿No te has fijado lo bien armados que van siempre los triunfos en el póquer? —contestó mi madre.

—No por casualidad los primeros juegos de cartas simbolizan batallas —añadió mi padre mientras conducía con una muñeca apoyada en el volante—. Todos los juegos son variaciones del mismo argumento: reyes metafóricos peleándose por reservas limitadas de chicas y dinero.

Mi madre me miró muy seria por encima del respaldo de su asiento, con los ojos brillando en la oscuridad.

—Tenemos problemas, Jack —dijo—. Problemas graves.

—Vale —dije.

—Lleva ocurriendo un tiempo, aunque al principio te lo ocultamos porque no queríamos asustarte. Pero ahora tienes que saberlo. Verás… nos hemos quedado sin dinero por culpa de la gente de las cartas. Han estado conspirando contra nosotros, arruinando nuestras inversiones, dejando nuestras cuentas en números rojos. Han propagado rumores terribles acerca de tu padre en el trabajo, no quiero entrar en detalles que te resultarían demasiado dolorosos. Nos amenazan por teléfono. Me llaman durante el día para contarme lo que van a hacer. A mí, a ti, a todos nosotros.

—La otra noche me echaron algo en la salsa de almejas —continuó mi padre—. Y tuve tal diarrea que pensé que me iba a morir. Y la ropa llegó de la lavandería con unas extrañas manchas blancas. También fueron ellos.

Mi madre rio. He oído alguna vez que los perros tienen seis clases diferentes de ladridos, cada uno con un significado: intruso, quiero jugar, necesito orinar... Mi madre tenía todo un repertorio de risas, cada una con un significado y una identidad inconfundibles, y todas ellas maravillosas. Ésta, convulsa e incontenible, era con la que reaccionaba a los chistes escatológicos; también a las acusaciones, o cuando la sorprendían haciendo alguna travesura.

Reí con ella, ya sentado y más relajado. Por un momento su expresión había sido tan grave que olvidé que todo era un juego. Se inclinó sobre mi padre y le pasó un dedo por los labios, haciendo el gesto de cerrar una cremallera.

—Déjame contarlo a mí —dijo—. Te prohíbo que digas nada más.

—Si tenemos tantos problemas económicos —intervine yo—, podría irme a vivir con Luke durante una temporada —«y con Jane», añadí mentalmente—. No quiero ser una carga para la familia.

Mi madre me miró de nuevo.

—No es el dinero lo que me preocupa. Mañana vendrá un tasador. En casa del abuelo hay antigüedades de mucho valor, cosas que nos dejó en herencia. Vamos a ver si podemos venderlas.

Mi abuelo, Upton, había muerto el año anterior de una forma de la que no nos gustaba hablar, una muerte que no casaba en absoluto con su vida, como un final de película de terror en una edulcorada comedia de Frank Capra, un pegote. Se encontraba en Nueva York, donde tenía un apartamento en uno de los edificios de piedra rojiza típicos del Upper East

Side, una de las muchas casas que poseía. Un día llamó al ascensor y cuando la puerta se abrió entró... sólo que el ascensor no estaba y cayó desde el cuarto piso. La caída no lo mató, sino que sobrevivió un día entero en el fondo del hueco del ascensor. Éste era viejo y lento, y chirriaba siempre que tenía que desplazarse, al igual que muchos de los inquilinos del inmueble. Así que nadie oyó gritar a mi abuelo.

—¿Por qué no vendemos la casa de Big Cat Lake? —pregunté—. Nos forraríamos.

—No podemos hacerlo, la casa no es nuestra. La tenemos en usufructo la tía Blake, los gemelos Greenly, tú y yo. E incluso aunque fuera nuestra no podríamos venderla. Pertenece a la familia desde siempre.

Por primera vez desde que estaba en el coche pensé que comprendía por qué íbamos en realidad a Big Cat Lake. Mis planes para el fin de semana habían sido sacrificados en aras de la decoración de interiores. A mi madre le volvía loca la decoración: elegir cortinas, pantallas de lámparas, chapas especiales para las puertas de los armarios. Alguien le había encargado redecorar la cabaña de Big Cat Lake —bueno, en realidad lo más probable es que ella misma se hubiera adjudicado la tarea—, y tenía intención de deshacerse de todos los trastos viejos.

Me sentí como un estúpido por haberla dejado distraerme de mi malhumor con sus juegos.

—Quería dormir en casa de Luke —dije.

Mi madre me dirigió una mirada traviesa y de complicidad con los ojos entornados y sentí una inmediata punzada de desasosiego. Era una mirada que me hacía preguntarme cuánto sabía y si había averiguado la verdadera razón de mi amistad con Luke, un chico sin modales y con tendencia a meterse el dedo en la nariz, buena persona, pero al que yo consideraba intelectualmente inferior.

—Allí no estarías a salvo. La gente de la baraja te encontraría —dijo en un tono alegre, y quizá demasiado esquivo.

Miré al techo del coche.

—Vale.

Seguimos circulando en silencio.

—¿Por qué vienen por mí? —pregunté, aunque para entonces estaba harto del juego, no quería seguir con él.

—Es porque hemos tenido muchísima suerte, nadie debería ser tan afortunado como nosotros, ellos no lo soportan. Pero si consiguen atraparte, entonces estaríamos empatados. No importa la suerte que hayas tenido en la vida; si pierdes un hijo se acabaron los buenos tiempos.

Éramos afortunados, cierto, quizá incluso muy afortunados, y no era simplemente que tuviéramos dinero, como el resto de los miembros de nuestra numerosa familia de inútiles que vivían de las rentas. Mi padre tenía más tiempo para mí que los otros padres. Se marchaba a trabajar después de que yo me hubiera ido al colegio, y por lo general ya estaba en casa cuando yo volvía, y si no tenía otra cosa más importante que hacer, solíamos ir a jugar unos hoyos al campo de golf. Mi madre era guapa, todavía joven, treinta y cinco años, y tenía un instinto natural para las travesuras que la hacía extremadamente popular entre mis amigos. Yo sospechaba que muchos de ellos, incluido Luke Redhill, se habían masturbado más de una vez pensando en ella, y en gran medida la atracción que sentían hacia ella explicaba su interés por ser amigos míos.

—¿Y por qué es seguro Big Cat Lake? —pregunté.

—¿Quién ha dicho que lo sea?

—Entonces, ¿por qué vamos?

Se dio la vuelta.

—Para disfrutar encendiendo la chimenea, dormir hasta tarde, desayunar pastelillos y pasarnos la mañana en pijama.

Incluso aunque temamos por nuestras vidas no hay razón para pasarnos todo el fin de semana sufriendo.

Puso una mano en el cuello de mi padre y jugueteó con sus cabellos. Entonces se puso rígida y le hundió las uñas en la carne, justo debajo del pelo.

—Jack —me dijo. Miraba por la ventanilla del conductor hacia algo que había en la oscuridad—. Agáchate, Jack, agáchate.

Íbamos por la autopista 16, larga y recta, con una mediana baja de hierba entre los carriles. Había un coche estacionado en dirección contraria, entre los carriles, y cuando pasamos junto a él se encendieron los faros. Volví la cabeza y lo miré un momento antes de agacharme. El coche —un Jaguar plateado nuevo— enfiló la carretera y aceleró detrás de nosotros.

—Te dije que no debían verte —dijo mi madre—. Acelera, Harry. Aléjate de ellos.

Nuestro coche aceleró en la oscuridad. Apoyé las manos en el asiento y me arrodillé para mirar por el cristal trasero. El otro coche seguía exactamente a la misma distancia, daba igual lo rápido que fuéramos, entraba en las curvas de la carretera con una seguridad silenciosa y amenazante. Por momentos el aire se me quedaba atascado en la garganta y tenía que acordarme de respirar. Las señales de tráfico pasaban en ráfagas ante mis ojos, y la velocidad me impedía leerlas.

El Jaguar nos siguió durante cinco kilómetros antes de desviarse hacia el estacionamiento de un restaurante de carretera. Cuando me di la vuelta en el asiento mi madre se estaba encendiendo un cigarrillo con el círculo anaranjado del mechero del coche, mientras mi padre cantaba en voz baja, aflojando el pie del acelerador. Movía la cabeza suavemente de un lado a otro, siguiendo el ritmo de una melodía que yo no conocía.

Corrí por la oscuridad mientras el viento me hacía agachar la cabeza sin dejarme ver por dónde iba. Mi madre me seguía de cerca y ambos nos apresuramos hacia la entrada. No había ninguna luz que iluminara la casa, situada junto al agua. Mi padre había apagado los faros del coche y la casa estaba en un bosque, al final de un camino de tierra lleno de baches, sin farolas. Detrás de la casa pude atisbar el lago, como un agujero en un mundo lleno de pesada oscuridad.

Mi madre nos abrió la puerta y empezó a dar las luces. La cabaña estaba distribuida en torno a una gran habitación central con techo de madera con vigas vistas y paredes hechas de tablones con la corteza roja descascarillada por algunos sitios. A la izquierda de la puerta había un vestidor, con un espejo oculto por dos cortinas negras. Caminé a tientas con las manos en los bolsillos para entrar en calor y me acerqué al vestidor. A través de las cortinas semitransparentes vi una figura difusa y pálida, mi propio reflejo oscurecido, que acudía a mi encuentro en el espejo. Sentí una punzada de desazón al verme, una sombra sin rasgos acechando tras las cortinas, alguien a quien no reconocía. Pero entonces aparté la cortina y me vi, con las mejillas enrojecidas por el viento.

Estaba a punto de darme la vuelta cuando reparé en las máscaras. El espejo estaba apoyado en dos delgados fustes, de cada uno de los cuales colgaban unas pocas máscaras, de esas que cubren sólo los ojos y parte de la nariz, como la que usa el Llanero Solitario. Una tenía bigotes y estaba cubierta de purpurina. Quien se la pusiera parecería un ratón vestido de fiesta. Otra era de terciopelo negro y habría resultado apropiada para una cortesana de camino a una mascarada eduardiana.

Toda la cabaña estaba decorada con máscaras, que colgaban de los pomos de las puertas y de los respaldos de las sillas. Una grande y de color rojo me miraba, furiosa, desde la repisa de la chimenea, un demonio surrealista hecho de papel maché lacado, con un pico curvo y plumas alrededor de los ojos, perfecta para disfrazarse de la Peste Negra en una fiesta temática dedicada a Edgar Allan Poe.

La más inquietante de todas colgaba del pestillo de una de las ventanas. Estaba hecha de un plástico algo deformado y parecía la cara de un hombre tallada en un bloque de hielo. Era difícil verla, puesto que se confundía con el cristal de la ventana y me sobresalté cuando la atisbé por el rabillo del ojo.

La puerta principal se abrió de golpe y entró mi padre arrastrando el equipaje. Al mismo tiempo mi madre me habló a mi espalda.

—Cuando éramos pequeños, sólo unos niños, tu padre y yo solíamos escaparnos aquí para huir de todo el mundo. Espera. Espera, ya lo sé, vamos a hacer un juego. Tienes tiempo hasta que nos marchemos para averiguar en cuál de estas habitaciones fuiste concebido.

Disfrutaba tratando de escandalizarme de vez en cuando con revelaciones íntimas y no deseadas sobre ella y mi padre. Fruncí el ceño y le dirigí lo que quería ser una mirada de reprobación, pero ella rio, como siempre, y ambos nos sentimos satisfechos, habiendo representado nuestros respectivos papeles a la perfección.

—¿Había cortinas en todos los espejos?

—No lo sé —me contestó—. Tal vez quien durmió aquí la última vez las colgó, en recuerdo de tu abuelo. Según la tradición judía, cuando alguien muere, quienes le velan cubren los espejos. Es un recordatorio contra la vanidad.

—Pero nosotros no somos judíos —dije.

—Pero es una costumbre bonita. A todos nos vendría bien dedicar menos tiempo a pensar en nosotros mismos.

—¿Y por qué todas esas máscaras?

—Toda casa de vacaciones debería tener unas cuantas. ¿Qué pasa si quieres darle unas vacaciones a tu cara de siempre? Yo ya estoy harta de ser siempre la misma persona, la verdad. ¿Qué te parece ésa? ¿Te gusta?

Yo acariciaba, distraído, la máscara transparente que colgaba de la ventana. Cuando mi madre me hizo reparar en ello retiré la mano y un escalofrío me recorrió los antebrazos.

—Deberías ponértela —me dijo con una voz entrecortada e impaciente—. Para ver qué aspecto tienes con ella puesta.

—Es horrible —dije.

—¿Estarás bien durmiendo solo? Si quieres, puedes dormir con nosotros, es lo que hiciste la última vez que viniste. Aunque eras mucho más pequeño.

—Está bien. No quiero ser un estorbo, en caso de que se les ocurra dedicarse a concebir a alguien más esta noche.

—Ten cuidado con lo que deseas —dijo—. La historia se repite.

Los únicos muebles que había en mi habitación eran un catre de campaña con sábanas que olían a naftalina y un armario apoyado contra una pared, con cortinas de estampado de cachemira cubriendo el espejo del fondo. Una máscara de media cara colgaba de la barra de la cortina. Estaba hecha de hojas de seda verdes, cosidas y adornadas con lentejuelas color esmeralda, y me pareció bonita hasta que apagué la luz. En la oscuridad, las hojas parecían las agallas óseas de la cara de un lagarto, con unas cuencas oscuras muy abiertas, donde habrían estado los ojos. Encendí la luz, me levanté y la coloqué mirando contra la pared.

Había árboles alrededor de la casa, y en ocasiones una rama golpeaba uno de los muros con un ruido que me despertaba, pensando que había alguien llamando a mi puerta. Me quedaba dormido otra vez y enseguida me despertaba de nuevo. El viento se convirtió en un fino aullido y de algún lugar llegaba un sonido metálico y constante, un pin-pin-pin, como de una rueda empujada por el vendaval. Me levanté y fui hasta la ventana, aunque no esperaba ver nada. Sin embargo, la luna estaba en el cielo y sus haces de luz se colaban entre las copas de los árboles, mecidas por el viento como bancos de pececillos plateados que viven en aguas profundas y brillan en la oscuridad.

Había una bicicleta apoyada contra un árbol, de esas antiguas, con una rueda delantera gigantesca y la trasera tan pequeña que resultaba cómica. La delantera daba golpecitos: pin-pin-pin. Un niño corrió por la hierba en dirección a ella; era rechoncho y de pelo claro, iba vestido con una pijama blanca, y al verle sentí un miedo repentino. Cogió el manillar de la bicicleta y luego irguió la cabeza como si hubiera oído algo. Yo maullé de miedo y me aparté de la ventana. El niño me miró. Tenía ojos y dientes plateados y hoyuelos en sus regordetas mejillas de Cupido. Entonces me desperté en mi cama con olor a naftalina, ahogando gemidos de temor en la garganta.

Cuando se hizo de día y conseguí despertarme definitivamente, me encontré en la habitación principal, debajo de pesados edredones y con el sol dándome en la cara. La huella de la cabeza de mi madre todavía era visible en la almohada que había junto a mi cabeza. No recordaba haber ido corriendo hasta allí durante la noche, y me alegraba de ello. A mis trece años aún era un niño, pero tenía mi orgullo.

Me quedé allí tendido, como un lagarto sobre una roca —atontado por el sol y despierto sin ser consciente de ello—, hasta que oí a alguien descorrer una cremallera en el otro extremo de la habitación. Miré a mi alrededor y vi a mi padre abriendo una maleta sobre la cómoda. El frufrú de los edredones debido a mis movimientos llamó su atención y volvió la cabeza para mirarme.

Estaba desnudo y el sol de la mañana bañaba su cuerpo compacto y de baja estatura. Llevaba puesta la máscara de plástico transparente que colgaba de la ventana del salón la noche anterior. Le aplastaba los rasgos de la cara, que resultaban irreconocibles. Me miraba sin expresión alguna, como si no hubiera sabido que estaba allí o incluso como si no me conociera. Su grueso pene descansaba en una mata de pelo rojizo. No era la primera vez que lo veía desnudo, pero con la máscara parecía otra persona y su desnudez me desconcertaba. Me miró sin hablar, lo que me desconcertó todavía más.

Abrí la boca para decir hola, buenos días, pero noté un silbido en el pecho. Por un instante pensé, literal, no metafóricamente, que aquel hombre podría no ser mi padre. Me sentía incapaz de sostenerle la mirada, así que aparté los ojos, salí de la cama y caminé hasta el salón haciendo esfuerzos por no correr.

De la cocina salía el sonido metálico de una cacerola y del agua corriente. Seguí los sonidos hasta mi madre, que estaba delante del fregadero, llenando la tetera. Escuchó mis pisadas y me miró por encima del hombro. Al verla me detuve bruscamente. Llevaba puesta una máscara negra de gato, ribeteada de falsos diamantes y con brillantes bigotes. No estaba desnuda, llevaba una camiseta de la marca de cerveza Miller Lite, que le llegaba hasta las caderas, pero las piernas estaban descubiertas y cuando se inclinó sobre el fregadero para cerrar el grifo alcancé a ver unas medias negras con liguero. Sin embargo, el hecho de que me sonriera al verme en lugar de mirarme como si no me conociera me tranquilizaba.

—Hay pastelillos en el horno —dijo.

—¿Por qué lleváis máscaras papá y tú?

—Es halloween, ¿no?

—Hoy no —contesté—. Más bien el jueves que viene.

—¿Hay alguna ley que prohíba celebrarlo antes? —preguntó. Después se detuvo junto a la cocina con un guante de horno en una mano y me dirigió otra mirada—. De hecho, de hecho...

—Ya empezamos. Ha llegado el camión de la basura y en un momento abrirá la puerta trasera y empezará a salir la mierda.

—De hecho en esta casa es siempre halloween. Se llama la Casa de las Máscaras, es nuestro nombre secreto para ella. Y una de las reglas es que cuando uno está aquí siempre tiene que llevar puesta una máscara. Siempre ha sido así.

—Creo que esperaré hasta que llegue halloween.

—Tienes que ponerte una máscara. Los de la baraja de cartas te vieron anoche y van a venir por ti. Tienes que ponerte una máscara para que no te reconozcan.

—¿Y por qué no iban a reconocerme? Yo te he reconocido a ti.

—Eso es lo que tú crees —dijo parpadeando cómicamente—. Los de la baraja de cartas no te reconocerían detrás de una máscara. Es su talón de Aquiles, se guían sólo por las apariencias. Sólo piensan unidimensionalmente.

—Ja, ja —dije—. ¿Cuándo viene el tasador?

—No sé, más tarde. Ni siquiera estoy segura de que vaya a venir. Puede que me lo inventara.

—Sólo llevo aquí veinte minutos y ya estoy aburrido. ¿No podrían haberme buscado una niñera y haber venido aquí solos un fin de semana a ponerse máscaras y hacer bebés?

Tan pronto como hube dicho aquellas palabras sentí que me ruborizaba, pero me alegraba de haberme atrevido a burlarme de ella por las máscaras, la ropa interior negra y aquella pantomima que se habían inventado, y que yo era demasiado joven para entender. Mi madre dijo:

—Prefiero que estés aquí. Así no te meterás en problemas con esa chica.

Para entonces las mejillas me ardían como pavesas cuando alguien las sopla.

—¿Qué chica?

—No estoy segura. O Jane Redhill o su amiga. Probablemente su amiga, esa con la que siempre sueñas encontrarte cuando vas a casa de Luke.

A Luke era a quien le gustaba la amiga, Melinda. A mí me gustaba Jane. Pero mi madre había adivinado lo suficiente como para haberme sentido incómodo. Al ver que me callaba su sonrisa se ensanchó.

—Está buena, ¿no? La amiga de Jane. Estoy segura de que las dos lo están, aunque la amiga parece más tu tipo. ¿Cómo se llama? ¿Melinda? Por la forma en que se pasea por ahí con esos pantalones anchos de granjero me apuesto cualquier cosa a que se pasa las tardes leyendo en una casa en un árbol que construyó con su padre. Seguro que sabe colocar su propio cebo y juega al futbol con los chicos.

—A Luke le gusta.

—Así que es Jane.

—¿Quién ha dicho que tenga que ser una de las dos?

—Tiene que haber alguna razón para que pases tanto tiempo con Luke, además de Luke. —Hizo una pausa y añadió—: Jane vino una vez a casa vendiendo suscripciones a una revista para recaudar dinero para su iglesia, hace unos días. Parece una chica muy sana, con una gran conciencia cívica. Me hubiera gustado que tuviera más sentido del humor. Cuando seas un poco mayor deberías deshacerte de Luke, tirarlo a la antigua cantera, y Melinda caerá en tus brazos. Podrán llorarle juntos, la pena puede ser muy romántica.

Cogió mi plato vacío y se levantó.

—Busca una máscara y únete al juego.

Dejó mi plato en el fregadero y salió de la habitación. Yo terminé el vaso de jugo y deambulé por la habitación. Eché una mirada al dormitorio principal justo cuando mi madre cerraba la puerta detrás de ella. El hombre al que había tomado por mi padre aún llevaba su máscara de hielo y se había puesto unos pantalones. Durante un instante nuestros ojos se encontraron, los suyos con una mirada desapasionada y que me resultaba extraña. Apoyó una mano en la cadera de mi madre con gesto posesivo. Entonces se cerró la puerta y no pude verlos más.

Fui a la otra habitación, me senté en el borde de la cama y me puse los tenis. El viento gemía bajo los aleros del tejado. Me sentía melancólico y algo indispuesto, quería irme a casa y no se me ocurría qué hacer. Al ponerme en pie vi la máscara verde hecha de hojas de seda, vuelta de nuevo hacia el espejo. La cogí y la froté con los dedos índice y pulgar, notando su suavidad resbaladiza y, casi sin pensarlo, me la puse.

Mi madre estaba en el salón, recién duchada.

—Eres tú —dijo—. Muy dionisiaco, muy Pan. Deberíamos ponerte una toalla a modo de túnica.

—Estaría bien, hasta que empezara la hipotermia.

—Hay corriente aquí, ¿verdad? Tendríamos que encender un fuego. Uno de nosotros tiene que ir al bosque por leña.

—No puedo imaginarme quién será.

—Espera. Ya lo sé. Propongo un juego, será emocionante.

—Desde luego, no hay nada que anime más una mañana que pasear por el bosque buscando leña.

—Escucha, no te alejes del sendero. Los niños que lo hacen nunca encuentran el camino de vuelta. Además, y esto es lo más importante de todo, no dejes que nadie te vea a no ser que lleve máscara. Cualquiera que lleve máscara se está escondiendo de la gente de la baraja, como nosotros.

—Si los bosques son tan peligrosos para los niños, quizá debería quedarme aquí y papá o tú ir en mi lugar. ¿Es que no va a salir nunca del dormitorio?

Pero mi madre negaba con la cabeza.

—Los adultos no pueden ir al bosque, porque el sendero no es seguro para alguien de mi edad, ni siquiera puedo verlo. Cuando te haces mayor desaparece de la vista. Yo lo sé porque tu padre y yo solíamos pasear por él, cuando veníamos aquí de adolescentes. Sólo los jóvenes pueden orientarse en las maravillas y espejismos que pueblan el frondoso bosque.

Fuera, el día estaba gris y frío bajo el cielo de color de panza de burro. Fui a la parte posterior de la casa para ver si había leña amontonada, y cuando pasé por delante del dormitorio principal mi padre golpeó el cristal. Fui hasta la ventana para ver lo que quería y me sorprendió mi reflejo en el cristal, superpuesto a su cara. Yo llevaba todavía la máscara verde de hojas, y por un momento lo había olvidado.

Abrió el batiente de la ventana y se asomó con la cara oprimida bajo el caparazón de plástico transparente y sus ojos azul hielo un tanto inexpresivos.

—¿Adónde vas?

—Al bosque, supongo. Mamá quiere que traiga leña para encender la chimenea.

Sacó los brazos por la hoja abierta de la ventana y miró en dirección al jardín, donde unas hojas anaranjadas revoloteaban en el lindero del césped.

—Me encantaría ir.

—Pues ven.

Me miró y sonrió, por primera vez en aquel día.

—No, ahora no puedo. Te diré una cosa, ve tú y tal vez me reúna allí contigo más tarde.

—Vale.

—Es curioso. En cuanto dejas este lugar te olvidas de lo... puro que es. De cómo huele el aire. —Miró la hierba y el lago otra vez, y después volvió la cabeza hacia mí—. También te olvidas de otras cosas, Jack. Escucha, no quiero que olvides...

La puerta se abrió detrás de él, en el otro extremo de la habitación, y mi padre se calló. Mi madre estaba en el umbral, vestida con pantalones y un suéter y jugando con la gruesa hebilla de su cinturón.

—Chicos —dijo—. ¿De qué hablan?

Mi padre no se volvió para mirarla, sino que siguió con la vista fija en mí y bajo su nuevo rostro de cristal derretido creí ver una expresión de humillación, como si lo hubieran encontrado haciendo algo ligeramente embarazoso. Entonces recordé cuando, la noche anterior, mi madre se había llevado el dedo a los labios como cerrando una cremallera imaginaria. Me sentí raro y algo mareado. De pronto se me ocurrió que estaba siendo testigo de alguna clase de juego morboso entre mis padres, y que cuanto menos supiera de ello más feliz sería.

—Nada —dije—. Le estaba contando a papá que me voy a dar un paseo. Así que me voy a dar el paseo —añadí mientras me alejaba de la ventana.

Mi madre carraspeó y mi padre cerró lentamente la ventana, mientas seguía mirándome. Echó el pestillo y después presionó la palma de la mano contra el cristal, dejando una huella húmeda, una extremidad fantasma que se encogió hasta desaparecer. Después bajó la persiana.

Me olvidé de que tenía que recoger leña en cuanto eché a andar. Para entonces había decidido que mis padres me querían lejos de la casa para poder estar solos, lo que me ponía de mal humor. Al llegar al sendero me quité la máscara y la colgué de una rama.

Caminé con la cabeza gacha y las manos en los bolsillos del abrigo. Durante unos metros el camino discurría paralelo al lago, cuyo color azul gélido se atisbaba entre la maleza. Estaba demasiado ocupado pensando que si ellos querían jugar a ser unos pervertidos y malos padres deberían haber venido a Big Cat Lake sin mí para darme cuenta de que el camino se desviaba y se alejaba del agua, y no levanté la vista hasta que escuché el sonido procedente del sendero: un zumbido metálico, como el de un acero que cruje bajo el peso de algo. Justo delante de mí el camino se dividía para evitar una roca del tamaño y la forma de un ataúd medio enterrado. Después, el camino se unía otra vez y se perdía entre los pinos.

Me sentí alarmado, sin saber por qué. Fue algo en el viento, que comenzó a soplar en ese mismo instante, haciendo que los árboles se agitaran en dirección al cielo, algo en la manera en que las hojas empezaron a revolotear entre mis pies, como si tuvieran prisa por alejarse del camino. Sin pensarlo me agaché detrás de la roca y apreté las rodillas contra el pecho.

Un instante después el niño de la bicicleta antigua —el que pensé que había soñado— pasó pedaleando a mi izquierda, sin mirarme siquiera. Llevaba la misma pijama de la noche anterior y a la espalda unas alas blancas sujetas por un arnés con correas también blancas. Tal vez las llevaba puestas la primera vez que le vi y no había reparado en ellas en la oscuridad. Cuando pasó a mi lado pude ver sus mejillas con hoyuelos y sus rizos rubios, unos rasgos que le daban un expresión de serenidad. Su mirada era fría y distante y parecía buscar algo. Le observé mientras conducía con destreza su bicicleta de Charlot entre piedras y raíces y después enfilaba una curva y desaparecía.

Si no le hubiera visto por la noche habría pensado que era un niño disfrazado camino de una fiesta, aunque hacía demasiado frío para andar por ahí en pijama. Quería volver a la cabaña, lejos del viento y a salvo, con mis padres. Me daban miedo los árboles, bailando y susurrando a mi alrededor.

Pero cuando me moví fue para continuar en la misma dirección, mirando por detrás del hombro para asegurarme de que el ciclista no me seguía. No me atrevía a regresar por el sendero, porque sabía que el niño de la bicicleta estaba allí, en algún lugar, en el camino de vuelta a la cabaña.

Apreté el paso esperando encontrar una carretera o alguna de las otras casas de veraneo del lago, deseando estar en cualquier parte que no fuera aquel bosque. Y cualquier parte estaba de hecho a menos de diez minutos caminando de la roca con forma de ataúd. Estaba escrito claramente: A CUALQUIER PARTE, en un tablón viejo clavado en el tronco de un pino en un claro en el bosque, donde en otro tiempo la gente debió de acampar y encender hogueras. En el suelo había restos de un círculo de piedras ennegrecidas, con unos cuantos leños carbonizados. Alguien, tal vez unos niños, había construido un cobertizo entre dos rocas, más o menos de la misma altura e inclinadas la una contra la otra. Estaban unidas por un tablón de aglomerado. En la entrada al claro había un tronco que hacía las veces de asiento y de barrera por la que había que trepar para entrar en el refugio.

Me quedé allí, ante los restos del fuego de campamento, tratando de recuperar la compostura. De uno de los extremos del calvero salían dos caminos muy parecidos, dos estrechos surcos medio ocultos entre los matorrales. Era imposible saber adónde conducían.

—¿Qué es lo que intentas hacer? —dijo una niña a mi izquierda, con voz aguda y en tono alegre.

Di un salto hacia atrás y me volví. La niña se asomaba desde el refugio, con las manos en el tronco. No la había visto, oculta entre las sombras del cobertizo. Tenía el pelo negro y me pareció que sería algo mayor que yo —dieciséis años tal vez—, y me dio la impresión de que era guapa, aunque era difícil saberlo con seguridad, pues llevaba una máscara de lentejuelas con un abanico de plumas de avestruz en uno de los extremos. Justo detrás de ella, en la oscuridad, había un niño con la mitad superior de la cara oculta bajo una máscara de plástico del color de la leche.

—Estoy buscando el camino de vuelta —dije.

—¿De vuelta adónde? —preguntó la niña.

El niño que estaba arrodillado detrás de ella miró con interés el trasero de la chica, enfundado en unos jeans desgastados. La chica estaba, no sé si consciente o inconscientemente, meneando levemente las caderas de un lado a otro.

—Mi familia tiene una casa de veraneo cerca de aquí y me preguntaba si alguno de esos caminos me llevaría hasta allí.

—Puedes volver por donde has venido —dijo la chica, pero con expresión traviesa, como si supiera que yo tenía miedo a dar la vuelta.

—Prefiero no hacerlo.

—¿Qué es lo que te ha traído hasta aquí? —preguntó el niño.

—Mi madre me mandó a recoger leña.

El chico soltó una carcajada.

—Suena como el principio de un cuento para niños —dijo mientras la chica lo miraba con desaprobación—. Y de los malos. Tus padres ya no tienen dinero para darte de comer, así que te envían a perderte al bosque. Al final acabas en la cazuela de alguna bruja, o como relleno de un pastel. Deberías tener cuidado.

—¿Quieres jugar a las cartas con nosotros? —preguntó la chica mientras exhibía una baraja.

—Sólo quiero volver a casa. No quiero que mis padres se preocupen.

—Siéntate y echa una partida con nosotros —insistió—. Jugamos a hacer rondas de preguntas. El que gana una mano tiene que hacer una pregunta a cada uno de los perdedores y ellos tienen que contestar la verdad, sea cual sea. Así que, si me ganas, puedes preguntarme cómo volver a tu casa sin encontrarte con el niño de la bicicleta vieja, y tendré que decírtelo.

—¿A qué juegan? —pregunté.

—A una especie de póquer. Se llama Manos Frías, porque es a lo único que se puede jugar cuando hace frío.

El chico negó con la cabeza:

—Es de esos juegos en que se van inventando las reglas sobre la marcha.

Su voz, que tenía un cierto deje adolescente, me resultaba familiar.

Pasé por encima del tronco y la chica se arrodilló, deslizándose hacia la parte más oscura bajo los tablones de aglomerado, para hacerme sitio. No paraba de hablar y barajar las gastadas cartas.

—No es difícil. Reparto cinco cartas boca arriba a cada jugador. El que tiene la mejor mano gana. Seguramente te parece demasiado fácil, pero luego hay una serie de reglas muy divertidas. Si sonríes durante la partida el jugador a tu izquierda puede cambiar una de sus cartas por una tuya. Si eres capaz de construir una casa con las tres primeras cartas que te reparten y los otros jugadores no consiguen derribarla soplando puedes elegir tu cuarta carta de entre toda la baraja. Si sacas una prenda negra los otros jugadores te tiran piedras hasta matarte. Si tienes preguntas, guárdatelas. Sólo el ganador puede hacerlas. El que pregunte algo mientras el juego está en marcha pierde automáticamente. ¿De acuerdo? Empecemos.

Mi primera carta era una Sota Perezosa. Lo supe porque lo ponía en la parte de abajo y porque era un dibujo de un paje de cabellos dorados que estaba recostado en unos almohadones de seda, mientras una chica de harén le limaba las uñas de los pies. Hasta que la chica no me dio mi segunda carta —un tres de anillos—, no registré mentalmente lo que había dicho sobre la prenda negra.

—Perdona —empecé a decir—, pero ¿qué es una...?

La chica arqueó las cejas y me miró con expresión seria.

—Olvídalo —dije.

El chico hizo un sonido con la garganta y la chica gritó:

—¡Ha sonreído! Puedes cambiar una de tus cartas por otra suya.

—¡No he sonreído!

—Claro que sí —dijo ella—. Lo he visto. Quédate con su reina y dale tu sota.

Le di al chico mi Sota Perezosa y le quité su Reina de las Sábanas. Mostraba una chica desnuda dormida entre una maraña de sábanas en una cama con dosel. Tenía el pelo castaño y liso y rasgos fuertes y hermosos, y se parecía a la amiga de Jane, Melinda. Después me tocó el Rey de los Peniques, un tipo de barba pelirroja cargado con un saco de monedas a punto de romperse. Estaba seguro de que la chica con la máscara negra me lo había dado tras sacarlo de debajo de la baraja. Se dio cuenta de que la había visto y me dirigió una mirada fría y desafiante.

Cuando todos tuvimos tres cartas nos dedicamos un rato a construir casas que los otros no pudieran derribar de un soplido, pero ninguno lo conseguimos. Después me repartieron la Reina de las Cadenas y una carta con las reglas del continental escritas, y estuve a punto de preguntar si se había colado en la baraja por equivocación, pero me lo pensé mejor. A ninguno nos salió una prenda negra, aunque yo no sabía qué aspecto tenía.

—¡Ha ganado Jack! —gritó la chica, lo que me puso algo nervioso, ya que en ningún momento les había dicho mi nombre—. ¡Jack es el ganador! —Se abalanzó sobre mí y me abrazó con fuerza. Luego se separó y empezó a meterme mis cartas en el bolsillo de la chaqueta—. Tienes que quedarte con tu mano ganadora, para que te acuerdes de lo bien que nos lo hemos pasado. No importa, a la baraja ya le faltan un montón de cartas. ¡Sabía que ganarías!

—Evidentemente —dijo el chico—. Primero se inventa un juego con reglas que sólo ella entiende y después hace trampas de manera que gane quien ella quiere.

La chica estalló en grandes carcajadas, insolentes y desenfrenadas, y sentí un escalofrío en la nuca. Pero en realidad creo que antes de ese momento ya sabía, antes incluso de que riera, con quién estaba jugando a las cartas.

—La clave para evitar perder es jugar sólo a juegos que tú mismo te inventas —dijo la chica—. Adelante, Jack. Pregunta lo que quieras, estás en tu derecho.

—¿Cómo puedo llegar a casa sin volver por donde he venido?

—Es fácil, no tienes más que coger el sendero que tiene el letrero «A cualquier parte». Te llevará a donde quieras ir, por eso dice «A cualquier parte».

—Vale, gracias. Ha estado bien el juego. No lo he entendido, pero me lo he pasado bien jugando. —Trepé por encima del tronco.

No había ido muy lejos cuando me llamó. Me di la vuelta y vi que estaban los dos juntos apoyados en el tronco y mirándome.

—No olvides —dijo la chica— que también tienes derecho a hacerle una pregunta a él.

—¿Los conozco? —pregunté.

—No —contestó el chico—. Creo que en realidad no nos conoces a ninguno de los dos.

Había un Jaguar estacionado en la rampa de entrada detrás del coche de mis padres. El interior era de color cereza brillante y los asientos tenían aspecto de estar sin estrenar. Parecía recién salido del concesionario. Para entonces estaba atardeciendo y desde el oeste llegaba la luz sesgada, colándose entre las copas de los árboles. Me parecía extraño que fuera ya tan tarde.

Subí a saltos las escaleras, pero antes de que alcanzara la puerta mi madre salió, llevando todavía la máscara de gatita sexy.

—Tu máscara —dijo—. ¿Qué has hecho con ella?

—La perdí. —No le dije que la había colgado en una rama porque me daba vergüenza que me vieran con ella. Ahora, sin embargo, deseaba llevarla, aunque no habría sabido explicar por qué.

Miró nerviosa hacia el interior de la casa y después se inclinó hacia mí.

—Lo supuse y por eso estoy preparada. Ponte ésta —me dijo ofreciéndome la máscara de plástico transparente de mi padre.

La miré un momento, recordando cómo me sobresalté la primera vez que la vi, y cómo aplastaba las facciones de mi padre, volviéndolas frías y amenazadoras. Pero cuando me la puse me quedaba bien. Olía ligeramente a mi padre, a café y al aroma marino de su loción de afeitar. Me reconfortaba sentirlo tan cerca.

Mi madre me dijo:

—Nos vamos en unos minutos. A casa. En cuanto el tasador termine su trabajo. Vamos, vamos. Ya casi ha terminado.

La seguí dentro de la casa, pero me detuve en la puerta. Mi padre estaba sentado en el sofá, descalzo y sin camisa. Parecía que un cirujano le hubiera dibujado marcas en el cuerpo para una operación: líneas discontinuas y flechas que señalaban el hígado, el bazo y los intestinos. Tenía los ojos fijos en el suelo y semblante inexpresivo.

—¿Papá? —pregunté.

Levantó la vista y la paseó de mi madre a mí y después de vuelta al suelo. Seguía inexpresivo e impasible.

—Chiss —chistó mi madre—. Papá está ocupado.

Escuché un sonido de tacones en el suelo de madera, a mi derecha, y cuando miré vi al tasador saliendo de la habitación principal. Había supuesto que sería un hombre, pero se trataba de una mujer de mediana edad vestida con chaqueta de tweed y en cuyos cabellos rubios y ondulados asomaban algunas canas. Tenía unos rasgos austeros y majestuosos, unos pómulos pronunciados y expresivos y unas cejas arqueadas propias de la aristocracia británica.

—¿Ha visto algo que le guste?

—Tienen algunas piezas magníficas —dijo la tasadora y dirigió la vista a los hombros desnudos de mi padre.

—Bien —dijo mi madre—. Por mí no se preocupe. —Me pellizcó suavemente el brazo y acercándose me susurró—: Defiende el fuerte. Vuelvo enseguida.

Dirigió a la tasadora una leve sonrisa estrictamente cortés y desapareció en el dormitorio principal, dejándonos solos a los tres.

—Lo sentí mucho cuando me enteré de que Upton había muerto —dijo la tasadora—. ¿Lo echas de menos?

La pregunta era tan inesperada y directa que me sorprendió. O tal vez fue su tono, que no me pareció compasivo, sino demasiado curioso, deseoso de escuchar algo triste.

—Supongo. Tampoco es que fuéramos íntimos. De todas formas, creo que tuvo una buena vida.

—Desde luego que sí —dijo.

—Me conformaría con que a mí me fueran las cosas la mitad de bien.

—Verás que sí —aseguró, y puso una mano en la espalda de mi padre y empezó a masajearle cariñosamente.

Fue un gesto tan natural y obscenamente íntimo que al verlo sentí un espasmo en el estómago. Aparté la vista —tenía que hacerlo— y me fijé por casualidad en el espejo de la pared del fondo del vestidor. Las cortinas estaban entreabiertas y pude ver el reflejo de una mujer de la baraja de pie detrás de mí. Era la reina de espadas, con ojos negros altivos y distantes y ropas negras pintadas sobre el cuerpo. Alarmado, aparté la vista del espejo y la dirigí de nuevo al sofá. Mi padre sonreía como en trance, recostado sobre las manos que le acariciaban los hombros. La tasadora me miraba con ojos entrecerrados.

—No es tu cara —me dijo—. Nadie tiene una cara así, hecha de hielo. ¿Qué es lo que escondes?

Mi padre se puso rígido y se le borró la sonrisa. Se enderezó y apartó los hombros de la tasadora.

—Ya lo ha visto todo —le dijo a la mujer—. ¿Sabe ya lo que quiere?

—Empezaré con todo lo que hay en esta habitación —dijo ella, poniendo una mano de nuevo en su hombro con suavidad. Jugó un momento con un rizo de su pelo—. Puedo quedármelo todo, ¿no?

Mi madre salió del dormitorio arrastrando dos maletas, una con cada mano. Miró a la tasadora, que seguía con una mano en el hombro de mi padre, dejó escapar una leve risa de asombro —una risa que sonó como «hum» y que me pareció que significaba más o menos eso— y, tras coger otra vez las maletas, echó a andar hacia la puerta.

—Todo está en venta —dijo mi padre —. Estamos preparados para negociar.

—¿Y quién no lo está? —apuntó la tasadora.

Mi madre dejó una de las maletas delante de mí y me hizo un gesto con la cabeza para que la cogiera. La seguí hasta la entrada y después volví la vista. La tasadora estaba inclinada sobre el sofá y mi padre tenía la cabeza hacia atrás, y la boca de ella estaba en la de él. Mi madre se volvió y cerró la puerta.

Caminamos por la creciente oscuridad hasta el coche. El niño de la pijama blanca estaba sentado en el césped y su bicicleta se hallaba en el suelo, a su lado. Estaba despellejando un conejo muerto con un trozo de cuerno, y el estómago del animal estaba abierto y humeante. Nos miró al pasar y sonrió mostrando unos dientes manchados de sangre. Mi madre me pasó un brazo por los hombros con gesto protector.

Una vez que estuvimos dentro del coche, mi madre se quitó la máscara y la lanzó al asiento trasero. Yo me dejé la mía puesta. Si respiraba hondo podía oler a mi padre.

—¿Qué estamos haciendo? —pregunté—. ¿Papá no viene con nosotros?

—No —dijo mientras giraba la llave de contacto—. Se queda aquí.

—¿Y cómo va a ir a casa?

Me miró de lado y sonrió, compasiva. Fuera, el cielo estaba azul oscuro, casi negro, y las nubes parecían brasas de color carmesí, pero en el coche ya era de noche. Me di la vuelta en el asiento, me senté sobre las rodillas y miré cómo la casa desaparecía entre los árboles.

—Hagamos un juego —dijo mi madre—. Imaginemos que nunca conociste a tu padre, que se marchó antes de que tú nacieras. Podemos inventarnos historias sobre él. Que lleva un tatuaje de Semper Fidelis de cuando fue soldado, y también, un ancla azul, de cuando… —La voz se le quebró y se quedó súbitamente sin inspiración.

—De cuando trabajaba en la plataforma petrolífera.

Rio.

—Vale. Y también imaginaremos que la carretera es mágica, la Autopista de la Amnesia. Para cuando lleguemos a casa ambos creeremos que la historia es real, que de verdad se marchó antes de que tú nacieras. Todo lo demás parecerá un sueño, de esos tan reales que parecen recuerdos. Además, seguramente la historia que inventemos será mejor que la realidad. Quiero decir que sí, que te quería mucho y lo quería todo para ti, pero ¿eres capaz de recordar alguna cosa interesante que hiciera alguna vez?

Tuve que admitir que no podía.

—¿Recuerdas siquiera cómo se ganaba la vida?

De nuevo tuve que admitir que no. ¿Vendiendo seguros?

—¿No es genial este juego? —preguntó mi madre—. Y hablando de juegos, ¿sigues teniendo la mano de cartas?

—¿Mi mano? —pregunté. Entonces me acordé y busqué en el bolsillo de mi chaqueta.

—Te conviene guardarla. Es una mano realmente buena. El Rey de Peniques. La Reina de Sábanas. Las tienes todas, chico. Y te digo una cosa. Cuando lleguemos a casa, llama a esa chica, Melinda.

Se rio de nuevo y se dio golpecitos en la barriga.

—Nos esperan buenos tiempos, chico. A los dos.

Me encogí de hombros.

—Ya puedes quitarte la máscara —dijo mi madre—. A no ser que te guste llevarla. ¿Te gusta?

Bajé la visera del asiento del copiloto y abrí el espejo. Se encendieron las luces automáticas y estudié mi nueva cara de hielo y la que había debajo, deforme y humana.

—Desde luego —dije—. Soy yo.

Reclusión voluntaria

No sé para quién escribo esto, no sé decir tampoco quién lo leerá. La policía no, desde luego. No sé lo que le ocurrió a mi hermano y no les puedo decir dónde está. Nada de lo que pueda escribir aquí les ayudará a encontrarlo.

Y de todas formas ésta no es una historia sobre su desaparición, aunque sí trata de una persona desaparecida y mentiría si dijera que no creo que las dos cosas estén relacionadas. Nunca le he contado a nadie lo que sé sobre Edward Prior, que salió del colegio un día de octubre de 1977 y nunca llegó a su casa, donde lo esperaban las papas enchiladas de su madre. Durante mucho tiempo, uno o dos años después de su desaparición, me negué a pensar en mi amigo Eddie. Evitaba hacerlo por todos los medios posibles. En la escuela, si pasaba junto a alguien que estaba hablando de él —¡he llegado a oír contar que le robó marihuana y dinero a su madre y huyó a California, nada menos!—, fijaba la vista en algún punto lejano y me hacía el sordo. Y si alguien se me acercaba y me preguntaba directamente qué pensaba que le había pasado —de vez en cuando alguien lo hacía, ya que se sabía que Eddie y yo éramos colegas—, me limitaba a poner cara inexpresiva y a encogerme de hombros. «A veces hasta creo que me importa», decía.

Más tarde dejé de pensar en Eddie a fuerza de acostumbrarme a no hacerlo. Si por casualidad ocurría algo que me lo recordaba —por ejemplo si veía a un chico que se le parecía o leía algo en la prensa sobre un adolescente desaparecido—, inmediatamente, y casi de forma inconsciente, me ponía a pensar en otra cosa.

En estas últimas tres semanas, sin embargo, desde que Morris, mi hermano pequeño, desapareció, pienso en Ed Prior cada vez más; soy incapaz, por mucho que lo intente, de apartarlo de mi pensamiento. La necesidad de hablar con alguien sobre lo que sé me resulta casi insoportable. Pero ésta no es una historia para contarla a la policía. Créanme, no les haría ningún bien, y a mí podría perjudicarme bastante. No puedo decirles dónde buscar a Morris —no puedo decir algo que no sé—, pero creo que si le contara esta historia a un detective me haría algunas preguntas difíciles de contestar y causaría a algunas personas (la madre de Eddie, por ejemplo, que sigue viva y se ha casado por tercera vez) un sufrimiento innecesario.

Es posible, además, que terminara con un billete de ida al mismo lugar en el que mi hermano pasó los dos últimos años de su vida: el Centro de Salud Mental Wellbrook Progressive. Mi hermano ingresó allí por voluntad propia, pero el centro también tiene un ala para reclusos. Morris pasaba el trapo en las consultas externas cuatro días a la semana y los viernes por la mañana iba al Pabellón del Gobernador, como lo llaman, a lavar la mierda de las paredes, y también la sangre.

¿Acabo de hablar de Morris en pasado? Supongo que sí. He perdido la esperanza de que suene el teléfono y sea Betty Millhauser llamando desde Wellbrook, con voz agitada y entrecortada, diciéndome que lo han encontrado en un refugio para los sin techo en algún lugar, y que lo traen de vuelta a casa. Tampoco creo que vaya a llamar nadie para contarme que lo han encontrado flotando en el Charles. En realidad, no creo que vaya a llamar nadie en absoluto, excepto para decirme que no se sabe nada nuevo, lo que equivaldría prácticamente a decir que está muerto. Y quizá deba admitir que estoy escribiendo esto, no para enseñárselo a nadie, sino porque no puedo evitarlo y porque una página en blanco es la única audiencia en la que puedo confiar para contar esta historia.

Mi hermano pequeño no empezó a hablar hasta que cumplió cuatro años. Mucha gente pensaba que era retrasado. Mucha gente del lugar donde nací, Pallow, aún piensa que era retrasado, o autista. Que conste que yo, cuando era un niño, medio lo pensaba también, aunque mis padres me dijeran que no era así.

Cuando tenía once años le diagnosticaron esquizofrenia juvenil. Después llegaron otros diagnósticos: trastorno de personalidad, esquizofrenia depresiva aguda. No sé si alguna de esas expresiones define en realidad lo que le pasaba o contra lo que luchaba Morris. Sé que cuando por fin descubrió el lenguaje no lo utilizaba mucho. También que siempre fue pequeño para su edad, un niño de complexión delicada, manos delgadas, largos dedos y cara de duende. Siempre era extrañamente inexpresivo, sus sentimientos se hallaban ocultos en algún lugar demasiado profundo para reflejarse en su cara y daba la impresión de que nunca parpadeaba. A veces mi hermano me recordaba a esas caracolas cónicas cuyo interior rosa brillante y en espiral parece esconder alguna clase de misterio. Te las llevas a la oreja y da la impresión de que se escuchan las profundidades de un océano vasto e impetuoso, pero en realidad es un efecto acústico y lo que se escucha es el suave rugido de… la nada. Los doctores tenían sus diagnósticos, pero yo, a la edad de catorce años, tenía el mío propio.

Debido a que era propenso a dolorosas infecciones de oído, Morris no podía salir a la calle en invierno… que según la definición de mi madre empezaba con los campeonatos de la serie mundial y terminaba cuando comenzaba la temporada de béisbol. Cualquiera que haya tenido hijos pequeños entenderá lo difícil que puede ser mantenerlos ocupados y entretenidos sin salir de casa. Mi hijo tiene ahora doce años y vive con mi ex en Boca Ratón, pero hasta que tuvo siete años vivimos todos juntos, como una familia, y recuerdo cuán desesperante podía ser un día frío y lluvioso, sin poder salir de casa. Para mi hermano pequeño todos los días eran fríos o lluviosos, pero, a diferencia de otros niños, no era difícil mantenerlo ocupado. Se entretenía él solo bajando al sótano en cuanto llegaba a casa del colegio, y trabajaba con afán toda la tarde en uno de sus inmensos, interminables, técnicamente complicados y básicamente inútiles proyectos de construcción.

Al principio le fascinaba construir torres y complicados templos con vasos de papel. Creo recordar la que pudo ser la primera vez que construyó algo con ellos. Era por la noche y la familia estaba reunida en uno de nuestros escasos rituales colectivos: ver un episodio de *M*A*S*H*. Pero, para cuando llegó el segundo intermedio, todos habíamos dejado de prestar atención a los chistes de Alan Alda y compañía y mirábamos fijamente a mi hermano.

Mi padre estaba sentado en el suelo con él, creo que porque al principio le había ayudado con su construcción. Mi padre era también un poco autista, un hombre tímido y torpe que no se quitaba la pijama durante los fines de semana, y cuyas relaciones sociales se limitaban a mi madre. Nunca parecía decepcionado con Morris, es más, nunca parecía más feliz que cuando estaba tumbado en el suelo junto a él fabricando mundos soleados hechos de figurillas de papel. Esta vez, sin embargo, se apartó y dejó que Morris trabajara solo, con tanta curiosidad como el resto de nosotros por ver el resultado final. Morris construía, apilaba y colocaba, y sus dedos largos y delgados se movían con rapidez, disponiendo los vasos a tal velocidad que parecía un mago haciendo un truco o un robot en una cadena de producción... sin dudar, aparentemente sin pensar, sin tirar nunca un vaso por accidente. A veces ni siquiera se fijaba en lo que hacían sus manos y, en lugar de mirarlas, examinaba la caja de vasos de papel, como para comprobar cuántos quedaban. La torre crecía más y más, y a tal velocidad que en ocasiones yo no podía evitar contener el aliento, tal era mi asombro.

Mi hermano abrió una segunda caja de vasos de papel y se puso manos a la obra. Cuando terminó —es decir, cuando hubo usado todos los vasos de papel que mi padre fue capaz de encontrarle—, la torre era más alta que el propio Morris y estaba rodeada por una muralla defensiva y una puerta de entrada. Debido a los espacios que quedaban entre los vasos, daba la impresión de que en los laterales de la torre había ventanas para los arqueros y tanto la torre como la muralla estaban rematadas con almenas. Nos había sorprendido un poco ver a Morris construyendo aquello a tanta velocidad y decisión, pero tampoco es que fuera una construcción absolutamente fabulosa, otro niño de cinco años podía haberla hecho también. Lo importante era que sugería que Morris tenía ambiciones ocultas. Daba la impresión de que, de haber podido, habría seguido construyendo, añadiendo pequeñas torres vigía, edificios fuera del castillo, una aldea completa hecha de vasos de papel. Y cuando se terminaron los vasos Morris miró a su alrededor y se rio, un sonido que no creo haber oído nunca antes, tan agudo que parecía taladrarte los oídos, y más alarmante que agradable. Rio y dio una sola palmada, como la que daría un marajá para despachar a un sirviente.

Lo que también diferenciaba esta torre de la que habría podido hacer otro niño de su edad era el propósito con el que había sido construida. Otro niño le habría dado una patada y contemplado cómo los vasos se derrumbaban. Desde luego, es lo que yo habría querido hacer con aquella torre, y tengo tres años más que Morris: pisarla con los dos pies sólo por el placer de arrasar algo grande y construido con cuidado, como un Godzilla de la Liga Menor.

Todo niño emocionalmente sano tiene ese instinto. Para ser sinceros debo admitir que en mi caso lo tenía especialmente desarrollado. Mi tendencia compulsiva a destruir cosas me ha acompañado hasta la edad adulta, e incluyo en última instancia a mi mujer, a quien le desagradaba esta costumbre y me lo dejó claro con los papeles del divorcio y un abogado de aspecto ictérico, con el encanto personal de una trituradora y tan eficaz como ésta en los tribunales.

Morris, en cambio, pronto perdió todo interés en su construcción y pidió un vaso de jugo. Mi padre se lo llevó a la cocina mientras murmuraba que al día siguiente le traería a mi hermano una bolsa gigantesca de vasos de papel, para que pudiera construir un castillo aún mayor en el sótano. Yo no me podía creer que Morris hubiera dejado allí la torre. Era una tentación que me resultaba irresistible. Me levanté del sofá, di unos cuantos pasos vacilantes hacia él… y entonces mi madre me sujetó del brazo y me detuvo. Nuestras miradas se cruzaron y en la suya había implícita una oscura amenaza. «Ni se te ocurra.» Me solté de su brazo y salí de la habitación.

Mi madre me quería, pero rara vez me lo hacía saber, y a menudo parecía mantenerme a distancia de cualquier demostración afectiva. Me comprendía mucho mejor que mi padre. En una ocasión, jugando en el estanque de Walden, tiré una piedra a un niño que me había salpicado. La piedra le dio en el brazo y le hizo un feo moretón. Mi madre se ocupó de que no volviera a nadar en todo el verano, aunque seguíamos yendo a Walden Pond todos los sábados por la tarde para que Morris pudiera chapotear un rato. Alguien les había dicho a mis padres que nadar le resultaría terapéutico, y mi madre estaba tan decidida a que Morris nadara como a que yo no lo hiciera. Me quedaba, por tanto, sentado en la arena junto a ella y sin permiso para ir a ninguna parte. Podía leer, pero no podía jugar, ni siquiera hablar con otros niños. Cuando lo pienso, me resulta difícil reprocharle que fuera tan severa conmigo en esa o en otras ocasiones. Mi madre siempre vio lo peor de mí, mucho más que el resto de la gente. Intuía mi potencial, y éste, en lugar de darle un motivo de alegría y esperanza, la hacía ser más dura conmigo.

Lo que Morris había hecho en el cuarto de estar en el espacio de media hora era sólo un indicio de lo que podría hacer en un espacio tres veces mayor y con todos los vasos de papel que quisiera. Durante el año siguiente construyó con gran esmero una autopista elevada —recorría haciendo curvas todo nuestro espacioso y bien iluminado sótano, pero en línea recta habría medido casi cuatrocientos metros—, una esfinge gigante y un iglú lo suficientemente grande como para que los dos pudiéramos sentarnos dentro, con una puerta baja por la que entrábamos a rastras.

A partir de ahí, no pasó mucho tiempo hasta que empezó a construir altísimas aunque impersonales metrópolis de LEGO, siguiendo el diseño arquitectónico de ciudades de verdad. Y un año más tarde ya trabajaba con fichas de dominó, creando delicadas catedrales con docenas de agujas de color marfil en perfecto equilibrio, que llegaban hasta la mitad del techo. Cuando tenía nueve años se hizo famoso por un tiempo, al menos en Pallow, cuando el *Chronicle* de Boston publicó un breve artículo sobre él. Morris había montado más de dieciocho mil fichas de dominó en el gimnasio del colegio para chicos con trastornos del desarrollo al que acudía. Les dio la forma de un gigantesco grifo, o sea, un animal mitológico mitad águila, mitad león, enfrentándose a un ejército de caballeros, y el Canal 5 lo grabó mientras representaba la batalla y el dominó se desmoronaba en medio de un gran estruendo. Las fichas caían con tal estrépito que daba la impresión de que había flechas volando y que el grifo atacaba a los caballeros con armadura; tres hileras de fichas de color rojo se derrumbaban simulando sablazos. Durante una semana sufrí furiosos ataques de letal envidia: salía de una habitación cuando Morris entraba en ella, no podía soportar que fuera el centro de tanta atención. Pero mi resentimiento lo afectaba tan poco como su fama. Ambos lo dejaban por completo indiferente. Renuncié a estar enfadado cuando comprendí que era como gritar a una pared, y con el tiempo el resto del mundo se olvidó de que Morris había sido alguna vez alguien interesante.

Para cuando entré en el instituto y empecé a salir por ahí con Eddie Prior, Morris se había pasado a las fortalezas hechas con cajas de cartón que mi padre llevaba a casa del almacén de la compañía marítima en la que trabajaba. Casi desde el principio, lo que hacía con las cajas de cartón fue distinto de las cosas que había construido con fichas de dominó o con vasos de papel. Mientras que sus otras construcciones tenían siempre un principio y un fin, las que hacía con cajas de cartón no parecían seguir un diseño concreto, y así una cosa se transformaba en otra, un refugio en un castillo y éste en unas catacumbas. Pintaba los exteriores, decoraba los interiores, recortaba ventanas y puertas que se abrían y cerraban. Y entonces, un día, sin previo aviso y sin explicación alguna, desmontaba gran parte de la estructura y empezaba a reorganizarla por entero, siguiendo líneas arquitectónicas completamente distintas.

Además, aunque sus trabajos con vasos de papel o LEGO siempre lo habían calmado, lo que construía con cajas de papel parecía dejarlo nervioso e insatisfecho. Que le faltaran unas cuantas cajas para completar lo que estaba construyendo en el sótano tenía siempre sobre él un efecto curioso y negativo.

Recuerdo que llegué a casa un domingo a última hora y, mientras cruzaba a zancadas la cocina con las botas de nieve puestas para coger algo de la nevera, eché una mirada de reojo a la puerta abierta del sótano y a las escaleras... Lo que vi me dejó paralizado, sin respiración. Morris estaba sentado de lado en el último peldaño, con los hombros pegados a las orejas y la cara de un color pálido pastoso y extraño, torcida en una mueca. Se apretaba la palma de una mano contra la frente como si le hubieran dado un golpe. Pero lo que más me alarmó, en lo que reparé conforme bajaba las escaleras hacia él, fue que aunque hacía mucho frío en el sótano, demasiado para estar a gusto allí, las mejillas de Morris estaban empapadas, y la parte delantera de su camiseta blanca tenía una mancha de sudor en forma de uve. Cuando me encontraba a tres peldaños de él y me disponía a llamarlo por su nombre, abrió los ojos. Al instante aquella mueca de dolor insoportable empezó a borrarse de su cara, que se fue relajando hasta perder toda expresión.

—¿Qué pasa? —pregunté—. ¿Estás bien?

—Sí —dijo con voz neutra—. Es sólo que... me he perdido por un minuto.

—¿Has perdido la noción del tiempo?

Pareció necesitar un momento para procesar aquello. Entornó los ojos aguzando la mirada y después miró vagamente su fortaleza, que en ese momento se componía de veinte cajas formando un gran cuadrado. Más o menos la mitad de ellas estaban pintadas de amarillo fluorescente y tenían ventanas circulares recortadas en los laterales. Las había forrado con plástico transparente y repasado con un secador de pelo, de manera que el plástico se veía homogéneo y bien estirado. Esta parte del fuerte era la torre de un submarino que Morris había intentado construir en el pasado. De la parte superior de una caja de gran tamaño salía un periscopio hecho con un cilindro de cartón para guardar pósters enrollados. El resto de las cajas, en cambio, estaban pintadas en brillantes tonos rojos y negros, con cenefas de escritura al estilo árabe en los lados. Las ventanas de estas cajas estaban recortadas en forma de campana y recordaban a los palacios de Oriente donde vivían las mujeres de los harenes, al mundo de Aladino.

Morris frunció el ceño y negó con la cabeza.

—Entré y luego no sabía salir. No reconocía nada.

Miré el fuerte, que tenía una entrada en cada esquina y ventanas en cajas alternas. Cualesquiera que fueran las limitaciones de mi hermano, no lo imaginaba tan confundido como para no ser capaz de salir de aquella fortaleza.

—¿Por qué no fuiste a gatas hasta una ventana para orientarte?

—Donde me perdí no había ninguna ventana. Oí a alguien hablar y traté de seguir su voz, pero llegaba desde muy lejos y no podía saber de dónde venía. No eras tú, ¿cierto? No sonaba como tu voz, Nolan.

—¡No! —dije—. ¿Qué voz? —Mientras decía esto, miré a mi alrededor preguntándome si tal vez no estábamos solos en el sótano—. ¿Qué dijo?

—No la oía todo el rato. A veces decía mi nombre. Otras que siguiera avanzando. Y una vez dijo que había una ventana más adelante. Que vería girasoles.

Morris hizo una pausa y dejo escapar un leve suspiro.

—Era como si estuvieran al final de un túnel, la ventana y los girasoles, pero me daba miedo acercarme, así que me di la vuelta y entonces fue cuando me empezó a doler la cabeza. Y enseguida encontré una de las puertas de salida.

Pensé que existía la posibilidad de que Morris hubiera experimentado una pequeña ruptura con la realidad por unos momentos mientras se arrastraba por su fuerte, no era una locura pensarlo. Sólo un año antes le había dado por pintarse las manos de rojo, porque, decía, le ayudaba a sentir la música.

Cuando estaba en una habitación donde sonaba música cerraba los ojos, levantaba las manos enrojecidas sobre la cabeza, como si fueran antenas, y agitaba todo el cuerpo como en una suerte de espasmódica danza del vientre.

También me ponía nervioso la remota posibilidad de que hubiera de verdad alguien en el sótano, un psicópata iluminado que tal vez en ese momento aguardaba agazapado en algún lugar dentro del fuerte de Morris. Cualquiera de las dos cosas me daba escalofríos, así que lo cogí de la mano y le dije que subiera conmigo al piso de arriba a contarle a nuestra madre lo que había pasado.

Cuando le repetimos la historia pareció conmocionada. Tocó la frente de Morris.

—¡Estás frío y sudoroso! Vamos arriba, Morris. Te daré una aspirina y quiero que te eches un rato. Podemos hablar de esto después de que hayas descansado.

Yo dije que teníamos que registrar el sótano inmediatamente para ver si había alguien, pero mi madre me mandó callar, poniéndome caras cada vez que intentaba abrir la boca. Los dos subieron y yo me quedé sentado en la encimera de la cocina con la vista fija en la puerta del sótano, y presa de una nerviosa inquietud durante casi toda la hora siguiente. Aquella puerta era la única salida del sótano y, de haber oído pasos de pisadas en las escaleras, habría saltado del susto. Pero no subió nadie, y cuando mi padre llegó a casa bajamos juntos a registrar el sótano. No había nadie escondido detrás de la caldera ni del tanque de gas. De hecho nuestro sótano estaba bien iluminado y ordenado, con escasos rincones donde esconderse. El único lugar donde podría ocultarse un intruso era el fuerte de Morris y lo inspeccioné, dando patadas a las cajas y mirando por las ventanas. Mi padre me dijo que debería meterme y registrarlo por dentro y después se rio de la cara que puse. Cuando subió por las escaleras eché a correr detrás de él. No quería quedarme allí solo cuando apagara las luces.

Una mañana, cuando estaba metiendo mis libros en la maleta deportiva antes de salir para el colegio, se me cayeron dos hojas de papel dobladas de *Visiones de la historia de Estados Unidos*. Las cogí y me quedé mirándolas, al principio sin reconocerlas. Eran dos hojas de multicopista con preguntas mecanografiadas, seguidas de espacios en blanco para escribir. Cuando me di cuenta de lo que era estuve a punto de soltar la palabrota más gorda que conozco, con mi madre a sólo unos pasos de mí... un error que sin duda habría cambiado la fisonomía de mi oreja y habría dado lugar a un interrogatorio que me convenía mucho evitar. Era un examen para hacer en casa que nos habían dado el viernes y que teníamos que entregar esa misma mañana.

Llevaba dos semanas sin atender en clase de historia. Había una chica, bastante punk, que vestía faldas de mezclilla rotas y medias de red rojo chillón y que se sentaba a mi lado. Abría y cerraba las piernas, aburrida, y recuerdo que si me inclinaba hacia delante, en ocasiones podía ver un trozo de sus bragas, sorprendentemente discretas, por el rabillo del ojo. Aunque el profesor nos hubiera recordado en voz alta lo del examen para el fin de semana, no me habría enterado.

Mi madre me dejó en el colegio y caminé por el asfalto helado notando calambres en el estómago. Historia de Estados Unidos a segunda hora. No me daba tiempo. Ni siquiera había leído los dos últimos capítulos que nos habían mandado. Sabía que tenía que sentarme en algún sitio y tratar de estudiar un poco, leer los capítulos por encima y contestar un par de preguntas poniendo cualquier tontería. Pero era incapaz de sentarme, de mirar siquiera el examen. Me sentía paralizado, invadido por una horrible sensación de desesperanza, de que mi destino estaba escrito.

Entre el estacionamiento de cemento y los pisoteados terrenos del colegio había una hilera de postes de madera que en otro tiempo sostuvieron una valla. Un chico llamado Cameron Hodges, de mi clase de Historia de Estados Unidos, estaba sentado en uno de ellos con un par de amigos. Cameron era un chico de pelo claro, con grandes gafas de montura redondeada, detrás de cuyos cristales acechaban unos ojos inquisitivos y perpetuamente humedecidos. Estaba en la lista de mejores alumnos y era miembro del consejo de estudiantes, pero a pesar de esos enormes defectos puede decirse que era popular, que gustaba sin esforzarse por hacerlo. Ello se debía, en parte, a que no alardeaba de todo lo que sabía, no era de esos que siempre levantan la mano cuando se saben la respuesta a un problema especialmente difícil. Pero tenía algo más, una sensatez, una combinación de serenidad y ecuanimidad que le hacía parecer más maduro y experimentado que el resto de nosotros.

Me caía bien, incluso había votado por él en las elecciones estudiantiles, pero no nos relacionábamos mucho. Yo no me veía siendo amigo de alguien como él... lo que quiero decir es que no podía imaginar que alguien como él estuviera interesado en alguien como yo. Yo era un chico difícil de conocer, poco comunicativo, que desconfiaba siempre de las intenciones de los demás, y hostil casi por reflejo. En aquellos días, si alguien se reía al pasar a mi lado siempre lo miraba con furia, por si acaso se estaba burlando de mí.

Conforme me acercaba a él, comprobé que tenía el examen en la mano. Sus amigos estaban comparando sus respuestas con las suyas: «Introducción de la desmotadora de algodón en el sur. Vale, eso es lo que he puesto». En ese momento yo pasaba justo por detrás de Cameron. No me paré a pensar. Me incliné y le quité el examen de las manos.

—¡Eh! —gritó Cameron y alargó la mano para recuperar su examen.

—Necesito copiarlo —dije con voz ronca y le di la espalda para que no pudiera quitarme el papel. Estaba colorado y respiraba pesadamente, horrorizado por lo que estaba haciendo, pero haciéndolo de todos modos—. Te lo devolveré en Historia del Arte.

Cameron se deslizó del poste donde estaba sentado y caminó hacia mí con ojos asombrados y suplicantes, extrañamente magnificados detrás de los cristales de sus gafas.

—Nolan, no.

No sé por qué, pero me sorprendió oírle llamarme por mi nombre. Hasta entonces no estaba seguro de que supiera cómo me llamaba.

—Si tus respuestas son idénticas a las mías el señor Sarducchi sabrá que has copiado y nos suspenderá a los dos.

Su voz temblaba de forma ostensible.

—No llores —le dije con mayor dureza de lo que habría querido. Creo que en realidad me preocupaba que se pusiera a llorar, de manera que sonó a burla y los otros chicos se rieron.

—Sí, claro —dijo Eddie Prior, que apareció de repente entre Cameron y yo. Apoyó la palma de la mano en la frente de Cameron y lo empujó. Éste se cayó de culo con un grito. Las gafas rodaron de su nariz y fueron a parar a un charco de hielo—. No seas maricón. Nadie se va a enterar, y te lo va a devolver.

Después Eddie me pasó un brazo por los hombros y nos marchamos. Me hablaba entre dientes, como si fuéramos dos presos en una película planeando nuestra huida en el patio de la cárcel.

—Lerner —me dijo, llamándome por mi apellido. Lo hacía con todo el mundo—. Cuando termines con eso pásamelo. Debido a circunstancias inesperadas y fuera de mi control, básicamente que el novio de mi madre es un puto hablador que no sabe estarse callado, tuve que irme de casa ayer por la tarde y acabé jugando al futbol con mi primo hasta altas horas de la noche. Resultado: no pasé de las dos primeras preguntas de esa mierda de examen.

Aunque Eddie no sacaba más que calificaciones suficientes en todas las asignaturas, excepto en las recreativas, y rara era la semana en que no estaba castigado a quedarse en el colegio después de las clases, a su manera era casi tan carismático y popular como Cameron Hodges. No se ponía nervioso con nada, algo que impresionaba bastante a los demás. Y estaba siempre tan de buen humor, tan dispuesto en todo momento a divertirse, que era imposible seguir enfadado con él durante mucho tiempo. Si un profesor lo expulsaba de clase por hacer algún tipo de comentario desafortunado, Eddie se encogía de hombros lentamente, como preguntándose: ¿pero-es-posible-que-alguien-sepa-algo-en-este-mundo-de-locos?, recogía sus libros cuidadosamente y salía después de lanzar una última mirada a hurtadillas a los otros alumnos que indefectiblemente desencadenaba una ola de risitas. A la mañana siguiente, podía verse al mismo profesor que lo había echado de clase jugando al futbol con Eddie en el estacionamiento para profesores, mientras los dos despotricaban contra los Celtics.

Yo creo que la cualidad que distingue a los chicos populares de los impopulares —la única cualidad que tenían en común Eddie Prior y Cameron Hodges— es un fuerte sentido del yo. Eddie sabía muy bien quién era. Se aceptaba. Sus carencias habían dejado de preocuparlo. Cada palabra que decía era una expresión pura e inconsciente de su verdadera personalidad, mientras que yo no tenía una imagen clara de mí mismo y siempre estaba fijándome en los demás, observándolos, esperando y temiendo al mismo tiempo captar alguna indicación de qué es lo que veían cuando me miraban.

Así que en aquel momento, cuando Eddie y yo nos alejábamos de Cameron, experimenté esa clase de brusco cambio psicológico tan común en la adolescencia. Le había quitado a Cameron su examen de las manos, desesperado por salir de la trampa que me había tendido a mí mismo, y me alarmaba descubrir lo que era capaz de hacer con tal de salvarme. En teoría estaba aún desesperado y horrorizado, pero lo cierto es que me encantaba encontrarme allí paseando con el brazo de Eddie Prior sobre mis hombros, como si fuéramos amigos de toda la vida, saliendo de la White Barrel Tavern a las dos de la madrugada. Me estremecí de alegría y sorpresa al oírle referirse al novio de su madre como un «puto hablador»; me parecía algo tan ingenioso como el mejor chiste de Steve Martin. Lo que hice a continuación me habría parecido inconcebible sólo cinco minutos antes: le pasé el examen de Cameron.

—¿Has hecho ya dos preguntas? Quédatelo, tardarás menos que yo en copiarlo. Yo lo haré cuando hayas terminado.

Me sonrió y en sus mejillas aparecieron dos hoyuelos en forma de coma.

—¿Cómo te has metido en esto, Lerner?

—Se me olvidó que teníamos deberes. Me resulta imposible atender en clase. ¿No conoces a Gwen Frasier?

—Sí. Es una guarra. ¿Qué pasa con ella?

—Es una puta guarra que no lleva medias —dije—. Se sienta a mi lado y no hace más que abrir y cerrar las piernas. ¿Cómo voy a atender en clase de historia con su coño delante de mis narices?

Estallamos en carcajadas tan sonoras que toda la gente que había en el estacionamiento se nos quedó mirando.

—Seguramente necesita airearlo para que se le cure el herpes genital. Ten cuidado con ella, amigo.

Y después de esto nos reímos todavía más, nos reímos hasta saltársele las lágrimas a Eddie. Yo también reí, algo que nunca me había resultado fácil, y sentí sacudidas de placer en cada una de mis extremidades nerviosas. Me había llamado amigo.

Me parece recordar que Eddie no me llegó a devolver nunca el examen de Cameron y que yo terminé entregando una hoja completamente en blanco, aunque a este respecto mis recuerdos son algo borrosos. A partir de esa mañana, sin embargo, empecé a seguirle por todas partes. Le gustaba hablar de su hermano, Wayne, que había pasado cuatro semanas de una sentencia de tres meses en un centro de menores, por haber colocado una bomba incendiaria en un Oldsmobile, y que ahora se había escapado y vivía en la calle. Eddie decía que Wayne lo llamaba algunas veces presumiendo de meterse en peleas y de romper unas cuantas crismas. Sobre su hermano mayor, lo que contaba en cambio era bastante vago. Que trabajaba de peón en una granja en Illinois, dijo en una ocasión. Que robaba coches a negros en Detroit, dijo en otra.

Pasábamos mucho tiempo con una chica de quince años llamada Mindy Ackers, que hacía de niñera de un bebé en un apartamento situado en un bajo frente al dúplex donde vivía Eddie. El lugar olía a moho y orina, pero pasábamos tardes enteras allí, fumando y jugando con ella a las damas, mientras el bebé gateaba con el culo al aire a nuestros pies. Otros días Eddie y yo cogíamos el sendero del bosque detrás de Christobel Park hasta el paso elevado de peatones que había sobre la autopista 111. Eddie siempre llevaba una bolsa de papel marrón llena de basura que había cogido del apartamento en el que Mindy tabajaba de niñera, llena de pañales cagados y cartones grasientos con restos de comida china. Tiraba bombas de basura a los camiones que pasaban debajo del puente. Una vez apuntó con un pañal a un gigantesco camión de dieciocho ruedas decorado con llamas rojas pintadas y unos cuernos de toro en el capó. El pañal se estrelló contra el parabrisas del lado del asiento del copiloto y el cristal se llenó de una diarrea amarilla. Los frenos chirriaron y las ruedas levantaron humo en el asfalto. El conductor hizo sonar la bocina con furia, un ruido atronador que me asustó tanto que el corazón me dio un vuelco. Eddie y yo nos agarramos del brazo y echamos a correr, riendo.

—Mierda. ¡Me parece que nos está siguiendo! —chilló Eddie y echó a correr de la excitación. Yo no pensaba que nadie fuera a tomarse la molestia de bajarse del camión y perseguirnos, pero era emocionante imaginar que así era.

Más tarde, cuando nos habíamos tranquilizado y paseábamos por Christobel Park, jadeantes por la carrera, Eddie dijo:

—No hay ser humano más asqueroso que un camionero. No he conocido a uno que después de un trayecto largo no oliera igual que un orinal.

Por tanto, no me sorprendí demasiado cuando más tarde supe que el novio de la madre de Eddie —el puto hablador— era conductor de camiones de largo recorrido.

A veces Eddie venía a mi casa, casi siempre para ver la televisión, pues teníamos buena recepción de canales. Sentía curiosidad por mi hermano, quería saber cuál era su problema y también lo que hacía en el sótano. Se acordaba de cuando Morris tiró su grifo hecho con fichas de dominó en la televisión, aunque de aquello hacía ya más de dos años. Nunca lo dijo, pero creo que le encantaba la idea de conocer a un idiota superdotado. Habría disfrutado igual si mi hermano hubiera sido un enano, o le faltaran las dos piernas. Eddie necesitaba una dosis de circo de los horrores en su vida. Y al final suele suceder que la gente acaba recibiendo doble dosis de lo que tanto ansía. ¿No es así?

Una de las primeras veces que vino a mi casa bajamos al sótano para ver qué estaba construyendo Morris. Había atado unas cuarenta cajas para hacer una red de túneles dispuestos a la manera de un gigantesco pulpo, con ocho galerías que desembocaban en una gran caja central, que en otro tiempo había sido el embalaje de un proyector de cine. Habría sido lógico que lo pintara para que pareciera un pulpo —un monstruo legendario y malvado—, y de hecho había coloreado varios tentáculos de verde limón, con círculos rojos a modo de ventosas. Pero los otros brazos eran restos de antiguas construcciones. Uno estaba hecho de trozos de un submarino amarillo, otro había sido parte de un cohete y era blanco, con aletas y calcomanías de la bandera americana. Y la caja grande del centro estaba sin pintar y envuelta en una malla de alambre a la que Morris había dado forma de cuernos. El resto de la fortaleza tenía el aspecto de un juguete hecho en casa... espectacular, pero un juguete al fin y al cabo, algo que papá podía haberle ayudado a construir. Sólo el último detalle, esos cuernos hechos de malla de alambre, revelaba que aquello era la obra de alguien que estaba como una puta cabra.

—Qué pasada —dijo Eddie al pie de las escaleras mientras lo miraba. Aunque por la expresión de sus ojos pude ver que no lo impresionaba tanto, que había esperado algo más.

Odiaba decepcionarlo, fuera por la razón que fuera. Si Eddie quería considerar a mi hermano un genio, pues yo también. Así que me puse a cuatro patas en una de las entradas.

—Tienes que entrar para verlo bien. Siempre impresionan más por dentro.

Y sin fijarme en si me seguía, entré.

Por entonces yo era un chico de catorce años, torpe, de anchas espaldas y de unos cincuenta y cuatro kilos de peso. Pero aún era un niño, no un adulto, y por tanto tenía las proporciones y la flexibilidad de uno y era capaz de empequeñecerme y entrar en cualquier sitio, por estrecho que fuera. Pero no tenía por costumbre meterme en los fuertes de Morris. Había descubierto, la primera vez que lo hice, que no me gustaban mucho, que me daban un poco de claustrofobia. Ahora en cambio, con Eddie siguiéndome, me metí, como si arrastrarme dentro de los escondites de cartón de mi hermano Morris fuera mi idea de la verdadera diversión.

Atravesé un túnel tras otro. En una de las cajas había una estantería hecha de cartón, con un tarro de mermelada lleno de moscas que revoloteaban un tanto frenéticas, golpeándose contra el cristal. La acústica de la caja amplificaba y distorsionaba el sonido, de forma que tenía la impresión de que el zumbido resonaba dentro de mi cabeza. Estudié las moscas un momento con el ceño fruncido y cierta inquietud. ¿Acaso Morris iba a dejarlas morir ahí dentro? Después seguí arrastrándome. Repté por una serie de amplios pasadizos cuyas paredes estaban cubiertas por lunas, estrellas y gatos de Cheshire reflectantes, una galaxia completa hecha de neón. Las paredes estaban pintadas de negro y al principio no podía verlas. Por un aterrador y breve instante tuve la impresión de que no había paredes, de que me deslizaba por un espacio vacío sobre una rampa estrecha e invisible, sin nada sobre la cabeza ni bajo los pies, y que si caía no habría nada que me frenara. Aún oía las moscas zumbando en el frasco de mermelada, aunque hacía tiempo que las había dejado atrás. Mareado, extendí la mano y toqué uno de los lados de la caja con los dedos. Con eso se me pasó la sensación de estar suspendido en el vacío, aunque seguía algo mareado. La caja siguiente era la más pequeña y oscura de todas, y mientras me arrastraba en su interior rocé con la espalda una serie de pequeñas campanas que colgaban de la parte de arriba. Aquel suave tintineo me asustó tanto que estuve a punto de gritar, pero ya veía una abertura circular delante de mí que se abría a un espacio iluminado de cambiantes tonos pastel. Me arrastré hasta ella.

La caja central del monstruo de Morris era lo suficientemente espaciosa como para alojar a una familia de cinco personas y a su perro. Una lámpara de lava a pilas burbujeaba en una esquina, con pompas de plasma flotando en un fluido viscoso y ambarino. Morris había forrado las paredes con papel de envolver regalos de navidad, y chispas y filamentos de luz brillaban aquí y allá en ondas temblorosas, hojas doradas, rosas y amarillas, mezclándose unas con otras y evaporándose. Era como si en el curso de aquel lento arrastrarme hasta el centro del fuerte me hubiera ido encogiendo poco a poco, hasta no ser más grande que un ratón, y hubiera llegado a una habitación con una bola giratoria de discoteca colgada del techo. La visión de aquello hizo que me estremeciera de asombro. Me latían las sienes y las luces extrañas y palpitantes me hacían daño a los ojos.

No había visto a Morris desde que llegamos a casa y había supuesto que habría salido con mamá a hacer algún recado. Pero estaba allí, esperando, en la gran caja central, sentado sobre las rodillas y con la espalda vuelta hacia mí. A un lado tenía un cómic y unas tijeras. Había recortado la contraportada, la había enmarcado en una cartulina negra y la estaba pegando a la pared con celo. Al oírme entrar me miró, pero no dijo nada y siguió colgando su dibujo.

Escuché ruidos de pies arrastrándose por el pasadizo detrás de mí y me deslicé a un lado, para hacer sitio. Un segundo después Eddie asomó la cabeza por la abertura circular y miró a su alrededor. Tenía la cara roja y sonreía con hoyuelos en las mejillas.

—Joder —dijo—. Mira este sitio. Me encantaría poder cogerme a alguien aquí.

Sacó el resto del cuerpo del túnel y se sentó sobre las rodillas.

—Qué fuerte tan bueno. Cuando tenía tu edad habría matado por tener uno así —le dijo a la espalda de Morris, ignorando el hecho de que mi hermano, de once años, era ya un poco mayor para jugar a los fuertes.

Morris no contestó. Eddie me miró de reojo y se encogió de hombros. Después echó un vistazo alrededor, inspeccionándolo todo con la boca abierta y evidente expresión de placer, mientras una tormenta de luces brillantes de oro y plata emitía silenciosos destellos a nuestro alrededor.

—Llegar a rastras hasta aquí ha sido para morirse —continuó Eddie—. ¿Qué te pareció el túnel forrado de pelo negro? A mí me daba la impresión de que cuando llegara al final sería como salir de las garras de un gorila.

Reí, pero me quedé mirándolo con expresión confundida. Yo no recordaba un túnel recubierto de pelo, y después de todo Eddie había ido detrás de mí, había seguido el mismo camino que yo.

—Y los carrillones de viento —dijo Eddie.

—Eran campanas —le corregí yo.

—¿Ah, sí?

Morris terminó de colgar el dibujo y, sin hablarnos, salió por una abertura triangular. Antes de salir, sin embargo, nos miró una última vez, y cuando habló se dirigió a mí:

—No me sigan. Vuelvan por donde entraron.

Y después añadió:

—Esta salida no está terminada. Tengo que seguir trabajando en ella, no está bien todavía.

Y dicho esto, agachó la cabeza y desapareció.

Miré a Eddie dispuesto a ofrecerle una disculpa, del tipo «perdona, mi hermano está como una cabra», pero Eddie estaba a gatas estudiando el dibujo que Morris había colgado en la pared. Representaba una familia de Sea Monkeys, esas extrañas mascotas, de pie, juntos, unas criaturas desnudas de vientre abultado, con antenas de colores y caras de rasgos humanos.

—Mira —dijo Eddie—. Ha colgado un dibujo de su verdadera familia.

Me reí. No es que Eddie tuviera mucho tacto, pero es cierto que no le costaba ningún esfuerzo hacerme reír.

Estaba a punto de salir de casa —era un viernes de la primera quincena de febrero— cuando Eddie me llamó y me dijo que no fuera a su casa, sino que me reuniera con él en el puente elevado sobre la 111. Algo en su tono de voz, áspero y tenso, me llamó la atención. No dijo nada fuera de lo normal, pero en ocasiones su voz parecía a punto de resquebrajarse, y tuve la impresión de que hacía esfuerzos por no sucumbir a una oleada de infelicidad.

El puente estaba a veinte minutos andando desde mi casa, por Christobel Avenue, atravesando el parque y luego siguiendo un camino que se internaba en el bosque. Era un sendero cuidado, pavimentado de piedra azulada, y ascendía por las colinas entre abetos y arces. Pasados unos quinientos metros, se llegaba al puente. Eddie estaba inclinado sobre la barandilla mirando hacia los coches que circulaban en dirección este.

No me miró mientras me acercaba a él. Justo a la altura de su barriga, en el muro que había delante de él, había tres ladrillos sueltos, y cuando estuve a su lado empujó uno de ellos. En un primer momento me asusté, pero el ladrillo cayó encima de un camión pesado que circulaba en ese momento, sin causar ningún daño. El camión llevaba un tráiler cargado con tuberías de acero. El ladrillo chocó contra una de ellas con gran estrépito y después rodó por las demás, desencadenando toda una sinfonía de «clangs» y «bongs», como si alguien hubiera dejado caer un martillo por los tubos de un órgano. Eddie esbozó su enorme, fea y desagradable sonrisa, que dejaba ver una boca en la que faltaban dientes, y me miró para comprobar si había disfrutado con aquel inesperado concierto. Entonces fue cuando le vi el ojo izquierdo, rodeado por un gran círculo de carne amoratada y veteada de amarillo.

Cuando hablé casi no reconocía mi propia voz, entrecortada y débil.

—¿Qué te ha pasado?

—Mira esto —me dijo y se sacó una polaroid del bolsillo de la chaqueta. Seguía sonriendo, pero cuando me alargó la fotografía evitó mirarme a la cara—. Y disfruta.

Era como si no me hubiera oído.

La fotografía mostraba dos dedos de una chica con las uñas pintadas de color plata que restregaban un triángulo de tela de rayas rojas y negras hundido en el pliegue de piel entre sus piernas. En los extremos de la foto se veían sus muslos, borrosos y demasiado pálidos.

—Gané a Ackers diez veces seguidas —dijo—. Nos apostamos a que si perdía la décima partida tendría que sacarse una foto tocándose el clítoris. Se fue al dormitorio, así que no vi cómo se sacaba la foto. Pero quiere que juguemos otra vez y recuperarla. Si vuelvo a ganarle diez partidas seguidas voy a obligarla a que se masturbe delante de mí.

Me volví, de modo que estábamos el uno junto al otro, apoyados sobre la barandilla, de cara al tráfico. Miré la foto un instante más sin pensar en nada en realidad, sin saber qué decir o qué hacer. Mindy Ackers era una chica poco atractiva, con el pelo rojo rizado, llena de granos y que estaba loca por Eddie. Si perdía diez partidas de damas seguidas contra él seguro que era a propósito.

En ese momento, sin embargo, lo que había hecho Mindy o dejado de hacer me interesaba bastante menos que saber cómo había acabado Eddie con el ojo izquierdo morado... algo sobre lo que, aparentemente, él no tenía ninguna intención de hablar.

—Una pasada —dije finalmente, y dejé la foto en el muro de cemento debajo de la barandilla y, sin pensar, apoyé una mano en uno de los ladrillos.

Un camión con remolque pasó a gran velocidad bajo nosotros, con el motor rugiendo conforme el conductor reducía la marcha. Un humo con olor a gasolina se mezcló con la nieve, que caía en gruesos copos. ¿Cuándo había empezado a nevar? No estaba seguro.

—¿Cómo te has hecho eso en el ojo? —pregunté de nuevo, sorprendido de mi audacia.

Se limpió la nariz con el dorso de la mano mientras seguía sonriendo.

—Este puto saco de mierda con quien sale mi madre dice que me encontró hurgándole en su cartera. Como si fuera a robarle sus cupones de comida o algo así. Se irá pronto a la cama, porque tiene que salir para Kentucky antes de que amanezca, así que no pienso volver a casa hasta que… eh, mira. Viene un camión de combustible.

Miré hacia abajo y vi otro camión pesado con una gran cisterna de acero.

—Podríamos volarlo —dijo Eddie—. Cien gramos de C 4. Acertamos a ese hijo de puta y nos hacemos los amos de la autopista.

Había un ladrillo en la pared justo delante de él, y pensé que lo cogería y lo tiraría al camión cuando éste pasara debajo del puente. Pero en lugar de eso apoyó su mano sobre la mía, que aún descansaba sobre el otro ladrillo. Sentí un aviso de alarma, pero no hice nada por retirar la mano. Probablemente es importante subrayar eso. También, que no hice nada por evitar lo que ocurrió a continuación.

—Espera a que se acerque —dijo—. Tranquilo. Apunta bien. Ahora.

Justo cuando el camión petrolero entraba en el puente, Eddie empujó mi mano. El ladrillo golpeó uno de los laterales del tanque de combustible con un ruido metálico. Rebotó y salió despedido hasta el carril contrario en el preciso instante en que un Volvo adelantaba al camión. Se estrelló contra el parabrisas —pude ver cómo dibujaba una tela de araña en el cristal—, y después el coche desapareció en el interior del puente.

Los dos nos giramos y corrimos a la barandilla contraria. Yo tenía los pulmones comprimidos y por un momento fui incapaz de respirar. Cuando el Volvo salió del túnel derrapaba hacia la izquierda, en dirección al arcén de la carretera. Un segundo después se salió de ésta y rodó por la pendiente nevada, a unos cincuenta kilómetros por hora. En el valle poco profundo en que terminaba la pendiente crecían unos cuantos arces raquíticos, y el Volvo chocó contra uno de ellos con un crujido seco. El parabrisas se rompió en mil pedazos de cristal brillante, que se deslizaron al mismo tiempo por el capó y después cayeron al suelo nevado.

Yo seguía haciendo esfuerzos por respirar cuando la puerta del pasajero se abrió y una mujer rubia y robusta, con un abrigo rojo ceñido con un cinturón, salió del coche. Se cubría el ojo con una mano enguantada y gritaba intentando abrir la puerta trasera.

—¡Amy! —gritaba—. ¡Dios mío, Amy!

Entonces Eddie me agarró por el hombro, me hizo girar y me empujó hacia el camino mientras me gritaba:

—¡Nos largamos de aquí!

Al dejar el puente me empujó de nuevo hacia el camino que entraba en el parque, con tal fuerza que me caí y me golpeé una rodilla contra una de las piedras azules, haciéndome polvo la rótula. Pero entonces me tiró del hombro y me obligó a seguir corriendo. No pensé en nada. Con la sangre latiéndome en las sienes y la cara ardiendo por el aire helado, corrí.

No empecé a pensar hasta que llegamos al parque y aflojamos el paso. Nos dirigíamos, sin haberlo discutido previamente, hacia mi casa. Los pulmones me dolían por el esfuerzo de correr con botas para la nieve y de inhalar bocanadas de aire gélido.

Había corrido hasta el asiento trasero gritando: «¡Dios mío, Amy!». Por tanto, había alguien en el asiento de atrás, una niña pequeña. La mujer rubia y corpulenta se tapaba un ojo con la mano enguantada. ¿Le habría entrado una esquirla de cristal? ¿Por qué no había salido el conductor? ¿Estaría inconsciente? ¿Muerto? Las piernas no dejaban de temblarme. Recordaba a Eddie empujando mi mano, el ladrillo deslizándose bajo mis dedos, rodando y después estrellándose contra el parabrisas del Volvo. Me di cuenta de que no había marcha atrás, y aquello fue como una revelación. Miré mi mano, la que había empujado el ladrillo, y vi que sujetaba una fotografía, Mindy Ackers frotándose el triángulo de algodón entre las piernas. No recordaba haberla cogido y se la mostré a Eddie sin decir nada. Él la miró con ojos nebulosos y desconcertados.

—Quédatela —dijo. Era la primera vez que uno de los dos hablaba desde que gritó: «¡Nos largamos de aquí!»

De camino a mi casa, nos cruzamos con mi madre, que estaba de pie junto al buzón, charlando con la vecina de al lado, y me tocó la espalda con gesto distraído al verme, un roce fugaz con las yemas de los dedos, que me hizo estremecer.

No dije nada hasta que estuvimos dentro quitándonos las botas y los abrigos en el recibidor. Mi padre estaba en el trabajo, y en cuanto a Morris, no sabía por dónde andaba y tampoco me importaba. La casa estaba en penumbra y silenciosa, con esa quietud propia de los lugares desiertos.

Mientras me desabotonaba mi cazadora de pana, dije:

—Deberíamos llamar a alguien.

Mi voz parecía salir, no de mi pecho ni de mi garganta, sino de una esquina de la habitación, de debajo de un montón de sombreros amontonados.

—¿Llamar a quién?

—A la policía. Para ver si están bien.

Eddie dejó de quitarse su chaqueta y me miró. En la escasa luz, su ojo amoratado parecía pintado con rímel.

Yo, por alguna razón, continué hablando.

—Podríamos decir que estábamos en el puente y vimos el accidente. No hace falta contar que lo provocamos nosotros.

—Es que no lo hicimos.

—Bueno... —empecé a decir, y después no supe cómo continuar. Era una afirmación tan evidentemente falsa, que no se me ocurría cómo responder sin que sonara a provocación.

—El ladrillo se desvió de su camino —dijo—. ¿Cómo va a ser eso culpa nuestra?

—Sólo me gustaría saber si están todos bien —insistí—. En el asiento de atrás había una niña...

—A la mierda.

—Bueno... —Tartamudeaba de nuevo, y después me obligué a seguir hablando—. Sí había una niña, Eddie. Su madre la estaba llamando.

Dejó de moverse un instante mientras me estudiaba despacio, con una mirada triste y siniestramente calculadora. Después se encogió de hombros con brusquedad y continuó quitándose las botas.

—Si llamas a la policía me mato —dijo—. Así tendrás eso también sobre tu conciencia.

Sentía una gran presión en el pecho, que me oprimía los pulmones. Traté de hablar y mi voz salió en un susurro sibilante:

—Venga ya.

—Lo digo en serio —dijo—. Me mato.

Hizo una nueva pausa y después añadió:

—¿Te acuerdas de lo que te conté de mi hermano, que estaba en Detroit ganando un montón de dinero robando coches?

Asentí.

—Pues era mentira. ¿Te acuerdas de esa historia de que se había cogido a unas gemelas en Minnesota?

Transcurrido un instante, asentí de nuevo.

—Eso también es mentira. Todo lo que te conté. Jamás me llamó. —Eddie tomó aire despacio, temblando ligeramente mientras lo hacía—. No sé dónde está ni lo que hace. Sólo me llamó una vez, cuando todavía estaba en el reformatorio, dos días antes de escaparse. No parecía estar bien. Me dijo: «No hagas nunca nada que te pueda hacer entrar aquí». Me hizo prometérselo. Dijo que allí intentaban volverte maricón, que está lleno de esos negros de Boston que son maricones y se meten contigo. Después desapareció y nadie sabe qué ha sido de él. Pero yo creo que si estuviera bien me habría llamado. Estábamos unidos, él y yo, así que no tendría que estar aquí, preocupado por él. Y conozco a mi hermano. Sé que no se dejaría amariconar.

Para entonces se había puesto a llorar en silencio. Se limpió las mejillas con la manga de la sudadera y después me miró con ojos fieros y llorosos.

—No pienso ir a un centro de menores por un estúpido accidente que ni siquiera ha sido culpa mía. Nadie me va a convertir en un marica. Ya me lo hicieron una vez. Ese saco de mierda, el hijo de puta del novio de mi madre de Tennessee…

Su voz se quebró y apartó la mirada, jadeando ligeramente.

No dije nada. La visión de Eddie lloroso me hizo olvidar cualquier argumento a favor de llamar a la policía. Me silenció por completo.

Él siguió hablando con voz baja y trémula.

—Lo hecho, hecho está. Ha sido un accidente estúpido. Un mal rebote. No ha sido culpa de nadie, y si alguien ha salido herido tendremos que vivir con ello. Tenemos que mantenernos unidos. Nadie puede saber que tuvimos algo que ver con ello. Cogí los ladrillos de debajo del puente. Hay muchos sueltos, así que nadie sabrá que no se cayó solo. Pero si de verdad necesitas llamar a alguien, dímelo primero, porque no pienso dejar que nadie me haga lo que le hicieron a mi hermano.

Me costó varios segundos reunir el aire suficiente para hablar.

—Olvídalo —dije—. Vamos a ver un rato la tele, para relajarnos.

Terminamos de quitarnos las ropas de abrigo y entramos en la cocina... donde casi tropezamos con Morris, que estaba de pie frente a la puerta del sótano con un rollo de papel marrón de embalar en la mano. Tenía la cabeza ladeada, en su actitud de estoy-escuchando-el-más-allá, con los ojos abiertos de par en par y su característica expresión de vacía curiosidad.

Eddie me dio un codazo y después agarró a Morris por su suéter negro de cuello vuelto y lo empujó contra la pared. Morris abrió aún más los ojos y miró la cara enrojecida de Eddie con expresión confusa. Sujeté a Eddie por la muñeca tratando de obligarlo a que soltara a mi hermano, pero no pude.

—¿Estabas de chismoso, pedazo de subnormal? —preguntó Eddie.

—Eddie. Eddie. Da igual lo que haya oído. Olvídalo. No se lo va a contar a nadie. Déjalo en paz —dije.

Eddie le soltó y Morris se le quedó mirando, pestañeando con la boca abierta y el labio inferior caído. Me miró de reojo como preguntando: ¿De qué va esto?, y después se encogió de hombros.

—He tenido que desmontar el pulpo —dijo—. Me gustaban los tentáculos que se juntaban en el centro, eran como los radios de una rueda. Pero daba igual por dónde entraras, siempre sabías adónde ibas y es mejor no saberlo. No es tan fácil, pero es mejor. Ahora tengo una idea nueva, voy a empezar por el centro y seguir hacia fuera, como hacen las arañas.

—Genial —dije—. Hazlo.

—Para este nuevo diseño usaré más cajas que nunca. Esperen a verlo.

—Estaremos impacientes. ¿Verdad que sí, Eddie?

—Sí —dijo éste.

—Me quedaré abajo trabajando, si alguien me necesita —continuó Morris antes de desaparecer por el estrecho hueco que había entre Eddie y yo, en dirección a las escaleras del sótano.

Fuimos hasta el cuarto de estar y encendí la televisión, aunque me resultaba imposible concentrarme en nada. Me sentía fuera de mi cuerpo. Como si estuviera de pie al final de un largo pasillo y pudiera vernos a Eddie y a mí en el otro extremo, sentados juntos en el sofá, sólo que no era yo, sólo mi reproducción en cera. Eddie dijo:

—Siento haberme mosqueado con tu hermano.

Quería que Eddie se fuera, quedarme solo y acurrucarme en mi cama en la oscuridad silenciosa y tranquila de mi habitación. No sabía cómo pedirle que se fuera, y en lugar de eso le dije con labios entumecidos:

—Si Morris llegara a decir algo, y no lo hará, te lo juro, porque incluso si nos hubiera oído no habría entendido de qué hablábamos; pero si se lo contara a alguien tú no te…

—¿Que si me mataría? —preguntó Eddie y un ruido burlón y ronco salió de su garganta—. No, joder. Lo mataría a él. Pero no dirá nada, ¿no?

—No —dije. Me dolía el estómago.

Eddie se puso de pie y al salir de la habitación me dio una palmada en la pierna.

—Me tengo que ir. He quedado a cenar con mi primo. Te veo mañana.

Esperé hasta que oí cerrarse la puerta del recibidor, y después me levanté aturdido y mareado. Caminé tambaleante hasta el vestíbulo de entrada y empecé a subir las escaleras. Casi me caí encima de Morris, que estaba sentado en el sexto peldaño empezando desde abajo, con las manos sobre las rodillas y expresión ausente, como drogado. Con sus ropas oscuras sólo se le veía la cara pálida como la cera en la penumbra del vestíbulo. Al verlo allí, el corazón me dio un salto y por un instante permanecí de pie mirándolo. Él me devolvió la mirada con la misma expresión enajenada e inescrutable de siempre.

Así pues, había escuchado el resto de la historia, incluyendo la parte en que Eddie había dicho que lo mataría si contaba algo. Pero no supuse que nos hubiera entendido realmente.

Lo esquivé y subí a mi habitación. Cerré la puerta y me metí bajo las mantas con la ropa puesta, tal y como había deseado hacer. La habitación bailaba y daba vueltas a mi alrededor hasta que no pude soportar el mareo y tuve que taparme la cabeza con las mantas para poner fin a aquel baile absurdo y enloquecedor del mundo que me rodeaba.

A la mañana siguiente busqué en el periódico información sobre el accidente, algo así como «Niña pequeña en estado de coma, víctima de una emboscada en la autopista», pero no venía nada.

***

Esa tardé telefoneé a un hospital y pregunté por el accidente del día anterior en la 111, ese en el que un coche se salió de la carretera, el parabrisas se rompió y hubo heridos. Mi voz sonaba nerviosa e insegura, y la persona que me atendió empezó a interrogarme: ¿para qué quería esa información?, ¿quién era yo?, y colgué.

Unos días más tarde me encontraba en mi habitación buscando un paquete de chicles en los bolsillos de mi chaquetón cuando palpé un trozo afilado de algo hecho de un material resbaladizo y parecido al plástico. Lo saqué y allí estaba: la polaroid de Mindy Ackers acariciándose la entrepierna. Al verla se me revolvió el estómago. Abrí el cajón superior de la cómoda, la metí y cerré de golpe. Sentí que me faltaba el aire sólo de mirarla, de recordar el Volvo estampado contra el árbol, a la mujer saliendo tapándose un ojo con el guante y gritando: «¡Dios mío, Amy!». Para entonces mis recuerdos del accidente se estaban volviendo cada vez más borrosos. En ocasiones imaginaba que la cara de la mujer rubia estaba cubierta de sangre. En otras lo que estaba ensangrentado eran los cristales del parabrisas, rotos y esparcidos por la nieve. Y otras, imaginaba que había escuchado el aullido desgarrador de un niño llorando de dolor. Este convencimiento era el más difícil de ahuyentar. Estaba seguro de que alguien había gritado, aparte de la mujer. Quizá había sido yo.

Después de aquel día no quise volver a saber nada de Eddie, pero no conseguía evitarlo. Se sentaba a mi lado en las clases y me pasaba notas. Yo tenía que escribirle notas a él también, para que no pensara que intentaba ignorarlo. Después del colegio se presentaba en casa sin avisar y nos poníamos a ver la televisión juntos. Traía su tablero de ajedrez y lo montábamos mientras veíamos *Los héroes de Hogan.* Ahora me doy cuenta —tal vez entonces también lo hacía— de que se estaba pegando a mí a propósito, vigilándome. Sabía que no podía permitirse que nos alejáramos, que si dejábamos de ser colegas yo podría llegar a hacer cualquier cosa, incluso confesar. Y también sabía que yo no tenía valor para poner fin a nuestra amistad, que no podía no abrirle la puerta cada vez que llamaba al timbre de mi casa. Que aceptaría la nueva situación por muy incómoda que me resultara, antes que tratar de cambiar las cosas y arriesgarme así a un desagradable enfrentamiento.

Entonces, una tarde, unas tres semanas después del accidente en la autopista 111, descubrí a Morris en mi habitación, de pie frente a mi cómoda. El cajón de arriba estaba abierto. En una mano tenía una caja de cuchillas de repuesto para cúter; el cajón estaba lleno de cachivaches como ése, cordel, grapas, un rollo de cinta de embalar... y a veces cuando Morris necesitaba algo para su fortaleza interminable asaltaba mis reservas. En la otra mano sostenía la foto de la entrepierna de Mindy Ackers. La sujetaba casi pegada a la nariz y la miraba con ojos como platos llenos de incomprensión.

—No hurgues en mis cosas —le dije.

—¿No te da pena que no se le vea la cara? —dijo él.

Le arranqué la fotografía de la mano y la lancé al cajón.

—Como vuelvas a hurgar en mis cosas te mato.

—Hablas como Eddie —dijo Morris volviendo la cabeza y mirándome. En los últimos días no le había visto mucho, había pasado en el sótano más tiempo del habitual. Su cara fina y de facciones delicadas estaba más delgada de como la recordaba, y en ese preciso instante me di cuenta de cuán menudo y frágil era, de su complexión casi infantil. Tenía casi doce años, pero podría haber pasado perfectamente por un niño de ocho—. ¿Siguen siendo amigos?

Hastiado de estar todo el tiempo preocupado, hablé sin pensar en lo que decía.

—No lo sé.

—¿Por qué no le dices: «vete»? ¿Por qué no haces que se vaya?

Estaba casi pegado a mí, mirándome a la cara con sus ojos desmesurados y sin pestañear.

—No puedo. —En ese momento me di la vuelta porque no me sentía capaz de sostener su mirada confusa y preocupada. Estaba al límite de mis fuerzas, con los nervios destrozados—. Ojalá pudiera. Pero nadie puede hacer que se vaya. —Me apoyé en la cómoda y descansé la frente un instante en el borde. Después, en un susurro ronco que apenas oí yo mismo, dije:

—No me deja escapar.

—¿Por lo que pasó?

Entonces lo miré. Estaba inclinado sobre mi hombro, con las manos dobladas sobre el pecho y las puntas de los dedos aleteando, nerviosas. De manera que entendía lo que había pasado... Tal vez no todo, pero sí algo. Lo suficiente. Sabía que habíamos hecho algo horrible. Conocía la tensión que estaba a punto de acabar conmigo.

—Olvídate de lo que pasó —le dije en voz más alta ya, casi con un tono de amenaza—. Olvida todo lo que oíste. Si alguien se entera... Morris, no puedes contárselo a nadie. Nunca.

—Quiero ayudar.

—Nadie puede ayudarme. —La verdad que encerraban aquellas palabras fue como una bofetada. Después añadí, en un tono triste y resignado—: Vete, por favor.

Morris frunció un poco el ceño y agachó la cabeza. Por un momento pareció dolido, pero después dijo:

—Casi he terminado con el fuerte nuevo. Ya veo cómo va a ser.

Después fijó sus ojos abiertos e intensos en mí:

—Lo estoy construyendo para ti, Nolan. Porque quiero que estés mejor.

Dejó escapar un suspiro que sonó parecido a una risa. Por un momento habíamos hablado casi como dos hermanos normales que se quieren y se preocupan el uno del otro, casi como iguales. Durante unos segundos me había olvidado de las fantasías de Morris. Había olvidado que para él la realidad era algo que sólo atisbaba de vez en cuando entre el vaho de su imaginación, de sus ensoñaciones. Para Morris, la única respuesta posible a la infelicidad era construir un rascacielos con hueveras de cartón.

—Gracias, Morris —dije—. Eres un buen chico. Sólo te pido que te mantengas alejado de mi habitación.

Asintió, pero seguía frunciendo el ceño cuando me rodeó y salió al pasillo. Lo vi alejarse escaleras abajo, el tiempo que su sombra de espantapájaros se proyectaba en la pared, creciendo con cada paso que daba hacia la luz del sótano, hacia un futuro que construiría colocando una caja sobre otra.

Morris estuvo abajo hasta la hora de la cena —nuestra madre tuvo que llamarlo a gritos tres veces antes de que subiera—, y cuando se sentó a la mesa tenía las manos manchadas de un polvo blanco parecido a la escayola. Volvió al sótano en cuanto los platos de la cena estuvieron metidos en agua jabonosa dentro del fregadero, y permaneció allí hasta casi las nueve de la noche, y sólo porque mi madre le gritó que era hora de irse a la cama.

Yo pasé una vez por delante de la puerta del sótano, poco antes de irme a la cama, y me detuve un momento. Me había parecido oler a algo que al principio no pude identificar, pegamento, pintura fresca o escayola, o una combinación de las tres cosas.

Mi padre entró en el recibidor golpeando el suelo con los pies. Había caído algo de nieve y venía de barrer los escalones de la entrada.

—¿A qué huele? —le pregunté arrugando la nariz.

Mi padre se acercó a la escalera que bajaba al sótano y olisqueó.

—Ah sí —dijo—. Morris me comentó que iba a trabajar con papel maché. De lo que es capaz con tal de entretenerse, ¿eh?

Mi madre trabajaba de voluntaria en un hogar de ancianos todos los jueves, leyendo cartas a los residentes con problemas de visión y tocando el piano en la sala de recreo, aporreando las teclas de manera que hasta los sordos pudieran oírla, y esas tardes yo me quedaba a cargo de la casa y de mi hermano. Llegó el jueves. Mi madre no llevaba fuera más de diez minutos cuando Eddie llamó con el puño en la puerta de entrada.

—Eh, amigo —dijo—. ¿Sabes una cosa? Mindy Ackers me acaba de dar una paliza en cinco partidas seguidas, así que tengo que devolverle la fotografía. La tienes todavía, ¿no? Espero que me la hayas cuidado bien.

—Encantado de devolverte tu puta foto —le dije algo aliviado al imaginar que sólo había venido para coger la foto y largarse. Por lo general, no era tan fácil librarse de él. Se quitó las botas y me siguió hasta la cocina—. Voy por ella. Está en mi habitación.

—En tu mesilla de noche, supongo, pinche caliente —dijo Eddie riendo.

—¿Están hablando de la fotografía de Eddie? —preguntó Morris. Su voz parecía subir flotando desde el sótano—. La tengo yo. La estaba mirando. Está aquí abajo.

Esta afirmación probablemente me sorprendió a mí más que a Eddie. Le había dejado muy claro a mi hermano que no debía tocarla y no era propio de él desobedecer una orden directa.

—Morris, te dije que no te acercaras a mis cosas —grité.

Eddie se detuvo en lo alto de las escaleras y miró hacia el sótano con expresión maliciosa.

—¿Qué haces ahí abajo, pequeño pervertido? —le gritó a Morris.

Éste no contestó y Eddie bajó las escaleras a grandes zancadas, conmigo detrás. Se detuvo tres peldaños antes de llegar abajo y, con los puños apoyados en las caderas, dirigió la vista al sótano.

—¡Vaya! —dijo—.

El sótano estaba ocupado de una pared a otra por un enorme laberinto de cajas de cartón. Morris había vuelto a pintarlas todas, y cuando digo todas, quiero decir absolutamente todas. Las que estaban más cerca del pie de las escaleras eran del blanco cremoso de la leche entera, pero conforme la red de túneles se extendía por el resto de la habitación, las cajas eran más oscuras, de un azul pálido, después violeta y más allá de color cobalto. Las más alejadas eran completamente negras y simulaban un horizonte de noche artificial.

Vi grandes cajas de embalaje con pasadizos que salían de todos sus lados. Vi ventanas recortadas en forma de estrellas y estilizados soles. Al principio pensé que tenían pegadas cortinas de plástico de color naranja brillante, pero luego reparé en cómo latían y aleteaban suavemente, y me di cuenta de que estaban hechas de plástico transparente iluminado desde el interior por alguna clase de luz naranja parpadeante, la lámpara de lava de Morris, sin duda. Pero la mayoría de las cajas no tenían ventanas, sobre todo las que estaban más alejadas de la escalera y más cerca de las cuatro paredes del sótano. Dentro de ellas debía de estar bastante oscuro.

En la esquina noroeste, y situada a mayor altura que el resto de las cajas, había una con forma de gigantesca luna creciente hecha de papel maché y pintada de un blanco ligeramente brillante y de textura parecida a la cera. Tenía dibujados unos labios delgados y fruncidos, y un solo ojo triste y caído que parecía mirarnos con una expresión algo borrosa de desilusión. No me esperaba ver algo así y me quedé tan pasmado —era verdaderamente inmensa— que me costó darme cuenta de que en realidad se trataba de la caja gigante que antes había sido el cuerpo del pulpo de Morris. Entonces había estado envuelta en un ovillo de alambre con dos puntas retorcidas a modo de destartaladas antenas. Recordé haber pensado que aquella escultura amorfa hecha de alambre era la prueba irrefutable de que el cerebro, ya de por sí débil, de mi hermano se estaba deteriorando. Pero ahora me daba cuenta de que siempre había sido una luna; cualquiera lo habría visto... cualquiera menos yo. Creo que ésa había sido siempre mi gran equivocación: si no entendía algo a la primera nunca era capaz de mirarlo en retrospectiva para deducir el significado del conjunto, y esto me ocurría tanto con las estructuras de Morris como con mi propia vida.

Al pie mismo de las escaleras estaba la entrada a las catacumbas de cartón construidas por mi hermano. Era una caja alta, de alrededor de un metro y veinte centímetros y con dos solapas abiertas a modo de puerta. Dentro había una tela negra de muselina, que me impedía ver el interior del túnel que partía de la caja y que se transformaba en un laberinto. Escuché una música, un eco procedente de algún lugar, una melodía que resonaba, hipnótica. Un barítono de voz profunda cantaba: «Las hormiguitas de una en una, ua, ua». Me llevó un instante darme cuenta de que la música procedía del interior de los túneles.

Estaba tan asombrado que me era imposible seguir enfadado con Morris por quitarme la foto de Mindy Ackers. Estaba tan asombrado, digo, que no podía articular palabra. Fue Eddie quien habló primero.

—Esa luna es increíble —dijo sin dirigirse a nadie en particular. Parecía como yo, algo desconcertado por la sorpresa—. Morris, eres un puto genio.

Morris estaba de pie a nuestra derecha, con semblante inexpresivo y la vista fija en el conjunto de túneles.

—He pegado tu fotografía dentro de mi nuevo fuerte. En la galería. No sabía que la querías, puedes ir a buscarla si quieres.

Eddie lanzó una mirada de reojo a Morris y esbozó una gran sonrisa.

—La has escondido y ahora quieres que la encuentre. Carajo, Morris, estás como loco, ¿sabes?

Bajó de un salto los tres últimos peldaños, haciendo una cabriola que casi recordó a Gene Kelly bailando en una de sus coreografías.

—¿Dónde está la galería? ¿Allí al final, dentro de la luna?

—No —contestó Morris—. Por ahí no vayas.

—Vale —dijo Eddie riendo—. De acuerdo. ¿Qué otras fotos has colgado ahí dentro? ¿Tipas desnudas? ¿Te has montado un rinconcito íntimo para machacártela a gusto?

—No quiero que digas nada más. No quiero que estropees la sorpresa. Entra y lo verás.

Eddie me miró. Yo no sabía qué decir, pero sentía una especie de trémula expectación en la que no faltaba una pequeña dosis de inquietud. Quería y temía al mismo tiempo que Eddie desapareciera en aquella desconcertante y genial fortaleza de Morris. Eddie sacudió la cabeza.

—¡Joder, esto es increíble! —Se puso a cuatro patas y entró en la primera caja, no sin antes dirigirme una última mirada, que me sorprendió por la excitación casi infantil que denotaba. Fue una mirada que, por alguna razón, me inquietó. Yo no sentía ningún deseo de reptar por aquel inmenso y oscuro laberinto.

—Deberías venir —dijo Eddie—. Deberíamos ver esto juntos.

Asentí sintiendo una ligera debilidad —en el lenguaje de nuestra amistad no existía la palabra «no»— y empecé a bajar las escaleras. Eddie apartó una de las cortinas de muselina negra y la música salió de un largo túnel circular, una tubería de cartón de casi un metro de diámetro: «Las hormiguitas de tres en tres, ua, ua». Bajé el último peldaño y me dispuse a agacharme para entrar detrás de Eddie, cuando Morris caminó hasta mí y me sujetó del brazo con una fuerza inesperada.

Eddie no se volvió, así que no pudo vernos.

—Joder —dijo—. ¿Alguna indicación de por dónde tengo que ir?

—Ve hacia la música —dijo Morris.

Eddie movió la cabeza lentamente en un gesto de asentimiento, como si Morris le hubiera dicho algo obvio. Miró hacia el túnel largo, oscuro y circular que se extendía ante él.

En un tono de voz perfectamente normal, Morris me advirtió:

—No entres. No lo sigas.

Eddie comenzó a reptar hacia el centro del laberinto.

—¡Eddie! —exclamé repentinamente alarmado—. ¡Eddie, espera un minuto! ¡Sal!

—¡Dios, qué oscuro está esto! —dijo Eddie como si no me hubiera oído. De hecho, estoy seguro de que no me oyó. Dejó de oírme en cuanto entró en el laberinto.

—¡Eddie! —grité—. ¡No entres!

—Más vale que haya alguna ventana más adelante —murmuraba Eddie hablando consigo mismo—. Si me da claustrofobia, me pongo de pie y destruyo esta mierda. —Tomó aire y lo expulsó lentamente—. Vale, vamos allá.

La cortina se cerró detrás de sus pies y Eddie desapareció.

Morris me soltó del brazo. Lo miré, pero él tenía los ojos fijos en su enorme fortaleza, en el túnel de cartón en el que había entrado Eddie. Podía oír a éste avanzar, alejándose de nosotros y salir por el otro extremo pasando a una gran caja de un metro veinte centímetros de alto y sólo cincuenta centímetros de ancho. Oí cómo chocaba —rozando con el hombro una de las paredes tal vez— y la caja se tambaleó ligeramente. Había un túnel que iba hacia la derecha y otro hacia la izquierda. Eddie eligió el que conducía hacia la luna. Desde el pie de las escaleras del sótano podía oírle avanzar, veía las cajas temblar cuando pasaba por ellas y de vez en cuando el sonido ahogado de su cuerpo rozando las paredes. Después le perdí la pista por un momento, no conseguía localizarlo. Hasta que oí su voz.

—Los estoy viendo, —canturreó y oí cómo daba golpecitos a una superficie de plástico grueso.

Me giré y vi su cara detrás de una ventana con forma de estrella. Sonreía de manera que mostraba la separación que tenía en los dientes delanteros, a lo David Letterman. Me hizo un gesto obsceno con el dedo mientras la luz rojo caldera de la lámpara de lava de Morris proyectaba reflejos a su alrededor. Después siguió avanzando a cuatro patas y nunca más volví a verlo.

Pero sí le oí. Durante un buen rato le oí abrirse paso por el laberinto en dirección a la luna y hacia los confines de nuestro sótano. Por encima del retumbar ahogado de la música —«se metió en el arca y el chaparrón venció»—, le escuché chocar contra las paredes del laberinto. Después vi una caja temblar. También le oí pasar sobre un trozo de papel burbuja que debía de estar pegado al suelo de uno de los túneles. Un puñado de pompas de plástico explotó en una sucesión de pequeños ruidos secos, como una ristra de petardos y le oí decir: «¡Joder!».

Después de eso lo perdí. Su voz me llegó otra vez procedente de la derecha, desde el extremo contrario a donde lo había oído la última vez.

«¡Mierda!», fue todo lo que dijo, y por primera vez me pareció percibir en su tono de voz y en su aliento entrecortado un deje de exasperación contenida.

Un instante después habló de nuevo y una oleada de confusión me invadió, haciendo que me flaquearan las piernas. Ahora su voz sonaba desde la izquierda, algo que no tenía ningún sentido, como si se hubiera desplazado treinta metros en cuestión de segundos.

—Puto callejón sin salida —dijo, y un túnel a su izquierda tembló conforme se arrastraba por él.

Entonces ya no supe muy bien dónde se encontraba. Transcurrió casi un minuto y me di cuenta de que tenía los puños cerrados y las manos sudorosas, de que prácticamente estaba conteniendo la respiración.

—¡Eh! —dijo Eddie desde algún lugar, y me pareció notar una cierta inquietud en su voz—. ¿Hay alguien rondando por aquí?

Sonaba desde muy lejos, y me daba la impresión de que estaba en una de las cajas situadas cerca de la luna.

Siguió un gran silencio. Para entonces la canción había llegado al final y había empezado otra vez desde el principio. Por primera vez presté atención a la letra, escuché lo que decía. No era como la recordaba de cantarla en los campamentos de verano. En un momento determinado la voz grave entonaba:

> Las hormiguitas de dos en dos, ua, ua
> Las hormiguitas de dos en dos, ua ua
> Las hormiguitas de dos en dos, ua, ua
> el alce y la vaca diciendo adiós
> ¡Se metió en el Arca
> y al chaparrón venció!

Sin embargo, la versión que yo recordaba me parecía que decía algo de una hormiguita que se paraba a sacarse un clavo que se le había metido en el zapato. Además aquella grabación sin fin me estaba poniendo frenético.

—¿Qué pasa con esa cinta? —le pregunté a Morris—. ¿Por qué sólo tiene una canción grabada?

—No lo sé —me contestó—. Empezó esta mañana y no ha parado. Lleva sonando todo el día.

Volví la cabeza y me quedé mirándolo mientras un hormigueo frío y de temor me recorría el pecho.

—¿Qué quieres decir con eso de que «no ha parado»?

—Ni siquiera sé de dónde viene —dijo Morris—. Yo no he hecho nada para que suene.

—¿Pero no hay un casete?

Morris negó con la cabeza y por primera vez sentí pánico.

—¡Eddie! —grité.

No hubo respuesta.

—¡Eddie! —grité de nuevo y empecé a cruzar la habitación hacia donde había oído la voz de Eddie por última vez—. ¡Eddie, contéstame!

Desde una distancia absurdamente lejana oí algo, un trozo de una frase: «Rastro de migas de pan». Ni siquiera sonaba como la voz de Eddie. Las palabras tenían un tono cortante, casi altanero, como uno de los coros que suenan en esa canción loca de remate y absurda de los Beatles, «Revolution 9», y no era capaz de distinguir de dónde procedía, no estaba seguro de si salía delante o detrás de mí. Di vueltas y más vueltas tratando de localizar el origen y de repente, cuando las hormiguitas iban ya de nueve en nueve, la música se calló. Solté un grito de sorpresa y miré a Morris.

Tenía en la mano su cúter con una cuchilla nueva que sin duda se había agenciado en mi cajón, y estaba arrodillado cortando la cinta adhesiva que unía la caja de entrada con el laberinto.

—Ya está —dijo—. Se ha ido. Trabajo terminado. —Aplastó y dobló la caja y la colocó a un lado.

—¿De qué estás hablando?

No me miraba. Estaba empezando a desmontar el laberinto de forma metódica, cortando cinta, desmontando cajas y apilándolas junto a las escaleras. Continuó hablando:

—Quería ayudarte. Dijiste que no se iría, así que le obligué. —Levantó la vista un momento y me miró con esos ojos suyos que parecían atravesarme—. Tenía que irse. Nunca te iba a dejar en paz.

—¡Dios! —exclamé—. Sabía que estabas loco, pero no imaginaba que estabas como una puta cabra. ¿Qué quieres decir con eso de que se ha ido? Está ahí mismo. ¡Sigue en las cajas! ¡Eddie! —grité con voz algo histérica—. ¡Eddie!

Pero sí se había ido, y yo lo sabía. Sabía que se había metido en las cajas de Morris y gateado hasta algún lugar desconocido que no estaba en nuestro sótano. Empecé a mirar por el fuerte, buscando ventanas, dando patadas a cajas, arrancándoles la cinta de embalar con las manos y dándoles la vuelta para mirar dentro. Caminaba como loco, a trompicones y una vez tropecé y estuve a punto de destrozar un túnel.

El interior de una de las cajas tenía las paredes recubiertas de un collage hecho con fotografías de personas ciegas: ancianos con ojos de color lechoso y semblantes inexpresivos, un hombre negro con una guitarra de blues sobre las rodillas y gafas de sol redondas y oscuras sobre la nariz, niños camboyanos con pañuelos anudados sobre los ojos. Puesto que la caja no tenía ventanas, habría sido imposible ver el collage al pasar por ella. En otra caja, tiras rosas de papel matamoscas que parecían en realidad trozos secos de malvavisco colgaban del techo, pero no tenían moscas pegadas. En su lugar había varias luciérnagas, todavía vivas y brillando con un tono verde amarillento por un instante, antes de apagarse. En ese momento no pensé que estábamos en el mes de marzo y que por tanto era imposible que hubiera luciérnagas. El interior de una tercera caja había sido pintado de color azul cielo y decorado con bandadas de pequeños mirlos, y en una esquina había lo que al principio tomé por un juguete para gatos, una bola de plumas con pelusas pegadas. Pero cuando di la vuelta a la caja de su interior cayó un pájaro muerto. El cuerpo estaba enjuto y reseco y tenía los ojos hundidos en el cráneo, de manera que las cuencas vacías parecían quemaduras de cigarrillo. Me sobrevino una gran arcada y la boca se me llenó de sabor a bilis.

Entonces Morris me cogió por el hombro y me dirigió hacia las escaleras.

—Así no lo vas a encontrar —dijo—. Por favor, siéntate, Nolan.

Me senté en el último escalón, luchando por contener el llanto. Todavía esperaba ver a Eddie aparecer en cualquier momento, en alguna parte —«carajo, te lo has tragado»—, pero al mismo tiempo algo dentro de mí sabía que no sería así.

Tardé un tiempo en darme cuenta de que Morris estaba arrodillado delante de mí, como un hombre que se dispone a proponer matrimonio a su novia. Me miraba con fijeza.

—Tal vez si lo volvemos a montar empezará otra vez la música. Y puedes entrar a buscarle —dijo—. Pero no creo que puedas salir. ¿Lo entiendes, Nolan? El interior es más grande de lo que parece. —Seguía mirándome con sus ojos como platos, y después dijo con serena firmeza—: No quiero que entres, pero si me lo pides volveré a montarlo.

Lo miré y sostuvo mi mirada con la cabeza ladeada y en actitud atenta, como un pájaro carbonero en la rama de un árbol escuchando la lluvia caer entre las ramas. Me lo imaginé montando con cuidado de nuevo las cajas que habíamos desmontado en los últimos diez minutos... y después me imaginé la música, esta vez rugiendo a todo volumen: «¡SE METIÓ EN EL ARCA Y AL CHAPARRÓN VENCIÓ!» Pensé que si comenzaba a sonar otra vez sin previo aviso chillaría sin poder evitarlo.

Negué con la cabeza y Morris me dio la espalda y continuó desmontando su creación.

Permanecí sentado en las escaleras casi una hora, mirando a Morris desarmar cuidadosamente su fortaleza de cartón. Eddie nunca salió de ella, tampoco ningún sonido más. Oí abrirse la puerta trasera de casa y los pasos de mi madre en el suelo de madera sobre mi cabeza. Me gritó que subiera a ayudarla a meter las compras. Subí, cargué con las bolsas, guardé la comida en el refrigerador. Morris subió a cenar y después bajó de nuevo. Desmontar algo siempre lleva más tiempo que construirlo. Eso es cierto para todo, excepto para un matrimonio. Cuando a las ocho menos cuarto miré escaleras abajo, hacia el sótano, vi montones de cajas dobladas en montones de un metro de altura y una gran superficie de suelo de cemento desnudo. Morris estaba al pie de los escalones, barriendo. Se detuvo y levantó la vista hacia mí —otra de sus miradas marcianas e impenetrables— y sentí un escalofrío. Después regresó a su mundo, manejando la escoba en movimientos cortos y precisos, uno y otro y otro.

Viví en aquella casa durante cuatro años más, pero después de ese día nunca volví a visitar a Morris en el sótano; de hecho evitaba bajar allí siempre que podía. Cuando me marché a la universidad la cama de Morris había sido trasladada allí y rara vez subía. Dormía en una suerte de cabaña que se había construido él mismo con botellas de Coca-Cola vacías y trozos de corcho azul.

La luna fue la única parte de la fortaleza que Morris no desmontó. Algunas semanas después de que Eddie desapareciera mi padre la llevó a la escuela especial donde estudiaba mi hermano y ganó el tercer premio —cincuenta dólares y una medalla— en un concurso de manualidades. No sabría decir qué fue de ella después de aquello. Al igual que Eddie Prior, nunca volvió.

De las semanas que siguieron a la desaparición de Eddie recuerdo tres cosas.

Recuerdo a mi madre abriendo la puerta de mi dormitorio justo después de las doce de la noche en que desapareció. Yo estaba acurrucado en mi cama, con la sábana sobre la cabeza, aunque no dormía. Mi madre llevaba una bata rosa de punto atada a la cintura con un nudo flojo. La miré parpadeando, deslumbrado por la luz del pasillo.

—Nolan, acaba de llamar la madre de Ed Prior. Está llamando a todos sus amigos. No sabe dónde está, no lo ha visto desde que salió para la escuela esta mañana. ¿Ha venido hoy por aquí?

—Lo vi en el colegio —dije, y a continuación me quedé mudo, no sabía qué añadir, no sabía hasta qué punto era seguro dar más información.

Mi madre probablemente asumió que acababa de despertarme de un profundo sueño y que estaba demasiado aturdido para pensar. Me dijo:

—¿Hablaron de algo?

—No sé. Supongo que nos saludamos. No recuerdo nada más —me senté en la cama tratando de acostumbrarme a la luz—. La verdad es que últimamente no nos juntamos mucho.

Mi madre asintió.

—Bueno, tal vez sea mejor así. Eddie es un buen chico, pero un poco mandón, ¿no te parece? No te deja mucho espacio para ser tú mismo.

Cuando hablé otra vez, en mi voz había una cierta tensión:

—¿Ha llamado su madre a la policía?

—No te preocupes —contestó mi madre malinterpretando mi tono de voz y suponiendo que estaba preocupado por el bienestar de Eddie, cuando en realidad lo que me preocupaba era el mío—. Ella piensa que se está escondiendo por un tiempo en casa de algún compañero. Por lo visto, ya lo ha hecho antes, cuando ha tenido alguna bronca con el novio de ella.

Me ha contado que una vez desapareció todo un fin de semana. —Bostezó y se tapó la boca con el dorso de la mano—. De todas formas es normal que esté nerviosa, sobre todo después de lo que le pasó a su hijo mayor, que se escapó del centro de menores y es como si se lo hubiera tragado la tierra.

—Tal vez sea una tradición familiar —dije con voz ahogada.

—¿Qué?

—Desaparecer —dije.

—Desaparecer —repitió mi madre, y pasado un segundo asintió—. Supongo que cualquier cosa puede convertirse en tradición familiar, incluso eso. Buenas noches, Nolan.

—Buenas noches, mamá.

Estaba cerrando la puerta despacio cuando se detuvo e inclinando el cuerpo me dijo:

—Te quiero, hijo.

Era algo que hacía siempre en los momentos más inesperados y que siempre me tomaba desprevenido. Los ojos empezaron a escocerme y traté de contestar algo, pero cuando abrí la boca me di cuenta de que tenía un nudo demasiado grande en la garganta como para que pudiera pasar el aire. Para cuando conseguí dominarme mi madre ya se había ido.

Unos días más tarde me sacaron de la biblioteca y me mandaron ir al despacho del subdirector, donde un detective llamado Carnahan se había apropiado de la mesa. No recuerdo gran cosa de sus preguntas ni de mis respuestas. Sí recuerdo que los ojos de Carnahan eran del color del hielo compacto —un azul blancuzco—, y que no me miró una sola vez en el curso de nuestros cinco minutos de conversación. También recuerdo que en dos ocasiones dijo mal el nombre de Eddie, llamándole Edward Peers, en lugar de Edward Prior. La primera vez le corregí, la segunda lo dejé así. Durante toda la entrevista estuve terriblemente tenso; notaba la cara entumecida como si me la hubieran anestesiado, y cuando hablaba tenía la impresión de que apenas movía los labios. Estaba convencido de que Carnahan se daría cuenta y lo encontraría extraño, pero no fue así. Terminó aconsejándome que me mantuviera alejado de las drogas, después consultó algunos papeles que tenía delante y se quedó completamente en silencio. Yo seguí allí sentado frente a él casi un minuto, sin saber qué hacer. Después levantó la vista y se sorprendió al verme todavía allí. Me hizo un gesto con la mano para que me fuera, y me dijo que habíamos terminado y que hiciera pasar al siguiente.

Cuando me levantaba le pregunté:

—¿Tienen alguna idea de lo que le ha podido pasar?

—Yo no me preocuparía demasiado. El hermano mayor del señor Peers se escapó del centro de menores el verano pasado y no se le ha visto desde entonces. Tengo entendido que estaban muy unidos. —Carnahan volvió la vista a los papeles y empezó a cambiarlos de sitio—. O tal vez ha decidido largarse solo. Ya ha desaparecido en un par de ocasiones, y ya sabes lo que dicen: a la tercera va la vencida.

Cuando salí, Mindy Ackers estaba sentada en un banco situado junto a la pared del área de recepción. Al verme se puso en pie de un salto, sonrió y se mordió el labio inferior. Con su aparato dental y su piel llena de acné, Mindy no tenía demasiados amigos y sin duda echaba mucho de menos a Eddie. Yo no sabía gran cosa acerca de ella, pero sí que siempre había buscado complacer a Eddie por encima de todo, y que disfrutaba siendo el blanco de sus bromas. Sentí simpatía y pena por ella; teníamos mucho en común.

—¡Eh, Nolan! —dijo con una mirada entre esperanzada y suplicante—. ¿Qué ha dicho el poli? ¿Saben algo de adónde ha ido?

Entonces sentí un pinchazo de ira, no hacia ella, sino hacia Eddie, un profundo desprecio por la costumbre que tenía de hablar y burlarse de ella a sus espaldas.

—No —dije—, pero yo no me preocuparía por él. Te garantizo que, donde quiera que esté, no está pensando en ti.

La vi parpadear, dolida, y después rehuí su mirada y me dispuse a caminar, sin volver la vista atrás y deseando no haber dicho nada. Porque, al fin y al cabo, ¿qué tenía de malo que Mindy le echara de menos? Después de aquel día nunca volvimos a hablar y no sé qué fue de ella al terminar la escuela. Tratas con ciertas personas durante un tiempo y un buen día se las traga la tierra y desaparecen para siempre de tu vida.

Hay otra cosa más que recuerdo de los días que siguieron a la desaparición de Eddie. Como he dicho, trataba de no pensar en lo que le habría pasado y evitaba mantener conversaciones sobre él. No resultaba tan difícil como cabría suponer. Estoy convencido de que aquellos que me querían se esforzaban por no agobiarme, conscientes de que un amigo había salido de mi vida sin una palabra de despedida. A finales de mes era casi como si realmente no supiera nada de lo que había sido de Eddie, estaba empezando a sepultar mis recuerdos sobre él —el puente sobre la autopista, las partidas de damas con Mindy, sus historias sobre su hermano mayor, Wayne— detrás de un muro cuidadosamente construido, de ladrillos mentales. Pensaba en otras cosas. Quería un trabajo y estaba considerando la posibilidad de entregar una solicitud en el supermercado. Quería tener dinero para gastar, poder salir más de casa. AC/DC daba un concierto en la ciudad en junio y quería comprar entradas. Ladrillo tras ladrillo, tras ladrillo.

Y entonces ocurrió algo, una tarde de domingo de principios de abril, cuando todos en la familia nos disponíamos a salir hacia la casa de tía Neddy para comer un asado. Yo estaba arriba, en mi habitación, poniéndome la ropa de los domingos, y mi madre me gritó que buscara unos zapatos buenos en la habitación de Morris. Entré en su pequeño dormitorio —una cama cuidadosamente hecha, una hoja de papel en blanco en un caballete de pintor, libros en las estanterías ordenados alfabéticamente— y abrí la puerta del armario. Delante de todo estaba la hilera de los zapatos de Morris, y en un extremo de la misma las botas de nieve de Eddie, las que se había quitado en el recibidor antes de bajar al sótano y desaparecer para siempre dentro del fuerte gigante de Morris. Súbitamente, las paredes de la habitación empezaron a hincharse y deshincharse como unos pulmones. Me sentí mareado y pensé que si soltaba el cerrojo de la puerta perdería el equilibrio y me caería.

Entonces mi madre apareció en el pasillo.

—Llevo un siglo llamándote. ¿Los has encontrado?

Giré la cabeza y la miré un momento antes de volver los ojos hacia el armario. Me incliné, cogí los zapatos de vestir de Morris y cerré.

—Sí —dije—. Están aquí. Perdona, me he distraído un momento.

Mi madre movió la cabeza:

—Todos los hombres de esta familia son iguales. Tu padre está en la luna la mitad del tiempo, tú te paseas por la casa como hipnotizado, y tu hermano... juro por dios que un día de éstos se va a meter en uno de sus fuertes y desaparecer para siempre.

Morris aprobó un examen equivalente al título de bachillerato poco antes de cumplir los veinte, y durante unos años estuvo encadenando un trabajillo con otro, viviendo por un tiempo en el sótano de mis padres y después en un apartamento en New Hampshire. Trabajó envolviendo hamburguesas en

McDonald's, de empaquetador en una planta botellera y de limpiador en un centro comercial, antes de conseguir un empleo estable en una gasolinera de Citgo.

Cuando faltó tres días seguidos al trabajo su jefe llamó a mis padres y éstos fueron a visitarlo a su apartamento. Se había deshecho de todos los muebles y del techo de todas las habitaciones colgaban sábanas blancas, creando una red de galerías con ondulantes paredes. Encontraron a Morris al final de uno de estos pasillos sinuosos, sentado, desnudo, en un colchón. Les dijo que si se seguía el camino correcto entre el laberinto de sábanas se llegaba a una ventana por la que se veía un gran viñedo, unos acantilados lejanos de piedra blanca y un océano oscuro. Dijo que había mariposas y una vieja valla, y que quería ir allí. Dijo que había tratado de abrir la ventana, pero que estaba sellada.

Sin embargo en su apartamento sólo había una ventana y daba a un estacionamiento situado en la parte trasera del edificio. Tres días más tarde Morris firmó unos papeles que mi madre le llevó y aceptó recluirse de forma voluntaria en el centro de salud mental Wellbrook Progressive.

Mi padre y yo lo ayudamos con el traslado. Era principios de septiembre y teníamos la impresión de que estábamos acompañando a Morris mientras se instalaba en una residencia universitaria privada. Su dormitorio se encontraba en la tercera planta y mi padre insistió en subir él solo por las escaleras el pesado baúl con asas metálicas. Para cuando lo dejó caer en el suelo, a los pies de la cama de Morris, su cara tenía un calamitoso color ceniciento y estaba empapado en sudor. Se sentó un rato frotándose la muñeca. Cuando le pregunté qué le pasaba, me dijo que se la había torcido cargando con el baúl.

Una semana más tarde, durante la noche, se sentó en la cama tan súbitamente que despertó a mi madre. Ésta abrió los ojos y lo miró. Se sujetaba la misma muñeca y siseaba como si fuera una serpiente. Los ojos parecían salírsele de las órbitas y tenía las venas de las sienes hinchadas. Murió diez minutos antes de que llegara la ambulancia, de un ataque fulminante al corazón. Mi madre lo siguió un año más tarde. Cáncer uterino. Se negó a someterse a ningún tratamiento. Tenía el corazón enfermo y el útero envenenado.

Yo vivo en Boston, a casi una hora de Wellbrook. Me acostumbré a visitar a mi hermano el tercer sábado de cada mes. A Morris siempre le gustaron el orden, la rutina, las costumbres, saber exactamente cuándo iba a visitarlo. Dábamos paseos juntos. Me hizo una cartera con cinta de embalar y un sombrero forrado con chapas de botellas raras. No sé qué ha sido de la cartera. El sombrero está sobre un archivador en mi despacho, aquí en la universidad. A veces lo cojo y hundo en él la nariz. Huele como Morris, lo que equivale a decir que huele como el sótano húmedo y polvoriento de la casa de mis padres.

Morris consiguió un empleo de mantenimiento en Wellbrook. La última vez que lo vi estaba trabajando. Me encontraba de paso por la zona y me acerqué, aunque era un día entre semana y, por una vez, me salía de nuestra rutina. Me dijeron que lo encontraría en la zona de carga y descarga, detrás de la cafetería.

Estaba en un callejón trasero, junto al estacionamiento de empleados, detrás de un contenedor. El personal de cocina había sacado allí cajas de cartón vacías y le habían pedido a Morris que las desmontara y las atara con cordeles, para cuando pasara el camión de reciclaje.

Acababa de empezar el otoño y las copas de los álamos gigantes que se alzaban detrás del edificio empezaban a tornarse ya de un color cobrizo. Me quedé junto al contenedor, observándolo durante un momento. No sabía que yo estaba allí. Sostenía una gran caja blanca abierta por los dos lados con ambas manos, dándole la vuelta una y otra vez, mirándola con expresión muda. Tenía el pelo castaño claro rizado en un remolino en la nuca, y canturreaba en voz baja y en tono ligeramente desafinado. Cuando escuché lo que cantaba giré sobre mis talones mientras el mundo daba vueltas a mi alrededor. Tuve que agarrarme al contenedor para no desplomarme en el suelo.

—Las hormiguitas... de una en una... —cantaba. Le dio la vuelta a la caja y continuó—: Ua, ua.

—Para —dije.

Se dio la vuelta y me miró, al principio sin reconocerme, o al menos eso me pareció. Después algo cambió en su mirada y las comisuras de su boca se arquearon en una sonrisa.

—¡Eh, hola, Nolan! ¿Me ayudas a aplastar algunas cajas?

Me acerqué con paso vacilante. No había pensado en Eddie Prior desde hacía no sé cuánto tiempo, y notaba la cara bañada en sudor. Cogí una caja, la aplasté hasta aplanarla y la añadí al pequeño montón que estaba haciendo Morris.

Charlamos un rato pero no recuerdo de qué. De qué tal le iba y cuánto dinero había ahorrado, tal vez. Después me dijo:

—¿Te acuerdas de aquellos fuertes que construía? ¿Los del sótano?

Sentí como si un peso frío me oprimiera el pecho desde dentro.

—Claro. ¿Por qué?

No contestó enseguida, sino que desmontó otra caja. Después dijo:

—¿Crees que lo maté?

Me costaba trabajo respirar.

—¿A Eddie Prior? —El solo hecho de pronunciar su nombre me descompuso, y sentí vértigo en las sienes y en la parte posterior de la cabeza.

Morris me miró sin comprender lo que me pasaba, frunció los labios y dijo:

—No. A papá. —Lo dijo como si se tratara de algo evidente. Después me dio la espalda y cogió otra caja de gran tamaño, observándola con cuidado—. Papá siempre me traía cajas como ésta del trabajo. Él sabía lo emocionante que es coger una caja y no estar seguro de lo que hay dentro. Podría encerrar todo un mundo. ¿Quién puede saberlo, viéndola desde fuera? Por fuera no tienen nada.

Casi habíamos apilado ya todas las cajas en un solo montón. Yo quería terminar ya, que fuéramos dentro y jugáramos al ping-pong en la sala de recreo, dejar atrás aquella conversación. Dije:

—¿No se supone que tienes que atarlas?

Morris miró la pila de cajas y dijo:

—Olvidé el cordel. No te preocupes. Déjalas aquí, después me ocupo de ellas.

Estaba atardeciendo cuando me marché. El cielo sobre Wellbrook era una superficie lisa y sin nubes, teñida de violeta pálido. Morris permaneció detrás de una ventana de la sala de recreo diciéndome adiós con la mano. Yo lo saludé también mientras me alejaba, y tres días más tarde me llamaron para decirme que había desaparecido. El detective que me visitó en Boston para comprobar si podía decirles algo que les ayudara a encontrarlo sí se sabía el nombre de mi hermano, pero los resultados de su investigación fueron tan infructuosos como los de Carnahan con Edward Prior.

Poco después de que fuera declarado oficialmente persona desaparecida, Betty Millhauser, la cuidadora de la clínica que estaba a cargo de Morris, me llamó para decirme que tendrían que almacenar sus pertenencias «hasta su regreso» —una expresión que pronunció en un tono de alegre optimismo que me resultó bastante doloroso— y que, si quería, podía pasar a recoger algunas cosas y llevármelas a casa. Dije que iría en cuanto tuviera una oportunidad, que resultó ser un sábado, precisamente cuando tendría que haber visitado a Morris de haber seguido él allí.

Un celador me dejó solo en la pequeña habitación de Morris, en la tercera planta. Paredes blancas, un colchón delgado sobre un somier de metal. En el armario, cuatro pares de calcetines y dos paquetes de plástico sin abrir con ropa interior. Un cepillo de dientes. Revistas: *Mecánica para aficionados, Reader's Digest* y un ejemplar de la *High Plains Literary Review,* que había publicado mi ensayo sobre la poesía cómica de Allan Poe. En el armario encontré también una americana azul que Morris había transformado, adornándola con luces de un árbol de navidad. Había un cable eléctrico metido en uno de los bolsillos. Se la ponía para la fiesta navideña de Wellbrook todos los años, y era el único objeto que había en la habitación que no era completamente anodino. La guardé en una bolsa de lavandería.

Me detuve en las oficinas de administración para agradecer a Betty Millhauser que me hubiera dejado revisar las cosas de Morris y para decirle que me marchaba. Me preguntó si había mirado en su casillero, en el departamento de mantenimiento. Le dije que ni siquiera sabía que tuviera uno, y le pregunté dónde estaba aquel departamento.

—En el sótano.

Dicho sótano era un espacio grande y de techos altos con suelo de cemento y paredes color beis. Estaba dividido en dos por una valla negra de alambre rígido. A uno de los lados había una pequeña y ordenada área de descanso para el personal de mantenimiento. Una hilera de lockers, una mesa pequeña y bancas. Junto a la pared zumbaba una máquina de Coca-Cola. No podía ver el resto del sótano, ya que las luces, al otro lado de la alambrada divisoria, estaban apagadas, pero escuché el suave rumor de agua hirviendo y el murmullo de las cañerías. Aquellos sonidos me recordaron al del interior de una caracola cuando te la llevas a la oreja.

Al pie de las escaleras había un pequeño cubículo. Las ventanas daban a una mesa desordenada y cubierta de montones de papeles. Un hombre negro robusto estaba sentado detrás de ella, pasando las páginas de *The Wall Street Journal.* Al verme de pie junto a las taquillas se levantó y se acercó hasta mí. Nos estrechamos la mano. La suya era áspera y fuerte. Se llamaba George Prine y era el jefe de mantenimiento. Me señaló el armario de Morris y se quedó a unos cuantos pasos detrás de mí, con los brazos cruzados sobre el pecho, observándome mientras revisaba las cosas de mi hermano.

—Su chico era un muchacho con el que resultaba fácil llevarse bien —dijo Prine, como si Morris hubiera sido mi hijo en lugar de mi hermano—. De vez en cuando se perdía en su mundo, pero es algo bastante habitual en este lugar. Era bueno trabajando, sin embargo. No de los que checan tarjeta y después pierden el tiempo atándose las agujetas de las botas o charlando con los compañeros, como hacen otros. En cuanto llegaba se ponía a trabajar.

En el casillero de Morris no había prácticamente nada. Chándales, botas, un paraguas y un libro de bolsillo delgado y de cubiertas desgastadas titulado *Flatland.*

—Claro que en cuanto salía del trabajo la cosa cambiaba. Se quedaba horas por aquí, haciendo construcciones con sus cajas, tan concentrado en lo suyo que se olvidaba de cenar si yo no se lo recordaba.

—¿Qué? —pregunté.

Prine sonrió algo misteriosamente, como dando a entender que yo estaba obligado a saber de qué me estaba hablando. Caminó hasta la pared del muro divisorio y pulsó un interruptor. Las luces se encendieron en la otra mitad del sótano. Al otro lado del muro había una gran extensión de suelo bajo un techo recubierto de tuberías y cinta de embalar. Todo este espacio estaba lleno de cajas dispuestas de modo que formaban un gigantesco fuerte infantil, con al menos cuatro entradas diferentes, túneles, toboganes y ventanas con siluetas extrañas y deformes. Los exteriores estaban pintados con verdes helechos, flores ondulantes y florituras del tamaño de una fuente para pasteles.

—Me gustaría traer aquí a mis hijos —dijo Prine—. Dejarles meterse y jugar dentro un rato. Los volvería locos.

Me giré y comencé a caminar hacia las escaleras, conmocionado, temblando de frío y respirando con dificultad. Pero entonces, cuando pasé junto a George Prine, me sobrevino un impulso y le sujeté un brazo y se lo apreté con más fuerza de lo que habría querido.

—Mantenga a sus hijos alejados de aquí —dije en un susurro ahogado.

Me puso la mano en la muñeca, con suavidad pero con firmeza y me hizo soltarle el brazo. Después me miró con recelo, sopesándome con calma y respeto, como lo haría un hombre que acaba de ver a una serpiente salir de entre la maleza y la sujeta por la cabeza para que no pueda morderle.

—Está usted tan loco como él —dijo—. ¿No ha pensado nunca en trasladarse aquí?

He contado esta historia tan fielmente como me ha sido posible, y ahora espero, después de este acto de confesión, ser capaz de alejar a Eddie Prior de mi subconsciente. Comprobaré si soy capaz de regresar a mi rutina de todos los días: clases, exámenes, lecturas, papeleo en el departamento de literatura. Es decir, de reconstruir el muro ladrillo a ladrillo.

Pero no estoy seguro de que pueda repararse lo que se ha destruido. El sudario es demasiado viejo, el muro está mal hecho. Yo nunca fui un constructor tan bueno como mi hermano. Últimamente he ido mucho a la biblioteca de mi antigua ciudad, Pallow, para leer periódicos viejos en microfilm. Buscaba un artículo, una nota breve sobre un accidente en la autopista 111, un ladrillo que choca contra un parabrisas y un Volvo que se sale de la carretera. He tratado de averiguar si hubo heridos graves, si murió alguien. El no saberlo fue en otro tiempo mi refugio, pero ahora me resulta imposible de soportar.

De forma que tal vez resulte que, después de todo, estoy escribiendo esto para que lo lea otra persona. Alguna vez he pensado que George Prine tenía razón. Tal vez debería mostrarle estas páginas a Betty Millhauser, la ex cuidadora de Morris.

Al menos si viviera en Wellbrook podría sentir alguna conexión con Morris. Me gustaría poder sentirme conectado a algo o alguien. Podría tener su antigua habitación, su mismo trabajo, su casillero.

Y por si eso no basta, por si las pastillas y las sesiones de terapia y el aislamiento no consiguen salvarme de mí mismo, siempre hay otra posibilidad. Si George Prine no ha derribado aún el último laberinto de Morris, siempre podría entrar y cerrar las solapas de cartón detrás de mí. Siempre existe esa posibilidad. Cualquier cosa puede convertirse en tradición familiar, incluso desaparecer.

Pero todavía no voy a hacer nada con esta historia. Voy a guardarla en un sobre de estraza y a pegarla debajo del último cajón de mi mesa. La guardaré y trataré de seguir con mi vida donde la dejé, justo antes de que Morris desapareciera. No se la enseñaré a nadie, no haré ninguna tontería. Todavía puedo resistir un tiempo, obligándome a avanzar por la oscuridad, por los estrechos pasillos de mis recuerdos. ¿Quién sabe lo que me aguarda a la vuelta de la siguiente esquina? Tal vez haya una ventana en algún lugar, más adelante. Y puede que dé a un campo de girasoles.

Agradecimientos

Este libro lo publicó en Inglaterra PS Publishing hace dos años. Doy las gracias a quienes dieron tanto de sí mismos para hacer posible aquella primera edición: Christopher Golden, Vincent Chong y Nicholas Gevers, pero sobre todo quiero expresar mi reconocimiento y cariño al editor Peter Crowther, quien se arriesgó a publicar *Fantasmas* sin saber nada de mí, excepto que le gustaban mis cuentos.

Estoy agradecido también a todos los editores que han apoyado mi trabajo durante estos años, entre ellos Richard Chizmar, Bill Schafer, Andy Cox, Stephen Jones, Dan Jaffe, Jeanne Cavelos, Tim Schell, Mark Apelman, Robert O. Greer Jr., Adrienne Brodeur, Wayne Edwards, Frank Smith y Teresa Focarile. Pido disculpas si he omitido a alguno. Y gracias muy especialmente a William Morrow y a Gollancz respectivamente, los dos mejores editores con los que un autor podría soñar.

Gracias también a mi webmaster Shane Leonard. Estoy en deuda asimismo con mi agente, Mickey Choate, por lo mucho que ha hecho por mí. Gracias a mis padres, a mi hermano y a mi hermana, y por supuesto a mi tribu, Leonora y los chicos, a quienes tanto quiero.

Gene Wolfe y Neil Gaiman han incluido alguna vez historias en sus introducciones, pero creo que hasta el momento nadie lo ha hecho en la página de agradecimientos. Yo podría ser el primero. La única manera que se me ocurre de agradecer a mis lectores su interés es ofrecerles un último cuento. Aquí va:

La máquina de escribir de Sherezade

Desde que tenía uso de razón, Elena recordaba cómo su padre bajaba al sótano todas las tardes después del trabajo, y no salía de allí hasta después de haber escrito tres páginas en la máquina IBM eléctrica que se había comprado cuando estaba en la universidad y todavía aspiraba a convertirse algún día en un novelista famoso. Llevaba muerto tres días cuando su hija escuchó el ruido de la máquina de escribir procedente del sótano a la hora habitual: una serie de golpes rápidos seguida de un silencio de espera llenado sólo por el absurdo ronroneo de la máquina.

Elena bajó las escaleras con piernas temblorosas. El runrún de la IBM llenaba la oscuridad con aroma a moho, de manera que parecía vibrar con una corriente eléctrica, como vibra el aire antes de una tormenta. Buscó la lámpara que había junto a la máquina de escribir y la encendió en el preciso instante en que ésta prorrumpía en un nuevo frenesí de ruido. Gritó y después volvió a gritar cuando vio las teclas moverse solas y la línea de linotipia de cromo aporrear el rodillo negro y vacío.

Aquella primera vez en que Elena vio la máquina de escribir funcionar sola pensó que iba a desmayarse del susto. Su madre, de hecho, estuvo a punto de desmayarse cuando, a la noche siguiente, Elena le mostró lo que ocurría. Cuando la máquina cobró vida y empezó a escribir la madre de Elena agitó los brazos por encima de la cabeza, chilló y las piernas le flaquearon. Elena tuvo que sujetarla por el brazo para evitar que se cayera al suelo.

Pero a los pocos días se acostumbraron a la situación, y entonces se convirtió en algo emocionante. Fue a la madre a quien se le ocurrió meter una hoja de papel en el rodillo justo antes de que la máquina se pusiera en marcha sola a las ocho en punto de la tarde. Quería saber qué era lo que escribía, comprobar si se trataba de un mensaje que les llegaba del más allá, del tipo: «Hace frío en esta tumba. Los quiero y los extraño».

Pero era sólo otro de los relatos de su padre y ni siquiera empezaba por el principio, sino que la página arrancaba a media historia, justo en mitad de una frase.

También fue idea de la madre llamar a la televisión local. Una productora del canal Cinco fue a ver la máquina de escribir. Se quedó hasta que ésta se puso en marcha y garabateó unas pocas líneas, y después se levantó y subió las escaleras con paso enérgico. La madre de Elena se apresuró a seguirla, ansiosa por hacerle todo tipo de preguntas.

—Control remoto —dijo la productora en tono brusco y miró por encima del hombro con expresión de disgusto—. ¿Cuándo enterró usted a su marido, señora? ¿Hace una semana? ¿Cuál es su problema?

Ninguna de las otras cadenas de televisión mostraron interés y el hombre del periódico con el que hablaron dijo que no cubrían esa clase de noticias. Incluso algunos de sus familiares sospechaban que se trataba de una broma de mal gusto. La madre de Elena se metió en la cama y permaneció allí varias semanas, aquejada de una terrible migraña, abatida y confusa. Y en el sótano, cada noche, la máquina de escribir seguía poniéndose en marcha, llenando hojas de papel con palabras en bruscas y sonoras ráfagas.

La hija del hombre muerto se ocupaba de ella. Aprendió cuándo debía meter una hoja nueva de papel en el rodillo de manera que cada noche la máquina escribiera tres nuevas páginas de una historia, como cuando su padre vivía. De hecho, la máquina parecía esperarla con un ronroneo jovial hasta que tenía una hoja en blanco que embadurnar de tinta.

Cuando hacía ya mucho tiempo que nadie prestaba atención a la máquina de escribir, Elena continuaba bajando al sótano cada noche a escuchar la radio, doblar la ropa de la secadora y meter una nueva hoja de papel en la IBM cuando ésta lo necesitaba. Era una manera sencilla de pasar el rato, mecánica y agradable, como visitar la tumba de su padre a diario para depositar flores frescas.

Además, había empezado a disfrutar leyendo las historias cuando estaban terminadas. Historias sobre máscaras, béisbol, sobre padres e hijos... sobre fantasmas. Las que más le gustaban a Elena eran las de fantasmas. ¿No era eso una de las primeras cosas que te enseñaban en cualquier curso sobre escritura? Escribe sobre lo que conoces. Pues bien, el fantasma de la máquina de escribir escribía sobre fantasmas con gran conocimiento de causa.

Pasado un tiempo, cada vez que la máquina necesitaba una cinta nueva había que encargarla. Después incluso IBM dejó de fabricarlas. Las líneas de linotipia se fueron rompiendo. Elena las reemplazó, pero entonces el carro empezó a funcionar mal. Una noche se atascó por completo, no corría, y de la carcasa de hierro empezó a salir un humo grasiento. La máquina siguió martilleando una letra tras otra, una encima de la otra, con una suerte de furia silenciosa, hasta que Elena llegó hasta ella y consiguió hacerla callar.

Se la llevó a un hombre que reparaba viejas máquinas de escribir y otros aparatos eléctricos y éste se la devolvió en perfecto estado, pero ya nunca más volvió a escribir sola. Perdió la costumbre durante las tres semanas que pasó en el taller.

Cuando era una niña, Elena había preguntado a su padre por qué bajaba al sótano todas las noches a inventar historias, y él le había contestado que lo hacía porque no podía dormir hasta haber escrito algo. Escribir cosas estimulaba su imaginación hasta volverle capaz de crear una noche llena de dulces sueños. Ahora a Elena le inquietaba la idea de que la muerte de su padre pudiera ser una vigilia eterna y sin descanso. Pero no había nada que pudiera hacer al respecto.

Cuando ocurrió esta historia Elena tenía veintitantos años y, cuando su madre murió —anciana ya, e infeliz, aislada no sólo de su familia sino del mundo entero—, decidió mudarse, lo que significaba vender la casa y todo lo que había en ella. Acababa de empezar la limpieza del sótano cuando se descubrió sentada en las escaleras, releyendo las historias que su padre había escrito después de su muerte. En vida había renunciado a enviar sus manuscritos a las editoriales, desanimado por los continuos rechazos. Pero a Elena le pareció que en su obra póstuma había mucha más «vida» que en sus anteriores escritos, y que sus historias de encantamientos y sucesos sobrenaturales eran especialmente fascinantes. En el curso de las semanas siguientes se dedicó a recopilar las mejores en un solo volumen y empezó a enviarlo a distintas editoriales. La respuesta de la mayoría fue que las antologías de autores desconocidos no tenían posibilidades comerciales, pero pasado un tiempo tuvo noticias de un editor de un sello independiente al que le habían gustado las historias, y que afirmaba que el padre de Elena tenía un talento especial para describir lo sobrenatural.

—Así es —fue la respuesta de Elena.

He escrito esta historia tal y como me la contó un amigo del mundo editorial. No se sabía absolutamente ninguno de los detalles, así que no puedo decirles dónde se publicó por fin el libro, ni cuándo. Tampoco sé nada sobre aquella curiosa colección de relatos. Ojalá no fuera así. Dada mi fascinación por lo oculto, me gustaría poder leer un ejemplar.

Por desgracia tanto el título como el autor de este improbable libro no son del conocimiento público.

JOE HILL
El Traje del Muerto
Tarde o temprano
él te atrapará...
SUMA

Este libro se terminó de imprimir en el mes de Enero del 2009,
en Impresos Vacha, S.A. de C.V. Juan Hernández y Dávalos Núm. 47,
Col. Algarín, México, D.F. ,CP 06880, Del. Cuauhtémoc.